台海風暴

郑成功与大明王朝

[日] **陈舜臣** 著

黄哲昕 译

天津出版传媒集团

天津人民出版社

图书在版编目（CIP）数据

台海风暴 : 郑成功与大明王朝 / (日) 陈舜臣著 ;
黄哲昕译 . -- 天津 : 天津人民出版社 , 2023.7
ISBN 978-7-201-13506-9

Ⅰ . ①台… Ⅱ . ①陈… ②黄… Ⅲ . ①长篇历史小说
– 日本 – 现代 Ⅳ . ① I313.45

中国国家版本馆 CIP 数据核字 (2023) 第 058797 号

著作权合同登记号：图字 02-2023-001

台海风暴：郑成功与大明王朝
TAIHAI FENGBAO : ZHENGCHENGGONG YU DAMING WANGCHAO
［日］陈舜臣 著　黄哲昕 译

出　　版　天津人民出版社
出 版 人　刘　庆
地　　址　天津市和平区西康路 35 号康岳大厦
邮政编码　300051
邮购电话　（022）23332469
电子信箱　reader@tjrmcbs.com

责任编辑　章　赪
特约编辑　海　莲　包　玥
封面设计　赵银翠

制版印刷　天津旭丰源印刷有限公司
经　　销　新华书店
开　　本　787 毫米 × 1092 毫米　1/16
印　　张　20
字　　数　329 千字
版次印次　2023 年 7 月第 1 版　2023 年 7 月第 1 次印刷
定　　价　79.00 元

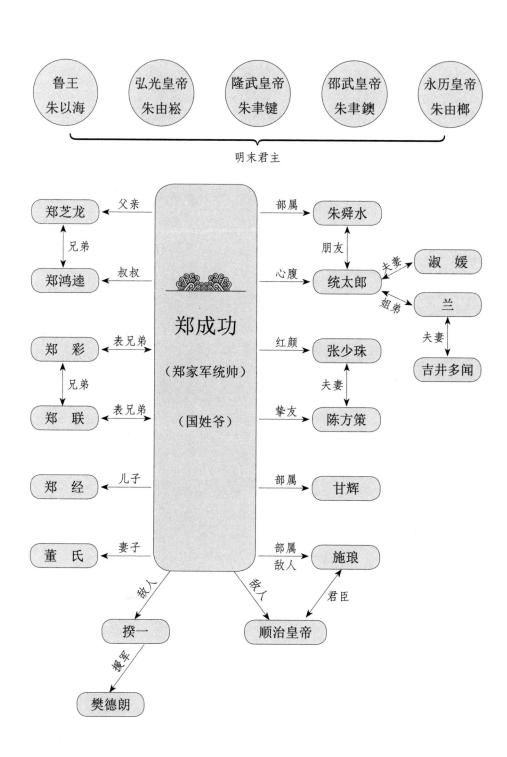

目　录

呼　喊

走出兴福寺，统太郎在寺门前驻足。

朱红门柱非但不落俗套，反倒洋溢着某种清新质朴之感。蓝底的门匾，题有三个苍劲的金泥大字——东明山。现今，位于长崎市寺町的兴福寺也挂有一块写着"东明山"的门匾，题字出自隐元和尚之手。

而我们的故事开端于宽永[1]二十一年（1644）的夏天，距隐元和尚东渡日本还有十年。这年十二月，天皇改年号为正保[2]。

此时，林田统太郎抬头仰望着的"东明山"三字，是兴福寺现任住持默子和尚的手笔。而明朝知名画师逸然和尚则接受默子和尚的赴日诚邀，今日刚抵达。

"统云……"统太郎自言自语道。

统太郎立志成为一名画师。而今他自认为已经是一名画师了。他自幼爱画，志以自身美学呈现尘世万象。年幼的统太郎曾经想不明白：这世上难道还存在比画师更好的谋生之道吗？世人为何不憧憬成为画师呢？而时年二十二岁的他则想给自己取个能标榜画师身份的雅号。经朋友吴少峰的介绍，他拜访了刚刚来日本的逸然和尚，请求赐名。

"贫僧便从施主本名中借用一字……统云，如何？"逸然和尚笑道。

初赴日本的逸然和尚还不能与人用日语交谈，还得仰赖在日谋生多年

---

[1] 日本年号，从 1624 年到 1644 年。

[2] 日本年号，从 1644 年至 1648 年。

的吴少峰做通译。而统太郎从平户的唐人画师那里学了些汉文，即便没有通译，他也能懂些简单的汉语。

吴少峰在寺门口对统太郎略抱歉道："逸然师父长途跋涉而来，需要休息。今日便不多留你了。"

"岂敢，岂敢，我还要多谢款待。请转告师父好生歇息，容晚生两日后再来拜访。"统太郎作揖道。吴少峰告辞，返回寺院。

统太郎再度仰观门上的匾额，深感不虚此行。逸然大师虽然惜字如金，他的话却是字字珠玑。他一边在心里反复揣摩高僧所说的一字一句，一边朝山下走去。此时的城镇已被暮色笼罩。"啊！"统太郎突然感到后脑勺一阵剧痛，便昏了过去。

一个黑衣黑裤的人将瘫软在地上的统太郎拖进密林之中。

长崎有三处唐人寺，最古老的东明山兴福寺建于元和六年（1620），为"三江"（江苏、江西、浙江）人士捐建，当地人称其为南京寺；其次是建于宽永五年（1628）的分紫山福济寺，由漳州人士捐资而起，故又得名漳州寺；最后是建于宽永六年（1629）的圣寿山崇福寺，由福州人士所建。这三座寺庙之名中都带有"福"，故被统称作"三福寺"。

兴福寺的住持默子大师[1]出生于江西，是造桥界的泰斗。如今横跨于长崎市中岛河上的双石拱桥便是他的杰作。他为当地唐人度化祈福，架桥修路，弘扬汉学，甚至还为此邀请浙江的逸然和尚[2]来日共事。这位逸然大师赴日之前就已名扬日本。其作品通过各种渠道流入日本，广为人知，深受好评。

在如此盛名之下，逸然大师刚刚抵日，便有一位年轻人——林田统太郎，通过寺庙木匠的引荐上门拜访，请求大师赐一雅号。只是即便两位高僧修行再高，也料不到统太郎会在离开寺院的归途中遇袭。

不知昏迷了多久，统太郎缓缓睁开眼，眼前近乎一片漆黑，只在触及不到的地方有一扇窄小的铁栅窗投入些光。而他浑身不着片缕，正躺在冰凉的地板上。还好当时正值盛夏，若是寒冬腊月，他怕是活不过一盏茶的时间。

---

[1] 默子如定（1597—1657），明代僧人，兴福寺第二代住持，擅长书法。

[2] 逸然性融（1601—1668），兴福寺第三代住持，长崎汉画的创始人。

统太郎伸手向四周摸索，触碰到了一张草席。他刚想坐起来，又摸到了一块布片。他意识到那是兜裆布，无奈地苦笑。既然有兜裆布，总该还有其他衣物吧。他索性四肢着地，趴在地上摸索，但还没有挪动多少，手指便碰到了墙壁。看来这小黑屋只是空有高度，面积却不大。虽然不能指望找到其他衣物，但也不能总像这般赤裸着。他站起身，穿上兜裆布，又看见窗下有扇结实的木门；用力推了推，木门分毫未动。

统太郎在心里纳闷：是什么人，为了什么要把自己俘虏至此？若是劫财也轮不到像自己这样的穷鬼……仇家寻仇？笑话了，自己无家无门，无亲无故，哪能惹上这般麻烦。这究竟是怎么回事？想到这里，统太郎又突然不想花心思去深究了。比起他的好奇心，他唯恐发现一些见不得光的蛛丝马迹。毕竟，他已经和自己的身世过往"决裂"了。

统太郎出身于平户藩的下级武士林田家。在十岁之前，他对自己的身世深信不疑。然而在他父亲死后，出现了"统太郎并非我林田家血脉"的声音。亲戚说：他父亲无法生育，统太郎是暗中过继的他人之子；这是欺瞒祖上。

林田家并非家财万贯，也并非地位高到让人眼馋，只是会有落魄亲族想把自家无处安身的次子、三子塞进林田家。在那年月，大户人家领养义子做嫡长子的情况并不罕见，不用烦琐的官方程序，又是从小抚养长大，就更不存在亲疏的问题。但作为领取俸禄的封建家臣，这的的确确是欺上之举。这种事一旦搬上台面来说，林田家可就承受不住了。

长辈凭空捏造就将统太郎废嫡。据说还为此召开了家族会议，甚至找到了能证明统太郎与其父并非亲子的"证人"。而统太郎自幼一心向佛，决意遁入空门。就这样，亲族不管统太郎要不要出家，索性先把他丢到了长崎的寺庙。

林田家的老仆孙兵卫亲手将统太郎托付给住持。临别之际，他忍泪对少主道："统少爷，您要坚强。您的好朋友，福松少爷刚满七岁就只身一人去了语言不通的异国。这长崎虽远，您至少还能听得懂大家说话，不是？"

自那以后，统太郎每每难忍孤独之苦，便会想到比自己还可怜的福松。"福松"二字一出口，自己受的这些苦难似乎就不值一提了。统太郎勒紧兜裆布，朝骇人的黑暗尽情呼喊："福松！"

大明海商郑芝龙在平户时，迎娶了下级藩士田川氏之女，诞下两子——长子福松，次子次郎。"海商"二字看起来冠冕堂皇，说直白些，就是海盗。在那年月，出外海商船无一不是全副武装。两艘商船在大洋上遭遇，难免一场血战，强者掠夺弱者的钱财货物。这就是海商的"规矩"。

郑芝龙原在海盗首领颜思齐手下办事。颜思齐在台湾因酗酒过度身亡后，郑芝龙接任，随后又接受朝廷的招安，担任水师将领，将大本营迁移至福建泉州府。

如此一来，和日本的妻儿相聚就成了难事。他请求日本幕府让自己一家团聚。幕府不知出于什么缘由，或许是考虑到次郎年幼，难堪长途跋涉，只同意七岁的长子福松出国。儿子次郎走不了，妻子多喜自然也就留在了日本。

就这样，宽永七年（1630），也就是统太郎遭废嫡的前一年，年仅七岁的福松只身一人，漂洋过海去投靠生父；启程那年，幕府还未将长崎港设为日本唯一的通商港口，平户港口还随处可见唐船。

"福松，再会！"那日自己在岸边朝船上的福松高声道别的场景，仿佛昨日一般，即便时隔十数年，统太郎仍清晰地记得。

统太郎和福松是邻居，但这并不是两名孩童交好的因由。林田家隔壁还有一个和统太郎年纪相仿的孩童，但统太郎从没和他玩耍过。他犹记得，亲族里的老奶奶瞧见两人玩耍的模样，笑道："果然呀果然，这俩孩童，真是意气相投。"异样的语气让统太郎觉得不像是在称赞孩子间的友谊，反而还有几分责难之意。直到最近，他总算是明白了这阴阳怪气的"果然"的原因——他的生父也是明朝的海商。

漆黑之中，窗外隐约传来潺潺流水的声音，听来附近有河流。

"福松呀！"统太郎又一次高声呼喊。这次比上次的声音更大。

这次的呼喊竟有了回应。一道刺眼的白光将漆黑撕裂，有人推开了木门！虽说只有一瞬间，但统太郎看见了天边有一抹白，看来已经是黎明时分。下一瞬间，小黑屋里一股脑地涌进了几个赤身裸体的彪形大汉，仔细看去，也不是赤身裸体，至少还穿着兜裆布，其中有人头绑布带，还有人用布把整个头包住，看不真切相貌。

"动手！"只听某个人一声号令，大汉们就冲统太郎扑去。

"你……你们要怎样？"统太郎惊恐道，狼狈得双手抱头，堪堪抵挡住来势汹汹的拳头。混乱之中，他觉得腰上挨了一脚，还没站稳，又一个麻袋套上了头，一股腥味朝鼻孔里窜。这味道，是五岛的扇贝呀……在这性命攸关的时刻，统太郎竟有闲心怀念家乡的大海，他自己都觉得荒谬。

统太郎再度和硬邦邦的地面亲密接触，头和双脚都被套上了麻袋，没法动弹。好在他全程没怎么反抗，腰背只挨了几记不重的拳脚。

"哎呀，这咋有一张草席？"某大汉惊奇道。

"正好，把他卷上！""先捆结实了再说！"麻袋、草席、绳索，统太郎被捆了一层又一层。他真怕了，叫屈道："各位好汉，你们是不是绑错了人！我就是一个作画的，我叫林田，林田统太郎！"麻袋厚实得很，但他这般嘶吼，外头应该听得到。"失策，失策，刚才应该把他的嘴堵上。"这答复，统太郎听得真切。

"无所谓了，来搭把手……准备，走！"话音刚落，统太郎只觉得一阵失重感袭来，接着是剧烈的摇晃，那大汉的肩骨磕得他生疼。统太郎全程被蒙住了头，完全不知身在何处，也无法确认自己是否还在长崎境内。遇袭时还是日暮，醒来却已是黎明，算来他至少昏睡了一个晚上……这段时间离开长崎绰绰有余。

颠簸持续了大概有一炷香时间。"放下！"随着一声号令，统太郎被结结实实地扔在了地上。硬邦邦、坑坑洼洼的地面，让统太郎感觉背后一麻，倒是不疼。

"让他说话！"同样的嗓音刚落下，套在统太郎头上的麻袋就被硬生生扯下；经历了长时间黑暗后，刺眼的光线仿佛要灼伤眼球。而统太郎的头以下仍被草席和麻袋裹得严严实实，看起来活像一只青虫。他面朝地面，艰难地侧头四顾：自己正在一处遍布石头的河滩上。

"老实回话！胆敢欺瞒，就把你丢进河里喂鱼！"一个沙哑的嗓音道，和方才发号施令的又是不同的人。

"不敢，不敢，好汉们尽管问就是。"统太郎连忙答道。

"那逸然和尚给了你什么？"

"雅号，大师给了我雅号！"

"什么'牙好''口好'？什么玩意？"

"是雅号！"统太郎哭笑不得，"就是名字！正经的画师都有一个雅号，大师给我取了一个！"

"就这？还有什么！"

"就这，没了。"

"这人撒谎，罢了，沉了他！"这沙哑的嗓音竟操起了武士的话。

"急啥？让他吃些苦头，看他说不说。"发号施令的那人笑道。

统太郎勉强侧头朝那声音的方向看去，只见说话那人面戴白帕，手握一根细细长长的竹竿，一步步来到自己跟前……"咔嚓"一声脆响，统太郎感到肩头钝痛，不由得龇牙。这"咔嚓"的响声，想来是竹竿劈裂了。"这厮看着文文弱弱，倒是挺结实。"汉子冷哼道，再次举起竹竿，换了角度，"砰"的一声，钻心的刺痛在统太郎背上蔓延开来。"唔！"统太郎没来得及惨叫讨饶，后腰又连续挨了三下。

"老实交代，你把和尚给你的东西藏在哪儿了？"

"没有东西，何来交代？"统太郎一面忍痛，一面挤出话来。

"那他和你说了什么没有？"沙哑的武士口音说道。

"没……大师刚抵达日本，要歇息……只给我赐了雅号，都还没指导我绘画……"统太郎话没说完，背上又挨了一记猛抽。

"死到临头了，还又是雅号，又是绘画的，真以为我们不敢杀你吗？"武士忍无可忍，怒吼道。

吾命休矣……统太郎自知在劫难逃，绝望地闭上了眼。果然对方已经没了耐心，武士道："多说无益，沉了这厮吧。"统太郎又被扛了起来。这回头套麻袋倒成了奢望，只能眼睁睁地面对死亡。阴雨绵绵，河水上涨，不怕淹不死人。

活生生溺死，一定很痛苦吧。统太郎一想到自己的惨死的样貌，汗毛倒竖，脑子反倒愈发清醒了。我这是招惹了谁，怎么就要无端送命了？这帮歹人似乎怀疑我收了逸然大师的某样东西……怎么可能，逸然大师刚到日本，我的造访根本不在大师的预料之中。

"这儿水够深，就这儿吧。"扛着统太郎的两个汉子走在众人后面，其中武士沙哑的嗓音从身后传来。前头的汉子听见他的号令，加快了步伐，甚至小跑了起来；只有扛着统太郎的两个汉子停了下来。

能活命！统太郎的直觉一向很准。他隐约猜到了这帮人的用意：他们是打算先让自己"喝些水"，再在下游截住自己，再行拷问。

但再怎样拷问，不知道的事情就是不知道。统太郎在心里叫苦连天，但又知道了自己一时半会儿死不了，反倒没那么害怕了。

"扑通"一声，统太郎被抛入河水中。水流比想象的要湍急，手脚被缚的统太郎不敢睁眼，只能凭本能挣扎，把口鼻露出水面呼吸。统太郎的意识逐渐模糊，一道道强劲的水流撞击着他的身体，让他有种逆流而上的感觉。跑在前头的汉子拽住了草席，把统太郎拉上了岸。

"你、你们，想怎样，为何救我？"统太郎痛苦地喘息，明知故问道。

"嘿嘿，别误会。"其中一人奸笑道，"方才忘了在你脚上拴块石头再沉了你，这回再下水可没这么舒坦了。"

"随你折腾，给个痛快便是！"统太郎此刻满腹泥沙，难受得很，真想一死了之。

"你可想清楚，现在不过吃了些泥沙而已，'吐'出来或许还能活命。"武士不知何时已到跟前。统太郎听懂了话外音，苦笑道："我倒想吐，但腹中空荡荡，何来泥沙可吐？"

"好，很好！"武士怒极反笑，"还愣着做什么，找石头去！"

"是！"众人四散去找趁手的石块了。

"少管闲事，不想惹麻烦就死远点！"找石头的汉子恶狠狠地回答道。

统太郎循声望去，只见一名高瘦男子，留一头"总发"[1]，手持钓鱼竿，腰间没有兵刃。

"噢，若我今日偏要管这闲事，救那小伙子，又当如何？"男子笑道。

"不长眼的玩意，你有种再说一遍！"汉子怒吼道。

"耳朵不好使吗？本人行医，救人性命是本分。明白了吗？裸虫[2]。"

"混、混账！"汉子怒极，拣起一块石头朝那男子砸去。男子从容一笑，避都不避，只是把头一偏，石头正好从他肩头上掠过。"啧啧，真不中用。要不我站近些，你再试试准头？"男子言罢，竟真朝河滩方向走来。

---

[1] 江户时代，医生、行僧的一种发型，即留全发。

[2] 没有翅膀和毛的虫子，也指没有衣服穿的穷人。

"和他废什么话！"带头汉子扯着嗓子吼道，"这疯郎中都看见了，不能留他活口！"

"是！"

"裸虫"汉子应声，沙包大的拳头向男子挥去。

"呀！"

下一瞬间，哀号响彻河滩。电光火石之间，竟是"裸虫"躺在了河滩上。统太郎看得真切，那男子只是略一闪身，在汉子身上轻轻一碰，那汉子就如中邪一般，重重地摔在了河滩上。

"一起上！"带头汉子见势不对，吼道。剩下的汉子一拥而上，将男子团团围住。混乱之中，男子的右手格挡，汉子们则接连倒地。最神奇的是，男子的左手始终拿着鱼竿，脚下更是一步未挪。

彼时的日本还不存在近代柔道的说法，但已有陈武官[1]东渡日本，传播少林拳法了。据说这正是柔道近代化的契机。宽永三年（1626），陈武官开始在江户西久保的国昌寺向当地武士教授少林拳法。

这莫非就是大名鼎鼎的陈武官拳法？统太郎在地上，从众人裆下看清了男子的一招一式。

壮汉们吃了苦头，爬起后就不敢再上了。"我已经手下留情了，再敢过来，休怪我给你们松一松肋骨！"男子这话一出口，可没人再敢做那出头鸟了。

"你究竟是何人？"武士吼道。

"你的耳朵也不好使？要我重复几次，我是行医的。"男子讥讽道。

"混账！"

"你是领头的？让我领教领教你的高招吧？"男子言罢，朝对方步步逼近。带头汉子装模作样地退后了几步，转身拔腿就跑，高喊道："撤退、撤退！"不等他喊出声，一众汉子已迫不及待地作鸟兽散。

男子蹲在统太郎跟前，瞥了一眼他身上的草席，笑道："这种手法是专门用来对付赌鬼的，你怕是欠了一屁股债？"

统太郎连忙摇头辩解："恩人误会了！我是正儿八经的画师，骰子都不沾的。"这一急，泥水从他的鼻腔倒灌，非常难受。

---

[1] 陈元斌，明末文人，字义都，号既白山人。

"哎呀，咱行医的可不会见死不救。"男子给统太郎松了绑。手脚重获自由的统太郎从草席里挣脱了出来，只是双腿的麻木一时半会儿还缓解不了。

"救命之恩，无以为报。"统太郎朝着男子深深鞠了一躬。

"报恩就不必了。我倒是想知道，你究竟做了什么缺德事，落到了这种地步。"

"您要这样说，可真让小弟我无地自容了。我自己都不明白，好端端地出了兴福寺，便让人一棒子抡晕……"

"果真如此？"男子玩味地笑道，"我可听到刚才那汉子让你老实交代。"

统太郎说道："冤枉呀！那帮歹人硬是说我从兴福寺的高僧那里收了东西。大师昨日刚到日本，和我素昧平生……"

"噢……"男子撇撇嘴，不说话了，只是盯着统太郎。统太郎直视男人的眼睛。他得让救命恩人相信自己。趁此机会，他仔细打量男人的相貌。这郎中的语气虽然沉稳老气，像是过了不惑的中年人，但面相年轻，如果说刚过二十岁都会有人信。

"话说到这份上，姑且信你一回。"郎中话锋一转，"还没问你怎么称呼……"

"晚生林田统太郎，平户人士，雅号统云。"

"噢、噢，统云……好雅号，好雅号。"

"不敢，承蒙昨日刚到日本的大明高僧赐号……敢问先生尊姓大名？"

"哈哈，多有得罪，我还没自报家门就问阁下姓名了……在下不值一提，吉井多闻，江户人士，两日前刚到长崎。听说在这边能同时学习汉医和兰医，我就动了心思……"这人的语气里透着股乐天劲。

去年（宽永二十年，1643）八月，十三名荷兰人漂泊到陆奥的南部海岸，被幕府名为安置实为扣留在江户。他们中就有一代名医卡斯扬和梅迪尔，以及三名炮手。幕府安排了专人学习他们的技术，直到六年后的庆安二年（1649），才放他们返乡。

当时只有幕府的御医有资格学习兰医。吉井多闻便一狠心，直接来长崎求学了。吉井这般推心置腹，令统太郎很感动。他也不保留，把自己的坎坷身世全盘托出。

"你这身世是多舛了些，只是不知和这次被绑有何关联？你若自己都没头绪，可就难办了。这次是恰好让我撞见了。那帮歹人不会善罢甘休的，下回万一不像这般走运了呢。我奉劝你还是暂时避一避为好。"

"我正有此意……"

"你可有其他落脚处？别让歹人寻着就好。"

"有是有，只不过……"统太郎有些难以启齿。说到安全的落脚处，他最先想到的是长崎丸山町的阿兰家。

两年前，长崎奉行（地方官）发布一道命令，把遍布长崎各地的妓馆全部集中到了丸山町。阿兰年近三十，高挑健硕不输男儿，靠教歌舞乐曲为生。只因其弟子多是风尘中人，她图方便，便在丸山町定居了。

这年代，正值从琉球传来的蛇皮三味线经改良，开始在日本各地普及。阿兰虽擅长弹奏三味线，但她的成名绝技却是演奏唐人乐器月琴。唐人寻欢客尤其喜欢光顾会弹月琴的艺伎。阿兰的生意也因此火爆得很。

当年，统太郎离开了自己寄居的寺庙，定居在长崎。他记得很清楚，那是一个深夜，阿兰突然造访。她语出惊人："我是你同父异母的姐姐。我们的父亲在日本处处留情，和林田家女佣生下了你，和一个流浪艺人生下了我……我早就知道有你这么一个弟弟，也知道你受了许多委屈，只是没有机会和你相认。而今得知你出了寺庙，孤苦伶仃，就来寻你了……但我们在外人面前绝不能以姐弟相称。在外人眼里，我们最好是陌生人。我已经没得瞒了，但你的身份最好别让外人知晓……唉，我早该和你相认。我们是彼此在这世上唯一的至亲了。若将来有了危难，总算有个依靠……"

危难吗？险些被包成粽子，扔到河里喂鱼，应该算是危难了吧……

那晚姐弟相认后，统太郎曾几度和姐姐暗中会面。那帮歹人再手眼通天，也查不到阿兰身上。

统太郎再三斟酌，点头道："我有一个绝对安全的去处……"

"那就再好不过了。"吉井瞥向瑟瑟发抖的统太郎，笑道，"动身前，你最好找件衣裳……说起来，我倒有个厚脸皮的请求。长崎的客栈有些宰人，漫漫旅途，能省则省；你那好去处，能让我也落个脚吗？"

"这……我怕是没法做主，先去到那儿再说吧。"统太郎言罢，打了个喷嚏。

月 琴

月琴有四根弦，形如其名，琴身浑圆犹如满月。月琴诞生时，琴颈和如今的三味线一般长短。经数百年改良，到了明末，月琴的琴颈大幅缩短，已呈团扇形状。月琴在德川幕府后期一度流行，但眼下不过是初期，月琴还是稀罕的舶来乐器，因而阿兰的技艺就显得难能可贵了。就算不去做唐人的生意，仅凭弹奏月琴的技艺，就足以吸引大批艺伎上门拜师了。故而，阿兰家整日热闹非凡，弟子、来客络绎不绝。

这正中统太郎下怀。阿兰家越热闹，就越便于他们藏身。统太郎和吉井伪装成"学医的亲族兄弟"，藏身于阿兰家二楼最角落的客房里。

这日，统太郎正在房内研墨打算作画，吉井多闻则躺在一旁打盹。隔扇忽然被拉开了。"统太郎，这会儿方便吗？"说话的是这宅子的主人，阿兰。

"方便，怎么了？"统太郎放下墨，问道。

"我得借这房间一用。"阿兰单手拿着月琴，在她身后跟着一名十五六岁的姑娘，粉嫩嫩的小脸讨人喜爱，只不过此刻秀眉紧锁，抿着嘴唇，似乎有烦心的事情。

"好，好。"统太郎马上起身。

"我要单独教导这丫头，还得麻烦两位去楼下稍等片刻。"阿兰的语气有些许不多见的强硬。

"房东有令，岂敢不从……走了，走了。"吉井很快地从被褥上爬起来，显然根本没睡觉。两个男人不敢逗留，赶忙离开了房间。

阿兰催姑娘进屋，拉上了隔扇。随着"啪"一声隔扇碰撞的轻响，那姑娘跪倒在地，立马就要哭出声来。"嘘，别作声！"阿兰连忙掩住姑娘的嘴巴。等听到外面的脚步声渐远，消失在楼梯口，她才收回了手。

　　"抱歉、抱歉，我没忍住……"

　　"没事，那两人都是我身边人……阿仙，到底出了什么事？你这样慌张。"阿兰低声问道，同时用象牙拨子弄出些声响。

　　"大事不妙，官府在这趟自泉州来的船上发现了《圣经》！"

　　"什么？"阿兰惊叫，又慌忙捂住自己的嘴。

　　阿仙提到的《圣经》，并非佛教经文、儒家典籍，而是天主教的经典著作。

　　在切支丹[1]禁令盛行的年代，即便是一本小宣传册，也足以让幕府要人性命。早在丰臣秀吉时代，日本的统治者便开始打压天主教。到了庆长十一年（1612），德川幕府更是拆毁京都的教堂，命令信奉天主教的大名有马晴信切腹，并在两年后（1614），将高山右近[2]等一百四十八名切支丹流放到马尼拉、澳门等地。

　　元和[3]八年（1622），长崎五十五名切支丹被幕府公开处决，后世称这一事件为"大殉教"。宽永七年（1630），天主教的相关读物被幕府拒于日本国门之外。其后，日本的切支丹不堪幕府迫害，在岛原武装起义[4]。幕府付出惨痛代价才镇压了这一叛乱。这一战，使得幕府对切支丹的憎恨变得更加不可收拾。

　　而现在不过是原城之战后的第六年。幕府将荷兰商馆从平户移至长崎，为的是将兰人[5]隔离在长崎出岛，以便管束。而幕府在长崎建造唐人区，集

---

[1] 日本战国时代、江户时代，乃至明治初期对国内基督徒的称呼。

[2] 原高槻城主。精通茶道，是利休七哲之一。信仰天主教，他致力于推动领地内的居民信奉天主教。最终客死在马尼拉。

[3] 日本年号，从 1615 年到 1624 年。

[4] 发生在江户时代初期日本历史上最大的武装起义，又称岛原·天草之乱。因幕府推行锁国体制，强硬镇压天主教徒而引发的武装起义。

[5] 主要指荷兰人，也指欧洲人。

中隔离在日唐人，则是元禄年代[1]之后的事。眼下，唐人还可以和日本人混居。在幕府看来，天主教是西方舶来品。为此幕府恨不得在长崎的每个兰人身上都安一双眼睛，对同样是外来的唐人却没多少戒心。幕府认为，浸淫孔孟之道的唐人[2]，不至于去接纳天主教这种西方的宗教。

每有唐船入港，长崎奉行的检吏都会携通事（翻译）一同上船，将写有相关法度的木板挂在桅杆上，由通事高声朗读，并要求外海船员一一复读，但这些显然都是走流程的表面工作。进行货检的目的也不过是防止人参、麝香、沉香等走私进港。然而谁想这次竟发现了与天主教相关的文书。

"是横版文字的？"阿兰问道。

阿仙摇摇头，说："是汉文的……"

"啊……"阿兰一声叹气，"这可真……横版还好解释，怎么偏偏是汉文！"

赴日通商的明商为了图便利，不断向幕府灌输"唐人无切支丹"的观念。但事实上，天主教早就在中国南方地区传播，和葡萄牙人频繁接触的广东、福建地区，有不少天主教徒。而和日本通商最多的，正是粤、闽两地。

正因幕府坚信"唐人无切支丹"，唐人教徒经常会协助日本地下切支丹传递消息。唐船上有汉文的天主教文书，就是明摆着承认唐人有切支丹。若是横版洋文，还可狡辩说看不懂，不知是何物；若是汉文的，就辩无可辩了。

"这《圣经》是给日本教友捎带的，还是一时疏忽带上船的？"阿兰强行镇定心神，但她的睫毛在微微颤抖。

阿仙摇头，声如蚊蚋道："不是疏忽，就是给日本教友带的。"

"好吧……"阿兰拨动着象牙拨子，如泣如诉的琴声响起，"我弹些曲子，省得外面人生疑。阿仙，你继续往下说，我听着。"阿兰用修长纤指抚着琴弦。

"官府从船上抓了七人。"阿仙继续道。

---

[1] 元禄年代为 1688 年至 1702 年。

[2] 日本在唐朝灭亡后用"唐、唐土"之类的词语指代之后的王朝，也用于笼统称呼外国人。故此处的唐人、大明人都指到日经商的中国人。

"全部被带走了？"

"嗯……据说，这书是伊势町的庄次大叔托唐船的人捎带来的……"阿仙说到一半，又流下了眼泪。

"简直胡闹……"阿兰这话刚一出口，却又不忍继续责备了。委托唐人偷运禁书，确实过于轻率荒唐，但在长期封闭的环境中，一本能够读得懂的汉文《圣经》是多大的诱惑，阿兰身为切支丹，怎会不理解。

"庄次大叔一定是太想读那书了，不然不会这么糊涂的……"

阿兰弹奏月琴的节奏逐渐放缓，叹了一口气，说道："是呀，将心比心，谁不糊涂呢？"

"阿兰姐，你说唐船的水夫会把庄次大叔供出来吗？我听说奉行的拷问手段可吓人了。"

"傻丫头……你多虑了，"阿兰轻声安慰道，"就算是在脖子上架着刀，他们都不会开口的。尤其是唐人信徒，他们成天把'信义'二字挂在嘴边，可做不出这等背信弃义的事。"

"嗯……"阿仙轻飘飘的答复被琴声所掩盖。阿兰拨动琴弦的节奏又快了。

"阿仙，你不是有朋友在奉行做通事吗？如果有这七个人的消息，麻烦尽快告诉我。"

"好。"阿仙乖巧地点点头。

在明治二十年（1887）编纂成册的《长崎年表》中，在正保元年（1644）一栏记载了三项，恰巧都涉及唐人。第一项提到了逸然和尚赴日：

> 唐僧逸然，大明浙江仁和县人士，名性融，号浪云居士，来日担任兴福寺第三代住持。擅作画，渡边秀石[1]、僧人河村若芝[2]等皆出其门，乃是长崎汉画之祖。于宽文八年（1668）七月十四日圆寂，享年六十七。

---

[1] 江户前期活跃在长崎的画家，是长崎汉画的代表人物，长崎唐绘目利派的开创者。

[2] 江户前期活跃在长崎的画家，发展了长崎汉画。被称为"奇想的画家"，画号风狂子。

第二项如下：

> 任唐人林友官、黄武官、周辰官为切支丹密探，彻查信奉天主教的唐人。

最后一项：

> 查出唐人天主教信徒共七人，处斩。

那一年担任长崎奉行的有两人，分别是山崎权八郎和马场三郎左卫门。

在长崎的海岸边上，有一座名为立山的寻常山丘，山顶平坦，草木繁密。当时葡萄牙商人还被允许在日本境内活动，他们中有人恳求幕府不要在寻常地点处决；也许是官吏收了他们好处，竟也许可了。庆长元年（1596）十二月，曾在立山处决二十六名切支丹，立山也因此扬名。

自那次大殉教后，立山以及周边就变成了处决切支丹的专属场所。被发现私藏禁书的那七名唐船乘客也殒命于此。

在异国，因异端之罪名被处死，这七名唐人的命运着实悲惨。若是日本教徒，肯弃教，就能保全性命。劝说切支丹弃教对官吏来说是前途可期的大功一件。故而审问日本教徒时，官吏都会不择手段、软硬兼施地诱导其弃教，给在牢狱中的教徒一些优待，打些感情牌，等等。但劝唐人改宗就算不上任何功劳了。在官吏搜出汉文《圣经》的那一刻，这七名唐人就已难逃一死了。

数日工夫，在唐船发现《圣经》一事便传遍了长崎。据说，长崎奉行想借此机会查出更多日本教徒。

在阿兰家二楼，两名食客正谈及此事。吉井多闻叹息道："能不能审出更多切支丹，可是关乎官老爷的前程。可这七名唐人，唉……"言罢，他瞥了眼统太郎的反应，"你一定很焦心吧？"

"我？"统太郎一时没反应过来。

"同胞受难，你不难过吗？"吉井神秘兮兮地压低声音道。

"哦……还好……"统太郎含糊道。他有些后悔和吉井太过推心置腹了。

"身处异国，举目无亲，他们一定活得战战兢兢，不容易呀……"吉井说完倒头就睡。

对于七名唐人切支丹遭严刑拷问的传闻，长崎民众私下议论纷纷，舆论的风向更偏向同情。自从幕府颁布锁国政策后，唐人在长崎市内被规定了指定的住处——"指宿"。"指宿"和混居的区别不大，多少考虑长崎当地人的情绪。唐人行商在长崎市内住宿，除了住宿费，还要依据交易额向客栈老板支付"口钱"[1]。那时，长崎总人口只有五六万，而在留唐人有数千之多，巅峰时甚至上万，当地人无不以此为傲。

另外，长崎作为日本唯一的通商口岸，虽然幕府有禁令，但民众对切支丹没什么偏见。在这种环境中，当长崎民众得知七名唐人切支丹的遭遇时，即便不敢口头声张，在心里还是会同情。

由于被捕唐人未必懂得日语，所以需要有通事参与审问。这些通事大抵是在日唐人的后代。通事一职按等级分作大通事、小通事、实习通事、内通事，审问人犯一般会用小通事或实习通事。审问的消息传到了丸山町，人们无不闻之色变："你们听说了吗？颍川小通事去做了审问的通译，离开奉行所的时候，那面色就像从地狱走了一遭。"

"你还真别说，吴通事那日也像是被摄走了魂魄一样。"

"林通事到家后，连隔夜饭都吐了出来。"

这些唐人子孙有保留祖上汉家姓氏的，也有改日本姓氏的。即便改姓，他们也会优先选择祖上的家乡名称，例如"颍川"就是河南地名。

阿兰心如刀绞却不敢表露分毫，因为她明白：身为切支丹更该谨慎，一言一行都可能关乎教友的安危。越是在这种特殊时刻，阿兰反倒笑得更爽朗了。一直以来，阿兰身边的弟子、访客对她的印象都是"不拘小节、豪爽英气的巾帼女师傅"，没有人知道在这爽朗的笑容之下，她有多痛苦……

这日，吉井多闻从奉行所归来，嘴里嘀咕着："明知这些人死期将至，还要尽力救治他们，治好了又能怎么样？再让他们多受些苦吗？如果行医就是这样的职业，我宁愿去做苦力！唉……人在屋檐下呀……"这句自言自语的嘀咕，让阿兰心中绷紧了数日的弦突然断裂。她比谁都清楚自己此刻的表

---

[1] 即"口錢"，日语中回扣、手续费的意思。

情是何等悲痛。

阿兰对吉井多闻了解不深，只知道他是郎中，来长崎是为了学习兰医。统太郎遭人绑架险些丧命，被偶然路过的吉井搭救。但他丝毫没有避难的自觉，整日毫无顾忌地抛头露面，还拜了一位兰医为师。凑巧这位医者又应招去诊治奄奄一息的唐人切支丹，吉井便借担任助手的机会，混进牢里。

听吉井聊到七名唐人的惨状，阿兰趁旁人不注意，使劲地揉了揉自己的面颊，强装开朗地搭话："吉井老板，干一行爱一行，消极怠工可不成！"

"苦命呀，熬过了这么多折磨，最终还是难逃一死。"吉井伸伸腰，"唉，漂洋过海到异乡谋生，竟落了个惨死他乡的结果……"他的语气中没有丝毫的干劲，想必今日又要告病假了。

还好，他好像没注意到我的脸色……阿兰下意识地摸了摸自己冰凉的面颊。从吉井口中得知七名唐人被处以死刑的那一刻，阿兰只感觉体温被一丝丝地抽走。恐怕只有阿兰知道自己这副开朗的伪装能维持多久。

在大殉教的年代，刑场的栅栏外还有人支持切支丹死囚。但如今支持者都会被当场逮捕，步栅栏中人的后尘。现在已经没有什么人会来凑处决切支丹的热闹了。

栅栏之外，目睹处决全程的吉井哀叹一声，对身旁的统太郎道："唉，怎一个惨字啊……"

"远在家乡的家眷若得知至亲这般惨死，不知会做何感想……"统太郎和栅栏中人非亲非故，却心如刀割，只感觉体内那另一半唐人血脉滚滚发烫。

在归途，两人一路无话，脑海之中全是那惨无人道的一幕幕场景。

"你发现没有？"吉井忽然打破沉默，"阿兰老板娘也来观刑了。"

"噢？真的？"统太郎略有惊奇。他既没看见阿兰，更没法把自家姐姐和信奉天主教的唐人扯上关系。统太郎转念一想，阿兰虽是女儿家，却生性古道热肠，她也同样有一半唐人的血脉，来给苦命的同胞祈福，也亦无不可。七名唐人在日本无亲无故，有同胞在场送行，也不算走得孤独。统太郎斟酌再三，谨慎答道："老板娘怕是见这七人无亲无故，心生同情，专程来给他们诵经祈福的。她就是这善良的性子，要不怎会收留我们？"

"祈福？还指望他们能成佛？"吉井苦笑道。

对方忽然来这么一句讽刺，让统太郎有些摸不着头脑："此话怎讲？"

"'诵经'无外乎'南无阿弥陀佛'，切支丹会念'南无阿弥陀佛'吗？"吉井这番话说得面无表情，脚下木屐踩着石阶，"咔咔"作响。

"为何又扯到切支丹？"统太郎总觉得这词汇有一股异样的感觉，似乎在"生"和"死"之间徘徊，又有些异域情调，让人联想到阎罗地狱……

"你和阿兰老板娘的关系想必非同一般吧？这世道，哪有人能义无反顾地收留你这样的是非之人……但阿兰老板娘做到了，情分都到这种地步了，你真的不知道阿兰老板娘的身份？那我真是高估你了！"

"你到底在说什么？什么身份？"

"还能有什么身份？阿兰老板娘是切支丹。"吉井语气不变，就像在唠家常。脚下已经由石阶换成了湿漉漉的草地。统太郎停下了脚步，看着吉井随脚把一块石子踢进身边的小河里，"扑通"一声，仿佛沉入了统太郎心底，让他感觉浑身冰凉。

统太郎压低了声音，紧张地质问道："莫要胡说，你可有根据？"

"你可还记得那日，阿兰老板娘带了阿仙姑娘来，还让咱俩让出二楼房间给她们单独说话？"

"自然记得，那又如何？"

"我留心去打听了一番。你猜如何？那日恰巧是七名唐人被捕之日。"

"此话当真？"

"我再浑球，也不至于拿切支丹说笑。"

"你怎么留心的？"

"我一看到那阿仙姑娘，就觉得她有心事。不知你听到没有，我们刚走出屋子，里头便隐约有些抽泣声。想必是没了外人，那姑娘一时没忍住。"

"你太多心了，我丝毫都没听到。"

"不仅如此……"吉井继续道，"咱们下楼后，楼上传来阿兰老板娘的月琴声。我虽是个粗人，却略通音律。那琴声和寻常相比多了一丝慌乱。"

"仅凭这几点就断定阿兰老板娘是切支丹，也太……"统太郎仍残存有一丝侥幸，又不得不承认吉井的猜测很有说服力。

"确实不够，但自那以后，我便暗自留心老板娘的神色举止，越是观察，便越能笃定心中猜测……你且宽心，我不是忘恩负义的卑鄙小人，不会告密。"

"难以置信……"统太郎嗫嚅道。

"老弟，觉得难以置信不见得是坏事。人活于世，知道得越少越轻松。"吉井一脚踩在泥泞之中，抬脚时用力过猛，带起一摊泥水，飞溅到了统太郎的额头上。统太郎没说话，默默地拭掉额头上的泥水。

从回城的山道上，可一瞥长崎的一隅海景。统太郎眺望着海面上飘扬着的船帆，思绪万千。两人经过一棵古松，走在前头的吉井忽地驻足，而魂不守舍的统太郎险些撞了上去。

"统太郎……"松树后传来一声呼唤，统太郎听出来是阿兰。

"这叫说曹操，曹操到！"吉井笑道。

"你们正聊我？别是在背后数落我吧？"阿兰豁达地笑道，平日里再寻常不过的笑声，此时听起来却有几分不由衷。

"哪能呀，我正夸老板娘人美心善。"

"您真爱说笑。"阿兰态度一转，严肃道，"吉井大哥，我想和统太郎单独说两句，您能否回避一下？"

"哎哟，那我可真碍事了。你俩不会是……"吉井的眼神顿时暧昧起来。

"您何必明知故问呢？朝夕相处了这么些日子，您应该早就瞧出我和统太郎是同父异母的姐弟了。"

"那我就不打扰你们姐弟说话了。我这就靠边站。"吉井四下张望，想寻一处地方歇息。

"我俩不知要耽搁多久，要不您先行一步？"

"嗯，那回头见。"吉井似乎事不关己一般，扭头便走。

"阿姐，出什么事了？"吉井还没走远，统太郎就毫不避讳地称阿兰"阿姐"。现在没有隐瞒两人关系的必要了。

阿兰没有直接回答，而是等吉井的身影消失在坡道尽头，才开口道："统太郎，阿姐我……不能回家了。我本想就这样走的，但还是忍不住想见你最后一面……我是来道别的。"

"阿姐，你别吓唬我，到底出了什么事？"

"莫问缘由，这是为你好。总之，我没法在长崎待下去了……不只是长崎，就连日本……"话未说完，阿兰忽然噤声，退回到松树阴影处。原来是两个观刑而归的路人朝这边走了过来。

待那两人走远，统太郎也走进树荫处，低声问道："阿姐，你真是切支丹？"

"你从哪里听说的？"阿兰很吃惊。

"不瞒你说，我刚和吉井就在聊这个。他怀疑你是切支丹……"

"那郎中？他说聊起我，就是说这？"

"是……但你大可放心，他不是那种卖友求荣的人。"

"无所谓了，反正我就要远离这是非之地了。"

"阿姐这是打算出海？"

"嗯，去父亲的家乡。我对长崎……不，对日本已经心灰意冷了，无论是人还是事，全都是背叛和欺骗……"

"背叛？谁背叛了？"

"阿仙托熟人查了，这次的唐人切支丹一案是因为教徒里有叛徒出卖，谋求私利！那人还装成一副受害者模样，真令人作呕！"

"有人告密？"

"对，我已经知晓那人的身份，告诉你也无妨……他叫庄次，住在伊势町。他先是故意委托唐人教友捎带《圣经》，转头就向官府告密。下一步怕不是妄想把日本的教友一网打尽。好在唐人教友讲信义，宁死都没有出卖……你说这畜生是不是令人作呕？"阿兰气极，狠狠地啐了一口。

"这么说，那宅子已不能再待下去了？"

"奉行已盯上那宅子了，我暴露身份是迟早的事……统太郎，你最好也另寻他处避一避。"

"那阿姐你……"

"不用担心，自会有人肯收留我。父亲生前的手下就住在长崎……海盗最讲忠义，不会出卖头领的家眷……"说到这里，阿兰的双眸又湿润了。

"咱生父的……手下？"统太郎瞪目结舌。自从被赶出林田家，统太郎就已经有了无父无母、浪迹天涯、孤独一生的觉悟。然而，同父异母的姐姐阿兰告诉了他关于已故的父亲的事情。阿兰对于这位亡父讳莫如深，又或许是因为她也对生父知之甚少。

这位生父有下属，且就住在周边……统太郎一时间不敢相信自己的耳朵。

阿兰察觉到了弟弟的异样，问道："发什么愣？"

"你说，咱生父有下属？"

"这有什么稀奇，他可是数一数二的南海霸王。"

"那，那岂不是和福松的老爹一样……"

说到南海霸王，统太郎立马联想到福松的父亲——郑芝龙。在长崎谁人不知晓？从大明南部来的唐船上都挂着"郑"字旗。郑芝龙，字飞黄，是家中长子，故得绰号"一官"。福建方言中，"官"不仅指朝廷官吏，更是民间泛用的尊称。长崎当地人将郑家唐船统称为"一官船"。说来凑巧，被处刑的七名唐人切支丹，全是一官船上的船员。

"你指的可是郑芝龙？这人曾经是咱父亲的下属。"阿兰一脸自豪。

"啊？"统太郎的眼珠子险些掉地上。

"我想让你和大明撇清关系，所以没有和你细说父亲的事。既然都这样了，我也应当告诉你。父亲姓颜，名思齐。颜思齐，你可耳熟？"

"何止是耳熟……"统太郎点头，接二连三的意外让他有些麻木了。

颜思齐这名号在平户可谓家喻户晓。众人提起此人皆交口称赞：好一位威风凛凛大英雄！唐人给颜思齐取了一个绰号"日本甲螺"。"甲螺"在日语里和头目的发音相同，可见其在唐人心中的地位何等崇高。"日本甲螺"颜思齐的侠义事迹算得上满坑满谷。据说他武艺高强，还深谙日本武术。

"这样的大侠，竟是我父亲……"统太郎心中涌起一股莫名的感情。他来到人世二十余载，首次得知生父身份，居然还是大名鼎鼎的英雄人物……这让人怎能不心潮澎湃。恰巧，海面上飘过一张白如初雪的巨帆，犹如一道极光掠过碧蓝，仿佛在回应统太郎那不可名状的感慨。他的视线不禁随这白帆远去……某种柔弱如丝却又坚毅如钢的思绪袭上心头，他不自觉地脱口而出："阿姐要出海，愚弟愿同行！"

此言一出，阿兰瞠目结舌。别说阿兰，就连统太郎自己都不敢相信这是自己所说的话语。

"你、你可别说笑……"

"若我胡说，天打雷劈。"统太郎坚毅地说。

"你……"阿兰语塞，双眸紧盯统太郎，确认着他的心意。

统太郎远眺那白帆。"阿姐，若我胡说，天打雷劈。"统太郎坚定地重复着，像是说给自己听的。

"是吗……"阿兰垂下了头，声如蚊蚋，"你在日本二十余载，已经和此地浑然一体，本该像这样太平一生。全怪我带着你的身世，把你牵扯到那块陌生的土地……"

"阿姐可千万别这样说，我不怨你，还得感谢你……"白帆消失在海平线下。统太郎心中涌起从未有过的坚定：命运要他离开日本这片土地。他想起从小到大，呼唤了无数次的"福松"。这莫非是某种冥冥中的启示，预示他将离开日本。

"好吧……"阿兰叹道。她知道弟弟心意已决，决定不再相劝。

"阿姐，你这是答应带上我了？"统太郎的喜悦溢于言表。

"是，但又不是……我可以把你带出日本，但离开日本我们就要分道扬镳。"阿兰语气里透着一种不容拒绝的严肃。

"分道扬镳？"

"嗯，我去台湾。你去福建南安，找你儿时的玩伴，福松。"

"为何？"统太郎打心底不愿再与亲人分离。

"实不相瞒，我一直怀疑父亲的死有别的原因，绝不像坊间相传的那般简单。所以，我要去父亲逝世的地方查明真相。"

"那弟弟随你一同去。为何安排我去福建？"

"我怀疑福松的父亲郑芝龙和父亲的死脱不了干系。你想想，父亲死后，谁得益最多？不正是当时海盗团伙的接班人、现今风头正盛的郑一官吗？据我调查，郑芝龙现在就在福建南安县。"

"父亲过世时，福松他老爷子是否在场？"

"他在……我长话短说。但一切真相需要亲自去南安探查。"言罢，阿兰将关于父亲颜思齐之死的传言娓娓道来。显然，她对此谣传深表怀疑。

"日本甲螺"颜思齐，字振泉，万历十四年（1586）生于福建海澄县，天启五年（1625）客死台湾。颜思齐生前常住日本平户，统率在日唐人，频繁出海从商。这所谓"从商"，包括抢劫的海盗营生。要做此类营生，威望必不可少。颜思齐麾下可谓卧虎藏龙，有杨天生、张宏、林福、林翼、李俊

- 022 -

臣、陈衷纪、郑芝龙等人，都不是泛泛之辈。

在德川幕府的统治下，日本局势渐渐归于平稳，结束了战国乱世。幕府又因为切支丹禁令，对外相当敏感。这样的状况使得日本已经不再适合做经商和劫掠的根据地了。作为船队首领的颜思齐早有换地方的打算。他起初计划将老巢转移至浙江海域的舟山群岛。但舟山群岛处于大明辖下。明王朝虽是强弩之末，但还不至于衰弱到允许海盗在自己的疆土上安营扎寨。相比较，台湾的管束就松很多。荷兰东印度公司占据了台湾南部，其势力还未延伸至北部。经过再三斟酌探讨，颜思齐最终决定割据台湾北部。

宽永元年（1624）八月二十五，颜家船队从平户南下。启程的一月前，七月十四，郑芝龙的妻子多喜诞下福松。儿子刚刚满月，郑芝龙便追随首领南下。翌年九月，相传颜思齐因酗酒过度而客死于台湾猪猡山。

"豪饮暴食，不幸感染伤寒病，数日后一病不起。"阿兰从信使口中得知此噩耗时当场恸哭："这不可能。这是骗人的！骗人的！"

阿兰成年后，每当有原父亲的下属，或自南而来之人提到颜思齐的临终模样，她总会选择逃避、否认。据这些人所言，颜首领在弥留之际哽咽道："颜某和弟兄们出生入死已逾几载，本想和诸位共富贵，哪承想竟落得这半生不死的模样……怕是再不能和诸位共赴波涛，扬帆远航了……"他说完这句便断了气，至死都没有指定接班人。众人只能盼望死去的颜思齐能显灵，将接班人选告知他们。

关于接班人选拔，坊间传闻有两种说法：其一，众人将颜思齐生前爱用的宝剑插在米山上，候选者逐一上前祭拜，若宝剑微动，则是颜思齐在天之灵的肯定。这是杨天生出的主意。结果很明显：郑芝龙上前祭拜时，宝剑动了。其二，候选者纷纷焚香祭天，每人将瓷碗掷于坚石之上；若瓷碗无损，则是颜思齐显灵。结果自然是只有郑芝龙几度尝试摔碗不碎。陈衷纪不信邪，喊道："颜老大，你若是在天有灵，要让郑芝龙接班，便让兄弟这碗也摔不碎！"言罢，他用尽全力把碗一摔，恨不得将其摔为虀粉。只闻"砰"的一声，瓷碗完好无损。杨天生高声道："这是上苍之意，更是首领之命，毋庸置疑，择吉日推戴芝龙登首领之位！"这两种说法无一例外都是依赖鬼神断定，年仅二十一岁的郑芝龙接班。

听完这两段匪夷所思的传说，阿兰冷静道："听了这些，你说这郑芝龙是否可疑？谁不觊觎'日本甲螺'的遗产呢？或许有人会为他辩解，当年不过二十出头，但谁又能保证他背后不是另有主谋。倘若父亲真是逝于病榻之上，怎会连遗言都来不及留下？只有一种解答：爹的死有蹊跷。换言之，他是被谋害的！"

痛失至亲的这十多年来，阿兰在心里把上述这番话重复了千万次，将杀父仇人手刃了千万次。现如今，被教友出卖，害得阿兰无家可归，时隔多年替父报仇的怒火再度熊熊燃起。

"统太郎，你和福松自幼交好，南安郑家必定不会将你拒之门外。福松如今已过了弱冠之年，又是家中长子；他要收留你，不会有人反对。

"这都是后话了，当务之急是怎样离开这是非之地。你且回我那宅院，时刻小心奉行的眼线。明日一早，拿黑布裹上我的月琴，去袋町找一家叫作五岛屋的当铺。若不出意外，阿仙会在那儿等你……阿仙就是前些日来找我的那姑娘，接下来就交由她去办。"

说来奇怪，阿兰分明是临时决定带上统太郎同行，说起计划来却有板有眼，仿佛早有准备。

"明早什么时候？"统太郎问道。

"大概巳时前后……对了，你那吉井大哥能看破我切支丹的身份，绝非寻常的郎中。明日把他也带过去。能否劝得动他就看你的本事了。"

"他又别处可去。我相邀，他不会拒绝的……问题是，你打算怎样安置他？"

"待我找人商议后再做打算。"

"好，明日巳时，我会准时。"

"事不宜迟，你回去吧。我再看会儿风景，别再回头来找我了。"阿兰言罢，背过身去。统太郎不敢多逗留，若再磨蹭，免不了要遭阿兰责骂。

他赶回阿兰的宅子；上楼，拉开房门，只见吉井多闻呈大字仰躺在榻榻米之上，双目眨也不眨地盯着房梁。"我猜一猜……你打算随阿兰老板娘逃出日本，对不对？"吉井突然说道。

"你……"统太郎彻底服气了。正如阿兰所言，吉井绝非泛泛之辈，现在距他下决心离开日本不到半个时辰，吉井究竟是如何得知的？

吉井浑然不顾目瞪口呆的统太郎，继续道："巧得很，我也受够了这破地方……能捎我一同上路吗？"

"怎么说？"统太郎好奇道。

"我是对长崎失望透顶了，都说这儿有像样的兰医，哼，竟是些欺世盗名之辈！我前阵子倒是听说，福建的郑一官从台湾请来了荷兰的名医给母亲治病。仔细想想，台湾是荷兰东印度公司的地盘，长崎只能算他们的租赁地。去哪里找像样的兰医？哈哈，说到底，还是我腻了这一亩三分地，想出海，看看外面的世界。"吉井言罢，兴致勃勃地坐了起来。

统太郎见状只好答应："好吧……不管怎样，明天先随我过去。"

"去哪里？"

"去典当月琴。"

告别金陵

据长崎荷兰商馆日志记载，涉嫌《圣经》一案的唐船于1644年9月16日驶入长崎港，其所属者是郑芝龙。在日志的寥寥数语之中，荷兰人丝毫不掩饰他们对这起案件的窃喜。因为郑家船队是他们的竞争对手，船队从大明直接采购生丝运往长崎的买卖损害了他们的利益。荷兰商人在日志里这样记载：他们（涉案唐船的相关者）纷纷表示后悔没在台湾囤货。台湾对外商持友好态度，再加上从大陆往返日本之间的航程是从台湾往返日本的四倍且更加危险。

涉案商船被扣押了足足两个月，直至同年11月18日才得以返航。日志里提及这天有五艘巨型唐船出港。上述日期出自荷兰人的日志，采用公元纪年。若是按照大明或日本采用的农历，涉案商船出港的日期是十月十九。

统太郎三人神不知鬼不觉地潜入其中一艘船。这类唐船又俗称"泉州船"。泉州府隶下有晋江、南安、同安、惠安、安溪、永春六县，知府在晋江。郑芝龙的家乡南安就在其西北不远处。此时，郑芝龙已接受南明[1]朝廷册封福建总镇。他在晋安的安平镇建筑城池，常驻于此。按计划，统太郎一行将在安平上岸，吉井随阿兰在此处换船前往台湾。

"这艘船经停安平城，从那里上岸，你就离福松不远了。和他久别重逢，你有没有很期待？"在船上，阿兰和统太郎用汉语交谈。尽管有些蹩脚，但他们在唐船上都尽量用汉语交谈。这也是为登岸做些准备。"当年分别时，

---

[1] 南明是指从1644年到1662年明朝宗室在中国南方地区建立的数个政权的合称。

他不过是个七岁稚童……一转眼都十四载了，不知道他变成了什么模样。"统太郎蹲坐在甲板上道。阿兰没回话。她从方才起一直虚抚着琴弦，眺望远方的琉球群岛。

"福松！"统太郎在心中再度呐喊那熟悉的名字。这呐喊马上就能得到真正的回应了。然而好事多磨，统太郎没能如愿在安平城和好友重逢，只见到了其父郑芝龙。郑芝龙青年时便是貌比潘安的美男子，如今他正值龙虎之年，眉目端正的面庞上更是多了一分不怒自威的气势。"福松？噢噢，你指的森？他不叫福松多年了，现在叫森，在南京求学……你也知道现在形势严峻。我已派人催他赶紧回福建，恐怕小兄弟你要在寒舍等一阵子了。"郑芝龙用流利的日语道。他接手颜思齐船队之后，曾数度往返日本，顺道还给福松添了个弟弟。

福松七岁到福建后便改名为森。他年纪轻轻便考上生员[1]，被推举到南京太学读书，更得南京名士钱谦益赐字大木。他获得"成功"之名要在重返福建之后了。故而，此刻还没有郑成功，只有郑森，字大木。他虽然刚过弱冠之年，却已成婚多年，育有一子。

明太祖朱元璋一统中原，定都南京，传位给皇太孙朱允炆。燕王朱棣夺建文帝位，迁都至他的封地北京。明朝在北京、南京各设"国子监"。之后，在南京保留的机构大都是空壳，只有国子监还是名副其实的太学。能在南京国子监中深造的郑森，毋庸置疑是指日可待的出将入相的人才。

郑森慵懒地倚在国子监的栏杆上，远眺南方。他的好友陈方策也以同样的姿势眺望着："此美景，果真百看不腻。"

"是啊，只有风光犹在……"郑森答道。

"风光犹在，风光犹在呀……"陈方策重复道，面浮苦笑。

两人同是血气方刚的弱冠青年，也是敏感细腻的秀才郎。

"'国破山河在'……我方才翻阅杜甫诗集，随手一翻便是这句。这可不是好兆头。"

---

[1] 在太学等处学习的人统称生员，明代指通过最低一级考试，被录取入府、县学的人，即秀才。

"北有鞑子铁蹄将至，南有党争钩心斗角……"陈方策冷哼道。没人能阻止热血青年义愤填膺，正如没人能阻拦明朝走向衰亡。身处这般国将不国的乱世，太学的青年自然义愤填膺。弊政，甚至可以说是暴政，使得大明各地民不聊生，百姓揭竿而起。转眼间数十年已经过去了。起初，起义者鱼龙混杂，很难有大作为。驿卒李自成联合各路势力，将原本的乌合之众塑造成了正规的起义军。这数年来，他的势力逐渐占据了大明版图的西部，对京师虎视眈眈。

如果说李自成的起义军只是内忧，那么北方的后金则是名副其实的外患。女真人在努尔哈赤统率下，于萨尔浒大破明军。

泱泱大明英雄辈出，却无一人能力挽狂澜，解救国家于危难之际。朝廷内部派系复杂、明争暗斗，但凡一人立下显赫战功，都会遭到反对派嫉妒和谋害，不得善终。位极人臣者家破人亡是常事。救国的英雄还未登场，便已经被扼杀在襁褓之中。

然而祸不单行，如此乱世，在位君主又偏偏是大明王朝十六个皇帝里最生性多疑的崇祯。

崇祯十七年（1644）正月，李自成率部从山西出征。三月十七，兵临京师城下。走投无路的崇祯皇帝登上紫禁城北面的煤山，以长发覆面，自缢身亡。煤山是一座人造山丘，现名"景山"。崇祯皇帝留下遗诏："朕薄德匪躬，上干天咎……朕死无面目见祖宗于地下……任贼分裂朕尸，勿伤百姓一人。"

京师沦陷前，朝廷曾四方求援。抵御八旗铁蹄的猛将吴三桂镇守山海关，得到急报，当即率援军星夜奔赴京师，但随后便传来了京师沦陷的噩耗。然而最让吴三桂震怒的，不是京师失守、君王自缢，而是自己的爱妾陈圆圆被霸占。羞愤让他失去了理智，为了夺回陈圆圆，他不惜乞援于清廷。

吴三桂的乞援对清廷而言无异于天降福音，毕竟清兵再骁勇，也难以攻下山海关这道铜墙铁壁。如今山海关的守将主动打开关门，清军兵不血刃地入关，不费吹灰之力便击溃了李自成主力，入主京师。全族皆兵的女真人早在奉天修造了皇宫，国势渐威。此时在位的是年仅六岁的顺治皇帝，其叔父多尔衮战功赫赫，担任摄政王。

再看南面，噩耗传来，在南京的明朝遗臣就着手择出新帝，以马士英、阮大铖为首的主流派想即刻扶持福王（万历皇帝之孙）登基继位，此举遭到

东林党 [1] 和复社文人 [2] 的抗议。江南的派系之争到了不可收拾的地步。

"风光不晓人愁,春去秋来,萧萧瑟瑟……"郑森不忍去看那泛黄的树叶,叹道,"鞑子一路西进山西,将李自成赶到了陕西,另一路侵占了山东,南侵迫在眉睫……这紧要关头,朝廷竟在忙于选秀?"陈方策应和着也发出一声叹息。他比郑森更痛心疾首。

"李国辅那阉官去苏杭选秀女,惹得民间人心惶惶。荒谬,荒谬!"郑森皱眉道。

皇帝下旨严禁民间在选秀期间进行婚配:天下美女,当由天子先选。先帝自缢于煤山不到半年,朱由崧新登基便开始搜罗天下美女了,民心与南京弘光政权渐行渐远。

"放眼不是前线战败,就是这等荒谬事,真叫人忍无可忍。"陈方策显得十分焦躁。

"你在家乡苏州可有相好?"郑森话锋一转,问道。

"我在家乡的红颜知己何止数十人?"陈方策自嘲道。

选秀旨意一出,官府会在当地有适龄女子的家宅门上贴一道黄色的封条,以此杜绝民间藏匿女儿。官府未必对家家户户的女眷了如指掌,但邻里就不同了。若某家分明有适龄女眷,宅门上却无黄纸,就是犯了藏匿之罪,告发到官府可获得不菲的赏钱。此等选秀,不仅把寻常有女儿的人家搅得鸡犬不宁,更害得无数少年郎战战兢兢,担忧于失去意中人。

血气方刚的陈方策就是这些少年郎中的一个。哪个少年不想有保家卫国、护得意中人周全的力量呢?既愤慨于国之危难,又无奈于个人境遇的无力,让他难以抑制心中的怒火。

"要不要出去散散心?"郑森问友人。

"我正好心里苦闷,走吧。"陈方策言罢,兀自向前走了;郑森赶紧跟了上去。

"去哪里散心?"

---

[1] 由被明代思想家顾宪成在东林大会讲学而吸引的人形成的政治派别,力图改变明末混乱的政治现状,挽救明朝政权。

[2] 明末多个文社联合。其抗议本质是抗议阮大铖误国。

"除了曲中，还能去哪里？"

曲中是秦淮河畔的寻欢街。早在明初，便有富贵院等众多大名鼎鼎的销金窟聚集于此，故而周边又被当地人称作旧院。洪武帝[1]定都南京后，在曲中建十六楼，将官妓安置于此。据明清文人余怀《板桥杂记》所载，此处聚集了无数美妓、歌妓，极尽美貌才华，令世间男子为之倾倒。其中，名妓花魁不仅能歌善舞，还擅长诗词歌赋。

地处曲中的妓院大多在秦淮河沿岸，故又被统称作水楼。

秋日的暮色洒在淡蓝的丝绸帘子上，将屋内染成翠绿。"是啊，解忧非旧院莫属……"郑森笑道。

二人抵达妓院门前，陈方策忽然调侃道："大木兄，你流连这等寻欢地，怎对得起千里之外在福建的新婚娇妻？"

"新婚娇妻？我已有一子，新从何来？"郑森豁达大笑。

"那，你是否思念自己的骨肉？"

"无一日不思念。"郑森坦然道。

"身世显贵，有家有室，羡煞旁人。"陈方策虽是正经官宦之后，但家世平平，难称富贵，和豪强一方的郑家相比自然是相形见绌。

"唉，不提这个了。"陈方策话锋一转，笑道，"你打算怎样安排少珠？"张少珠是两人经常光顾的名妓，在郑森来南京之前本是陈方策的相好，谁知竟被郑森夺得了佳人芳心。陈方策大度，便退让了。

"难办，我正烦恼。"郑森答道。

"烦恼什么？以你的家世，多娶几房妻妾回去又何妨？你该给她落籍了，莫耽误了人家青春年华。"

"我起初是有此打算的……"

"怎么，你现在改主意了？"

"再三斟酌下，这怕是行不通……少珠必须照料体弱多病的母亲，不可能离开金陵。"

"尽孝道，这是必然，她为何要离开家乡？"陈方策一时没反应过来对

---

[1] 即朱元璋。

方的话中意，"难道说大木兄要回福建？"

"这些烦心事，改日再聊。不是来解忧消愁的吗？"郑森言罢，推开了半掩的院门。

数声犬吠之后，满脸媚笑的老鸨迎了上来。金陵的妓院都会养一只看门犬，用来告知有客上门。这里有个不成文的规矩：不谈国事，一旦谈论必遭人侧目。郑成功与陈方策二人都是风月场的老手，懂得规矩，熟门熟路地登厅堂、喊姑娘、叫茶围。郑森把玩着酒杯，不禁低声吟诵了几段白乐天的诗作。即便这隔绝乱世的温柔乡也无法让两人纵情酒色，忘却心中烦恼。

"大木公子，今日怎有空来看奴家？"张少珠给郑森斟酒，"大木公子"的称呼方式表明两人不一般的关系。

"时日无多，自然想日日相见。"郑森答道。

"明日你莫邀我，坏了你二人独处。"陈方策冷漠道。好友显然先把归乡之事告知了姑娘。他心里有些不痛快，转念一想，若换作自己也会先向红颜知己倾诉。酒过三巡，众人还未尽兴，郑森却落杯道："备画舫。"

画舫，顾名思义是以画装饰的小舟。寻欢客和妓女可在画舫上共度良宵。

张少珠唤丫鬟去准备画舫，郑森却语出惊人："方策，你也随我上船。"

"你这闹的是哪一出？"陈方策猝不及防；只见姑娘面色不变，看来郑森已经打过招呼了。

"我有些话，要单独和你说。"

"好吧……"陈方策不再推辞。他猜测，郑森想说的八成是寻欢所里禁忌的国事。

烛火通明的画舫不仅是水上的温柔乡，还是密谈的好场所。唐代杜牧有诗云"烟笼寒水月笼纱，夜泊秦淮近酒家"，足以佐证早在盛唐，秦淮两岸便已是灯红酒绿。从四方而来的画舫驶进同一条河道，俨然就是一列看不见尽头的船队；从远处眺望，便是一条遍体通红的火龙。夜幕降临，河面上管弦交鸣，热闹非凡。

"说吧，到底是什么事？"陈方策打破短暂的沉默。

"我求方策兄……关照少珠。"郑森道。

"好算盘，你回福建逍遥快活，却让我来照顾她？"

"确实如此……她若遇上了烦心事，还望你照顾她。"

"哈哈，你不怕我乘虚而入？"

"这世间缘起缘灭，没到最后，谁猜得到结果……"

"我懂了……好你个郑森，你是厌弃了这南京的种种丑陋，想逃回家乡享福去！"

"非也！你方才说这乱世之中，凭实力说话。就凭我俩的两对手脚，赤手空拳岂能救国于危亡？我在南京是一介书生，回福建，依附我南安郑家的权势，就有兵有船，有了实力！"

"戏言而已，莫较真……据说，朝廷赐封令尊南安伯？令尊真乃乱世英雄……但郑森你有能力继承这家业吗？"陈方策注视郑森道。

南明朝廷派钦差陈谦赴南安赐郑芝龙南安伯爵位。相传：当时，南明朝廷根本没把地处福建南陲的南安放在眼里，只当是边陲小城。钦差陈谦持赐封文书到了南安，竟误以为自己走错了道，掉马回头。

"我正有此意。"郑森坚定地点点头，"家父年仅二十便坐上了第一把交椅，但对船队没有绝对的统帅权。之后二十余年，他不断巩固权力，这努力的成败就在当下了。如今，南海众头领名目仍在，若一招不慎，就会顷刻分裂。我这般匆忙回乡，为的是在紧要关头辅佐父亲。"

"你家里是否有兄弟？"陈方策问道。

"有四个异母的弟弟，尚年幼。"郑芝龙将郑森生母留在了平户，回乡又娶了一房颜氏，育有四子。他不顾郑森年幼便安排他回国，无异于对外宣告其继承人的地位。郑家拥天下五斗之财，谁不觊觎郑家的巨额财富？但郑森不甘只做这富有四海的财主。

前任首领颜思齐暴毙，众人推举资历最浅的郑芝龙继位。这是防止权力垄断的良策。郑芝龙上位后的很长一段时间，集团的大权由陈衷纪牢牢掌控。其后，集团分裂成了"招安派"和"台湾派"。以郑芝龙为首领的招安派归顺了朝廷。陈衷纪则率领台湾派留在了台湾，开垦贸易。然而这分裂却是集团的计策，毕竟历朝历代对海盗都毫不容情。故而他们佯装分裂，留一半人在台湾作为保障。郑、陈二人之间的联络从未中断过，郑芝龙仍遵从陈衷纪的命令。到了崇祯元年（1628），陈衷纪在海上遭同行李魁奇杀害。翌年，郑芝龙在金门湾捕获李魁奇，替陈报仇。崇祯八年（1635），郑芝龙全歼海盗刘香船队才算获得真正的统帅权。迄今为止，郑芝龙以官兵的名义，不断讨伐海盗，收编败者，以扩充实力。

集团的原头领在郑芝龙帐下做幕僚、长老，地位崇高。然而随着集团吸纳各方势力，不断壮大，长老的权威渐渐减弱，又在无形中提高了郑家的权威。除此之外，郑芝龙极具经商天赋，一官船贸易所带来的财富，使得他的地位更加稳固。南安伯的爵位意味着郑家势力步入鼎盛。

"方策呀，方策……"郑森悠悠叹道，"我本想在金陵学有所成，入朝为官，经世济民，奉此一生。纵故乡有万贯家财又与我何干？朝廷俸禄足以温饱，余财悉数赠予家弟。然而事与愿违。现今国难当头，我郑家势力便是救国之力！故而，我绝不能让这力量落入旁人手中。福建纵然是龙潭虎穴，我也要回去。"郑森正说到激情处，一艘笛鼓喧闹的画舫从一旁经过，摇晃的只有船上青年的忧国之心。

陈方策动容道："郑森，你回乡吧。这南京确实已烂到骨子里。"

"朝有奸佞，上有……"郑森本想趁喧闹吐出"昏君"二字。崇祯帝自缢的噩耗从京师传来，南京朝野动荡，就新君人选展开了明争暗斗。那时，在南京周边避难的皇族只有福王朱由崧和潞王朱常淓二人。福王乃万历之孙，若按血统，当立福王。潞王是隆庆帝之孙，血统稍逊福王，却胜在贤明。选血统，还是要贤明？郑、陈二人之师钱谦益坚持国难当头，当以贤明立君，但最终还是败给了以马士英为首的福王派系。

这福王是"了不得"的人物。昏君的潜质——贪财、好色、嗜酒、不孝、残暴，他一样没落下。但越是这样的昏君，对马士英等人而言就越容易左右。

福王的登基可谓疑点重重。崇祯帝自缢后，太子下落不明，据说是李自成逃亡时将其掳走。即便如此，崇祯帝除了皇储之外，还有众多皇嗣不知所踪。按惯例，先帝皇嗣尚生死不明，理应由监国代理国政。然而马士英等奸党不顾礼制，强行扶植福王登基继位，并改元弘光。

明朝的皇帝有各自的年号，民间也习惯以年号称呼皇帝。但唯独这福王，没人愿称他"弘光帝"。且不提继位的合法性，单看福王的秉性就难以服众。正史的《明史》记载明朝国祚终于崇祯皇帝，南明数位帝王无一计入正史。不出所料，福王刚继位，便一展昏君本色，办起了先前提到的选秀。

关于福王还有一段后世相传的轶事。某日，福王眉头紧锁，怏怏不乐；臣子还以为其忧心国家社稷，关切问道："陛下因何事烦忧，臣等愿粉身碎骨，为陛下分忧。"

"爱卿深知朕意！朕正为宫廷梨园无名角而忧愁。传朕旨意，搜罗天下名角入宫！"国难当头，福王不思富国强兵，倒关心起梨园来了。

马士英等奸佞利用君上昏愚，排挤忠臣良将，一时间权势滔天。而驻守江北的四镇将军各怀鬼胎，不思御敌，只热衷于圈地割据。正如陈方策所言，南明已是穷途末路了。

"我若有你那般的家世背景，早就回乡继承衣钵去了。你打算何时动身？"陈方策问道。

"后日一早便动身。"

"耽搁到后日？你不是已经归心似箭了吗？"

"若不出意外，明日我家使者抵京，和他商议后再启程不迟。"

"也好，你对南京总有些难以割舍，比如说这少珠姑娘……"陈方策本想调侃，郑森却不接话茬儿，只是痴痴地注视着水面。

离京前夕，郑森拜访孝陵。

南京紫金山因远眺呈紫金色而得名。明朝的永乐帝迁都北京，其后帝陵便都选在了北京城郊，即明十三陵。相传建文帝死于战乱，却不见尸首，故无从下葬。所以南京的明皇陵只有太祖洪武帝的孝陵。

孝陵附近没有外人，除了郑森，便只有从福建远道而来的使者，姓甘名辉，是郑氏水师麾下勇冠三军的猛将。郑森本想邀请甘辉一同参拜太祖，但他停下脚步，婉拒道："森少爷，末将在此恭候。"为何不愿同往参拜太祖？郑森的疑惑呼之欲出，但见对方一脸严肃不愿多答的样子，便作罢了。反倒是甘辉邀请道："森少爷可有雅兴陪末将登上这紫金山？"

"正有此意。"郑森点头。

紫金山虽不是高峰，从其山顶可以睥睨金陵全域。

"金陵倚靠长江天险，该如何攻略？"甘辉自言自语道。郑森语塞，他似乎能理解对方为何拒绝参拜了。如今情势，金陵沦陷是迟早之事，夺回南京之战不可避免。毕竟在长江以南，能和清军角力的便只有郑家了。

郑森紧盯南京城池，不敢挪开视线。他这些年寒窗苦读，只为出入朝堂，寻求经世济民之道。如今看来，迄今所学皆化泡影，要复兴大明，只能仰仗沙场浴血、刀兵弓马。入相不能图强，出将却能救国。沙场不念伤感，只有胜负。身为武将，眼里只有一兵一卒、一攻一守，兵来将挡……多愁善感怎能领兵？参拜太祖陵寝或许能一吐悲愤伤感，但真要挽救金陵，还是得登上这紫金山，寻求御敌方略。

"我明白将军的用意了。"郑森叹道。

"请牢记眼前的一山一河、一城一郭，切忌仰赖地图。"甘辉的声音毫无感情。

"铭记于心，永世不忘。"郑森答道。

两人在山顶上逗留了一炷香工夫，天色渐暗。

"下山吧，明日还得早起。"甘辉言罢，转身便走。

"明日在哪个渡口上船？"郑森问道。

"桃叶渡。"甘辉加快了脚步。

来日重返金陵，此处必当化为修罗场。想到此处，郑森心中感伤，酸苦难耐：无忧无虑的求学生涯今日便要画上句号。这般两耳不闻窗外事的十来年，称得上他这辈子的黄金期。郑森在心中默默起誓：愿天下人都有属于自己无忧无虑的黄金期！这便是他毕生追求的心愿。掐指算来，郑森的南京游学生涯不满一载，但这短暂的时光，便是他一去不复返的青春岁月了。

"末将已将启程时刻和地点告知陈方策公子。"无愧于南安郑家的智谋之名，甘辉已对郑森的社交圈了如指掌。

"感激不尽。"郑森道谢。

"末将还顺道知会了少珠小姐。"甘辉语气不变，似乎在道一件再寻常不过的事。

启程那日，陈方策和张少珠前来送行。情郎惜别，少珠的神情明显不自然。"奴……等郎归来。"言罢，泪珠已默默划过面颊。

"保重，我一定来看你……"佳人梨花带雨，郑森只能这般回应，"我一定会回来！"他不由加重了语气。

"少爷，该登船了。"甘辉语气不变，似乎眼前的依依惜别不存在一般。郑森登船，船静静地离岸远去。

"人生如梦……"郑森遥望渡口，陈方策和少珠仍伫立原地挥手告别。郑森茫然地挥手回应。他心中感慨万千：南京游学、邂逅佳人、皇上自缢……这一切，是梦吗？

"众人都翘首以盼少爷归来。"甘辉道。

"劳长辈们挂念。"

晨雾缭绕的紫金山之上，郑森仿佛看见长自己一年的妻子的娇颜若隐若现，幼子的容颜却久久没能浮现，只隐约听闻婴儿在耳边啼哭。

"还有一事要向少爷禀报，一名叫作统太郎的青年投奔您府上，说是从东瀛平户而来，是少爷的儿时好友。"

"统太郎？噢噢，是林田家的……"这让郑森有些意外。他已经不记得这位儿时玩伴的模样，不过见了便知。不知母亲是否安好……提起东瀛，郑森难免想起远在异国的生母，鼻子隐隐发酸。

南征之道

摄政王多尔衮是努尔哈赤的第十四子，而继承皇位的皇太极是第八子。皇太极继位后，将国号由金正式变更为清。1643年，皇太极驾崩。翌年，八旗铁蹄跨越了山海关。而当时顺治皇帝仅是六岁稚儿，清王朝的未来自然就落到了摄政王多尔衮的肩上。若非吴三桂主动开关，清军不知还要多久才能破关。此时八旗人数仅十余万，堪堪镇守北京、巩固河北。因此，保守派劝摄政王守住北京即可，切莫要得陇望蜀，妄想制霸中原。

是继续南征，还是巩固河北？多尔衮对朝堂之上的冗长争辩深恶痛绝，佯装侧耳倾听。他心里早有主见：天助我满洲一统中原，岂能辜负？若是辜负了天恩，必遭天谴！绝不能就这样坐等南京的福王和他麾下的奸佞庸臣自取灭亡。这样简单的道理还议论什么？总管旗务的诸大臣起身，请摄政王做出决断。多尔衮慢悠悠道："继续南征！此番是保南京，而非图南京。"就这样定下了方针——南征制霸中原，此刻只等制定战略了。

南北两京之间，或明或暗的联系从不曾断绝。多尔衮有令，两京沿道的官差需对南京使节尽礼。福王既然已在南京登基，其派出的使节便是敕使。清廷虽然不可能承认南京政权，但对敕使的礼遇还是做得到位。

清廷大学士刚林质问南京使节："大清为贵国千里出兵伐李自成，报弑君灭国之仇，而贵国却擅自另立国君。这是否有些不通情理？"

"当今圣上乃神宗万历帝之嫡孙，素有圣德。按伦序，其登基继位是情理之中，岂需特意向贵国通禀？"

"崇祯先帝可有遗诏？"刚林进而质问。

南京使节一时词穷，毕竟福王继位有些名不正言不顺。"先帝突逢异变而驾崩，自然不可能留有遗诏。"他不敢妄言，语气弱了一大截。此番南京使节对清廷提出条件：山海关之外割让于贵国；每年奉上白银十万两岁币于贵国；贵国可自定国号。

多尔衮对此嗤之以鼻。清军已占据京师，自然瞧不上关外贫土。这大清的国号本就没经过大明准许。所谓自定国号的潜台词是大明愿承认大清为正统。笑话，眼下可是我大清愿不愿承认你南京为正统的问题。在清廷看来，这皇位不是从大明手里抢夺过来的，而是清军千里南征驱闯贼而得，南京有什么资格说三道四？

"刚林，替本王向使节转达：我军克日便要出征江南，请贵国早做准备。"交涉决裂，南京使节在离京之际嘲讽道："江南乃水乡之地，尔等铁骑岂能畅通无阻？"八旗铁骑在辽东所向披靡，但在河川纵横的水乡地域，没有多少作战经验。南京使节的嘲讽，不全是赌气之语。

多尔衮听闻此嘲讽，嗤笑道："哈哈哈，原来他们仰仗如此？地形不熟，地理不通，出兵必败？"

"正是如此。"

"不愧是亡国之辈！我军欲南征，自然要学习汉人战法。他们竟想不通这般简单的道理？"

"汉人战法？臣愿闻其详。"

"汉人常说以夷制夷，我等此番便要'以汉制汉'。没错，我八旗铁骑虽不擅江南作战，但大清麾下不乏汉军将领，便是江南出身的降清将领也有好几人。"

"妙哉，汉臣洪承畴似乎就是江南人士。"

"非也，此人出身于福建，比江南更南……是了，传唤洪承畴来说话！"

洪承畴乃福建南安人士，是郑家一族的同乡。只可惜在松山之战中被俘，自此改为侍奉清廷。多尔衮想起亡兄皇太极对洪承畴的评价：洪承畴乃大清之"灯笼"。那时朝中满臣对优待汉俘洪承畴颇有不满。"灯笼……"多尔衮不禁沉吟道。灯笼点亮黑夜，能为不识江南地形的八旗铁骑指明方向。我大清若要制霸中原，这盏灯笼不可或缺！

洪承畴跪拜道："摄政王传唤微臣有何吩咐？"洪承畴已经依照女真人

风俗剃发垂辫，以示忠诚。后世入侵的西洋人称此发式为"猪尾巴"。可那时没有人知晓诸如洪承畴这般降清的文臣武将，究竟是以怎样的心情剃去原本受之父母的头发的。

"长平公主无恙？"多尔衮问道。

长平公主是崇祯皇帝之女。崇祯自缢前，朝其哭喊道："你何苦要生在帝王家？"他言罢，一剑挥向亲生女儿。幸而长平公主仅伤及右臂，得以活命。

"公主只求剃度出家，燃灯古佛，以残生悼慰父母之灵。"洪承畴答道。他依然跪伏在地，不敢妄动。他晓得这位摄政王的习惯，提及要事之前，必先顾言其他。因而摄政王唤他至此，绝非打探长平公主现状这般简单……

"长平公主已有婚配？"多尔衮望着窗外，问道。

"已有许婚之人。据说驸马是一名叫作周显的青年，订婚仪式刚操办不久。"

"公主年方几何？"

"刚满十六。"

"噢，十六……"多尔衮的嘴角不经意地一翘，在心中盘算着皇族里的适婚者。在多尔衮看来，若能成就这段满汉姻缘，多少能安抚汉人。洪承畴不禁抬起头，和摄政王对视片刻，果断地摇头。他一眼便瞧出了对方的心思，不敢苟同。

"为何？"多尔衮问道。

"此举非但不能促成两族和睦，只怕将激化矛盾。按汉人礼制，许婚和成婚无异。再者贞女不侍二夫。若强迫长平公主破礼制，无异于招惹民怨。"

"竟有此番说法……"多尔衮略加思索，继而道，"那便事不宜迟，速速替公主准备婚仪。"

"微臣遵命。"洪承畴再次低下头。

"不提此事了。"多尔衮坐下，笑道，"有件怪事，本王至今想不通。"

"摄政王所指何事？"

"坐。"多尔衮请对方落座，继续道，"降清汉臣力谏乘胜追击，制霸中原。反倒是元老顽固，主张镇守北京，不再南下。这不是怪事吗？"

"确实古怪……"洪承畴苦笑道。他自己便是前者中的一员。

"这是何故，还请你指教一二。"

"指教不敢，微臣拙见而已……汉臣对中原现状了如指掌，明廷看似参天大树一般不可动摇，实则是一桩朽木，一击即溃。"

"满臣中有传言，你等汉臣之所以主张南征，是企图引我军入江南泥沼。"

"微臣略有耳闻……南征与否，最终还是由殿下定夺。"

"本王南征之意已决，但在此之前，本王还要请教。我军南征，何为最大阻碍？你莫要拐弯抹角，但说无妨。"多尔衮目光凌厉。

洪承畴释然：这就是正题。寻找最大阻碍，蓄力攻破。这确实很符合多尔衮雷厉风行的行事作风——一刀斩去枝干，再慢慢料理残余的树根。反观明廷，对琐碎枝叶纷争不休，却对关键主干置若罔闻。果真是大势已去。

汉臣主张南征，绝非一时意气，而是有九成胜算。首先，福王坐不住那半壁江山；再者，其身边围绕着马士英、阮大铖之流的奸臣。这一击即溃，绝无半分夸张！但转念想来，汉臣此举真就是为了效忠清廷吗？入关时，八旗也不过十余万人，脱离汉人的协助，要制霸中原简直是痴人说梦……

"请直言！"多尔衮催促道。

"福建郑芝龙！"洪承畴答道。

"郑芝龙……"多尔衮低语道。他对这名字可不陌生。

"前不久，郑芝龙被赐封南安伯，并镇守福建。"

"看来，南京相当仰赖此人了。"

"正是如此，毕竟江北诸将无一人可堪大任。"

"难道无一人有忠骨？"

"莫说忠骨，尽是反骨之辈。"洪承畴恨道。

江北有四位坐镇将军：刘泽清、高杰、刘良佐、黄得功。这四位将军号称拥兵数万，各霸一方；自称养兵数万，只是为了向朝廷诈求军资，中饱私囊罢了。这等将军，谈何战力？南征铁蹄只怕是要飞流直下，直逼南京。

"依你之意，夺南京不过探囊取物，之后才是关键？"

"殿下英明。"

"愿闻其详。"

"我军无水师，而江南以南水路纵横。这郑芝龙便是举世闻名的水上将军。"

"噢？此人不是商人吗？"游牧民族素来鄙视商贾，多尔衮也不例外。他了解的郑芝龙既是商贾巨富，又是水师将领。

"正因他擅于从商盈利，手握半壁天下之富，故能不借外力招兵买马。仅是这点，就与那四镇凡将是云泥之别。"洪承畴解释道。

"都说商人无利不起早……"

"正如殿下所言。"

"既然如此，何不以利诱之？据说你和那郑芝龙是同乡？"

"微臣确实与郑芝龙同是福建南安出身……据同乡所言，确实可以收买他，但他已经富有四海，以利诱之还不如以名诱之……"

"名，谈何容易……"多尔衮苦恼地闭上眼，"现在他已被赐封为南安伯。听闻江北四将只有黄得功是侯，其余三人都是伯。"

"这等虚衔恐怕无法打动商人之心。若以实利如何？例如，不限南洋贸易，将北洋贸易也交予他……"洪承畴小心翼翼地建议道。

彼时，在浙江、福建，甚至广东沿海航行的商船，都必须竖郑字令旗。若无此令旗出海，便是与郑家水师为敌。郑氏旗下的商船自不必多言，别家商船也必须悬挂。每年按时更换颜色。令旗的价格不菲，购买的费用就算是船主支付给郑家的保护费。若是将这规矩延伸至黄海、渤海，利润之大难以想象。

"哼，若如此，郑家之富和皇家有何异？"多尔衮思索片刻，决断道，"既如此，何不以天下诱之？"

"此言何意？"洪承畴惊讶道。

"你便同郑芝龙说，何不借八旗之力夺天下，再从其手中夺之？"

洪承畴闻言立刻低下头，暗中摸寻多尔衮之真意。多尔衮说道："要让富有四海的郑芝龙行动，除天下之外，再别无诱饵。正所谓男儿志在天下。这天下便是无上的名利。本王要你以共谋者之姿，劝降郑芝龙归顺我大清！"

"微臣难负此重任。"洪承畴为难道。

"这是摄政王之令！"多尔衮厉声道。

"微臣遵命！"洪承畴再次低下头。

多尔衮忽而态度软化，笑道："放心，你我可暗中立下文状，证明你的行动是谨遵我摄政王之令。暗通郑芝龙，你有功无罪。"

顺治皇帝于八月二十从盛京启程，重阳节入山海关，十日后从京师正阳门进入紫禁城。彼时的紫禁城已被李自成放火烧毁。多尔衮应急修葺了一番，勉强能迎接幼帝。

同年十月初一，圣驾于天坛祭祀。

"顺治在太宗皇太极驾崩后，已操办过一次登基大典，为何要操办两次登基大典？"洪承畴等汉臣无法理解此举的用意。

"两者不同，前番在盛京操办的，是继位之礼。而此番在北京操办的则是皇帝的登基大典。"多尔衮答道。

"原来如此，原来如此。"洪承畴佯作释然，背地里却暗中不屑：蛮族便是蛮族，登基大典岂可两度操办？

顺治帝封多尔衮为叔父摄政王，后又升格为皇叔父摄政王、皇父摄政王。此举惹得一众汉臣议论纷纷。叔父倒罢了，这皇父从何而来？塞外民族有史以来都是兄终弟及，在汉人看来不可理喻。氏族社会中，兄弟之子和亲生骨肉无异，叔侄便是父子。在女真人眼里，这皇父摄政王的称号并没有什么稀奇。多尔衮后与兄嫂、顺治帝的生母成婚，皇父之称就更加的理所应当了。

顺治帝于十月初一在京师登基，距清军入关，吴三桂所部进入北京，过去五个月。在这五个月里，多尔衮竭力修葺被毁的宫殿，但时间不足，只能应急。修复工程在两年后的顺治三年（1646）才大功告成。

多尔衮将顺治帝从盛京迎入北京后，才正式开始南征，向世人昭告君临天下的野心。彼时的中原有三股残存势力，西逃的大顺国李自成，盘踞四川的大西国张献忠，还有寄居南京的朱明宗室。这三股势力一日不除，清廷便不能稳居中土。

西征军由靖远大将军阿济格统率，麾下有吴三桂、尚可喜等汉将。南征军由定国大将军多铎统率。

多尔衮乃太祖十四子，和阿济格、多铎同为大妃乌喇那拉氏所生。很显然，多尔衮让自己的亲兄弟统率两路大军，以此巩固权力。若此二人能凯旋，摄政王的地位就更稳固了。而洪承畴留守京师，辅佐多尔衮运筹帷幄。

南方捷报传来，丰县、沛县相继降清。明军总兵许定国派密使赴清营，表示愿意以儿子为人质降清。顺治二年正月十二夜，许定国设宴招待江北四镇之一的高杰，后趁高醉酒将其杀害。此后，清军继续进军，铁蹄所过之处如入无人之境，可谓"所过三十县，皆望风迎降"，一举攻取徐州。

四月，清军包围扬州。多铎多次向城内送去劝降书；史可法连拆都不拆，直接焚毁。尽管史可法竭力死守，还是改变不了扬州城沦陷的命运。此后，清军继续南下。

据野史记载，清军在扬州城内烧杀淫虐，有八十万扬州人惨死。一张令人不敢直视的地狱画卷在扬州展开。幸存下来的书生王楚秀，将当年的可怕情景记录下来，题为《扬州十日记》。此等描绘清军残暴行径的书籍，自然不能公开发行。一本私印版在德川时代流入日本。清末，一名赴日留学生在东京图书馆中将这本私印版誊写、印刷，才使之重见天日。后世的鲁迅也在随笔里提及这件事。

清军抵达长江北岸。布阵于南岸的明军之中就有福建郑家的水师。统兵的是郑芝龙的表兄郑彩和胞弟郑鸿逵。怀着"论水战，我郑家水师岂能败给鞑子"的心情，郑家水师上下都有些轻敌。

清军就地制造竹筏，准备渡江。所制竹筏和小舟比实际使用的多上数倍。多铎下令在多余的竹筏上点亮灯火，漂流于江面上。"塞外马贼，竟妄想以竹筏渡江！"郑鸿逵立即下令炮击竹筏。郑家水师是在起伏的战船上练习炮战的，在稳定的陆地上则做到近乎百发百中。刹那间，震耳欲聋的炮声响彻夜空。竹筏上的灯火陆续被漆黑的江水吞没。郑鸿逵得意忘形，喊道："敌军全军覆没！"

炮弹确实击中了实物，肉眼可见江面上的灯火接二连三地消失。就在明军以为交战结束，卸甲归营休整之时，北岸的清军却紧锣密鼓地登上竹筏、小舟。此时正巧有浓雾袭来，遮蔽了视线，可谓是天助清军。清军趁浓雾暗中渡江的第一批数百铁骑登上北固山，点燃火把，吹响号角，擂响战鼓。

这只是战争的序幕。

"敌袭！敌袭！"

"敌军上岸了！"

明军阵营骤然大乱。此时督军的是右金都御史杨文聪。郑鸿逵、郑彩所率水军则立刻集合以迎敌。奇袭成功的清军似乎没有决战之意。"不对劲……"郑鸿逵第一个瞧出了端倪。郑鸿逵别名郑芝凤，是郑芝龙的胞弟、郑成功的叔父，乃朝廷册封的靖虏伯，镇江总兵。他在郑芝龙帐下任幕僚多年，水战经验极为丰富。

兵法铁则：必败之战，避之。若是我方识破对方潜伏，倒还说得过去，但仅凭这数百铁骑，明知必败，还如此自寻死路，着实与常理不符。郑鸿逵寻思着，即便是鞑子，也不至于这般荒唐。"后退！谨防有诈！"身经百战的郑将军不敢以身犯险，严禁部队追击，但为时已晚……北固山上数百铁骑的任务便是吸引明军注意力，让对岸的大部队趁机渡江。

"沿岸列阵，沿岸列阵！"郑鸿逵呐喊道。此时清军的大部队已经渡江。镇江守军的主力是郑家水师，若论陆战，怎么可能是八旗铁骑的对手。

"不可恋战，撤退！"郑鸿逵下达命令。眼下，比起南京的安危，保全郑家水师更为重要，不能白白折损一兵一卒。如此一来，明军四散溃逃。

清军从镇江渡江，分明是冲着南京而去。按兵法，明军应一路西退，途中重整旗鼓，再拟防守南京之策。确实有小部队西撤了，但主力部队撤向了苏州。郑家水师则径直南下，退往福建。郑家水师基本是郑芝龙麾下的私人武装。他们认同的主子不是南京的弘光帝，而是郑芝龙；不认为有义务守卫南京到最后一人。

古话讲"留得青山在，不怕没柴烧"。此时杨文聪多半是抱着这样的想法。官兵的职责是保家卫国，不是为皇帝一人卖命；南京的昏君不值得舍命去保，其身边的奸佞更是恨不能亲手斩杀。可此时此刻的南京，正在大肆操办庆功宴。炮击空筏之后，镇江明军向朝廷报捷：我军大捷，全歼敌军！得意忘形的弘光帝立刻下旨召开庆功宴，不过即便没有捷报，他也是夜夜笙歌。这份假捷报，不过让他多贪两杯罢了。宴会进行不到一个时辰，信使连滚带爬地赶来奏报：大捷乃前方误报，实则我军大败！镇江失守，鞑子大军直逼南京！

"什么？大败？"弘光帝揉了揉醉醺醺的双眼。他根本没明白这场战败的后果是什么，只是纳闷怎么这样轻易就败了？这得怪马士英整天在他耳边吹嘘长江天堑。

"陛下，大事不妙了！"贴身的太监向弘光帝解释了此事的严重性。

"那还不快逃！"朱由崧大惊，立马想到了逃命。

"陛下圣明。"

庆功宴没请一员文臣武将，出席的仅是爱妃宠宦。大军压境，危难之际，他甚至没和群臣商量对策。他也觉得这样不稳妥，向太监问道："朕是不是该传召马士英来商议？"

"陛下，事出紧急。若举朝而逃，难免引人注目！只有陛下偷偷出城，方可确保龙体无恙，最多带上几员贴身随从便是了！眼下鞑子刚渡江，到南京城至少需一两日。这一两日足以让陛下避此大难。请速下圣断！"

朱由崧觉得有理，便决定不惊动朝野。太监催问道："还请陛下挑选随行人员。"

"朕之侧近，皆在宴上。"参宴人员已经过仔细挑选了，全是他素日里亲近之人。

"若随身财物过多，怕引来强盗匪徒。最好轻装出城。"宫中有机敏者预料到会有今日之危机，早已想好了应对之策。

"好，就依此计行事。"

"要暗中出城，从通济门走最佳。"

"是否要备行凤銮龙辇？"

"万万不可！此举太过招摇，还请陛下骑马出行。"

"罢了，真真费事……"

弘光帝一行连夜逃出通济门，目的地便是西南方向的芜湖。

皇帝出逃的消息很快便传到马士英耳中。"昏君！"马士英暴跳如雷。他愤慨的不仅是皇帝弃城而逃，主要是这昏君要置他的颜面于何地！马士英敢怒不敢言。皇帝弃内阁首辅而独逃的消息一旦传开，他便是皇帝眼里的不忠不孝之奸臣，绝不会有人愿意收留自己了。

他连夜奔往母亲住处，下跪痛哭道："母亲，救救孩儿！救救士英！"没人能猜到，堂堂大学士马士英此刻如何哀求母亲拯救自己。"孩儿恳请母亲装成太后！太后深居后宫，认得其长相者屈指可数，不会有人识破！陛下将太后托付给内阁首辅，这说法可令天下人信服！"明朝以孝治天下，皇室当为其楷模。皇帝若自知危在旦夕，自然不会牵连自己的母后。皇帝专程将母后托付予内阁首辅照顾，分道而逃，不会有人怀疑。说白了，他这个计谋就是在给自己找逃亡的借口。

"儿何不投降？假冒太后是死罪……"老母拒绝道。

"即便投降，鞑子可以饶文武百官，唯独孩儿难逃一死。"马士英很有自知之明。在南京朝廷，除他自己的亲信，无一人不怨恨他。这要怪便怪他素日里太过嚣张跋扈。如今兵临城下，皇帝出逃，守军十之八九是要开城投降的。真到那时，文武百官必然会在清军面前说尽他的坏话，清军必然会杀其而立威！

"此话当真？"老母动摇了。

"千真万确。开城之时，便是我和阮大铖丧命之日！"

老母叹道："既然如此，便只能一试以救我儿性命了……"

马士英，字瑶草，贵阳人士，万历四十七年（1619）考中进士。他奉"太后"懿旨连夜出逃，随行的全部是贵州同乡。

黎明，皇帝和内阁首辅连夜逃亡的消息传遍了南京的大街小巷，一时间满城哀号："昏君奸臣，天亡大明！"

"闯进去，抢！"盗匪按捺不住，纷纷闯入皇宫，能抢便抢。虽说宫内的奇珍异宝被带走的带走、藏匿的藏匿，但事发突然，还是落下了许多。短短数时辰，皇宫便被扫荡一空。

清军攻占镇江后并未急于进攻，而是稳扎稳打。他们这般游刃有余，充分体现了势在必得的自信。

五月十五，南京沦陷。豫亲王多铎进入南京城。文武勋戚，相率迎降。就连郑森恩师、素有世间硕学的钱谦益都是其中一员。以书画闻名的痴山道人——大学士王铎也投降了。南京作为京师，竟一炮未发便开城投降的苟且偷生之相，的确令人汗颜。清军攻占南京城，前前后后总共就折损了八名士卒。

多铎得知弘光帝已潜逃，立刻派部队追击。弘光帝逃往芜湖黄得功的大营之中。黄得功是"江北四镇"之一。他生性暴躁，且目不识丁。凡营中有违反军纪者，直接便是砍头。故而其麾下部队是出了名的军纪严明。

得知南京沦陷，黄得功竟失声痛哭了起来："这叫什么荒唐事！南京城这般的天险要害，若固守少说能坚持上一年半载。陛下只要下令死守南京，臣等必能火速驰援解围！只恨陛下身边有奸臣进谗，误国误民。可恨，可恨呀！"

"要恨就恨南京没有爱卿这般的忠臣良将；若有，何惧鞑子？"弘光帝就是顺口这么一说，却让黄得功感激涕零："臣愿一死效忠陛下！"

清军沿着弘光帝的踪迹逼近芜湖。说是清军，其前锋将军竟是原"江北四镇"之一的刘良佐。

"天下大势已定，莫要再做无谓顽抗。虎山呀，投诚吧！"刘良佐朝黄得功喊道。虎山是黄得功的名号。

"叛贼懦夫！"黄得功在阵前咒骂，面对来势汹汹的清军浑然不惧。然而清军数倍于明军。乱战中，一流矢射穿了黄得功的脖颈左侧。"这一箭射得太臭了，要射便射老子的咽喉！"黄得功言罢，拔出箭矢，朝自己的咽喉正中刺去。这便是这名猛将的结局。

黄得功麾下总兵田雄等人，将弘光帝绑给了清军。

逃　亡

　　五月十一，朱由崧从南京潜逃；五月二十五就被虏回了南京。去年的五月十五，朱由崧登基。就在一年后，南京的文武百官，恭恭敬敬地在城外迎接清军。九月，弘光帝被押送北京，次年与潞王朱常淓等九王俱在北京被处死。

　　至此，清一统天下的野心表露无遗。但凡和明王室有血缘者，在新政权下皆难逃一死。

　　隆庆帝之孙潞王朱常淓当时身处杭州。他原本是监国的候选，但福王朱由崧凭借血缘次序夺了监国之位。论人望和才能，潞王都远在福王之上，却怕引火烧身，选择退让："若我在，只怕福王难以服众。"就这样，他离开南京，去了杭州。

　　南京沦陷，弘光帝被俘的噩耗传到了杭州，杭州诸臣力劝潞王接任监国。六月十三，潞王和张秉贞、陈洪范商榷后，率众开城投降了……

　　南京失守前的一日，一行数人沿着太湖南岸，朝杭州缓缓前行。骑在马上的那人器宇不凡。他眉头轻蹙，双目似两盏明灯。此人正是唐王朱聿键。朱聿键虽是皇室血脉，为明太祖洪武帝朱元璋第二十三子朱桱的八世孙，距皇统主支血脉相隔甚远。唐王朱桱是洪武一朝的南阳藩王，子孙历代世袭。但即便是这样的旁系血脉，朱聿键心中的"皇室之血"却无比滚烫。

　　崇祯五年（1632），朱聿键继唐王位，正赶上各地农民起义如火如荼，明王朝疲于应对……唐王眺望太湖，不由回忆起当年的血气方刚。崇祯九年（1636），陕西起义军头领高迎祥被俘，在北京就义。李自成接任起义军头领。区区一人的头颅，不可能抑制席卷全国的起义浪潮。年轻的唐王认为这是千载难逢的良机。他欲向朝廷借兵三千，却遭拒绝。而在那之前的数年，潞王曾成功向北京借兵三千。今时已不同往日。但身为皇室一员，怎能坐看王朝覆灭？唐王在南阳招募数千兵马，独自上前线讨贼。他在裕州和叛贼交战，死伤颇多。此举看似英勇无畏，在法理上却是其罪当诛。朝廷严禁各地的藩王擅自用兵，杜绝其以讨贼之名，行篡位之事。因为当年燕王朱棣便是这样夺得帝位的。"此一时，彼一时！危亡时期，当用非常手段！"唐王这般替自己辩解，朝廷却不认可，将他贬为庶人，幽禁在凤阳。好在唐王一族尚未断绝，由其弟朱聿镆继承爵位。

"上天要留本王救大明，全是天意……"唐王面朝太湖感叹道。在他看来，其后之事只有用"天意"可解。崇祯十四年（1641）十一月，李自成攻陷南阳，朱聿镆被杀。若是朱聿键没有擅自出兵，留在南阳，恐怕也难逃一死，凤阳的监所倒成了避难地。其后崇祯帝自缢，朱由崧在南京登基，这才恢复了他的唐王之位。就在南京沦陷之前，朝廷将他打发到广西乐平府（今桂林南部），想来是朱由崧在有意驱逐对皇位有威胁的皇族，但此举反而又救了唐王一命。

就在方才，得知了弘光帝被俘的噩耗，唐王想的则是天将降大任于本王！他更确信这是天意。他正打算从浙江出海，乘船前往广西，但下这道旨意的朝廷已不复存在了。唐王的双肩微微颤抖：本王终于熬到出头之日了！他既欣喜若狂，又紧张不安。

几年的监禁非但没磨平他的棱角，还让他变得更加神经质。监禁、放逐，看似命中劫难，却让他避过两次生死劫难。这不就是"天降大任"的前兆吗？上天恩宠，世人不得不回报。本王的回报，就是登基为帝，修复大明河山！一时间千头万绪涌向他心头，唐王陷入狂喜的恍惚之中，目不能视，耳不能闻。

就在此时，身后传来急促的马蹄声。在车轿里的王妃曾氏挑开帘子，朝丈夫惊叫道："殿下、殿下，这是什么声音？"

"你吼什么，成何体统……"唐王回过神来。

"是兵马！听这声响，好像还不少！"曾氏虽是妇人，但毕竟身处乱世，谁能没些警觉。凭马蹄声，她便能猜出来势不小。

"你耳朵倒灵敏，这都听得清。"唐王笑道。

"殿下还有空打趣？我们也许被敌军围了……"曾氏颤抖道。

"本王被敌军包围了？你莫要胡说八道！"唐王断言道，语气不容置疑。他可是"天命之人"，怎么可能死在这荒郊野外？

"但、但我们确实是亡命之身……"曾氏怯懦道。

"你懂什么？眼下谁敢追杀本王，不怕遭天谴吗？"唐王望向后方扬起的尘土，好奇道，"似乎有人骑马朝这边过来了……哼，担心什么？必然是我军将校来参见本王！"唐王的语气这般笃定，曾氏半信半疑地下了车轿，看向后方。确有三骑朝这头急奔而来，中间那骑似乎是带头的武将，但尚辨不清对方是敌是友。尤其是当下大部分明军降清，从衣装上无法辨别。

三骑距唐王一行还有百步，中间的将校高声问道："前方的阁下尊姓大名，所往何处？"此人未着盔甲，不停地用手背擦拭脸上的汗水。此时的江南酷热难当。

唐王一行不过二十人，但从其车轿的奢华装潢上便可知来头不小。"我乃唐王朱聿键，奉朝廷之命，正要登船前往广西。将士是何人？打探我的身份之前理应自报家门！"别看唐王身材纤瘦，嗓音却清朗高亢，很有威严。那将校一听，跳下马，小跑至唐王跟前，行礼道："镇海将军郑鸿逵拜见唐王，臣正在归闽途中。"

"哼，本王当是谁，你便是镇江一役的败军之将？"唐王轻蔑道。

明军吃了"空船计"的消息已传遍了太湖周边地域，然而这般赤裸裸的嘲讽，除了极端高傲的唐王，还真没有其他皇族能开得了口。

"正是臣下……"郑鸿逵苦笑道，"殿下可得知南京的消息了？"

"方才刚听闻。据说，鞑子只折损了七八人就占了南京？哼，堂堂大明，养了一群酒囊饭袋之徒。"

"唉，恨哉……如今殿下大可不必听令去广西赴任了。"

"本王正有此考虑。此时赴广西于救国无益，本王肩上还有恢复河山之重任。"唐王的语气平淡，既无慷慨，又不激昂，就如闲聊一般。此刻的他即便是千军万马在前，怕是眼都不眨。郑鸿逵有些被这风轻云淡的态度震住了，心想：不愧是宗室，其气度风范和南京那昏君相比简直是云泥之别。若要辅佐登基，好歹是这般人物。

郑鸿逵忽闻一声轻咳，回头看去。其侄郑彩不知何时已来到他身后，旁听了方才的对话。叔侄俩交换了个眼神。郑彩满意地点了点头，意思很明白：此人可辅佐！

郑鸿逵斟酌片刻，谨慎地说道："殿下，广西边陲距中原过远，恐难成复兴大业，不如随臣等去福建，如何？"

"无论去何处，本王是非继大统不可！"唐王言之凿凿道。

"唔？"此等惊天之语，纵然是郑鸿逵也一时没反应过来。

唐王略皱眉，道："你有异议？这是上天降予本王的大任。即便前方再多险阻，天命不可违！只要能恢复我大明河山，本王不理登基之处是闽还是浙！"对郑鸿逵而言，这般目中无人的发言，确实有几分震撼力。

这就是皇族气概了，果然不同凡响！郑鸿逵想：此番归闽，说得再好听，也改变不了战败而归的本质。郑家的势力从南海延伸至日本，族内难免有利益纷争。郑芝龙身为族长总揽大局，郑鸿逵则是一人之下的副手。若像这般狼狈归乡，今后如何在族中立足？这唐王简直是自己送上门来的大礼……

郑鸿逵忍住笑意，继续劝道："眼下浙江已岌岌可危。唐王想重整旗鼓，就要有安身立命之处。此处需远离清军之危，又不能距江南千里之外……广西边陲过于遥远。放眼中原，没有比福建更理想之所了。"

唐王不置可否，而是突然换话题，问道："你身后这青年是何人？"他从小就是这种随心所欲的说话风格，但在草莽将军郑鸿逵眼里，就又衬托了其高贵气质。

"他是末将麾下总兵，郑彩。"郑鸿逵如实作答。

"本王听闻巡抚福建的是张肯堂，但真正掌权的却是郑芝龙，确有其事？"唐王又换了个话题。

"不敢，郑芝龙正是末将兄长。"

"竟有如此巧合……"唐王这才后知后觉，"如此这般，本王便随你回一趟福建又何妨。"

"唐王英明，天下之幸！"郑鸿逵欣喜道。

"你身后之兵卒，似乎不过万余？"唐王依据从军经历，一瞥便知军队规模。

"敌军耳目众多，故特意兵分多路返回福建。"郑彩连忙解释道。此次北上抗清的郑军大多数是临时在浙江招募而来，真正的福建士卒不过六千余，撤退途经浙江，本地士卒便逃亡了大半。郑彩之所以这般解释，是怕唐王见队伍势小，小瞧了自家。

就这样，唐王随郑军一同入闽。唐王自诩大明朝最后的火种，其实不然，大明宗室遍布全国，毕竟太祖洪武帝膝下就有二十六子之多。

"末将听闻鲁王仍坐镇台州？"郑鸿逵问道。

唐王眉头一皱，答道："那便怪了，本王怎就听说鲁王一派在兖州被清军包围，自尽殉国了。"

郑鸿逵莫名提起不相干的鲁王，是暗藏着弦外之音：郑家愿辅佐你称帝，并非因你是仅存的朱家血脉。我等奉你为君，便是有恩于你。你当将这份恩情铭记于心，切莫相忘！

唐王明白其中暗示，立马搬出鲁王自尽的消息应对。

郑鸿逵摇头，笑道："鲁王的情况，和殿下颇为相似。"

"此话怎讲？"唐王问道。

"鲁王确实在兖州自尽殉国不假，但其弟朱以海却凑巧在台州游玩，逃过一劫。兄终弟及，他自然继鲁王位……"

唐王不以为然，哼道："朱以派的兄弟可不只朱有以海一人。若本王没记错，朱以海应该是第五子。"

他本是名正言顺的唐王，只不过因过错被其弟取代；其弟终后，爵位又重归他头上，正统性不容半点质疑。相较之下，朱以海继鲁王位就显得名不正言不顺。

这一对比激起了唐王的偏执。他怒道："擅自称王，其罪当诛！"他越说越气愤，仿佛将他和朱以海相提并论，就是玷污了皇室血统，忍无可忍。鲁王家系源于太祖洪武帝第十子，鲁王朱以海是明太祖十世孙，而唐王朱聿键则是明太祖九世孙，两人算是叔侄关系。但就算起初再近的血缘，经由近三百年的繁衍，而今也形同陌生人了。

"本王怀疑台州的鲁王朱以海是他人冒充的。"唐王仍对这新鲁王耿耿于怀。

郑鸿逵不予置评，恭敬道："此后的官道不好走，末将计划抄小道，还请殿下下马上轿。副将江美鳌会在殿下身边听候差遣。”

鲁王寄身的台州位于明州（宁波）和温州之间，也就是如今的临海、宁海、天台一带。天台山是出了名的仙山，地位相当于日本的比叡山[1]或高野山[2]，确实是败者亡命的好去处。

此时杭州已沦陷，浙江的府县虽皆相继投降，但绝非束手就范；官府投降后，民众仍誓死抵抗。众人得知鲁王在台州，派遣了一名叫作张煌言的使者赴台州，请求鲁王任监国之位；与此同时，兵部尚书张国维在绍兴举兵，和在余姚的熊汝霖呼应。几股反抗势力联合在了一起。群龙无首，就更需要一位监国来做精神领袖。

郑鸿逵一路护送唐王绕开杭州、进入金华地界的同时，张国维也赶往台州迎鲁王接任监国。假设郑鸿逵此行没偶遇唐王，沿途闻知鲁王在台州的消息，怕是要和张国维争一争。此刻，这对远房叔侄的命运已有了定数。唐王和鲁王从未谋过面，今后更是无缘相见了。

---

[1] 佛教传入日本后天台宗山的总本山。

[2] 佛教传入日本后密宗真言宗的本山。

更　名

　　福松，这既亲切又陌生的称呼……郑森记得儿时在平户，父亲郑芝龙都是用日语唤他，而身为日本人的母亲却用福建方言唤他。不觉得这样别扭吗？郑森当年想不明白，而今他成家生子才体会到了母亲的苦心：母亲早就深知自己的骨肉迟早要回乡，扛起郑家的重担，便想尽早让他耳濡目染祖国的风俗习惯，将来归国就可以少吃些苦头。

　　倒是父亲的想法，还是像商人那样功利。利润巨大的对日生丝贸易将是郑家今后数十年的长久事业。若福松将来要接手这重担，理应在归乡之前掌握日语，多了解日本的风土人情，对今后的对日贸易大有裨益。至于祖国的语言，不用着急，归国后想不学会都难。比起母亲单纯替儿担忧，父亲的想法则现实功利。

　　幼时的郑森把唐人和日本人血脉当作自我认知的两种身份。如今的郑森已经逐渐淡薄日本的那部分。起初回到南安的数年，父亲还时不时地让他读一读日文的书籍，但赴南京求学以后，他便几乎和那些断了干系。郑森清楚地感觉到体内的一半被渐渐抽走。他有时会扪心自问：这样真的好吗？

　　然而当他时隔多年后再次听到那声"福松"，他藏在心底的那部分炽热情感被重新激起。儿时的好友——林田统太郎，正站在那里迎接自己……郑森已经提前从甘辉口中得知这位儿时好友前来投靠自己。当看见这名身着不搭调的汉服，留一头日式总发的男青年出现在面前，他一眼便认出此人是谁。

　　"福松！"统太郎再次唤道。

"统、统太，男？"时隔多年重新操起日语，郑森觉得自己的舌头都打结了。

"我现在改名了，叫统云，我现在是画师林统云。"

"好、好！你长大了……"郑森刚开口就后悔了，这话可不应该对年长于自己的统太郎说。

"出了些事，我在日本待不下去了。往后要劳你关照了。"林统云道。待他安顿好之后，郑森不厌其烦地打听日本的情况，仿佛想重新拾回失去的那一半。

林统云离开日本的时候，幕府已经将长崎定为唯一的对外港，平户渐渐丢失了贸易大港的地位，即便是郑家的一官船也只能规规矩矩地停泊在长崎。多喜因为生活全依靠郑芝龙资助，图方便就搬家到了长崎。虽然林统云滞留长崎时从未探望过多喜，但他的姐姐阿兰频繁地拜访了这妇人。毕竟她是"杀父仇人"郑芝龙最亲近的人之一，多少能从她身上获取些线索。

"多喜姨人很好，那般独立能干的女性可不多见。就算郑一官真是我们的杀父仇人，我也绝不会迁怒于多喜姨。她那人品性格根本没法让人恨起来……"阿兰对这位多喜姨总是赞不绝口。在百无聊赖的乘船旅途中，她嘴边都没少挂念着这妇人。据阿兰的说法，多喜性子泼辣，平日里总是念叨着要去大明找儿子，助其成就事业。

"我听说福松已经娶妻，有贤内助替他打理家事，你就不用再操心了……"阿兰有次忍不住泼了对方的冷水。

多喜不以为然："妻房未必能面面俱到，有些事还是少不了母亲。"

"多喜姨既然这般思念骨肉，偷渡去大明见他就是了。这对你而言又不是难事……"

"咱要见自家娃，哪用偷偷摸摸？咱若真要去大明见娃，那得堂堂正正的；若鬼鬼祟祟，反倒下了咱娃的面子不是？官府还能拦着咱不成？"毕竟是郑一官的原配夫人，只要她愿意，随任意一艘一官船顺道去大明，不过是一句吩咐的事情。

多喜确实去找长崎的奉行当面理论过。虽说幕府下了锁国令，但要出国并非毫无可能，只不过有个条件——一旦出国，禁止返回。偷渡出国则灵活得多，再偷渡归国便是了。但正式出国，相当于是背离祖国，是不准许再返回日本的。即便如此，多喜还是坚决地选择了后者。也正是这义无反顾的性子，让阿兰很是钦佩。林统云将姐姐对多喜姨的描述，一五一十地转述给了郑森。

"嗯……家父也给长崎的奉行送去了书信，想接家母来大明。想必再过些日子，出国许可便会下来。"郑森闻得母亲消息，纵然心中有千百波澜，语气却还是波澜不惊。这逞强的一面像极了他的母亲。

彼时郑氏一族的大本营扎根于安平镇。在泉州府地界，安平镇面向的并非晋江所流入的泉州湾，而是金门岛所处的围头湾。此处古名湾海，宋代更名安海，到了明代才有了安平之名。只因此处海盗尤为肆虐，故而当地百姓觉得单是"安"还不够，又添了个"平"。

嘉靖三十七年（1558），倭寇袭击，安平损失惨重，自那以后百姓便筑起了石头城墙以御敌。即便倭寇来犯距今已过去几十年，此地的长辈仍习惯用"再哭就把倭寇迎来了"来吓唬哭闹的孩童。

郑芝龙重筑此处的城墙；在其治下，安平镇如获新生。郑家的商船都从此处启航。对岸的荷兰人又把这些商船称作安船。

郑森带好友登上固若金汤的城墙，指着围头湾，讲述着当年交战的情形："当年，倭寇便是从那入海口登岸。"两人的体内流淌着相似的血液，很容易对此类话题产生共鸣。然而林统云遵照姐姐阿兰的忠告，对好友隐瞒了自己父亲的身份，只说父亲是大明的商人，还顺带披露了自己被逐出家门一事。

吉报和噩耗几乎同时传到了福建：吉报是母亲那边的出国许可终于落定了；而噩耗则是郑鸿逵兵败，南京沦陷，弘光政权覆灭。

此后，又有一个不知是好还是坏的消息传来：郑鸿逵在返程途中偶遇唐王，偕其返闽。

郑芝龙得报，无奈笑道："唐王朱聿键？鸿逵净爱捣鼓些古怪的礼物……只希望这回别成了咱的累赘……"言罢，他吩咐郑森道："快去准备行囊，随父走一趟福州。"

"福州？去那里做什么？"郑森问道。

"据传，这唐王想在福州开衙建府。我们是地主，怎能不去探望？"

"探望……"郑森小声嘀咕。事到如今，他怎会不明白父亲的用意。所谓探望，绝不是投奔对方之意，是纯粹想会一会这位从半路拣来的王爷，看看对方的斤两。从商之道，切忌凭主观武断；谈判之前，需要摸清对方虚实，比较利害，再决定如何应对。郑森对父亲这功利的处世之道一向不敢苟同。郑芝龙又补充道："这趟怕是要在福州多待些时日，先不必带上妻儿家眷；待诸事稳妥，再回安平接他们不迟。"

郑芝龙命令自己的情报网，打探了唐王的底细。据说，此人生性敏感、喜怒无常。如此歇斯底里的性格，郑芝龙笃定，福州政权必难持久，不必匆忙举家迁往。

郑森知晓父亲言必有因，从不主观臆断。然而他在南京国子监学的是孔孟之道，行事凭大义而非利害。故而，他语气坚决道："孩儿愿举家搬往福州。"

郑芝龙皱眉道："为何定居福州？"

"孩儿行事但凭大义，福州存大义！"

"哼，这所谓大义，是你在南京学得的？"

"正是。"

"你可知晓教授你大义的钱谦益先生降清了？"郑芝龙似笑非笑道。

"谣传而已，不可信。"

"并非谣传。"

"那便是钱先生误入歧途，失了正道。"

"你已成人，自行决定就是了……但为父把话放这儿了，你一个月后必回安平。"

"为何？"郑成功惊奇道。

"你母亲来了，你能不去探望？"

福州是福建数百年来的首府。行省制始于元代，"省"字由少、目二字组成，含义为"无微非目所不能及"，其寓意不仅是对子民无微不至这般单纯，更多的是对子民行为的洞察入微。

此时巡抚福建的是张肯堂。除他之外，还有弘光朝礼部尚书黄道周、巡按御史吴春枝。不畏强权的弘光朝户部右侍郎何楷也随唐王落到福州。张肯堂、何楷二人同是天启五年（1625）的进士，可谓是名正言顺、凭才能一步步走入中枢的朝廷肱骨。而此时此刻，郑芝龙就坐在这些"肱骨"面前，强忍笑意，只因眼前这几位将心中对自己的轻蔑一五一十地写在了脸上：低贱海盗，何以登厅堂？

在场之人凭年龄长幼分排座次，正议论着今后该如何称呼唐王。南京弘光帝被俘生死不明，正统崇祯帝的后嗣又不知所踪。在这种情况下，廷臣主张称唐王"监国"最合理，但引唐王入闽的郑鸿逵却不以为然："眼下非常时期，凡事不可拘旧礼。国不可一日无君，监国这般暧昧不明的称号，怕是难以安天下之心，必须扶持唐王登基！"

"将军此言差矣，监国并非暧昧不明之称。所谓监国便是监察国政，如今形势，这称号最为名正言顺！"黄道周反驳道。言下之意便是："你个草莽，不懂礼节！"

"监国能监察国政，皇帝便监察不得？"郑鸿逵不悦道。

"崇祯帝之太子眼下生死不明，不可莽撞立帝。"

"既然太子在世，尔等怎就愿意辅佐擅自称帝的福王？"郑鸿逵高声质问道。黄道周无言以对。

郑芝龙趁势起身，说道："监国、皇帝，本质上并无相异，但后者却有振奋人心之效。皇帝旨意比起监国命令，孰强孰弱，不言自明。常言道：'强则兴，弱则亡。'如此看来，何以弃强不用，非要取弱自灭？"

郑芝龙落座后沉默不语，便是为了这一鸣惊人。在场没人能反驳这"弃弱取强"之理。他再次坐下，不容置疑："诸位大人既无异议，此事便就此论定。"单凭这决定性的一言，郑芝龙自认为坐稳了新政权的第一把交椅。

"大位已定，需重拟年号。另外，福州作为新国都，理应更名。"何楷建议道。唐王朱聿键确定登基，但议论还未结束，接下来便是冗长烦琐的年号商议。

庸腐至极！郑芝龙心里唾弃，面上却佯装认真。他已和朝廷高官打了多年的交道，深知乍看可有可无的名号在这群人心中甚至重过性命。你等尽管争得口沫横飞，我坐等结果便是。

黄道周建议道："'兴'字不可或缺，我等齐聚福州，就是为了复兴大明。"张肯堂不甘示弱，也提议道："不单是复兴，凭此气势，我大明必然再现昌荣，老夫提一'隆'字。"最终，众人决定国都名应有"天""兴"，年号有"隆"，成全了提议的双方的颜面，皆大欢喜。就这样，福州有了新的名字——天兴府。

"国都名已定，就差年号了……"张肯堂跃跃欲试要开启下一场商议。郑芝龙实在是坐不住了，佯装要小解逃到别室。他如蒙大赦般伸了个懒腰，被在隔壁等待的郑森正好看见。

"都论定了？"郑森问道。

"定了福州改称天兴府。他们在商议年号，怕是要折腾到日落了。"

"父亲有何高见？"

"问我吗？我的高见就是尽早结束这无聊的议论。"

"孩儿倒是有拙见，不知父亲是否采纳……"郑森道。

"我正愁插不上话，你但说无妨，让我也能插上两句。"

"孩儿建议……父亲在这些官员面前务必要发表意见。"

"你是建议我和那帮腐儒辩上几句？"

"新朝初立，父亲应多言多行，处事高调，以在众人心中树立领导权威。"

"依你的意思，说得越多，地位越高？"

"未必，但至少能表达父亲对新政权的热忱。"

郑芝龙苦笑道："为父一向寡言少语，你又不是不知。"他面上有说有笑，心中却颇为踌躇。弟弟郑鸿逵送来的这"礼物"确实贵重，若运用得当，可受益无穷。但在他看来，押宝在这上无异于一场豪赌，获利的概率甚至不到一成；若是求稳，就不该和这人扯上干系。

以郑芝龙从商多年的眼光来看，明王朝覆灭乃命数已尽，不可逆转。麻烦的是儿子郑森不是商人，没有继承他的事业。对此，他有自己的打算：森儿虽然有些眼拙，性格太过忠直，但这孩子天赋异禀不假，若善加引导，必然前途无量。复兴大明之事，且先由着他的性子来，不可急于反对。

"能否烦请父亲将孩儿的观点转述？"郑森道。

"你这是把为父当作传话的了？罢了，你想转述什么？"

"首先是年号之中必须要有'武'。道理很简单，要复兴大明，非'武'而不能。"

"嗯，有道理。"郑芝龙点头。细数唐王麾下文武官员，只有郑氏一族拥兵。郑家就是新政权的"武"。这年号里的"武"就是郑氏一族。

郑芝龙归席后，新年号很快就有了论断。在既定'隆'的基础上，郑芝龙提议道："'隆'后需有'武'，只有'武'才能带来'隆'！"此言一出，无人反对。张肯堂附和道："如今天下大乱，正是用武的时代。"

即便此后天下重归太平，年号也不可能变更，除非天子驾崩。唐宋年间，一任皇帝在位期间，凭治世情况，有可能改元数次。但自明起，便有了"一帝一年号"的制度。清袭明制，日本在明治以后也开始效仿此制度。

何楷深以为然："今年是乙丑年，光武帝复辟汉室凑巧也在乙丑年。年号里有'武'，是难得的吉兆。"

一向沉稳谨慎的吴春枝也忍不住喜上眉梢："可喜可贺，汉朝之建武，我大明之隆武，交相呼应，一脉相承！大明天下复兴有望，其威隆隆！"

"'隆武'年号已定！"黄道周兴奋地站起身来，"择吉日操办登基大典！"

吉日之议很快就有了结果，定在立秋的前一日。

"哼，耍猴戏。"肃穆的登基大典之上，列席于百官之首的郑芝龙在心里暗讽。他提议年号带"武"完全是出自私心，谁知这帮文官竟能扯上光武帝复辟汉室……罢了，就当是圆了森儿的心愿。反正，这耍猴似的政权根本走不了多远。郑芝龙是弘光政权钦封的南安伯，而今又成了隆武政权的平虏侯，旋晋平国公。连把唐王"拣"回来的郑鸿逵，也混了个定西候，旋晋定国公。

登基大典完毕，郑芝龙返回在福州的住所。看猴戏就罢了，还亲身参演了一番猴戏，真是身心俱疲……他坐在椅子上，舒展四肢，正准备小憩片刻，突然从厢房的阴影处传来低沉的嗓音："大人似乎很劳累。"

"是谁？"郑芝龙警觉地站起来。

"'大耳'拜见大人。"这人席地坐于厢房一角。厢房宽敞昏暗，这人只要不作声，轻易察觉不到。敢这般私闯郑芝龙下榻处的只有一人。察觉到说话人的身份，郑芝龙语气一变，不慌不忙地问道："一祥，你何时回来的？"

自称"大耳"的男子起身走出阴影。此人确实长了一对异于常人的大耳，约莫三十五岁。他正是郑芝龙麾下最得力的间谍，姓林，名一祥。清军南下直逼杭州那阵子，林一祥奉郑芝龙之命北上探查清军底细。郑芝龙侦察敌情并非为了备战，而是为了判断是战是降。

"属下刚进福州城便碰上了登基大典。看这阵势，似乎非同小可。"林一样语气揶揄。

"哼……清军的实力果真这般强？"郑芝龙严肃地问道。他理解对方为何语出揶揄：强敌兵临城下，这边还在操办登基大典，岂不是可笑？郑芝龙重用林一祥多年，从其细微的表情语气，就能猜到谍报结果。

"是的！"林一祥的回答没有丝毫犹豫，"快刀斩乱麻的强。没有登基大典，没有封侯封爵，有的只是用兵如神、势如破竹。明清之战孰胜孰败，已无悬念。"

"你可有应对之策？"郑芝龙忽然压低了声音。

"大耳"林一祥除了打探消息，郑芝龙允许他自行依情报采取对策。

"属下去见了黄熙胤。"

"噢，据说此人降清，混了个御史的官职。"黄熙胤出生于福建泉州府，和郑芝龙算半个同乡，是第一批降清的大明官员。

"卑职建议，大人应尽早有所决断……拙见而已，望三思。"林一祥劝道。

"唉……"郑芝龙叹气。对方口中的决断，就是降清。他深知，林一祥的"卑职建议"和笃定无异，若再加上一句"拙见而已，望三思"，准确率会落到八成，但八成和笃定也没什么区别了。

"大明就真的毫无胜算了？"郑芝龙不甘心地确认道。

"若明宗室能将所有心力投注在复兴大业，而不是这类庸腐的典礼上，或许还残存两成胜算。毕竟清军如今也被逼到悬崖边上。"

"悬崖边？此话怎讲？"

"清廷刚颁布了剃发令。"林一祥答道。

汉人自古以来都是束发加冠，而女真人的风俗却是剃头编辫。清军初入北京时，政策宽松，允许汉人随汉俗。但对汉政策逐渐严苛，剃头编辫成了强制，甚至被视为服从的象征。剃发便是服从，留发便是反抗，对外来政权而言就没有更一目了然的辨别方法了。

清军虽在扬州吃了苦头，却兵不血刃地占领了南京，之后更是势如破竹，几乎没遇上多少抵抗。这更坚定了清廷改汉制的决心，其第一步便是剃发令。谁知结果让清廷猝不及防，各地汉人为留发接二连三地起义，但越是这般，清廷便越不能服软撤回剃发令。留发不留头，留头不留发！这场由剃发令引起的天下震荡，给了一两成复兴大明的可能。

"竟有此事……换你会怎样应对？"

"若是卑职，便分注押宝，大注押清，小注押明，这样最稳妥。"林一祥的一对大耳随着话语而颤抖。林一祥是郑芝龙发妻颜氏的族人。颜氏是郑芝龙归国后所娶的妻子。她取代了平户的多喜，成为郑家正室。而今颜氏一族仰赖郑家之富逐渐壮大，但在他们眼里还有根眼中钉，那便是郑芝龙和日本妻子诞下的郑森。

林一祥口中的"小注"，不必多说，指的就是郑森。所谓分注押宝之策，就是郑芝龙求稳，让郑森犯险。无论结果如何，都能留有余地，相互帮衬。说得直白些便是：舍郑森一人之安危，保郑氏全族安泰。

林一祥补充道："请带森少爷去面圣。森少爷这样的少年俊杰，陛下必然喜爱有加。森少爷若得陛下青睐，必定激奋。"

"有道理，所幸我把森儿带在身边，要做就要趁早。"

"甚好，事不宜迟，明日便可带森少爷面圣。"郑芝龙点头道。

郑芝龙有十成信心，只要隆武帝见了郑家这才貌双全的孩子，必然会青睐。郑芝龙生得相貌堂堂，郑森不仅继承了父亲的英俊仪表，更多了一份父亲所欠缺的知性。

"对了，你和黄熙胤聊了些什么？"郑芝龙压低声音，以防隔墙有耳。

"未曾深谈。卑职请他向大学士洪承畴转告，南安伯并非顽固之人。如此而已……接下来如何谈，还得看大人的意思。"

"甚好……那黄熙胤应该明白你的意思？"

"无论明白与否，这话肯定能传到内院。"

内院指的便是清内秘书院大学士洪承畴。此人在清军入关前便投降，如今是清廷的汉臣之首。

"尽早决断……"郑芝龙自言自语道。常言道锦上添花常见，雪中送炭难求。眼下清廷正因剃发令焦头烂额，若决意要降，必须趁早……

"我这就去找森儿说话。"郑芝龙思定，立刻站起身来。他没有注意到房门外的微弱动静。

躲在门外的郑森一字不落地听到了屋内的密谈。他既不感到悲伤，也不感到愤怒，只有淡淡的无奈。自七岁归国以来，这十数年间，他一直在冷眼旁观父亲的一言一行。父亲此刻做出的选择，在他眼里合情合理，更合郑家的从商之道。

见父亲起身，郑森急忙藏身于庭院的假山之后。正合我意！他心里暗喜。父亲或许会降清不假，但自己会被留在福州的隆武政权。这意味着他从此可以天高任鸟飞了……郑森正筹谋着将来，耳边传来甘辉的呼唤："少爷、少爷！"

"何事叫我？"郑森佯装散步，从假山后边走出。

"老爷找你，请速去相见。"甘辉答道。

"何事，这般着急？"郑森心里通透，却佯装好奇。

父子相见，郑芝龙对儿子严肃道："森儿，你还未正式拜见过皇上，快去梳洗准备，待会儿便随我去面圣。"

"孩儿遵命。"郑森面无表情地答道。

"恭喜少爷，马上便要加官晋爵了。"甘辉由衷替郑森高兴。他不算是郑森的随从。严格说来，郑森在安平城并没有专门的随从。郑芝龙碍于正妻颜氏，不敢对郑森太过优待。

不知为何，甘辉自从在南京和郑森相见后，便自愿成了其贴身随从。他发自内心欣赏郑森这种热忱率直的个性。此时郑森正苦于个性得不到释放。他坚信自己这股即将喷薄而出的热血能摧毁眼前的一切障碍。郑森将自己心中澎湃的热血称为"心魔"，需要广袤天地去释放。此次面圣对郑森而言不仅是无上荣恩，更是迈向这广袤天地的第一步。

唐王朱聿键，或应称其为隆武帝，比起和郑鸿逵在浙江偶遇时更丰硕了一分，又添了一分帝王的富态。当时他刚出监所，又历经舟车劳顿，自然消瘦憔悴；而今或因在福州登基，养尊处优，丰硕了几分。然而后宫的奴婢知晓实情，就议论纷纷：陛下素来寡食，怎反倒龙体渐硕了？原来，久居北方的唐王吃不惯福州菜肴，入闽以来顿顿寡食。看来，对皇族意识过剩的唐王而言，登基就是最滋养的灵丹妙药。

此时的唐王正在临时皇宫的顶楼，静静地眺望福州城内的街景。眼前的福州城自然比不上两京那般气派，但比起封地南阳和幽禁了自己八年的凤阳，还是繁华了许多。隆武帝叹道："闽江、鼓山……我大明的河山。朕在此起誓，定要将你从敌军之手中解救！可这救国兵马、人才栋梁，要朕去何处寻呀！"帝王理应是天下之主，但他如今拥有的河山却只有这眼前一隅。要重夺江山，人才必不可少。

"朕要出关和鞑子决一死战！"他曾在朝堂上向百官表明决心。所谓"关"指地处闽、浙、赣三省交界的仙霞关，出关则意味着入江南。在朝武将闻之，纷纷劝阻：眼下粮草不足，不可远征。

隆武帝有时会心生怀疑，这些武将，真的愿意为大明浴血奋战吗？而且辎重武器不足是明摆着的问题，必须要有善于整军备战的人才。说到底，新政权缺乏人才才是根本问题……

隆武帝正自怨自艾，有下官上前跪拜道："启禀陛下，平国公求见。"

"噢，平国公主动求见，这可不常见。"隆武帝好奇道。隆武帝整日催促出兵，郑芝龙不胜其烦，每日应付完早朝便匆匆离去；除非皇上传唤，否则根本不会主动求见。

下官补充道："其子同行。"

"哼，果然如此……"隆武帝苦笑道。

新朝廷别说是远征军资，便是连军饷和朝廷支出都没法保障，故而朝廷只能以卖官苦苦支撑。高至尚书级别的官职只卖白银五百两，低至将校级别只需要白银数十两。所卖官职只是虚衔，没有实权，更无俸禄。

只要是在朝武将，加官晋爵更是不在话下。隆武帝原本是反对如此优待武将的，但郑芝龙坚持道："陛下要不吝恩惠，方能吸引人才。"

此举与勒索何异？隆武帝身在他人屋檐下，只能听之任之。于是乎，郑芝龙麾下将领洪旭、林习山、施天福先后被封为忠振伯、忠定伯、忠毅伯……就是郑鸿逵的部下林察都得了个辅明候……爵位何时这般廉价过？隆武帝非常重视每一个爵位，将其视作体现受封者的价值。此番郑芝龙主动携子求见，必定是来给儿子讨要爵位的……郑家只是区区海盗出身，按理说根本不配拥有爵位。给武将捞完了便宜还不满足，还妄想给家人子嗣捞？隆武帝心里一万个不愿，奈何郑家是新政权的唯一军事支柱，万万不可得罪。但就算如此，若这儿子太过歪瓜裂枣，隆武帝还是打算严词拒绝的。若郑家水师里的将领，赐些爵位，隆武帝还能睁只眼闭只眼，毕竟都是威震南海的猛将。怕就怕得寸进尺，贪得无厌，觉得任谁都能来讨上一讨，那便麻烦了。

隆武帝心中不快，但闻下官继续道："据说这平国公的公子曾求学于南京国子监……"

一句"国子监"让隆武帝立马来了精神。国子监是大明的最高学府，求学其中的怎可能是庸才？"据说，此人还是江南名家钱谦益的爱徒。"下官又补了一句。几句话，让隆武帝在心里对郑森的预期提高了很多，但只要没见面，他仍对此人有海盗之后的刻板印象。

然而真见到郑森本人的那一刻，隆武帝感觉自己的心房好似让一只手紧紧攥住了：这世间竟有这般神仙人物……

隆武帝心中震撼，并非单纯源自眼前青年的俊朗容貌。多年监禁，他与世隔绝，百无聊赖，每日耽于各种各样游离于现实之外的幻想。

例如，他幻想自己坐上了紫禁城的龙椅，但奇怪的是，在幻想中坐上龙椅的那个人，是他又不是他。能登上帝位的必然是天之骄子、人中龙凤，但身陷囹圄的自己何其狼狈，就算只论容貌，也谈不上是人中龙凤。因此，他在幻想中虚构了一个新的自己——青年才俊、仪表不凡。

然而曾千百次出现在幻想中的"人中龙凤"，如今竟活脱脱地站在了自己的面前。隆武帝将手从宽松的龙袍里伸出，揉了揉眼睛，没错，就是他！有生之年，竟然有幸和幻想的自己"重逢"。

"这是犬子郑森，请陛下赐言激励。"郑芝龙提醒痴痴呆呆的隆武帝。

"令郎竟如此出众……"隆武帝痴迷于郑森的神采，乍不知该如何评价，"只恨朕膝下无公主，否则，必定要纳令郎为驸马。"

"岂敢、岂敢……"郑家父子连忙磕头谢恩。二人受宠若惊，隆武帝这话堪称是无上的赞誉。

然而真正惊人的还在后头："既然不能纳你为婿，朕便赐你与朕同姓如何？"隆武帝一见面便赐国姓"朱"给郑森。

"谢陛下天恩。"父子二人双双拜谢。

"郑森，朕得爱卿这样的英才相助，大明复兴必当成功……从今日起，你便改名'成功'！"隆武帝欣喜若狂道。

宝　岛

据文献记载，诸罗之名最初源于当地诸山罗列的地理，但这只是坊间的解释。诸罗是高山族里的小部落，也就是所谓的藩社。"诸"又可写作"猪"。诸罗位于如今的嘉义一带。二十年前，颜思齐便死在这诸罗群山之中。

在安平，等船赴台的阿兰听当地人道："现在的台湾，早就不是二十年前的模样了。"阿兰不敢明说自己是来调查杀父仇人的，毕竟这里是郑芝龙的地盘。她只是一个前往亡父坟前祭拜的悲伤女儿。赴台的客船抵岸时，福松还在南京，郑芝龙则外出未归。阿兰没能遇上这对父子。阿兰想：这样也好。她不想在着手调查前，和郑家父子有多余的接触，先入观点会影响她的判断。

确实，台湾在过去的二十年里，经历了翻天覆地的巨变。颜思齐过世的前一年，荷兰人入侵台湾，在如今的台南地域建立热兰遮城[1]。颜思齐死后的第三年，热兰遮城内爆发滨田弥兵卫事件[2]，日荷纷争整整持续了四年才缓和。

颜思齐的继承人郑芝龙见荷兰人在台湾的势力越来越大，便撤回了福建，立足福建，直接对日经商牟取暴利，废弃了颜思齐生前在台湾建立的

---

[1] 即安平古堡，台湾最古老的城堡，1624 年建立，曾是荷兰人在台湾的中枢，也曾作为郑成功及其后代的居城。

[2] 指日本宽永五年（1628），荷兰东印度公司的台湾总督彼得·讷茨和日本船长滨田弥兵卫之间因贸易冲突所导致的武装挟持事件。

据点。

荷兰人占据台湾南部。荷兰在台湾的商馆主要与大明、日本进行贸易。西班牙人则虎视眈眈于台湾北部，还在颜思齐死后第二年（1626），在现今基隆周边建立了圣萨尔瓦多城；两年之后，又在现今淡水附近建造了圣多米尼奥城。西班牙人的插足，对荷兰人造成了巨大威胁。

正所谓"一山不容二虎"，两国在台湾的战争，以荷兰大胜收场。西班牙人撤回吕宋岛[1]。此事发生在阿兰离开日本的两年前（1642），自那以后，台湾便成了荷兰的后花园。难怪，曾经在台海间风云的闽南人，提起台湾的现状，都忍不住要扼腕叹息一番。

"这么说，郑家是彻底舍弃台湾了？"阿兰忍不住问住这位守城大爷。

"那倒不是，郭怀一将军还在岛上守着一亩三分地。迟早有一天，一官会把那帮红毛赶回老家去，可怜还得熬个几年。"

"这位郭将军真了得。"阿兰附和道。

"那可不？俺本家亲戚，能差了？"大爷自豪道。

"大爷，小妹有个不情之请……小妹正打算去台湾，想投靠这郭将军几日，如果大爷能给写一封引荐书信……"阿兰佯装难以启齿。

"那有何难？据说怀一在台北。待我去问来，就给丫头写这封信。"大爷拍拍胸脯道。

"那小妹多问一句，这位郭将军可是一官的旧部？"

"算是吧，他可是颜老大那代的头领了。"

"噢，这样……"阿兰不敢再做深究了。这郭怀一或许知晓父亲之死的实情，但眼下不能操之过急，暴露了目的。

"怎样，是否有收获？"在一旁的吉井多闻问道。纵然他在赴大明的旅途中学了不少汉语，但还是一字都听不懂这闽南方言。只不过瞧阿兰的表情豁然开朗，猜她是有了收获。

"还行……"阿兰的回答很暧昧。

"他好像要给你写什么引荐信？"吉井还是能听懂个别词语的，像引荐信这般正式词语比俚语好懂得多。

---

[1] 菲律宾北部的岛屿。

"嗯，那老人家有一位亲戚在台湾，我让他引荐一下。"

"他身边有人认识荷兰医者吗？或者说，怎样能和荷兰人打上交道？老板娘，方便帮忙打听一下吗？"吉井请求道。

"好，我问问看。"言罢，阿兰转问老人。

"俺怎可能结交红毛？"大爷嫌弃地摇头，"话说回来，红毛最近好像刚刚换了头领。"

红毛头领就是荷兰东印度公司设在台湾的商馆馆长。和设在日本长崎的商馆馆长不同，在台湾的馆长总揽全岛的行政、司法，甚至军事，其实就是在台湾的总督。

"噢，初来乍到吗？"阿兰问道。

"不是，那人曾在台湾待过些时日，据说之后去了日本，回了红毛国，这阵子又跑回台湾来了，名字好像叫啥来着……哦，卡朗！"

"你说卡朗？"阿兰吃惊道。她对这名字十分熟悉。法兰索斯·卡朗，此人出生于关原之战[1]爆发那年（1600），是比利时人。十九岁的他作为见习厨师登上了荷兰东印度公司的商船，来到了日本平户。荷兰东印度公司虽然保存了海量的文献记录，但还不至于详细记录到一个连正式员工都算不上的见习厨师。直到在1626年的相关记录里，才首次出现了这个名字：任命法兰索斯·卡朗为荷兰驻平户商馆助理，月薪十五荷兰盾。

卡朗十九岁抵达日本平户，二十六岁出现在官方记录中，其中七年历史空白，应该没有离开过日本。理由很简单，他娶了日本女子，其长子于1622年出生在平户。1627年，荷兰东印度公司的台湾商馆馆长出使日本，卡朗作为通译随行去了江户。能做外交通译就足以说明他在日生活经验丰富。有了这次通译经历作为跳板，他很快就被调任到了台湾，又正巧撞上了滨田弥兵卫事件。他在日荷双方之间努力协调，促使事件平息。凭此功绩，他于1633年晋升为对日的商务专员之一。翌年，他在江户谒见德川幕府第三代将军家光。

接下来，从商务专员到高级商务代表，从代理馆长再到商馆馆长，卡

---

[1] 庆长五年（1600），丰臣秀吉死后，德川家康领导的"东军"与石田三成及其他大名组成的"西军"在美浓关原地区的一场战役，结果是东军获胜。

朗在平户步步高升，一直到了 1641 年，他才离开日本前往巴达维亚[1]任职。他这半生漂洋过海，到过台湾，但待了将近二十年的日本才是他的主场。

阿兰非常了解卡朗在平户任职期间的经历。在全国商馆迁移长崎之前，在日洋人还算比较自由。阿兰和卡朗的长子达尼耶尔自小认识，对其妹妹佩罗拉和玛利亚更是非常疼爱。三年前，卡朗一家要离开日本，已经移居长崎的阿兰还专程返乡去送行。"卡斯特林库姆"号，阿兰至今仍对那艘拗口难读的荷兰船的船名记忆犹新。

"对，就是卡朗！这红毛有些能耐，据说是从厨子一步步爬上来的。"

"又有好消息了？"吉井问道。他一直在观察阿兰的表情。

"是给你的好消息……荷兰人那头，不用找人写引荐信了。"阿兰笑道。

"此言何意？"

"台湾的红毛总督，是我在平户的熟人。"

"哇，还有这等好事？"

"好久没见到梅姐了……"阿兰在前往台湾的船上不止一次这样念叨。

卡朗的夫人阿梅是平户藩下级武士的女儿，把阿兰当作亲姐妹一般要好。"阿兰，愿不愿做姐姐的弟媳？"阿梅当年每每喝醉，就爱给家中弟弟说亲。阿兰对此从没有正面答复过。她喜欢阿梅这姐姐，但对其弟江口十左卫门没有兴趣。阿梅是个称职的姐姐，把弟弟宠坏了。阿兰喜好强势的异性，而不是像阿梅弟弟那类的。"我那不成器的弟弟，就需要阿兰这样可靠的姑娘来管教。阿兰，嫁来我家。"阿梅有时逼得太厉害，阿兰会不知所措。她搬家到长崎，阿梅不厌其烦地说媒也算是其中理由之一。

如今，江口十左卫门已娶亲，阿兰总算能轻轻松松地和阿梅叙旧。

"你似乎很期待和梅姐重逢。"吉井笑道。

"是呀，不知她这几年过得顺不顺心……"阿兰这话似乎别有深意。

其实，卡朗和阿梅的异国恋情走得并不顺利。早在卡朗还是见习厨师时，两人便结缘了。那时卡朗哪里有雄图大志，只想奋斗几年做上商馆的厨师长，赚些积蓄，回荷兰养老。谁知命运弄人，他竟飞黄腾达，坐上了商馆

---

[1] 即现今印度尼西亚首都雅加达。

馆长的位子。他当上驻平户商馆馆长时不过四十岁，还有机会继续高升。

"我俩没在教堂操办过仪式，不算正式夫妻。"某次，卡朗喝高了，对阿梅说出这等伤人的话语。

阿梅自然怒不可遏："娃都给你生了仨，你说怎样才算正式？"

"说笑，说笑，日本哪里有教会，更没这规矩。我就是这么一说，别当真。"卡朗当时这般糊弄过去了。但自那后，夫妻间便有了无法弥补的嫌隙。阿兰把这一切都看在眼里。

当时从大陆赴台都是在安平或厦门岛登船。台湾的自然地形决定了其由南朝北的发展走势。在台荷兰人面临的最大问题便是劳动力不足。作为岛上主要商品的鹿皮，只能仰赖山地少数民族的狩猎才能获取，完全供不应求。故而，荷兰人非常欢迎自大陆而来的移民。阿兰二人乘船抵达台湾鹿耳门，受到了荷兰商馆的热情款待。外来移民在岛上无论是农耕，还是狩猎，都无须缴纳赋税。这算是给今后的苦力一些甜头。

阿兰对前来迎接的通译说道："我要见你们的长官，还请通报。"

"你要见长官阁下？"通译狐疑地盯着阿兰。

"是的。"阿兰泰然自若地点点头。彼时船慢，从安平到台湾得在海上漂泊数日。阿兰早已舟车劳顿，但踏上父亲曾叱咤过的这片土地，她心潮澎湃。阿兰告诉自己，从登岸那刻起战斗便开始了，她得更加振作。

"敢问姑娘姓名？"通译问道。

"问女子姓名前，不该先报上自己的名讳吗？"阿兰不想输了气势，反问道。

"噢……"通译有些意外，笑道，"姑娘教训的是……鄙人姓何，名斌。"

"你是红毛的下属？"

"姑娘错了，鄙人在南边的二层行溪经营农庄，不过是凑巧懂几句红毛语，临时被叫来迎接各位客商，给各位带路。若有同胞在岛上居无定所，便顺道雇其去鄙人农庄谋生。"

"见过何爷。我是颜家长女，单名兰。劳何爷转告长官，说平户阿兰求见。"阿兰的语气很严肃。

"平户颜家长女……莫非姑娘是颜总寨主的……"何斌两眼一凝，神色立马变了。

颜思齐生前在台湾设十余处山寨，将麾下头目任命为各寨之主，郑芝龙便是其中之一。岛上人尊称颜思齐为总寨主。

"我正是颜思齐之女，何爷认得家父？"阿兰抑制不住言语里的欢欣。她没想到刚上岛，便能碰上父亲的熟人。

何斌摇了摇头，说："颜总寨主在岛上的时候，鄙人还没到此处谋生。但鄙人的义兄曾是总寨主麾下，经常提起其生前的光辉事迹。"

"敢问令义兄是？"

"他和鄙人一样在二层行溪经营农场，但眼下去了北部。"

"难不成，令义兄是郭怀一？"

"姑娘怎知？"何斌诧异道。

"咱手上有呈给郭将军的引荐信。"阿兰答道。

"真真奇妙，没想到姑娘是自家人。"这何斌看外表不过三十，二十年前大概还是稚童，自然不可能和颜思齐相识。

我何时和这婆婆妈妈的男子变成一家人了？阿兰心里嫌弃，但她初来乍到，人生地不熟，多结识一些当地人总没坏处。

"既是自家兄长，能否助小妹拜访长官？见了面你便知晓了，小妹与长官的夫人情同姐妹……"阿兰强装笑颜，还想继续往下说，却见对方眉头一皱。

"姑娘要节哀，长官的那位日本夫人，去年过世了……"何斌难以启齿道。

"梅姐她，怎会这样……"阿兰闻此噩耗，方寸大乱，不禁口出日语。她方才还暗自庆幸此行顺风顺水，如有天助，没想到她在岛上最仰赖的阿梅竟已不在人世。

"长官夫人是在巴达维亚过世的。"何斌补充道。

"那、那长官的长子，达尼耶尔身在何处？"阿兰镇定心神，转而将最后的希望放到了儿时玩伴达尼耶尔身上。

"你说达尼耶尔少爷？他回荷兰了。"

"他没跟在父亲身边？"阿兰的希望再次落空。

"他应该是去年回去的。据说是到莱登大学进修神学……姑娘这是什么神情，这可是大喜事。"何斌好奇道。

阿兰愁眉不展。在台湾的两大依靠，一个过世，一个回国，对她而言可谈不上是喜事。

"对了，长官最近也有喜事，他刚续了弦。"何斌的表情很暧昧。

"你说什么？"阿兰难以置信道。她转念一想，这似乎不是什么稀罕事，妻亡再娶罢了。然而这对阿兰而言等于希望破灭。她和卡朗非亲非故，全凭阿梅将两人串起。如今卡朗娶了新人，和亡妻方面的人际网只会逐渐疏远。

"这位新夫人马上也要来台湾了。"何斌道。

"从哪里来台湾，荷兰吗？"这是明摆着的事，但阿兰还是忍不住问道。

"是的，据说新夫人是荷兰海牙人。"

"怪了，卡朗是何时回台湾的？"

"大概三年前吧。"

"那怎会……"阿兰欲言又止，但何斌已猜出她的疑惑。阿梅是去年去世的，卡朗在那以后又不曾回国，怎就娶到了身在荷兰的女子？

"没什么古怪的，卡朗是在三年前回国期间认识了现在的妻子。"

"这样便说得通了……"阿兰小声嘀咕道，心里很是失落。

何斌越说越来劲，也随着阿兰一同小声道："多言一句，这位夫人，可是比她的义子达尼耶尔少爷还年轻……"

"她多大？"阿兰略蹙眉。

"据说刚满十八。"

"卡朗莫非还和这位小姐素昧蒙面？"阿兰问道。

何斌摇摇头，笑道："姑娘忘了？鄙人刚才说过，三年前卡朗回国，认识了那位小姐。"

"三年前……十五岁。"阿兰嘟哝道。

"同样是十五岁，红毛女可不比待字闺中的汉家女子……"何斌话里有话，将这段忘年的姻缘娓娓道来：1461年末，卡朗率领船队，从巴达维亚起航返回荷兰。他在荷兰举办的东印度公司董事大会上致辞发言，风头一时无两。在这次时隔二十余年的衣锦还乡期间，卡朗结识了布拉班特州顾问官巴尔萨泽·鲍登的遗孀，从而邂逅了她的女儿——也就是如今的娇妻。两家之间原本只是礼节性的往来，但卡朗回了平户，忽然逢妻子逝世，不知中了什么魔障，竟日夜思念起了这位鲍登小姐，给她寄去了求婚书信。

"鲍登小姐回信答应了……"阿兰郁闷地望着闷热的天空。

"呵呵，这是卡朗对外的说法。但是那阵子凑巧在荷兰的人，不太承认这说法……"

"这又怎么说？"阿兰顿足。不知何时起，两人在鹿耳港的海滩上边走边聊。

"卡朗和鲍登家来往甚密，旁人还道这两家莫非是亲戚。其实两家没任何血缘关系。还有些碎嘴的人，说卡朗早就和那鲍登家长女私通多年了。"

"此话当真？"

"纯属胡扯。"何斌果断地否认。

"若无私情，二人怎会成婚？"

"姑娘误会，怪鄙人没说清楚……卡朗的新婚妻子并不是鲍登家二十二岁的长女，而是次女。"

"噢，这样……"烈日让阿兰有些睁不开眼。

何斌压低了声，神神秘秘道："巴达维亚那边都在传，说是卡朗的日本妻子，死得蹊跷。"

"有何蹊跷？"

"别问我，我可不敢胡说。"何斌的表情变化如初，看不出任何破绽。

父亲之死的谜团未解，这回又是梅姐之死扑朔迷离……阿兰愈发觉得这次台湾之行前途未卜了。她疲惫地说道："我不想去见卡朗了，不劳何爷通报了。"

"唔……那姑娘之后有何打算，在岛上是否还有其他依靠？"何斌关切道。

"没有了，我在岛上的熟人只有梅姐……只有卡朗夫人一人。而今卡朗夫人身故，我不方便再去叨扰卡朗阁下。"

"鄙人能理解姑娘的顾虑，这样也好。"

"无论如何，谢过何爷。"阿兰恭敬地道谢。前方的道路仿佛凭空竖起了一堵墙，阿兰撞得眼冒金星。并非凭空，这道墙一开始便在那儿，只不过阿兰起先太得意，没瞧见而已。阿兰回头，只见吉井多闻一直默默跟在后边，手里攥了一根从路边拾来的小木枝，时而仰望晴空发呆，时而左顾右盼，似乎身边的一切都是那么新鲜。两人的视线撞在了一起，吉井感慨道："这儿和日本，没一处是相同的。"

"毕竟隔了万里重洋。"阿兰苦笑道，"吉井先生，你漂洋过海到这里，觉得能待得下去吗？我是无所谓，就当这里是父亲的家乡。如今日本锁国，一旦出国，便要有一世不复还的觉悟。"

"后悔什么？老板娘小瞧我吉井了。修炼悬壶济世之术是我一生志向，哪管身在何处？"吉井说着，用树枝拍打自己发僵的肩膀。

"学成之后，又如何？"

"归国传授予后人。"

"吉井先生，你觉得咱俩还回得去吗？"

"若走明道，自然是回不去了。"

"这么说，还有暗道？"

"咱俩是偷渡出国的，何尝不能再偷渡归国？"

"谈何容易……"

"又有何难呢？事在人为。再不济，把汉语学好，化身作唐人赴日便是了，你家又刚好在长崎。"

"不是人人都似吉井先生那般自由自在的……"阿兰双目如炬，注视着吉井那百无聊赖的表情。她久居长崎，遍地是熟人，而吉井只是长崎的匆匆过客，过上五年便没人认得他。届时，再换上一身唐服，蓄起胡须，就和异邦人没什么两样了。

"啧啧，真不愧是宝岛。你看那水田，望不到边际。啧啧，看那边的竹林，你在日本可曾见过这么粗壮的竹子？"吉井浑然不顾阿兰的千愁万绪，反倒是对此地越看越顺眼。

无尘庵

林田统太郎已经逐渐适应"林统云"这个汉名，但他时不时仍会冒出几分愧疚：自己是不是该叫作颜统云？叫林统云算是刻意隐瞒了亲生父亲的身份。他前不久才察觉到"颜思齐"这三字在郑家的地盘上算是忌讳。老一辈人偶尔在谈话中提及的"总寨主"便是指自己的父亲。这般掩耳盗铃的称呼，足以说明当地人对这名字是能避讳则避讳。现任前莫论先任，似乎是汉人默认的礼仪。林统云更不该去触那霉头，自己暴露身世。

在郑家的引荐下，林统云赴泉州府，投身当地知名画家程鸥波门下。说来巧合，这程鸥波和赐名林统云的逸然和尚师承同门，世间有评论：逸然擅白描，鸥波精色彩。

当初郑成功刚从日本归国便在此处学习。其父郑芝龙年幼时也曾求学于此。当年的教书先生是程鸥波之父程青湖。算起来，郑芝龙和程鸥波还是昔日同窗。

成年的程鸥波赴浙江学习书画，学成后归乡继承了父亲的私塾，教起了四书五经，但若有天赋异禀的学生，他也愿意传授绘画技巧。

林统云在城内无居所，寄宿在城外的无尘庵。此庵位于府城之北，程青湖便隐居在此处。程鸥波亲自将他送进了山。林统云一直到踏入无尘庵那一刻，才知晓程鸥波为何带自己至此。

"总算等到你了。"出门相迎的是一个胡子拉碴的魁梧和尚。他一开口，竟是地道的日语。和阿兰、吉井分别后，林统云便没再说过日语。自从懂日语的郑家父子去了福州，就更没人和他说日语了。突如其来的家乡话，让林统云有些不知所措。

"俺怎么盼来了这样一憨货，一句日语就惊到了。俺法号铁塔，日本名高山，俗姓便不要山了，就是高。和你一样，都省了一个字，哈哈哈。"铁塔言罢，放声大笑。在这深山老林里，随他怎样高声都无所谓。

"在下林统云。"林统云一板一眼地鞠躬行礼。他方才确实有些失态了，但话说回来，对方怎会认得自己？

"不必给他行礼。"程鸥波笑道，"他和你同辈，年纪相差无几。"二十三岁的林统云偷瞄了一眼面前的粗糙大汉：和自己同辈？看不出来。

"哈哈哈！"铁塔又发出豪迈的笑声，想必是爱笑之人，"俺比你年长四岁，你得喊俺兄长，哈哈哈哈哈！"

林统云正发愁该如何应对，庭院深处传来银铃般悦耳的嗓音："爹，祖父在里屋等候您多时了。"

程鸥波闻声，不悦的神情舒展开了，宠溺道："这是小女淑媛。"林统云望去，只见一名约十七八岁的姑娘迈着碎步朝这边走来，明眸善睐，甚是可爱。

"在下林统云，见过程小姐。"林统云恭敬地行礼。对方是恩师之女，是该行礼之人。他用余光偷偷观察程鸥波，但看不出喜怒。

中原风俗不同日本，登堂入室不用脱鞋。一行人从无尘庵三字匾额下踏入庭院。淑媛指着头上的匾额，樱唇轻启，娇若初梅道："这三字是宋朝的庆老禅师的墨宝。"林统云则有些心猿意马——若有如此佳人在侧，笔下梅花必能增添三分意境。

无尘庵从外面看饱经岁月侵蚀，甚是老旧，但内院却是另有一番天地。庭院阁楼处处都透露着精心打理的气息。庭院的最里处有一座石造凉亭，程青山正和一位看似客人的矮小男子对弈。

这人的年纪又是几许？林统云在心里不免犯起了嘀咕。身边的铁塔和尚论相貌、举止，怎么看都年近四旬。而亭里那瘦小男人虽然生了一张童颜，两鬓却隐隐有些斑白……

"铁桥先生，许久不见了，晚辈正带新弟子上山来拜见父亲。"程鸥波上前深深鞠躬，可见此人辈分不浅。

"免礼，老朽刚听令尊说了。你身边这青年，便是受逸然赐号的东瀛画家？"他慢慢悠悠地说道。能对德高望重的逸然大师直呼其名，此人道行必然不低。此人姓张，名穆，号铁桥道人，广东东莞人士，世间评之曰：放情诗酒，其诗画皆胜以气骨，画马最功。"老朽又败下阵了，今日便到此为止吧。"铁桥道人站起身来，也不知有没有听到林统云的问候，飘然而去。

就这样，林统云开始了府城、无尘庵两点一线的生活。至少，在无尘庵里有美人相伴，和枯燥的私塾相比，林统云是百般乐意待在这里。

那铁塔和尚看似粗人一个，数月交往下来，林统云逐渐被其豁达不羁的性子吸引。

"不瞒兄弟说，俺根本不姓高山。俺是吃百家饭长大的，从记事起就剃度做了和尚。因寺庙里的生活太枯燥，便还俗登上台湾商船做了船夫……那之后的经历嘛，俺没脸说，你问老先生去吧。"林统云好奇，便寻了机会问了程青湖；对方笑答道："这浑小子，在船上惹了事，摊上了人命案，就又剃度躲进了寺庙里。"

在程青湖眼里，世间众人无论是富贵高低，都是尚未长大的稚童，即便是风头一时无两的平国公郑芝龙也不例外："那淘气娃子，这阵子似乎闹腾得很。"看样子，这世间能让程青湖认作同辈的，只有铁桥道人一人。

铁桥道人此次出行本想到苏州，哪承想途经此处探望老友期间，传来了清军大举南下的消息，他便寄宿在这无尘庵。至于何时离开，他心里也没个打算。

某日，安平城方面遣使者到无尘庵："忠孝伯眼下正在程鸥波先生府上拜访，马上便会来访至此。"

"好大的派头，哪里冒出来忠孝伯？"程青湖不悦道。隆武帝赐郑森国姓，改其名成功，并赐封忠孝伯。这消息在泉州无人不知，程青湖显然是明知故问。

使者一时词穷，窘迫道："哪里冒出……老先生不知郑森大人之名吗？"

"原来是忠孝伯衣锦还乡，荣归故里……哼，好大的阵仗，还记得西楚霸王的前车之鉴吗？你回去转告这位大人，老朽这破庙怕是容不下金佛，还请回去吧。"程青湖没有丝毫的客气。

使者连忙解释道："老先生误会了，并没有所谓的阵仗。国姓爷此次专程从福州归乡，只是为了迎接从日本而来的母亲。"

"原来如此，那倒是可以见一见。待会儿把此人带到后院的亭子来。"老先生瞥了一眼后院，这句吩咐是对孙女淑媛说的。姑娘方才还在身边伺候，这会儿不知上哪儿去了。使者到访时，林统云正在庭院中写生，铁塔和淑媛则在一旁默默观看。程青湖则在三人的不远处练习养生拳法。

林统云闻知好友郑成功要来，攥笔的手不由止住，却又发现淑媛不见了踪影，还未张口，就觉得脚面一疼，原来是身旁的铁塔一脚踩了上来。这是让自己别胡乱插话？林统云会意，便把话憋在了肚子里。只听老先生对铁塔吩咐道："待会儿忠孝伯来了，领他去亭子。"言罢，他掸了掸身上的尘埃，回房里去了。

偌大的庭院里只余林统云和铁塔两人。林统云不悦道："你方才踩我做什么？"

"统云老弟，这回有哥哥提醒你……你记住了，在淑媛小姐面前，忠孝伯的名讳可是禁语。"铁塔说道。

"此话怎讲？"林统云问道。

"说来话长了……程先生和那郑将军是同窗挚友。国姓爷七岁归乡，郑将军便将他安排在了昔日挚友的私塾里学习。"

"这我早有耳闻。"

"听我说完……那国姓爷天资聪颖，让程先生大为赞叹。程先生就和郑将军说：'这孩子将来能出人头地，不弱于其父。'郑将军自然得意。程先生便抱着尚在襁褓的淑媛小姐，半说笑道：'你有子如此，不如我家纳他做婿？'郑将军大手一挥，道：'你程鸥波之女怎能差了？这门亲事就这么定了。'然而……"铁塔欲言又止。

然而郑成功眼下已成家生子。郑芝龙在定下郑成功的婚约后，从南海贸易中获得了大量的财富，又受朝廷招安封侯拜将，渐渐就看不上书香门第的程家。那时婚姻讲究"父母之命，媒妁之言"。郑成功遵照父亲的意思，迎娶了年长自己一岁的董家之女。这董家是福建一等一的名门望族。郑成功从始至终都不知道父亲许下的这半真半假的婚约。

"淑媛小姐去哪里了？"林统云得知事情原委，担忧道。

"八成是听闻国姓爷要来，逃了。"少女心思，林统云绞尽脑汁也无法猜透。但他可以想象，或许淑媛小姐自小就在意着这纸婚约。程家长辈们也未必视之为玩笑话。那青出于蓝的郑家好儿郎，俨然就成了一族的希望。然而这希望却被郑芝龙那市侩的商人心性打碎。程家人心里虽不忿，却还不至于视之为爽约。但淑媛小姐就未必有这般豁达了，郑家公子的"悔婚"必然深深伤了少女心。故而，她才会对其来访避之不及。

片刻后，郑成功踏入无尘庵。他早年在程家私塾学习，虽说得了秀才功名后便转至县学，但若遇上了学问难点，还是时不时造访无尘庵，求恩师解惑。和久别多年的铁塔和尚简单寒暄后，郑成功见到了在后院的凉亭处等候的林统云。他眼下已经贵为伯爵，却仍是程鸥波门生。按照规矩，若是落魄的门生来访，恩师会亲自出门相迎；相反，若门生小有所成，则故意迫其等候。林统云趁程鸥波到来之前，和好友叙叙旧。

"福州那边，情况如何？"林统云闲聊道。

"唉，身边皆怨声载道。这或许是万事开头难吧。"郑成功无奈道。他似乎对在福州的朝廷颇有微词。

"有什么不顺心的吗？"

"处处不顺……"郑成功难以启齿，最让他看不过眼的还是父亲的态度。

"例如说？"林统云忍不住深究。

"无外乎是争权夺利……对那些人而言，朝堂之上没有其他事可做了。"郑成功失望地闭上了眼，无言的不忿充斥其内心，从其颤抖的肩膀便可见一二。

"若自己有此等激情，这世间有何难事？"林统云竟心生了一丝羡慕……

郑芝龙每日都和前来投靠隆武帝朱聿键的一干文臣吵得不可开交。"一群百无一用的腐儒，但凡是晓些事理，也该知道这朝里谁说了算！恬不知耻地来投靠，还给老子装蒜！"郑芝龙发自内心瞧不起这些文臣，他这番评价没冤枉任何人。的确，这些文臣是朝廷高官，实际上却是在清军铁蹄前抱头鼠窜的误国之臣，如今又打着复辟的名号，来福州朝廷颐指气使……尤其是大学士黄道周，企图将朝中的所有首席收入囊中。

有一次，宫中举办宴席，郑芝龙对到场的百官道："请诸位按爵位入席。"他是平国公，自然要入首席。

然而黄道周反对道："我朝开创至今，还没有武将坐于文臣之上的先例。"

言罢，便毫不客气地在首位落座。

"黄大人这便不对了！"郑芝龙反驳道，"我虽是粗鄙武将，还是知晓些朝中礼仪……太祖皇帝开创我朝时，征虏将军徐达便是功臣首位！"郑芝龙所言确有其事。黄道周是欺负出身草莽的郑芝龙不晓历史，没想到他竟以此反驳。然而这段武将为首的历史也不过存在于明朝初期；其后两百年，都是尚文轻武。

"郑将军这是将自己的功勋和徐达将军对等了？"黄道周嘲讽道。

"哈哈哈！"郑芝龙怒极反笑，"尔等终于明白了？若良臣辅国，我大明如何会落得屈身南海的悲凉境地？"郑芝龙言罢拂袖而去，就连第二天的郊天大祭都未出席。

郊天乃朝廷每年最重要的例行大祭，无端缺席绝非臣子之道。文官联名上书弹劾，但郑芝龙有恃无恐：毕竟郑军是福州朝廷的支柱，他可以左右隆武帝的命运。

林统云对这首席之争的消息略有耳闻；即便好友不说，他也能猜到其烦恼之处。看着郑成功思绪万千的表情，林统云在心中感慨：能全心全意地为某事而烦恼忧愁，也算是一种幸福。

郑成功来无尘庵只是礼节性的拜访，见过两位先生后，便要折返母亲所在的安平城。安平城距此不过几十里，只要愿意，半日可达。

"怎样，要不要随我一起回安平？"郑成功问林统云。

"我明日再回去。"他今日和程先生约好了要入山绘画的日常修行。要想描绘山水就要潜身于山水，细致观察一花一草、一树一木，尤其是鸟类的一鸣一行。在山间漫步时和程鸥波的闲聊，丰富了林统云对汉文化的学识，让他经常觉得醍醐灌顶、豁然开朗。既然多喜姨定居在安平，林统云更觉得不必急于一时探望她。眼下，还是尽量给这对久别重逢的母子一些独处的时间。"出发了。"程鸥波先生的声音打断了林统云的沉思。

无尘庵位于舟峰山脚处，舟峰是清源山的支峰之一。从舟峰向西行，便可抵达清源山主峰。清源山中藏有三十六岩洞，简直是山水画师的灵感宝库。清源山又名齐云山，有峰高齐云之意。北山有山泉流淌，故又名泉山。据说，这便是泉州地名的由来。

今日，程鸥波带林统云去了一处名叫纯阳洞的岩洞。洞口上建有一亭。

程先生讲解道："此亭建于元朝，至今已有三百年历史……明朝的寿命，竟不及一个凉亭。"亡国之年，世人皆避言亡国之语，程鸥波却丝毫不加避讳。

"走乏了，在此歇会儿。"程鸥波言罢，兀自迈进凉亭。几根石质的亭柱上是岁月留下的斑驳痕迹，却直立如初。亭间有供人休憩的木质长凳，应该是后人所造。

"好一处清幽之所。"林统云在先生对面落座，正襟危坐，等候先生的绘画授学。

"再清幽之所，也抵挡不住寻宝的俗世之徒。"程先生叹道。

"寻宝？此话怎讲？"

"有谣传，颜思齐生前将一生所得宝藏埋于此处。自那以后，不时便有些贪利之徒扛着铁锹入山。当然，其结果都是空手而归……哼，这清源山方圆几十里，即便真有宝藏，又怎可能让他们得逞？"

程鸥波冷不丁地提及"颜思齐"，让林统云捏了把汗。亡国之语后又是郑家的禁语。这位先生真是什么都敢往外说……程先生会不会是在暗示自己些什么……这念头在林统云脑海里一闪而过，很快被否定了。他自己也是去年才得知生父的身份。

"统云，你对颜思齐之名可有耳闻？"程先生问道。这平淡的语气，让林统云心里的怀疑又减少了几分。

他答道："略有耳闻。"

"不瞒你说，颜思齐也是我父亲的门生。论辈分，他比郑芝龙要长上一辈。此人不是凡夫俗子，去日本闯出了些名堂，被推举为'总寨主'。你是日本人，应该对此人有些了解。"

"据学生所知，此人之后去了台湾……"

"故而，又有传说他把财宝藏在台湾……不过是空穴来风的谣言罢了。但是许多人竟信之不疑。这也怪不得他们。颜思齐留下的财富比外界的估算要少了太多。这就让人不禁相信有些财宝被他藏在了某处。"

"如此说来，或许真有宝藏存在？"林统云环顾眼前的崇山峻岭，"若总寨主真的藏宝于此处，必然有托付之人。"

"那便不得而知了。有传说，他托付的是一名和尚。"

"和尚……"林统云隐约有些拨云见日之感。

"能受颜思齐如此重托，想必是其交心之人，且无欲无求。"

"再埋上百年，岂不是要化作泥土……这和尚岂能如此糟践友人的遗产？"

"或许是时机未到而已。若有朝一日，这些财富能于世间有益，即便这和尚再怎样无欲无求，也会让宝藏重见天日……说不定这笔财富早就流通于坊间，只不过无人知晓而已。"程先生笑道。

林统云从方才起一直观察程鸥波的神色。他笃定自己的身世没有暴露。他鼓起勇气，问道："这宝藏的数额，真让人如此惊世骇俗？"

"若非如此，岂能惹得世人趋之若鹜？严格说来，这些财宝并非颜思齐一人之私财，而是颜氏集团的公产。身为海盗，私吞公产可没好下场。"

"如此说来，这些财宝里头还有公产？"

"正是。更暧昧的是，颜思齐攒下如此庞大的家业，倭寇在其中功不可没。那帮歹人得知颜思齐将财物私藏了，岂能善罢甘休？"

"原来如此，原来如此……"林统云只觉得一直在眼前的迷云骤然散开。他一直想不通，自己在长崎兴福寺外遭受的无妄之灾到底出自何人之手；如今听了程鸥波这番话，终于有了答案：颜氏宝藏奇闻给了这一切最合理的解释。那帮歹人不是日本的海盗，就是和父亲麾下的海盗团伙有关联。虽不至于疑窦尽消，但总算是朝真相靠近了一步。

颜思齐之死距今已过去了二十年，名字及其事迹逐渐被更迭的世事淹没。如姐姐阿兰这般出于骨肉之情执着于其死因者，已经寥寥无几。按常理，世间早已不会再理会这已故多年的枭雄。若这位枭雄留下了隐藏的巨额财宝，便又是另外一回事。在寻宝者眼里，逸然大师抵日和颜思齐私生子造访兴福寺，这两件事凑巧印证了颜思齐将财宝托付给一位匿名僧侣的传闻。林统云的脑海里不由响起了那日歹人的咆哮："那逸然和尚给了你什么……和你说了什么……"

新的疑问接踵而至：姐姐是否知晓宝藏之事，还是说她故意隐瞒……林统云很快否认了这想法。依阿兰的性格，必定不会对自己的亲弟弟有所保留。阿兰的注意力全在父亲的死因上。但这又说不通了，既然要查明死因，必然要查清父亲身边的一切人与事。若如此，又怎可能忽略了如此重要的线索？林统云暗自摇头……急不得，二十年的谜团怎可能顷刻而解，还是得戒急用忍，要稳步调查。

"怎么了？"程先生见林统云面色有异，皱眉道。

"一时感慨而已……"

"此事莫提。歇够了，走吧。"

"是。"

师徒二人来到北山的孔泉旁。这泉水是从岩孔之中流淌而出，因而得名孔泉。泉水四周是漫山遍野的山岩。程先生指了指其中一块突兀的岩石，只见石上刻有"虎乳"二字。

"这是何意，虎之乳房吗？"林统云问道。

"错了。"程鸥波摇摇头，"古人误将孔子记成乳子，便有了这'乳'字。一位吕姓道人途经此处，觉得既是乳，不如虎乳更威风，便错上加错地添了个虎……话说回来，颜氏宝藏的谣传，不就是这样以讹传讹而成的吗？"

圣驾不前

崇祯自缢后，明王朝名存实亡。福王朱由崧在南京称帝以图复辟，但也没能抵御住清军南征的锋芒。此后，唐王朱聿键在福州称帝。

广西梧州有桂王朱由榔，是神宗之孙。论与血统纯正，远非福州唐王能及。其父被封于衡州，但张献忠之乱让衡州沦陷。老桂王举家逃往梧州，并于此过世。故其子朱由榔继承爵位。

浙江有鲁王朱以海，在遗臣的拥护下坐上了监国之位。福王在南京登基之前，也是以监国过渡。鲁王规规矩矩地做了监国，不承想唐王在福州却毫不客气地登基。有皇帝，便不该有监国。以兵部尚书张国维为首的鲁王派不会甘心承认福州朝廷。福州朝廷有皇帝，更不会认可在浙江的监国。分处闽、浙的宗室本该同仇敌忾、共图复辟，现实却落到这般剑拔弩张的地步。鲁王政权的强硬派声称：唐王能擅自继位，鲁王殿下为何不能？张国维为大局考虑，劝阻道："大敌当头，岂能同室操戈？且静候形势变化吧。"

摄政王多尔衮对一统天下志在必得，不顾朝中保守派的反对，委任大学士洪承畴总督军务。洪承畴是清军入关前便归降的明臣，又出身福建，对南方可谓是了如指掌。

福州朝廷任郑鸿逵为大元帅、郑彩为副元帅，各自出兵浙江东部、江西御敌。两名郑家将军刚出福建省境，便裹足不前。理由是粮草辎重不足，难以远征。

在此期间，清军进军湖广，攻取徽州。鲁王派方国安攻杭州，结果一败涂地。隆武帝眼见福州军队出征后一味避战，心急如焚。大学士黄道周在朝堂上大骂：郑芝龙不过海盗草莽之辈，岂能成事？骂罢，他亲率九千人马北上，在江西婺源遭遇清军痛击。大将陈嗣圣战死。黄道周被俘至南京，因宁死不降而被处死。

同年十二月，隆武帝忽然宣布：朕要北上亲征！

郑氏一族都是土生土长的闽将。隆武帝以及明廷旧臣踌躇满志地复辟中原，根本不能让他们产生共鸣。即便是最受君王信赖的大元帅郑鸿逵和副元帅郑彩，也找借口按兵不动。若继续留在福州，郑氏一族的厌战情绪迟早会腐蚀全军，且郑家势力在福州根深蒂固，日渐不受朝廷管束……隆武帝斟酌利弊，做出了御驾亲征的决定，而第一步便是移驾建宁。据传，御驾启程那日，福州狂风大作、电闪雷鸣，但这根本改变不了隆武帝的心意。

隆武帝的此次亲征完全是意气用事，根本没考虑过辎重和粮草供给，自然落得人心离散、不能成军的惨状。

即便如此，未沦陷区的官员们仍争先恐后给隆武帝送来谄媚的问候。湖广总督何腾蛟声称"随时恭迎圣驾"。就在前不久，李自成在陕西九宫山战死，留下三十万兵马。何腾蛟收留了李自成的侄子——外号"一只虎"的李过，便将这三十万兵马纳入麾下

隆武帝志得意满，恨不得立刻赶赴湖南。然而去湖南，必须横穿江西，可谓是长途跋涉。生在北方、志在复辟的旧臣自然不惧这点路途，但福建士卒便不同了。他们见家乡渐行渐远，难免心生不安，且众人心里又清楚胜算不大……这样军不成军，又谈何胜算？

隆武帝不知士卒艰辛，传下口谕："出师汀州府！"彼时，江西东部已被清军占领，故而只能从赣南绕路，再进入湖南。此路线必经汀州。由此西行十里便是江西境内，再走不足十里就是瑞金。从瑞金，经赣州，再入湖南，全程三百里。进湖南后，前往长沙府城又是三百里。更关键的是，这六百里并非一路坦途。军中有识之士道出了其中艰险。对此路途懵懂的士卒怨声载道："开什么玩笑，这是把咱们当畜生了？"

"六百里险路，怎能走得下来？就算走下来了，还有命回来吗？"

"俺不奉陪就是！"

"莫急，擅自离伍，可得按军规处置……"

"若是一两人，军规还处理得了。大家伙一起散了，还哪里有军规？"

"那还不如大家一起求皇上收回成命。"

"那倒也是，圣上慈悲，总不至于把咱往死路上逼。"

就在此时，剑拔弩张的鲁王政权派都督陈谦出使建宁。

唐王和鲁王虽同根同源，但各自为政，相互仇视。此时出使，只怕是有去无回。陈谦敢扛下使节之职，是凭着他和郑芝龙有些旧日情分。此人早先奉职于南京朝廷，弘光帝赐郑芝龙南安伯爵位时便是他赴闽传旨的。那份赐封诏书上，出现了严重的笔误，不知是谁拟的诏，把"南安"二字前后颠倒，成了"安南"。

"南安不过闽南片隅，怎比得上安南气派？便这样将错就错，岂不美哉？"陈郑两人捧腹大笑。安南是现今的越南。一国之伯，确实威风太多了。"可笑归可笑，但下官还是得返旨回朝修正。职责所在，还望南安伯海涵。"在陈谦尽职地返程途中，南京沦陷。他便索性投奔了浙江鲁王政权。鲁王因他和郑芝龙有些交情，也予以重用。郑芝龙没有跟随隆武帝去建宁，继续留守在福州。陈谦在去建宁之前，先路过福州造访郑芝龙。

"陈大人，别来无恙！距上回我们以笔误就酒，畅饮三百杯，已经过去一年多了。"郑芝龙和陈谦意气相投。比起自视甚高的廷臣，陈谦那人如其名的谦逊品性让他很钦佩。郑芝龙受够了廷臣们的争权夺利，心里无比郁闷。陈谦的突然造访让他大喜过望。

"陈大人这趟来，务必要多逗留几日，让我也好尽一尽地主之谊。"郑芝龙由衷道。

"尊驾的美意，下官心领了。但下官这趟赴闽可是九死一生，不敢拖延。"

"陈大人何出此言？"郑芝龙惊道。

"下官这里有封鲁王监国的亲笔书信，要呈递给尊驾那位妄自称帝的主上……"

"哈哈，那果然是九死一生。"

"九死倒不至于，在下官看来这趟是生死参半。下官惜命，若能得平国公出面求情，便又能多上两成生机。"

"那有何难？芝龙倒是好奇这封亲笔信……"

"告知尊驾又何妨？无非是劝唐王值此清军迫境之时，切勿同室操戈，应叔侄联手共御外敌。"

"嗯，这是正道。"

"正道又如何。敌寇口中无正道，敌寇使者之头颅更是示威的好物件。"

"陈大人莫多言，芝龙陪你走这趟便是！陛下的心胸并非狭隘，而是偏执，把那些身份、名目、顺位看得重过性命……无论如何，有芝龙相护，陈大人必能好端端地返浙。"郑芝龙拍胸脯保证道。

就这样，郑芝龙随陈谦共赴建宁，并劝说隆武帝召见鲁王使节。诸事安顿后，郑芝龙去探望了护送圣驾到建宁的部将。部将纷纷诉苦："皇上还打算一路移驾湖南，这怎使得？"

"湖南何腾蛟若真有勤王之意，何不领军来投靠？"

"就算真到了湖南，我郑家将士该如何自处？"

面对愤慨的部下，郑芝龙劝慰道："弟兄们莫急，待我去劝陛下收回圣意。"

果然如其所料，隆武政权必不能长久。郑芝龙留了两手准备，但显然是更倾向降清的。郑芝龙一直在通过"大耳"林一祥，悄悄地向清廷传递归降的意愿，但他始终没有捅破最后一层窗户纸。

局势如此，郑芝龙已准备迈出第二步。他眼前有两大难题：首先，若他等到清军势不可挡那日归降便显得无足轻重了。只有在势均力敌，自己的归降能左右战局之时，才是采取行动的最佳时机。其次，若任凭清军攻打南方，必定会殃及郑家地盘。故而，必须让清军在这次南征中付出惨痛的代价。郑芝龙派遣部将参与隆武帝亲征也是出于这个目的。不承想隆武帝这般无能。如此下去，别说痛击清军了，只怕要害得我郑家将士白白陪葬。郑芝龙将建宁的情形看在眼里，对隆武帝不再抱有任何期望，决定将痛击清军的任务交付给自己的儿子郑成功。

接下来要做的，便是将隆武帝麾下的郑军托付给郑成功掌管。郑芝龙的野望是在东南部建立郑家自己的国度。毕竟这乱世正是开疆拓土的千载良机。眼下他已在福建南部割据。目前，在他面前有三条路可选：其一是建立独自政权；其二、其三则是依附明或清，成为其附属国。其一，建立政权自然最理想不过，但必须有日本或荷兰的援助；至于其二和其三，郑芝龙已渐渐对附明心灰意冷了。亲眼见到了建宁的局势，让郑芝龙彻彻底底对"其二"死了心。郑芝龙打起了退堂鼓。

这日，在宅子里休憩的郑芝龙收到急报："陈谦大人被陛下收监，问了死罪！"

"什么？"一向沉稳的郑芝龙如遭晴天霹雳。

"有芝龙相护，陈大人必能好端端地返浙。"他曾这般自信地向陈谦保证，且还专程和隆武帝打了招呼："陈使节乃是臣的至交好友，还望陛下能不吝谒见。"然而隆武帝明知陈谦和郑芝龙相交甚笃，还是要对其下杀手。

"何罪？"郑芝龙咬牙切齿道。

"鲁王在书信中，称陛下为皇叔父。"下属答道。

"这何罪之有？"郑之龙不解。他一向厌烦文官们的繁文缛节，自然是不知其中利害。

"或许，是没尊称陛下？"这下属原是郑军一员，也就是说海盗出身，对朝廷的礼制一窍不通。"皇"这个字，除了对皇帝的俗称"皇上"之外，通常特指皇室宗亲，如"皇太子""皇后"之类。这"皇叔父"指的便是皇帝的叔父了。郑芝龙隐约能察觉隆武帝龙颜大怒之缘由。鲁王是隆武帝的远房侄儿，在书信里称呼后者"皇叔父"，无外乎是含沙射影：皇帝在此，给皇叔父请安。半生命运多舛的隆武帝虽然对臣下比较宽容，但若涉及皇室身份之争，他是固执得半步都不愿退让的。

"书信用词无礼是鲁王之过，信使陈谦何罪之有？即便信使略知信里内容，但又怎能知晓信中会有如此僭越之词？对陛下此举，我是万万不敢苟同！"

郑芝龙越说越愤怒。陈谦是他这辈子屈指可数的知交，岂能对其冤死熟视无睹！

"混账！"郑芝龙怒极，一拳砸在桌上。

"将军息怒……"下属惶恐道。

郑芝龙决绝道："你，捎我的话给皇帝的心腹钱御史……就说郑芝龙愿以爵位、官职，换陈谦一条生路！"这钱御史原是郑家幕僚，早年屡考功名而不中，心灰意冷之下投奔郑家。不承想，恰逢隆武政权成立。他在郑家的引荐下入了朝廷，官至监察御史。他如今深得隆武帝青睐。这落魄书生一夜之间步入朝堂。他大喜过望，心气却逐渐高了起来：如今高居朝堂，光耀门楣，岂能再和海盗为伍！要坐稳这位子，忠诚自然不可或缺。然而在旁人眼里，他就是郑家安插的眼线。要洗清此嫌疑，就必须处处和郑芝龙作对。这样一来，郑芝龙就将挚友的性命托付给了最不该托付的人。

钱御史非但不向隆武帝求情，还对此事煽风点火："浙江鲁王早有称帝之意，奈何有心无力。故而，他遣陈谦入闽的真正目的，是拉拢手握重兵的郑芝龙！若留此人活命，他日必成大患！臣恳请陛下莫要慈悲，此时应当断则断！"

隆武帝怒道："竟有此事？传朕的旨意，明日将陈谦押赴刑场问斩！"

"万不可拖延到明日。郑芝龙已知陛下问罪陈谦，欲归还爵位、官职替他祈命。能做到如此地步，劫法场亦无不可能……草莽海盗，什么做不出？"钱御史全然忘了自己曾是海盗同党。

"爱卿的意思是就地问斩？这貌似不太合规矩……"隆武帝犹豫了。

"非常时期，当用非常手段！"

"罢了，就依爱卿的意思去办。"隆武帝想起"皇叔父"三字，头脑一热，便准了。

就这样，陈谦被连夜处斩。郑芝龙命部下监视行宫，建宁的死囚都是押送去刑场处斩。真到了这种万不得已的时刻，他不惜劫囚车……高官厚禄不过是身外物，哪比得了至交好友重要。然而下属报来了真正的噩耗："陈谦大人……昨晚已被处斩了！"

"什么？"郑芝龙胸口如挨重锤，发出一声哀号。也正是这一刻，他彻底放弃了依附南明的选项。隆武帝此举简直是丝毫不顾郑芝龙情面。陈谦不过是一个信使……郑芝龙心中有了决断：很好，朱聿键，你既然不顾我的情面，也休怪我不助你如愿！对于隆武帝亲征湖南的愿望，自己非但不会施以援手，还要百般阻挠！

郑芝龙亲自去替好友收尸。隆武帝不敢出面。群臣皆战战兢兢，生怕郑芝龙做出什么出格的事。他们已预感到此事无法善终。据史书记载，当时郑芝龙伏尸恸哭哀极。

郑芝龙给陈谦风光大葬，并亲自在葬礼上诵祭文："我虽不杀伯仁（陈谦，字伯仁），伯仁却因我而死……"

郑芝龙又下令："将会葬者之姓名写在墙壁上！"

文武百官，但凡和郑芝龙有交情的，无一人缺席葬礼。剩下的官员也大多因畏惧郑家势力，只能硬着头皮参加葬礼。他们心里都明白，若因此惹来郑芝龙的仇视，不会有好下场。以清高闻名的郭迁在葬礼上大骂："给大逆不道者操办如此盛大之葬礼，究竟是何居心？尔等竟还争相参列祭拜，我大明就供养了你们这帮厚颜无耻之辈？"

翌日，郭迁的尸体被发现在臭水沟中，显然是被殴打致死。更令人头皮发麻的是，尸首虽遍体鳞伤，但唯独面部完好无损，仿佛是特意为了向世人表明身份：我是郭迁。此事一出，未曾参列葬礼的廷臣无不惊惧。这远未结束，接下来的数日里，三四名高官忽然人间蒸发。显而易见，这几个人间蒸发者全是如郭迁那样拒绝出席葬礼的。

朝野议论纷纷："这是连夜潜逃了？""哪里逃得了，必然是被杀人灭口了！不出意外，过几日便会像郭迁那般横尸荒野。"郭迁那般面目全无损伤，是谁下的毒手一目了然。此事非同小可，却没人敢说破。即便是隆武帝的亲信，也纷纷躲在宅邸里不敢出门。题在墙壁上的会葬者名单仍在，仿佛在发出无声的警告：未列名者，出门谨慎。建宁城内人人自危。身居宫闱的隆武帝对此浑然不知，一心只盼早日抵达湖南。

从建宁北上便是仙霞岭。郑彩率部队驻守此处，再往前行便会与清军遭遇。若想避开清军主力，只能绕道西南，走汀州方向。隆武帝不愿再坐以待毙，表态道："朕要即日移驾汀州！这建宁，朕是一日都不愿待了！众卿若不去，朕就独往！"话已至此，群臣岂能弃皇帝而不顾，只能勉强奉陪。

依明朝兵制，朝廷中枢设有前、后、左、右、中五大都督府，各府各有左、右两名都督坐镇。都督官居正一品。

都督下达了出征的命令："从延平府入汀州！"然而这道军令遭到了士卒公然抗命。若只是军法处置一两人倒罢了，但公然抗命是全军！面对如此情况，将校们只能硬着头皮游说众士卒："弟兄们是想返乡回福州、泉州了？湖南天高地远，大家不愿去，我等能理解。但你们想想，要回沿海，是不是要先回延平府？或许到延平府，陛下就改主意了。"这些将校又何尝不想回乡。都督来自五湖四海，但各军的中、下级将校几乎都是福建人。"那咱就把话说定了，就去延平府，再远不奉陪！"上下总算妥协，大军磨磨蹭蹭地开赴延平府。

延平外号"铜延平"，并非由于此处产铜，而是因为此处的城防如铜墙铁壁一般坚实。简而言之，延平是天险要害之地。

大军入延平府境内后立刻陷入寸步难行的困局。隆武帝见队伍迟迟不动，问左右："怎还不前进？前方有障碍？"

"陛下少安毋躁，士卒正在前方开路。"左右吞吞吐吐道。他们心里清楚：哪里是怪石嶙峋、荆棘树木挡路，而是士卒不愿意再前行。瘫坐在原地的士卒，将原本就狭窄的山道堵得水泄不通。

"咱到了延平，就能回福州？俺可不想走冤枉路了，除非皇上能下旨担保……"

"对、对！没皇上的旨意，俺就坐这儿不走了！"

"算上我一个，有这些弟兄做伴，坐上几日又何妨？"

所谓法不责众。这种抵触的呼声一传十、十传百，顷刻间在军中蔓延开来。不仅是士卒，将校们也怨声载道。数位都督已察觉到事情不妙，立刻出面安抚。然而无论他们如何软硬兼施，士卒是宁死都不愿前往汀州了。

此刻隆武帝对骚乱一无所知。但这又能拖延着瞒多久？毕竟，士卒要的不是其他，正是隆武帝亲口下旨。

"俺能坐着，还惧你军法处置？来来，一刀了结了俺，自然有弟兄来接俺的班！"士卒不惧死亡，一副软硬不吃的赖皮态度，确实让人束手无策。事已至此，都督们除了放下姿态好言相劝，别无他法。

"俺坐也坐了，狠话也说了，让大人你劝两句就乖乖听话，面子往哪里搁？"其中一个士卒嘀咕道。

一名脑子灵光的都督同知马上逮到了这破绽，接话道："你一小小士卒尚要面子，陛下如何不要？你看是不是这道理？"于是，面子便成了双方交涉的突破口。一番讨价还价后，士卒总算是做出了妥协，愿意去延平府，但绝不可能再进军江西，更别说远征湖南……这是底线。士卒是一步都不肯退让了。

福州，隆武帝是宁愿单骑远征都不愿返回。这样，一边是不愿去湖南，一边又不肯回福州，那只能折中，各退一步："到了延平府，就在那儿安家！不继续去汀州，但也不会回福州。"大部分士卒接受了折中之策，但还有小部分顽固者不愿妥协。都督同知拿出了"杀手锏"："腿长在你们自己身上，想回福州，谁能拦得？到了延平府，跳闽江里游都游回去了！"这相当于明目张胆地怂恿士卒做逃兵了。

但是要说服偏执顽固的隆武帝可就没那样简单了。若将军队的现状如实禀报，必然只会适得其反。都督们字斟句酌，拐弯抹角地向隆武帝禀报："军中有将士表示，除非兵部能筹集、供给三个月的粮草；否则，他们不愿再进军汀州。"这话看似有商量的余地，但眼下筹集三个月的粮草无异于痴人说梦。

隆武帝暴跳如雷，吼道："岂有此理！给御林军下令，敢出此言论者，统统斩了！"

"陛下息怒……御林军不过几百人，而抗命的士卒，算上对此说法心存支持者，恐怕过万。陛下这道命令，是将御林军往火坑里推……"隆武帝这才意识到事态之严重，不敢作声了。

都督们和士卒苦苦交涉之时，郑芝龙就悠然自得地小憩，仿佛身边的骚乱不存在一般。显然，这场骚乱的幕后黑手便是郑芝龙。因挚友冤死，阻挠汀州之行，算是他对隆武帝的报复。但有一说一，士卒本就抵触此次远征，郑芝龙所做的只是稍微煽风点火罢了。即便没有他暗中怂恿，这场骚动也在所难免。毕竟隆武政权根本不会收买人心，甚至不在乎人心。

二月，隆武帝进入延平府，并在此"安家落户"。

仙霞岭

此时此刻，郑成功正随军驻扎于仙霞岭。仙霞岭耸立于闽浙边境，是连接两省的必经之路。武夷山脉盘踞其西南，盛产茶叶。盐和茶是在唐朝末期被课以重税的立国之本。官府在武夷山周边设立六大关隘，以杜绝茶叶走私。"仙霞关"便是其中最有名的一关。

明军副元帅郑彩的营帐便设在仙霞关内。论辈分，郑彩是郑成功的表兄，元帅郑鸿逵则是郑成功叔父。郑氏一族掌管着驻守在仙霞岭的明军。郑成功担任军中御营都督，持有御赐的尚方宝剑，这是隆武帝对其信赖的证明。不仅如此，郑成功还获得了隆武帝赐予的另一殊荣：仪同驸马。越是深受皇恩，地位超然，郑成功就越是忧心忡忡。

出征之前，郑成功返回安平和阔别十五年的生母相见，还没来得及叙尽母子之情，便被隆武帝一道圣旨召回了前线。也许是因为漂洋过海，多喜的身体略有抱恙。就算她在平户经常和唐人打交道，习惯了汉语和汉人风俗，但突然背井离乡来到安平城，还是没法彻底融入当地的生活。加之丈夫郑芝龙在福州，安平的郑家全部交由颜氏打理，阔别十五年的骨肉福松在军中赴险，这让初来乍到的日本妇人自然是闷闷不乐。即便如此，在郑成功临行之时，多喜还是强装笑颜道："这安平城怎是平户那穷乡僻壤可比的？此处应有尽有，一日三餐都比平户料理可口。"郑成功岂能不知道母亲的心思。母亲那僵硬的笑容，让他感到更加愧疚。故而，他离开前恳请好友林统云："我这一别，不知何时才能归来……还望你多多关照家母，陪她用日语说说话，邀她去无尘庵散散心……"

北方的战局则更让郑成功忧愁：驻守在仙霞岭的明军虽号称有数万之众，实则不过数千人马而已。郑芝龙确实拥兵二十余万，但仅派遣数千人镇守最前线的仙霞岭。这就表明了他根本没有和清军决一死战之意。郑家军虽是郑芝龙凭海贸之财供养的部曲，但眼下已编入官军下，不再由郑家出资维持。

福建多寺庙。按照各朝的税制，寺院名下的田产可免纳赋税。故此，有许多大户将私田归于寺院名下逃税。郑芝龙向隆武帝进言："此非常时期，理应暂停寺院田产免税制度，以解燃眉之急。"隆武帝应允。法令一出，朝廷赋税暴增。这巨额的税金便成了郑家军的军资。单是仙霞岭一处，官府便索要了是实际所需十倍以上的军资。"如此虚耗国力，究竟能否一战？"郑成功巡视了各军营的状况，忧虑更甚。

清军由豫亲王多铎统率，其麾下各路皆有汉人将领坐镇。这支清军可谓是清兵精锐。南昌沦陷后，清军的下一个目标是浙江。驻守仙霞岭的明军只是暂时逃过一劫罢了。从江西南部前往湖南必经的吉安城也岌岌可危。吉安一旦陷落，清军便可长驱直下，轻取赣州，使福建彻底陷入孤立无援的境地。镇守吉安的兵部尚书杨廷麟听闻天子要驾临汀州，便亲自南下相迎，浑然不知隆武帝被困在了汀州。杨廷麟临行前将吉安托付兵部右侍郎万元吉代理。这万元吉素有对下严苛的恶名。

"眼下，只能盼吉安能撑住了……"郑成功叹道。

这日，郑彩突然造访关隘。郑成功暗道不妙。这表兄不爱爬山，若现身关隘，必有要事。

"有坏消息？"郑成功问道。

"你倒未卜先知……"郑彩愁云满面。

"吉安告急？"郑成功再猜。

"说中了一半……"

"到底什么情况？苦战不敌吗？"郑成功急了。

"万元吉不战而退。"

"一矢未发？"郑成功难以置信道。

"哼，吉安城内没自相残杀，就该烧高香了。"乱世之中，"人和"最为重要。尤其是矛盾重重的吉安城，更需要一名处事通达的将领居中协调。然而这万元吉偏偏就是处事严苛、不晓通融之人，使得各军的矛盾逐渐激化。

"仙霞岭守军皆是我郑家将士，必能御敌。"

"我这趟上山，便是要通知你，我军要撤出仙霞岭。"

"撤军？这是为何？"郑成功急得跳了起来。仙霞岭是福建门户，撤兵不就等同于对敌军开门相迎吗？

"你问错了人，问你家老爷子去，是他下令前线部队撤回安平的。"

"父亲他……"

"理由是闽海上有匪患蠢蠢欲动，要回去镇一镇。"

"一派胡言！"郑成功激愤道。福建邻海就是郑家的后花园，郑家经营数十年，根本没人敢惹是生非。所谓海上有敌患，根本就是托词！

"这道军令绝不能遵从。我等必须死守仙霞岭！海上匪患何足虑，以我郑家水师随时能清理，但北边之敌一旦入境，后果不堪设想！"郑成功激愤得浑身颤抖。他早已知晓父亲暗中通敌，但这撤退军令摆在眼前，他是万万不能接受。

"死守？"郑彩冷冰冰地瞥了表弟一眼。

"此处是福建门户。门户不守，还能守何处？"

"对，你说的都对，确实要守……但我问你，粮草在何处？撤退命令一出，粮草自断。而今仙霞岭所存粮草只能维持三日，你凭什么守？"

"凭什么……"郑成功语塞。

"你不要紧吧？"郑彩关切地问道。他怕郑成功太过激愤，失去理智。

"无妨、无妨……如此明了的事，可笑我自以为深谙兵法，却看不透。没粮草供给，谈何死守！"郑成功的声音里带着一种自嘲与悲凉。

郑成功反对父亲投降，只道父亲是企图"脚踏两条船"，但现在看来要舍弃大明这条残舟了。若如此，岂不是要父子兵戎相见了？

"撤退必定要路过延平。这叫我如何和陛下解释？"郑彩扶额摇头，仿佛头痛欲裂一般。

"大元帅还在关外驻防。他可收到军令了？"郑成功问道。郑鸿逵跨过了仙霞岭，眼下正在北面布防。

"我已派人传令。事不宜迟，我军应及早撤退，别挡了大元帅军的退路。

如此也好，我郑家军本就是水师，在这深山老林里作战，还真不知有几分胜算。"郑彩之言在理。郑家水师不擅陆战，与其在陆上损兵折将，倒不如退防至安平主场迎敌。

此时，甘辉前来禀报道："后方来报，林统云在枫岭关等候将军。"

"统云来了？"郑成功脸上的愁云散开了些，"他来此所为何事？"

"据说是奉了程鸥波先生的吩咐，来此处取景作画……大战在即，竟还有心舞文弄墨，这些文人画匠……哼！"甘辉嗤笑道。

"统云或许能……"郑成功忽然心生一计。

他和父亲郑芝龙不会有明刀暗箭之争，反而会有军权之争：郑家军终将是归于父，还是归于子？眼下郑家军确实是由郑芝龙掌控，但又能掌控多久？若把郑家军比作棋盘上的棋子，要吞下它，就需要动用另外的棋子。这另外的棋子从何而来？郑成功心里已有了目标——日本，他度过幼年时光的地方。郑家对日贸易频繁，对日本的状况了如指掌。

日本久历战乱，直到三十年前"大阪夏之阵"[1]给动乱画上了句号。然而无论是社会体制还是人心，都没能摆脱百年战乱的阴影，无法适应这突如其来的和平。一言蔽之，现在的日本虽然没有战争，但拥有军队、有武器这些战乱的遗产——和平年代的多余之物。郑成功得知好友前来造访，脑中灵光一闪：既如此，为什么不向日本借兵？林统云便是现成的使者！

甘辉打断了他的思绪："将军意下如何？是否要将他带到此处？"

"不必，我去枫岭关，家父……大帅下令撤兵了。"郑成功斟酌再三，答道。枫岭关在撤退路线上，可顺道前往。

"撤兵？不战而退，可不像大帅的习惯。"甘辉语气平平，似乎一点都不诧异。他跟随郑芝龙多年，对这道军令多少有些心理准备。

"军令如山，只能遵从了。"

"属下护送将军去枫岭关。"

"不必，我独往即可。"

"山路崎岖难走，一人独行多有不便。将军尽管放心，抵达枫岭关后我

---

[1] 发生于庆长二十年（1615）年的战争，其结果是幕府军胜利，丰臣氏灭亡，德川幕府统一日本，日本战国时代结束。

等自然散去。将军尽可和林公子密议出使日本之事。"

"你，你怎知……"郑成功瞠目结舌。他只当甘辉是一介武夫，不承想对方竟能把自己的心思看得这般透彻。

"平日小瞧了你……"郑成功苦笑道。

"将军不愧是郑大帅之子，就连筹谋的方向，都这般相似。"

听了甘辉这话，郑成功只觉得背脊发凉。这难道便是父子间的心有灵犀？甘辉侍奉郑芝龙的时间远超他追随郑成功的时间，甚至在郑成功求学的这几年，二人根本没见过几次面。即便如此，甘辉还是凭借多年侍奉郑芝龙的经验，轻易地猜到郑成功的想法。

"父亲他也想和日本……"郑成功问道。

"不是想，大帅恐怕已采取行动了。"

终究还是迟了！郑成功心中闪过一丝失落。他转念一想，父亲的最终目的和自己背道而驰，做法想必不会相同，迟一步应该没有大碍。他在心里安慰自己：不必再顾虑父亲的谋略，要凭自己的感觉筹谋！就算父亲已派了使节，两人不相干。但若使者撞在一起就不好收场了。

郑成功在心里推测：父亲十之八九会通过长崎奉行，或平户松浦藩，向江户的幕府请求援军。无论是通过何等途经，只要着力点是幕府，那么迟早会碰面。郑成功突然想起近来从林统云那里听说的，眼下萨摩藩是近乎独立于幕府掌控之外的一股势力。这正是他想要寻找的可以依赖的目标！

他豁然开朗，笑道："哈哈，筹谋相似不假，但具体计划就未必了。"

看见郑成功这幅表情，甘辉道："许久没见到将军这般心情愉悦了。"

不久后，最新战报传来。可谓是噩耗连连，越是心存期盼，便越是失望，全军上下都对噩耗麻木了。

"万吉元撤出吉安后去了赣州，眼下已被追踪而来的清军包围，失陷只是迟早……"传令官有气无力地汇报。

"知晓了。退下歇息吧。对了，我马上会转移去枫岭关。若有新战报，有劳送去那里。"郑成功言罢，站起身来。

甘辉笑道："好一个筹谋相似，做法不同！这血气方刚的气势，的确是与沉稳的令尊不同……有趣、有趣！属下一定要随将军去枫岭关。"

"何谓山，高乎险乎。这才是山！"林统云从迈入枫岭地界的那刻起，嘴里的赞叹就没停歇过。他在画卷中见识过无数的中国山水，只道这世上哪有如此夸张扭曲的景致，如今亲眼所见，方知画上皆是现实。

林统云顿时领会了程鸥波为何如此叮嘱："不可携带纸笔入山。"此情此景，与其描绘在纸上，不如铭记在心间。若是此时有纸笔，自己怕是已画得忘乎所以，无闲暇去用心领会。只有静静地眺望，用心欣赏，方能人景合一。恍惚间，用心去感受枫岭，激活了昔日回忆。林统云感觉回到了长崎、平户。林统云暗暗心惊，自己竟能将长崎、平户的景致记得如此清晰细致。"如今的我，必能将祖国的美景完美无缺地呈现在画笔下！倘若他日能返乡……唉，但这已成奢望。"林统云正自怨自艾，耳边响起熟悉的声音，有人在用日语唤着自己的日语名字。

"统太郎，别来无恙。"

"福松，你来了……就你一人？"林统云也以乳名唤对方。

"我让部下在山下等待。近来军务缠身，如此你我二人叙旧的机会真是难得。"

"这么说，你现在是偷得浮生半日闲了？"

"别说半日了，连片刻闲暇都偷不到。但越是如此，和你独处就越显得难得。"

"这话倒不假。"林统云点头。

"怎样，此处风景如何？"郑成功随口问道。

"超乎所想，见所未见。"林统云赞叹道。

"程先生常说'识景如识人'。你阅景无数，不妨试试能从我身上看出些什么？"郑成功言罢，走到了好友面前。

"你要我给你相面吗？"

"就是相面。往事就不提了，你给我相一相前程？"

"前程……你将坐上福建郑家的家主之位。"

"这不必相，除我还有谁能继承家主。"

"未必吧？若是往日的南安郑家，下任家主自然是你。但是如今的郑家富甲天下，你若没有几分手腕，自会被取而代之。"

"这倒是。"郑成功点了点头。

"再者，你并非是正妻所出的嫡子，又有日本血统……你就敢笃定，没有居心叵测者以此做文章？"林统云在泉州、安平接触郑家有些时日了，这些疑虑源于他的亲身体会。

"照你的说法，我是片刻都不容疏忽了。"郑成功叹气道。

"毕竟你是郑家人……"

"你说得对，日本血统……在郑家，这便是我不得不防的软肋。"

"正因有此天生的软肋，你不得不付出更多，牺牲更多！我和你感同身受……你要向世人证明，你是郑家人，是大明人，是汉人！你要让世人看见，你心中的亡国之恨已冲破了云霄！"林统云不敢相信自己竟能说出这番豪情壮语。

"听君一席话让我醍醐灌顶，道尽了我这数年的忧虑和热忱。"郑成功豁达地笑道。

"与君共勉！我要做举世瞩目的画师。而你要做好自己，做好国姓爷郑成功！"林统云言罢，只觉得满腔滚烫的热血！他坚信，好友此刻和自己一样。

"要成就这理想，有一事望统云不吝相助。"郑成功转入了正题。

"朋友有托，我自有求必应。"

"无论是什么请求吗？"郑成功确认道。林统云果断地点了点头。

得此保证，郑成功才开口："我想请你出使日本。"

"日本？出使日本何处？"

"萨摩！"郑成功将这二字念得铿锵有力。林统云瞬间领悟了好友的用意。郑成功想赢得郑家的承认，便不能借势于郑家。这般想来，他派自己出使萨摩的目的，便不言自明了。

这便要返乡了吗？林统云默默点头，却怎样也掩盖不了脸上的笑意。

噩　耗

“朕身边无堪用之人才……”隆武帝苦恼得在心里抱怨道。

纵观中国历史，敢于自我批判的皇帝可谓凤毛麟角。所谓奸臣误国，说的就是皇帝岂能有过，担责的永远是臣子。亡国之君崇祯在自缢前还高呼诸臣误朕。这是崇祯的心里话。

流亡政权想网罗天下人才，简直是痴人说梦。更何况隆武帝本就不具备知人善任的能力。到达延平后，隆武帝眼见形势日益危急，福建境内已无人才可用，这才向浙江鲁王表露了和解之意。若闽浙政权合并，至少也能把版图扩大一些。但浙江鲁王只把他认作和自己地位相当的唐王。

对隆武帝而言，当务之急便是劝说鲁王承认自己的帝位。他托自浙江来的信使给唐王捎去了一封亲笔信：朕膝下无子，你是唯一的皇太侄，迟早继承大统。这封亲笔信有几分传位诏书的意思。但仅凭此，怕还不能促成闽浙合并。隆武帝又退了一步，以安浙江群臣之心：鲁王之爵位官职乃朝廷钦封！与此同时，他因征收了寺院田的租税，财政较为宽裕，于是决定资助入不敷出的鲁王政权白银数万两，企图以钱财收买浙江政权。

隆武帝委派金都御史陆清源运送赠银去浙江，不承想被马世英的部下方国安在途中劫走了。马世英在南明弘光朝嚣张跋扈、贪赃枉法、臭名昭著；又因其逼生母假扮太后，弃南京而逃，各地遗臣都不愿收留他。最终他投靠了方国安。

“国安，此事干得漂亮！”马世英拍手称快。方国安虽远在富春江上游，但对求贤若渴的鲁王政权来说，仍是顶梁柱般的存在。这数万两白银本是其主鲁王的，他却不由分说地强占了。此举与劫匪山贼无异。方国安自觉理亏，便撰写檄文给自己开脱：唐王妄自称帝，其罪当诛！末将特讨伐其麾下金都御史陆清源，以示惩戒！

发生这样的事，闽、浙两大流亡政权的合并也就此破产了。厚礼遭劫，福建政权怒不可遏，浙江政权却也好不到哪里去。送给主子的礼物竟被臣子半路抢去了，朝廷还有何颜面。两股势力哪怕成功合并了，怕也只是乌合之众，难成气候。

隆武帝的福建政权虽畏惧清军铁蹄，但有仙霞岭、武夷山脉相护，多少还算宽心。而鲁王的浙江政权立足于绍兴，与占据杭州的清军隔江相望，相较之下就没那般悠哉了。鲁王政权想夺回杭州，摆脱和敌军隔江相望的局面。去年，方国安曾奉命出兵，却惨败给了清廷浙闽总督张存仁。人人喊打的马世英则借此机会说服原部下方国安收留自己。

杭州清军按兵不动，只等时机到来，一举打垮浙江政权。五月二十，征南大将军博洛到达杭州，这意味着进攻绍兴的日子即将到来。

生死战迫在眉睫，鲁王政权岂能没有察觉。方安国再次奉命出兵，但这位私吞了数万两白银的将军却毫无战意。在去年的惨败中，他心爱的儿子阵亡了。"牺牲吾儿性命，足以偿还明王室对我方安国之皇恩。所谓'良马不配旧鞍'，杭州总督张存仁能降，我怎不能？"方安国心想：既然决定投降，何不送清廷一份见面礼，以换取自己今后飞黄腾达。鲁王就是最让清廷心动的见面礼。

方安国以护驾之名，将心腹安插到鲁王身边。开战之日，鲁王阵营将战船在岸边一字排开，全军上下都很轻敌：生于山野的东北鞑子，岂知水战？此想法过于愚蠢了。清军虽不擅长水战，但在浙江的清军大多是汉人。此番清军甚至没有准备战船。

杭州湾和钱塘江素来以难以捉摸著称。钱塘江退潮时，水位会很浅，马都可以跑过去。五月二十七则正是这种时候。清军全军出击，一举渡江。方国安一马当先，直奔绍兴，企图捉住鲁王当作献给清军的厚礼。然而方国安安插在鲁王身边的眼线突患痢疾，腹痛得直打滚，没有余力监视。在此千钧一发之际，鲁王幸运地逃往台州。

六月初一，清军进入绍兴城。方国安两手空空地投降。大学士张国维、兵部尚书余煌自杀殉国，以求证明大义犹存。鲁王逃至石浦，乘船至舟山群岛。然而，那里的守将黄斌卿却不愿收留这群不过数十人的逃亡者。黄斌卿曾任九江总兵，南京失守后南逃，渡海至舟山并在此立足。他虽身在浙江，却听命于福建隆武政权，还被封为肃虏伯。因此，他不可能援助鲁王。

走投无路的鲁王偕石浦守将张名振等臣子数十人在海上漂泊。他们想寻一处地方上岸，但闽浙沿岸皆是郑家地盘。郑家身为隆武政权的顶梁柱，自然不可能让鲁王踏上自家的地盘。鲁王名为"以海"，这下命如其名了。虽说闽、浙两个流亡政权互相看不上眼，但对福建隆武政权而言，浙江鲁王政权的覆灭却是不折不扣的噩耗。绍兴失守的消息刚至，郑芝龙便给仙霞岭守军下了撤军令，理由便是先前提及的"有匪患蠢蠢欲动"。

郑芝龙指的是漂泊于海上的鲁王。但鲁王一行不过十数人，而郑家水军有二十万。再者，清军自知不擅水战，根本无心追击，反而将矛头对准了福建隆武政权。生死存亡之际，郑芝龙竟下令撤回仙霞岭的守军。

郑成功在撤军途中面圣，隆武帝埋怨道："成功，你提出的'救国四项'，朕可是铭记于心，你怎自行舍弃了第一项？"早在数月前，郑成功曾向隆武帝谏言了四项救国方略，其中第一项就是：善用天堑。从仙霞关撤兵，不就是舍天堑不用吗？

"启禀陛下，此乃家父之军令，末将莫敢不从……想必家父自有思量。待末将回到安平，必会劝他再次出兵勤王。"郑成功只能这般回答。

"如此便好……须知朕可在为了你说的第二项殚精竭虑。"隆武帝叹道。

第二项是网罗贤才，第三项是海陆并举。

"令尊似乎非常重视第三项，朕倒不是不能理解……"因为喜爱郑成功，隆武帝给郑芝龙的撤兵找了个看似合理的解释。

"家父害陛下忧愁，臣万死……"郑成功很是歉疚。

隆武帝不想再追究，转而道："此事不再提……这第四项，还请爱卿尽心尽力。"

第四项则是海外贸易。

"承陛下厚望，成功怎敢不粉身碎骨。"郑成功磕头道。

"成功，福建便托付给爱卿了！只有爱卿能不负朕望！无论发生什么，不要辜负朕的托付……"面对隆武帝的托付，郑成功只觉骑虎难下。

此时，隆武帝恐已察觉郑芝龙的通敌之意。然而即便掌握了确凿的证据，他又能如何？眼下湖南有数十万心系大明的军队，虽说其中有不少是李自成的旧部，但也算是一支雄师。隆武帝生在北方，本就不适应闽地；再加之朝政尽由郑芝龙掌控，令他对福建更为厌恶。此刻，隆武帝一心想去湖南，但福建的官兵却不愿再背井离乡。

"即便就剩下朕一人一骑，朕也要亲征湖南！"隆武帝虽然暗暗下了无数次决心，但或许他也没想到这一天真的来了。绍兴失守两个月后，清军占领了仙霞关。这场战役实则完全没打起来。仙霞关的守军早已撤走。只是驻扎在仙霞岭以北的郑鸿逵在撤退时被清军追杀，发生了小规模的战斗罢了。清军经仙霞关，长驱直入，直取浦城。

战败的噩耗很快便传到了延平。延平府知府王士和苦劝隆武帝："延平城防微弱，恐难御敌。恳请陛下速速移驾到郑芝龙坐镇的安平！"

"要朕去安平，绝无可能。"隆武帝想都不想便否决道。

王士和知道隆武帝不喜郑芝龙，便退而求其次道："那便退回福州如何？"眼下浙江已尽落清军之手，福州岂能安全？进占浙东的清军随时可能跨境入闽，只怕福州此刻已然失守。

王士和提议撤回福州，无外乎是想哄隆武帝先撤出延平罢了。途中若发现福州去不了，再劝说其移驾别处。但依如今形势，恐怕整个福建只剩安平能去了。

"朕亦不会去福州！"隆武帝决绝道。

"但延平已然是……"

"延平无望，朕自然要走……但唯独福州和安平两处，朕宁死不去！"

"陛下可有心宜去处？"

"汀州！"隆武帝猛然起身，看起来心意已决。王士和自知劝不动了。虽说翻过汀州对面的群山峻岭便可与数十万友军汇合，但这谈何容易……

"朕不用将士护驾随行，让他们留守在安平便是。"恐怕隆武帝自己都没意识到，他这道旨意有多残酷。说直白些就是：你们坚守延平，挡住敌军，好让朕能全身而退。

隆武帝其实另有打算。他想用运送粮草、武器的马车搬运对他来说更重要的东西——文献典籍。

隆武帝酷爱读书。他被监禁时曾恳请朝廷给他安排一间书斋。被释放后，他对陪伴多年的书籍的惜别之情更甚于重获自由的喜悦。在福州登基后，他潜心收集名书，但凡有耳闻的珍本，他就想尽办法弄到手。恐怕只有在下旨收书时，他才真切地体会到了何谓皇权。如此耗费心力收集的国宝，隆武帝自然一件都不肯舍弃。但要搬运如此多的书，就必须用马车。若有将士随行，马车只能用于运送辎重。这如何使得？

隆武帝精挑细选，需要运的书还是装满了数十辆车。如此负重，哪里有速度可言？但无论左右如何苦劝，隆武帝还是坚持己见。书籍本就沉重难运，再加上福建山路险峻，车轮嘎吱作响，马匹和随行亲信都累得气喘吁吁。

王士和深知此战毫无胜算，敌军若至，延平不出半日必破城；负隅顽抗只会害将士们白白送命，还牵连城里的无辜百姓。绝望之下，王士和遣散了士卒，出布告让城内百姓自行避难，然后自行了断了。

清军进入延平，却没想到延平城内没有一兵一卒。清军总兵李成栋没有在延平多逗留，而是立刻追击逃亡的隆武帝。"隆武帝偕累赘而走，必然逃不远！传令下去，全军将辎重留在延平，轻装追击！"相较于清军的兵贵神速，自带累赘的隆武帝简直愚蠢至极。

"若途中遭遇残兵，万不可恋战，一切以追击隆武帝为重！"李成栋这般吩咐后，忽然心生一条妙计。他麾下这支军队有八成是投降的明军，仍是一身明军打扮，全凭旗帜辨别敌我。当务之急是追击隆武帝。若路遇残兵，就算己方不恋战，也不能保证敌方不会来送死，还得费时费力把他们赶跑，耽误了追击。延平城内已无一兵一卒，满地皆是散落的明军旗帜……若高举这些旗帜行军，或许就能避免和残兵一战？李成栋当即下令："各部在城内收集明军旗帜，换下清军旗帜！"

隆武帝赴汀州仅带着少数亲信，途中隔三岔五有人不辞而别，留下的人只觉得前途渺茫。据前方情报，去往湖南的必经之地江西吉安已被清军攻陷。隆武帝一行没有护军，若在路上遇到清军，只能束手就擒。他们不禁懊悔当初为何要追随隆武帝。这昏君眼里只有书，臣子对他而言皆如草芥。此等昏君凭什么要自己以身殉主？就连工部尚书郑瑄、通政使马思理这样的高官也都各自逃命去了。

隆武帝一行于八月二十七抵达汀州。此时，清军的追兵已然逼近。他们抵达顺昌时闻知清军追近，隆武帝这才忍痛舍下书籍，轻装而逃，但为时已晚。追踪而来的清军大喊："朱聿键何在？"

一人手提白刃，怒吼道："朕便是朱聿键，谁敢造次！"这自然不是隆武帝，而是参将周之藩。他不由分说，挥刀朝清兵砍去，身中数箭也未退缩。显然，他在掩护隆武帝逃跑。清军自然不会愚蠢到将这莽汉认作隆武帝。隆武帝偕皇后曾氏躲进了汀州衙门，于八月二十八被清军虏获。

有一说法是，清军不敢擅自处置，于是决定将皇帝和皇后"护送"回福州。此时福州已失守，由清军统帅博洛坐镇。他是率另一路远征军从浙南入闽，直取福州的。隆武帝和皇后曾氏各乘一顶轿子，向东出发。这一路皆是险峻难走的山路。

清军行路疲乏，整顿歇息时，皇后曾氏突然从轿中一跃而出，纵身跳下不远处的悬崖，左右根本来不及阻拦。皇后曾氏当即殒命。

隆武帝孤身一人被押至福州，被处刑于市。

而据《台湾外纪》的说法，帝后二人是在汀州衙门中箭而亡的。这说法源于当时隆武帝的云锦衣卫陆昆亨。此人死里逃生，且活到了八十高龄，并把当日情形告诉了《台湾外纪》的作者江日昇。但正因陆昆亨是皇帝的心腹，故其言不可尽信。毕竟堂堂一国之君，顽抗到最后一刻身死，总好过在大庭广众下被公开处死。但凡是忠臣，难免会顾及君主的颜面。世人总会更同情悲情人物。

也有坊间传言，在福州受刑的隆武帝其实是替身，真身则已潜逃至海南岛，剃度出家。当然，这也是野史罢了。

福州隆武政权就此退出了历史舞台。

南　梦

　　"黄粱一梦，终有尽时……"郑芝龙在议事厅，面对召集而来的各路将领，感慨道。

　　隆武帝的死讯已传到安平城。郑芝龙所谓的"黄粱一梦"除了指隆武帝对复兴明室的期望落空，还有另一层深意——郑家挟天子以号令天下的野望就此破灭。对此哀叹，座下将领无人敢应。

　　郑芝龙虽是领袖，但下达重大决议之前，还是得获得各路将领的支持。他今日召集众人，便是要商讨降清一事。大家都隐约察觉到今日的气氛不同寻常。准确来说，郑家上下的这种氛围并非今日才有，而是自隆武帝入闽登基这一年来，徐徐改变的。莫非是因为突然从草莽匪类一跃而成朝廷大臣，让这伙海盗失去了本心？但只要看到郑芝龙，这种说法便可不攻自破。他本是一介边疆陪臣，如今竟能一朝拜将封侯，这确实令人雀跃；但他们所侍奉的不过是一个流亡的皇室，若无郑家相助，便毫无作为可言。故而在座的将领不可能因此失了理智，顶多也就是得意忘形些。那么这种古怪的忠君报国的氛围，究竟是何人带来的？

　　"是他……"郑芝龙脑海里浮现出郑成功的面庞。郑成功就坐在他转头可见的不远处。但他眼下不想和自己的儿子四目相对。郑芝龙见在座无人回应他的黄粱一梦，猜到至少有半数将领不愿降清。他还是头一回体验到此等离心离德的感觉。往常，他的一字一句在家族中都是不容置疑的命令。他就是郑氏一族唯一的王。

　　"看来，我郑家又多了一位王。"郑芝龙心想。

这位新王就是他的儿子郑成功。是其凭借自身品格，俘获了在座将领的心。郑芝龙在心中怒骂，这孽障何时开始处心积虑地拉拢我的部下的！但像他这样功利、理性的人，绝不会感情用事，在如此一触即发的诡异氛围之下，轻言"投降"之类的。

郑芝龙字斟句酌道："如今天下大势已定，清军已势不可挡。"此言是客观事实，在座将领无可辩驳。但若再添上一句"不妨降清"，怕是要惹来众怒。"鸿逵在归途中偶遇陛下，乃是上天降大任于我郑家。我等听天命，尽人事，辅佐陛下登基，力图复兴明室。但苍天弄人，如今陛下不幸驾崩，今后的天命如何是好，还请诸位集思广益，不吝赐教。"

郑芝龙说话素来直接，今日却破天荒地绕了这么大一个弯子，在座将领都察觉到了不对劲，纷纷认真侧耳倾听。郑成功心里十分明白父亲葫芦里卖的什么药。果不其然，短暂的沉默后，郑芝龙再度开口："而今我郑家面前只剩两条去路——降清，抑或再择明君，誓死抗清。究竟何为我郑家之天命，芝龙昨夜辗转反侧，不得其解。"郑芝龙仰天长叹。

议事厅的门大开着，以便各地的消息能随时通传。郑芝龙话音刚落，一名信使匆忙闯入，语气慌乱："报！惠安失守！"郑芝龙闻言，叹道："诸位都听见了，清军现已兵临城下。惠安失守，不过一日之内，最迟不出两日，泉州必将沦陷。到那时，安平城岂能独善其身？容我郑家斟酌的时间不多了，应及早应对。芝龙拙见，既在二者之间难以抉择，何不二者并举？"郑芝龙言罢，再度环视众人。他只匆匆扫了儿子郑成功一眼，深知自己的心思已让儿子看透。

"那这'二者并举'，究竟要怎样做？"郑鸿逵起身问道。此人满面虬髯，气性鲁莽，早对堂兄的拐弯抹角厌烦了。别看他一副贼匪模样，却是一名十足的好汉。

"问得好……"郑芝龙正要说明，郑成功忽然起身抢白道："依父帅之意，若要二者并举，则必须将我郑家一分为二。"

"这只是权宜……"郑芝龙刚想解释，郑成功再次插话道："此事关乎郑家生死存亡，手段不可拘于常理。但若要分家，成功必选择留下抗争！至于诸位将领的选择，只要不凭抓阄决定，一切都可。"

"原来是这般意思。那末将也选择留下，好男儿岂能投降？"郑鸿逵直言不讳道。

这死小子，倒让他抢先了一步！

郑成功凭借自身的人格魅力，在安平城的低层士卒里营造了一股忠君报国的氛围，郑芝龙对此格外看不上。这股氛围看似势不可挡，但只要有一根"针"，便能将其戳破。如郑成功所料，郑芝龙准备的"针"便是抓阄。

谁人不知这天下的形势？谁人不惜命？抓阄抽签给了众人一个台阶，一个合情合理的投降说辞。此举一出，最起码会有三成人"被迫"降清。这帮人虽称不上理直气壮，但总归问心无愧。只要凿开一个缺口，郑芝龙敢断言，自愿投降者必然蜂拥而至。然而郑芝龙还没来得及亮出法宝，就被儿子挡了回去……

郑成功直勾勾地盯着父亲的脸，逼问道："不知父帅有何打算？"

"既然我儿坚持留守抵抗，那留给为父的便只有冒天下之骂名的降清一途。"郑成功立即应答道："父帅切不可孤身赴福州，至少要有三百……不，五百名士卒随行，确保周全。还请父帅挑选信得过的人。"

郑成功用三百先行试探，见郑芝龙面色不善，立马改口加了两百。如此一来，在旁人眼里，五百倒成了最大限度。

气杀我也！郑芝龙在腹中怒吼。他处心积虑地设下一道道机关，循循善诱，意图一举戳破这虚假的勤王气氛，却没想到居然被儿子一一化解。

他本想带上起码五千兵马投清。据洪承畴的密信所言，北京清廷那边已经开出价码，愿给他福建、广州、广西三省。郑芝龙岂会天真到轻信敌寇之言。但郑家的水军的确厉害，而清军又不擅水战，以三省为代价，换郑家不战而降，清廷何乐而不为。倘若郑芝龙手里没了这支军队，清军根本不会开出这般优厚的条件。故而，郑芝龙在筹备投降的同时，还必须倾力壮大自己的实力。"得郑芝龙，便可平福建"，这是郑芝龙处心积虑想灌输给清廷的，也是他的筹码。然而，若他此次投降不能带去一些彰显实力的见面礼，只怕清廷会对自己的出价产生犹豫。

实际上，郑芝龙为了避战，早将主力部队调遣去了金门和厦门，如今只有为数不多的陆军驻守安平城。

这时，信使如同看准时机一般再次闯入，喊道："报！清军已过万安桥，包围泉州！"安平距泉州只有一日之遥，若清军进入泉州，最快明日便能兵临安平城下了。"时不我待！还请父帅立刻挑选五百亲信，走水路赴福州！"郑成功似在下达军令。此言一出，诸位将领便知郑家已悄然易主。

安平城直通外海，甚至可以说海入城池。载着郑芝龙及其五百名士卒的船舶刚启航不久。此时，一艘满载生丝的对日商船停靠在岩壁边。码头上，郑成功紧握着友人林统云的手，用日语说道："统太郎，我郑家的命运，便托付予你了！"

"挚友之托，怎敢不尽力！"一身汉服的林统云说道。

"劳你这般长途跋涉，叫我如何过意得去。"

"并非如此，我又何尝不想回到日本，再睹家乡风景。"

"一路顺风……"郑成功听见船夫高喊启航，这才依依不舍地松开手。

林统云此行假扮大明商人，跟随他一同返日的还有一人——无尘庵的莽汉铁塔。他正站在甲板上，向码头挥舞着蒲扇般的手掌，眼里只有立在仓库屋檐下的程家小姐淑媛。

淑媛以及无尘庵的住客们，包括借宿的铁桥道人等，全部在清军围城泉州之前来到安平避难。林统云心中涌起一丝离别之苦，尤其是对那屋檐下的少女。与大明后会有期，又或者应该说与无尘庵……林统云忽地反应过来，让自己依依惜别的竟不是大明，而是小小的无尘庵。大明已名存实亡。商船渐行渐远。

多喜姨到哪里去了，怎不见她来送别？想到这里，林统云下意识地望向郑成功的方向，但好友不知何时已经离去。林统云在心里不由得埋怨了一句。就算忙碌，连目送挚友远行的空闲都没有吗？但转念一想他又释然了，如今郑成功肩负着郑家的前途命运，怕是一刻都不敢耽搁，安排撤退事宜去了。林统云对挚友又生出了几分难以名状的情感。早年，林统云对福松只有钦佩之情，觉得此人七岁便离开娘亲，离开生他养他的日本，是何等的了不起。以至于每当他感到孤寂、无助时，都会呼唤"福松"以勉励自己。然而不知从何时起，他生出了一种想要拍拍对方肩膀、说上几句体己话的亲近之情。

唉，可苦了多喜姨……林统云脑海里浮现出那位苦命母亲的脸。掐指算来，多喜姨到大明还不足一年，在这异国他乡，想必她过得如履薄冰。今日郑芝龙启程赴福州，带走了颜夫人及其子，多喜则被留在了安平。林统云多少能猜到多喜的心思。她十有八九是不敢看到返日的船舶，怕自己会难忍思乡之苦。船舶驶出水门，隐约能看见金门岛的轮廓。

郑成功的确军务繁重，但毕竟是给挚友送别，又有要事相托，他何尝不想挥手目送对方出水门。然而商船刚离港，甘辉便神色慌张地来到郑成功身边，耳语道："多喜夫人自尽了，还请速归。"这短短两句犹如业火，郑成功感觉自己浑身发烫。下一刻，他已着了魔似的朝家里狂奔。

"为何！为何！为何！"

他想哀号，想流泪，但这噩耗来得太过突然，他还反应不及，心里乱成一团。多喜的厢房在郑府的最深处，留在家中的女眷已聚集在门外，只有郑成功的发妻守在母亲床边。

见此情形，郑成功强行让自己镇定下来："我是一家之主，万不可自乱分寸。"他一步步迈向母亲的床榻。此时，纱帐已被系在两侧，但仍遮挡了大部分视线。来到床前，郑成功也没能看见母亲的面容。他跪在床边，朝帐子里望去，这一望无情地击碎了郑成功最后一丝理智。

多喜面覆白布，身盖白被，但白被靠近脖颈的边缘，有渗出的血迹——她是用匕首自刎而亡的。恍惚间，郑成功仿佛看见那抹血红正渐渐扩散开来。

"母亲走得……很安详。"妻子轻轻地移开多喜面上的白布：死去的母亲神情安详，宛如安睡，但这份安详之下藏了多少无人知晓的痛苦？

郑成功心碎欲裂，在心底发出呐喊，几乎要震碎五脏六腑。他想释放，但作为一家之主，他不能这样做。他耗尽浑身气力，强保一丝神志。悲伤刹那间占据了他的心神，让他没有多余的精力去效仿身旁沉着冷静的发妻。

妻子见丈夫游离于崩溃的边缘，在其耳边提醒道："族人都在关注您的一举一动，切勿失态。"此言犹如腊月寒风，让郑成功遍体冰凉。发妻的提醒让他在丧母之痛的煎熬中将混乱如麻的思绪汇聚成了悲恸。

一声哀号突破了咽喉的最后一道防线，下一刻，郑成功趴在母亲的遗体上放声痛哭。泪水打湿了他死死攥住的那块沾染了血色的尸衾。不知过去多久，他已泪尽声枯，失魂落魄地站起身来。

发妻董氏在一旁低声称赞道："夫君方才的哀哭痛彻心扉，很是得当，想必族人无不因之动容。"

照汉家习俗，子女遭父母丧，必须放声痛哭，名曰"哀哭"。哀哭得好，就会得到世人的称赞。

方才郑成功的痛哭纯粹出于真情实感，没半分做作，发妻却称赞其哀哭得当，这份冷静让郑成功心生一丝畏惧。郑成功突然意识到，发妻董氏确实是一位贤内助。母亲自刎得突然，多亏了董氏沉着应对，宅内才能像这样有条不紊。

"她还是这般沉稳……"

郑成功素来对这位年长自己一岁的发妻又敬佩，又有一丝排斥。董氏确实是能独当一面的正房妻子，但郑成功反而越发思念那名和自己有过露水情缘、单纯懵懂的艺伎少珠。临别前，郑成功将她托付给了好友陈方策，如今南京失守，也不知她是危是安……

听闻夫君叹息，董氏知其情绪稳定了，便轻咳道："母亲留有一封遗书，但上面是不可解的异邦文字。"言罢，她将一张纸递给郑成功。这是多喜从家乡日本带来的纸，粗糙的纸面上只有寥寥几行以平假名竖行写就的文字："吾儿福松，母亲不愿拖累你，先行一步了。吾儿如此有出息，母亲此生无憾，只祈求吾儿能不悔初心，做一名顶天立地的武士。"

郑芝龙一行从闽江逆流而上，在福州城附近登陆。此时，福州已在清军统帅博洛的掌控之下。清军方面早已对郑芝龙这次的投诚有所准备。"大耳"林一祥四处奔走，为郑芝龙扫清了许多阻碍。郑芝龙无数次在心里叮嘱自己：故作倨傲，堂堂应对。

占领泉州的清军之所以没一鼓作气进军南安，还得归功于郑芝龙的暗中调停："贵国与我尚在交涉中，这样贸然出兵，是不想谈了吗？"清军不敢相逼太甚，便中途折返，退回了泉州。与此同时，郑芝龙的降表已通过隆武政权的兵部尚书郭必昌之手呈给了清军。清廷承诺给郑芝龙广东、广西、福建三省，至于是三省总督还是三省藩王，不过是名义的问题，可以之后再做商讨。

清军统帅博洛遣使者在河畔相迎，来的都是高级官员，郑芝龙大悦。一行人进入福州城后，便被引到了营帐，接风的宴席已经摆好了。博洛亲自到营帐门口迎接。他紧握郑芝龙的双手，热情地说道："终于盼到了郑将军！有郑将军相投，乃是我朝创建以来的最大幸事！"

"岂敢，若无殿下引荐，郑某何来今日？"郑芝龙笑盈盈地客套道。他是一军之帅，更是巨富商贾，对这些客套话早已信手拈来。博洛挽住郑芝龙的胳膊，催促道："不提这些，郑将军长途跋涉必然乏了，我略设了薄宴给您接风洗尘。这几日且一醉方休，公事稍后再谈也不迟！"

郑芝龙素来海量，更何况既是谈判，免不了要相互试探，微醺之下反而方便行事。但这酒宴一开便是三天三夜，郑芝龙再海量，也喝得烂醉如泥。酒醒之时，郑芝龙已在轿中颠簸了。

他忙问轿外的清军将校："这是往哪里去？"

"回禀将军，我们正在前往京师。"

"我随行的五百名士卒现在何处？"郑芝龙暗道不妙。

"属下不知，或许还在福州？"

郑芝龙挑选的五百人全是百里挑一的勇猛之士，李业师、周继武更是郑军中数一数二的将领。只要有此二人相随，郑芝龙哪怕是龙潭虎穴都敢闯。

"只剩我一人……"郑芝龙如坠冰窟，脑子里回响起儿子郑成功的那句劝诫：虎不离山，鱼不脱渊。虎在山中可战无不胜，离山却难逃猎户陷阱。鱼在渊中肆意遨游，出渊便躲不过渔夫之网。

"万事休矣。"郑芝龙悔不当初。不过，他长年在海上生活，遭遇了无数次九死一生，养成了苦中作乐的性子，越是绝境，便越乐观。事已至此，他也只能听天由命了。

他刚重拾镇定，轿子忽然停了下来，一行人要原地休憩一下。清军将校恭敬地问郑芝龙："前路还长，将军是否要出轿歇息片刻？"

"正有此意。"郑芝龙下轿后先是回身看了看自己乘的轿子——只见这轿子装潢华贵，侧面刻有精美的牡丹纹饰，显然是高官要人的规格。他如释重负：最起码，自己不是囚犯。

这时，博洛笑着走了过来："噢？芝龙兄酒醒了？"

郑芝龙问道："殿下，莫要戏弄芝龙，怎么一觉醒来，就在上京途中了。"

"芝龙兄言重了。摄政王忽然下令召见，芝龙兄又一觉不醒，本帅只能出此下策。若有得罪，还请海涵！"

"敢问是否已传信安平？"郑芝龙问道。

"事出紧急，不曾传信。不必传信，贵府迟早会知晓。"博洛答道。

"殿下，"郑芝龙忽然态度一转，语气严肃道，"清廷行事这般不讲道理，只怕免不了在犬子那里吃些苦头。"

尽管清军压境，郑成功仍有条不紊地在安平城中筹办了两场葬礼。首先是隆武帝的葬礼。清军处死隆武帝后，不可能大发善心，将遗体送还给安平，郑成功只能以御赐的衣裳祭奠。其次自然是母亲多喜的葬礼。

第一场葬礼在安平城内的文庙操办。那日，郑成功换了一身文人的儒服。他跪拜在祭坛前，高声念悼词："成功当年是儒生，如今为孤臣。儒生读史书、习礼制，志以文章侍君。孤臣执干戈、率兵将，以武功复国。今日在此向孔圣人和先帝禀报，成功将脱去儒服，换上戎装！"左右将早已准备好的柴堆点燃。郑成功注视着越烧越旺的火焰，泪水从赤红的双目中夺眶而出。半晌，他毅然褪下儒服，将其投入火中。一旁的桌台上整齐地摆放着御林军的锁子甲与头盔，他当着众人的面，换上了沉重的盔甲。

这一连串的举动有逢场作戏之嫌，但郑成功不得不为。原因有二，其一，震军威。虽是做戏，但不失为一种手段。其二，和孔孟之道诀别。儒家最重孝道，父母之命即便是错的，子女也不能反抗。郑芝龙降清，郑成功却决意抗清，这便违逆了孝道。既如此，弃儒从军便是！郑成功在众目睽睽之下脱儒服、换军装，就是在表明自己的决心。

他环视了一圈在场者，郑家将领只来了不到一半。万众一心，谈何容易。郑芝龙离去，郑家群龙无首，更难以指望众将领团结一致了。虽说郑成功身为长子，继承其父之位毫无争议，但他毕竟只有二十三岁，究竟能否扛起重任还有待商榷，而且他还有一半日本血统，这点在家族中仍颇受争议。

"怎么不见郑联？"郑成功问道。人群中不见郑彩、郑联两兄弟的身影。兄长郑彩前几日率军去了厦门，没回来出席葬礼并无古怪。但其弟郑联昨日还在安平城中。

归宅后，郑成功迫不及待地问甘辉："郑联在何处，怎的没现身？"

"郑联将军今早去了厦门。"甘辉答道。

"厦门？我都没来得及拜访他……"

"或许正是因少主没登门拜访，他才赌气离去的。"

郑氏一门中，郑联最看不惯郑成功掌权。郑联酒品不好，每每喝醉时都会大放厥词：日本团仔如何有资格坐我郑家家主之位？但凡是郑成功的决策，郑联不论对错全盘反对。郑成功不承认浙江政权，不愿援助被追杀到海上的鲁王。而郑家却有奉鲁王为帝的呼声，领头的就是郑联。

"看来，厦门岛要迎来监国鲁王了……"郑成功仰天长叹。

"恕卑职直言，郑家水师有九成听命于鸿逵将军。"

"这么说，我只是光杆将军？"

"今早聚集在文庙的将士，还是忠于将军的。"

"大概有几人？"

"末将未细数，大概有百余人。"

"区区百人吗……"

"将军不要妄自菲薄，虽然人数不多，但这百人皆是难得的将才，何愁不能招兵买马？"

"但安平城内已无可用之兵……"

在郑家，即便生出再多龃龉嫌隙，同族之谊始终不会动摇。眼下形势虽不至于同室操戈，但一些明争暗斗还是躲不了的。

"安平无兵可征，便去别处征兵。"甘辉笑道。

"何处还能征兵？"郑成功连忙问道。

"不必征，接管现成的军队即可。"

"现成的？何处有这般便宜的事？"

"不远，南澳。"甘辉胸有成竹地答道。

南澳位于闽粤交界的海湾，略靠近粤，俗称"南港"。海湾里侧是汕头，外侧有南澳岛。这南澳岛不偏不倚坐落在北回归线。此处西边是广东，东边是厦门，故成为两地间的周转之所。郑芝龙早年在南澳建基地，屯驻了数千兵马。眼下此处是东南沿海重要的商贸站点。因此处距安平过远，郑芝龙不得不驻重兵防范。

"你点醒我了，南澳还有精兵强将！"郑成功顿感豁然开朗。

"不仅如此，数日前，南澳遣使来报，说守将岳进病故，请求安平再派良将去驻防。"

"这么说，南澳的部队正愁群龙无首？"

"是的，如此良机不能放过。"

"传令，即刻准备出航南澳！"郑成功果断下令道。

不出甘辉所料，以施琅、施显兄弟为首的九十余人愿意随行。他们皆是葬礼当日现身文庙的人。这些人正是日后新郑氏政权的开朝根基。

郑成功进驻南澳的消息一经传开，大明的良臣、干将争相投奔，其中不乏曾樱、卢若腾等当代俊杰。十二月初一，郑成功开坛祭奠明室先祖，并发布《誓师檄文》。檄文中，他自称"忠孝伯招讨大将军罪臣朱成功"。所谓"罪臣"，指的是他没能保护隆武帝。据《粤游见闻》所载，郑成功麾下的战船都竖有"杀父报国"的旗帜。此说法在"百善孝为先"的中原社会可谓荒谬，故后世通常认为这是讹传，应是"救父报国"才对。毕竟，其父郑芝龙那时正身陷京师。

愚　争

三国时期的《出师表》表明了诸葛孔明伐魏的决心，郑成功这篇慷慨激昂的《誓师檄文》则是他给清廷下的战书。诸葛亮的"表"是告予君主，郑成功的"檄文"则是号召天下，共伸大义！郑成功本也想撰写奏表，只是君主已故。

然而既无君主，谈何复辟？各地的朱明后裔中，该辅佐谁登基，郑成功一时间拿不定主意。监国鲁王算是合适的人选，但郑成功对其没有好感。

其实，在郑成功于南澳岛发布檄文前，中原又有两名新皇登基。其一是桂王朱由榔。此人是神宗万历帝之孙，比起太祖九世孙隆武帝更接近皇室正统。隆武帝遇害的噩耗传至广东，当地高官经过商讨，决定再择监国。梧州桂王素有贤王美誉，又属皇室正统。于是，广东高官立刻派遣使者，将桂王请到了广东肇庆。两广总督丁魁楚和兵部尚书吕大器担任新政权的大学士，协同广西巡抚瞿式耜一同辅佐桂王。十月十四，桂王就任监国。十一月十八，登基为帝，改明年为永历元年，即永历帝。

另一位新君，是隆武帝之弟朱聿𨮁。此人在隆武帝登基后，继承了其兄的唐王位。清军入闽时，他在林察的护送下潜逃至广州。与此同时，在江西遭清军重创的大学士苏观生所率领的残部也在广州避难，此人和扶持桂王的丁魁楚素来势同水火。

"丁魁楚那儿能立监国，我岂不能立皇帝？"

就在此时，唐王送上门来。于是在苏观生的扶持下，唐王于十一月初一就监国位，继而在同月初五登基，改明年为绍武元年。绍武帝就这样稀里糊涂地登场了。

其实，丁魁楚是在听闻广州唐王登基的消息后，才匆匆催促桂王登基的。故率先监国的是桂王，率先登基的却是唐王，这场皇位之争就是如此荒唐。

但无论是皇帝本人，还是朝廷的资质，永历帝都要胜过一筹。永历帝登基后做的第一件大事，便是废除了历代明朝皇帝必设的东厂制度。东厂乃是直属天子的密探机构，权势滔天，残暴跋扈，从百官到庶民，无不谈之色变。东厂废止令一出，世人无不雀跃，称之为治世之开端。不仅如此，永历帝还废止了选秀制度，这亦是千百年未有的良政。相比之下，唐王绍武帝完全是苏观生出于私怨的产物，根本不值一提。

在立监国一事上迟了死对头一步，苏观生不想再落下风，于是迫不及待地让唐王登基。新君登基前必须有祭天告祖、登基大典等仪式。但永历帝在肇庆的登基却尽可能摒除了虚礼缛节，一切从简。

据说此次登基典礼简朴且肃穆，在场臣子无不动容。其中一名出席的大臣描述道："在国家危亡之际，典礼理应从简。此典礼朴实无华，然处处包含着复兴大明之祈愿，可谓成功。"

相较之下，唐王绍武帝在广州的登基大典则沦为世人的笑柄：粉饰太平的繁文缛节贯穿始终。为了筹备所需的宫殿、服饰、卤簿，苏观生可谓日理万机，奔走各地。大典当晚，广州的家家户户必须点红灯笼，以庆祝新君登基。白夜如昼。国家危亡之刻，此举可谓荒谬。绍武政权刚成立不到十日，便任命了数千名官吏。官吏走马上任必须着朝服，而广州物资短缺，怎可能有数千朝服。故而便有了新任朝臣借戏服上任的笑话。

当时的人们对此戏谑道："二百里二帝。"明代"一里"约合五百六十米，所谓二百里实则不过百里。肇庆和广州之间的直线距离只有八十余里，且两者皆为珠江—西江的沿岸城市。

山河破碎，疆土大半沦陷，福建也岌岌可危。此等危急形势下，明朝的残存势力更应该齐心协力，共图复兴。然而两方非但没合作，反而争相上演登基的闹剧。永历帝身边有干臣辅佐，又凭借朴素的继位典礼、废除东厂、停选秀女等一系列良政，在这乱世中博得了一些好名声。而绍武政权则被苏观生一人掌控，可谓臭名昭著。苏观生还给彼时横行广东沿海的四姓海盗首领郑、石、马、徐一一加官封爵。

"这可如何是好……"永历帝不忍看皇族间同室操戈，决定晓之以理。永历帝和心腹商议再三，决定派雄辩之士彭耀、陈嘉谟前往广州求和。两人皆是天主教信徒，每逢周末都要开展说教活动，故而练就了一副巧舌如簧。然而如今是要和广州政权的激进派说理，这怎能和传教相提并论？任他们说破了嘴皮子，绍武政权就坚持一点：率先登基者为正统！

天无二日，国无二主。肇庆桂王明知广州唐王已继位，还执意登基，可谓谋反。对此说法，彭耀只能以事实反驳：桂王永历帝率先监国！所谓监国，就是在国君缺席时代理国政，简言之便是准国君。桂王在唐王之前就任监国，和皇帝一样，监国也只能有一人。唐王监国本已有违天理，遑论之后的登基？

"使节若这般说，那苏某就要问了，既然监国分先后，那贵朝欲置鲁王于何地？"苏观生道。浙江政权的监国鲁王朱以海如今仍在海上漂泊。只要他还活着，桂王的监国就没有道理可言。这一招直击桂王政权的软肋，彭耀立刻没了底气："鲁王监国名不正言不顺，不可作数！"

"那桂王监国凭什么说自己名正言顺？"苏观生反驳道。

"按宗支伦序，桂王理应继承皇统！"彭耀使出了撒手锏。所谓宗支伦序，指的就是距皇室主脉的远近。桂王是万历帝之孙，而唐王是两百年前的明太祖之九世孙，结果显而易见。

苏观生青筋暴跳道："国家危难，当择明君主持大局，岂可拘泥于宗支伦序？"

彭耀乘胜追击道："既如此，敢问唐王可有功绩傍身？此前朝廷商讨监国人选，唐王甚至不在候补之列。"

彭耀此言无异于在说：尔等精挑细选的皇帝，是我朝看不上眼的庸人。确实太过不留情面。

苏观怒喝道："大不敬，来人，将此逆贼拖出去斩首示众！"

苏观生偏生是个敏感易怒的性子，如今事态已不是抵上彭、陈两人的性命就能收场的。

他当即下令："即日发兵，征讨肇庆逆贼！"

这根本没给军队留有准备的余地。彼时广州的军队统帅是半路出家的将军林察，以及其部下陈际泰。两人匆忙整兵，然而临时组建的新政权何来军队？到头来，四姓海盗的成员被召集到一起，组成了乌合之众。

肇庆桂王只能应战。永历帝派兵部右侍郎林佳鼎出兵三水设防。三水位于肇庆和广州两地正中，正处于西江，以及珠江支流北江、绥江的交汇处，故得其名。海盗假意投奔，称统帅林察有归降之意。林佳鼎极其忠厚老实，自以为和林察有故交，又同是林家人，便轻信了对方。"林察将军深明大义，不枉我与他故交一场。"林佳鼎意气风发，趁势全军出发，但兵至三山口，后方便传来了兵变的消息。诈降的海盗突然断了桂王军的后路。

"敌军诈降，中计了！"

全军身陷绝境，林佳鼎悔恨不已，但为时已晚。桂王军全军覆没，林佳鼎投水自尽。

唐王军大获全胜后，竟没有趁势直取肇庆。三水距肇庆只有数日路程，距离上根本不成问题，但四姓海盗心怀鬼胎。桂王方面得知前线战败后，瞿式耜主动请缨上阵督战，王化澄接任兵部右侍郎。这让刚获大胜的四姓海盗打起了退堂鼓。

这场胜仗纯属侥幸。若继续攻打肇庆，对方必然死守，难免是一场恶战。若无功而返，害得先前获胜的功绩被一笔勾销，岂不是自讨苦吃？还不如尽早凯旋，接受封赏。就这样，唐王军班师回朝，好大喜功的苏观生还为他们操办了隆重的庆功宴。

"桂王之辈不堪一击。广州才是天下中枢，我拥立的桂王绍武帝才是大明正统！"他喜好说大话，广州朝廷里皆是同道中人。其中的"佼佼者"当数杨明竞，此人在潮州略有名气，来到广州后向苏观生夸下海口："在潮州、惠州，只要我一声号令，便可召集十万精兵！"

清军若从福州进攻广州，必然要经过潮、惠两州。若在此处有十万精兵，广州政权便可高枕无忧。苏观生大喜，立刻任杨明竞为惠、潮巡抚，并将那一带的人事任免权及官印一并交予其打理。谁知杨明回去后便开始卖官。苏观生以为凭此便能春风得意，殊不知潮、惠两地可以说是桂王领地中最薄弱之处，没有一兵一卒，只有一个把帅印当宝贝的光杆将军。

入闽的清军朝广东进发。摄政王多尔衮认为，只有一统中国，清政权才能高枕无忧。汉人数量远远多于满人，若给汉族政权喘息的机会，其声势必会一发不可收拾。为了清廷的安宁，必须斩草除根。远征广东的清军统帅仍由李成栋担任。

不等敌军兵临城下，潮、惠两州便怯战而降，两地的官吏皆是从杨明竞手里买的官。投降时，他们将重金买来的官印双手奉上。

"哼，真是演了一出大戏。"李成栋嗤笑道。

这帮主顾买到官位后，隔三岔五就给广州的朝廷送去公文。不是逮到窃贼鞭笞三十，就是表彰某农户耕作勤劳。李成栋想到了一招妙计。他虽没收了官印，却命令这帮人把这场大戏继续演下去。惩罚偷牛贼、修理蓄水池……一份份报告鸡毛蒜皮的小事的公文，仍如往常一般送达广州朝廷，对敌袭、求援只字不提。广州朝廷对两州沦陷之事浑然不知。甚至清军把广州都围住了，苏观生等一干重臣仍蒙在鼓里。

清军统帅李成栋见广州朝廷这般愚钝，索性假扮成庶民，只带了十来人便潜入广州城内。十二月十五这日，绍武帝的行程是视察学堂并检阅军队，然而他刚准备出门，宫外便传来急报："启、启禀圣上，清军在城外叩门了！"

"混账话！各地战报未至，清军是长了翅膀，飞来了广州？"苏观生训斥道。片刻后，战报再至，苏观生破口大骂："到底是何人在散播谣言，乱我军心！再有胡言清军来袭者，斩立决！"他早间刚收到从惠州来的公文，不过半天工夫，怎么可能……然而第三通战报接踵而至，苏观生不能再置若罔闻了。

"清军破了东门，已入侵内城！"

如今醒悟，为时已晚。朝廷将主力精锐派往三水讨伐桂王军，凯旋的士卒不到半数，怎能御敌？唐王绍武帝仓皇藏身在臣子王应华的府邸，想趁夜潜逃出城，但最终还是遭清军俘虏，被监禁在东察院。

监禁期间，他始终不碰清军送来的食物："我若饮了尔等一滴水，还有何颜面去面对我大明的列祖列宗？"绍武帝此时不再以"朕"自称。落魄至此，再自居帝王，只会招旁人笑话，害祖上蒙羞。数日后，他步了崇祯帝的后尘，自缢殉国。依明朝制度，皇帝登基后翌年可开启新年号，唐王绍武帝登基不到两个月便惨死，"绍武"年号甚至都未来得及使用。

绍武朝廷的支柱苏观生人虽荒唐，却性情刚毅，也和自己的主子一样自缢殉国了。

这其中还有一个小插曲。苏观生府上有一幕僚梁某，深得他的信赖。得知清军破城后，苏观生立马归宅请教梁某："清军已破城，本官而今该如何是好？"

"唯一死而已。"梁某决绝道。

"只能如此了吗？敢问梁先生有何打算？"

"梁某自然不会苟全性命！梁某这便去西厢自绝性命，还请阁下去东厢，我们九泉之下再相会。"

"甚好、甚好！"苏观生豁然道。

苏观生在东厢备好了三尺白绫，忽地怀疑梁某在戏耍自己，便悄悄去西厢探查。西厢门户紧闭，没法得知里头的状况。苏观生侧耳窃听，只闻屋内有人念"南无阿弥陀佛"，紧接着传来"哐当"一声，似是椅子倒地的声响，之后便陷入一片死寂。想来屋中人已气绝。

"梁先生，苏某这便下去找你。"

苏观生回到西厢。临死前，他在墙上题诗曰：人皆受国恩，时危独我苦。丹心佐两朝，浩气凌千古。诗中，他倒成了匡扶社稷之臣，愤恨旁人碌碌无为，殊不知他自己就是造成明王朝两股残存势力决裂的罪魁祸首。他自以为能名留千古，殊不知就是因他重用诸如杨明竟之流的欺世盗名之辈，才害得广州朝廷这般短命。

苏观生刚断气，一人鬼鬼祟祟地溜进东厢。此人正是他推心置腹的幕僚梁某。梁某望着挂在房梁上的尸首，奸笑道："多谢阁下赐鄙人降清的见面礼。"原来，梁某方才在西厢察觉到门外有动静，料想是苏观生在偷听，便假装念佛，然后踹倒椅子。自己信赖的幕僚竟是这般卑鄙无耻之徒，足可见苏观生之无能。

清军入城后，大学士何吾驺、侍郎王应华等一干重臣立刻投降。顽抗战死者，相较从福建随唐王而来的近臣，反倒是当地任免的官吏将士更多，其中包括梁朝钟、霍子衡、梁万爵等。下场最悲惨的当数依附唐王的众皇族。当时，广州有邓王、周王、益王、辽王等皇族二十四人，全部被处死。这也印证了摄政王多尔衮的方针——斩草除根。就这样，广州绍武政权在唐王登基后仅仅四十天便退出了历史舞台。

攻陷广州后，清军统帅李成栋丝毫没有懈怠，继续向西征讨。肇庆的桂王永历帝本想撤回广西梧州，但清军攻势迅猛，将其逼退至桂林。这可苦了奉唐王命讨伐桂王，却尚未来得及班师回朝的林察军。前有清军气势汹汹，后有桂王军虎视眈眈，真可谓进退两难。所幸这支队伍多是四姓海盗，精通当地水路。他们巧妙地绕路迂回出广州地界，逃至虎门水道，在此驻扎了一年后，投奔了福建郑家。

如此波澜起伏的一年渐入尾声。世人该以何年号称呼这一年？在清廷看来是顺治三年，在明廷眼里算是隆武二年，但隆武帝已在福州身死。而年关一过，这便是毋庸置疑的永历元年（1647）。

郑成功在汕头对岸的南澳岛迎来了新的一年。他纵然知晓清军在海对岸势如破竹，横扫闽粤两省，但又能如何？十二月十五，广州失守，年关过后，肇庆沦陷，紧接着是梧州。桂王永历政权的顶梁柱，兵部尚书丁魁楚投降，却还是遭清军统帅李成栋处死。只因丁魁楚随行携带了黄金二十万两、白银二百四十万两，李成栋想据为己有，便杀人夺了财。

对岸战败的情报接踵而至，南澳的郑成功既无激愤，更不悲痛，只一心韬光养晦，伺机待发。

联盟琉球

林统云乘坐的客船开往长崎的方向，中途在琉球靠岸修整，他便趁机上了岸。林统云受郑成功委托，向萨摩的岛津氏购买兵器，并视情况请求援军。依照最初的计划，他本想搭乘小船，在萨摩半岛的坊津登陆。

天平胜宝五年[1]（753）十二月，唐朝僧人鉴真便是在坊津[2]以北的秋妻屋浦（现今秋目）踏上了迈入日本的第一步。坊津又名"唐凑"，其附近有一处海峡名为"唐岬"，只是从名字就足可见此地和中国有千丝万缕的关联。

林统云斟酌利弊，临时更改了计划。即便游说的对象是萨摩藩，终究是在幕府的眼皮底下，这种关乎两国命运的活动仍需谨慎行事。琉球乃"两属"之地，因而更方便行事。自庆长[3]十四年（1609）至今，琉球在萨摩辖下已快四十年了。岛津氏在此地设立了萨摩临时办事处，但在明面上，琉球仍和过去一样受大明的册封，有资格向明朝进贡。明朝的朝贡是一种恩赐，只要向天子进贡，就能获赐价值数倍于贡品的恩赏。这就是披着进贡外衣的贸易，稳赚不赔的买卖。

一言以蔽之，萨摩便是饲养鹈鹕的捕鱼者，他们善用琉球这只"鹈鹕"，在大明这片大海上"捕鱼"。如此看来，琉球明面上是大明的附属，实际上

---

[1] 日本奈良时代年号，从 749 到 757 年。

[2] 位于日本鹿儿岛。

[3] 日本年号，从 1596 年到 1615 年。

却是岛津氏的摇钱树，连幕府都承认其"两属"的性质。综上所述，琉球是一块善于变通的土地，因而林统云才选择从此处入手。

琉球和郑家关系匪浅。郑成功提前和冲绳岛上的熟人打了招呼，为友人铺平了道路。此熟人便是琉球王麾下的幕僚平川古波仓。他年龄不过四十，言行、面相却老成如六旬老翁。他古井不波地表明了琉球当局的方针："我们已接触监国鲁王，同时遣使金陵，并命使节前往北京打探情况。"

早已习惯于"两属"关系的琉球，闻知大明分裂成两股势力，毫不犹豫地给双方都派遣了使节。

"贵国果然神速……"林统云感叹道。

"形势所迫罢了。毕竟和大陆的商贸关系到我琉球的存亡。"平川答得很坦然。

"存亡，阁下是否言过其实了？"林统云不解道。

"琉球无处可退，在这大争之世，若不能创富以自保，便只有灭亡，不存在出家遁世之选。"平川语气平和，却道出了无尽的艰苦辛酸。

琉球人从未奢求得到远隔重洋的岛津氏的眷顾，他们只能靠自己拼出一条生存之道。若断了和大陆的商贸这条财路，岛津氏问罪倒是其次，琉球岛民的生计就断了，这便是关乎存亡之根本了。

"是在下语出轻佻了……"林统云肃然起敬道。

"要实现所谓的'神速'，必先有一对顺风耳。"平川见对方面露自责之色，便自嘲以缓和气氛。

"如此说来，贵朝的消息很灵通？还望不吝赐教。"

"赐教不敢。阁下所望之物，除兵马外，皆能在我琉球获得。鄙人拙见，阁下要成大事，必善用我琉球……据我所知，幕府已声明不会涉足大明战事。但众所周知，幕府的声明并非大明的圣旨，未必作数。"

"郑家和幕府都通上气了？"林统云诧异道。

幕府坚持锁国政策，不太可能对别国政变出兵增援。按常理说，郑芝龙的求援信别说送到幕府了，长崎奉行这关都过不了。

"据传，幕府的将军阁下收到郑家求援后召集了家臣商讨，主战派力压保守派。幕府那头已在厉兵秣马，准备出兵增援了。"平川语气笃定。大陆方面的情报关乎琉球存亡，若非板上钉钉，他岂敢妄言。

郑芝龙派遣使节黄征兰、陈必胜两人五次三番地出使长崎，长崎奉行将此事呈予幕府，经过数月讨论，江户方面终于在同年十月给出了回应。将军德川家光召集了大老[1]酒井讚岐守忠胜[2]、中老[3]松平伊豆守信纲[4]、阿部对马守重次[5]、阿部丰后守忠秋[6]等一众幕府大员出谋划策，井伊扫部头直孝[7]还征询了御三家[8]的意见。

"殿前议论是何结果，我等无权知晓。但传出的消息称，在御三家中，尾张阁下和水户阁下赞成驰援，纪伊阁下反对。"平川言之凿凿，可见此事不容置疑。

"只有纪伊阁下一人反对吗？"这可大大出乎林统云的意料。

"这事确实匪夷所思。但太阁[9]远征朝鲜距今不过五十载，应该有许多人都对此耿耿于怀吧。"

平川的女儿此时奉茶而来。

"这是小女玉茂。"平川介绍道。玉茂恭恭敬敬地行了礼，然后迈着娇弱的步子退下，好似隐隐薄雾被一阵轻风吹得无影无踪。平川的五官不协调地聚集在面庞正中，面相犹如狆犬[10]，而那姑娘容貌俏丽，约莫二八年华，冰肌雪肌不似南国之人。奇怪的是，他脑海里突然浮现出挚友郑成功的身影。两人似乎并无相似之处。郑成功生得黑骏挺拔，一身顶天立地的男儿气概；而眼前的姑娘盈盈弱弱，手中的茶盘仿佛就能将她压垮，让人忍不住想要去

---

[1] 日本江户时代德川幕府中的官职，辅佐将军处理政务，临时性的最高职位，仅设一人。

[2] 即酒井忠胜，日本江户时代武将，大名，武藏国川越藩藩主，讚岐守是他的官职名。

[3] 日本江户时代各大名设置的武士职位。

[4] 即松平信纲，日本江户时代大名，武藏国忍藩藩主、同川越藩藩主，伊豆守是他的官职名。

[5] 即阿部重次，日本江户时代大名，武藏国岩槻藩藩主，别名三浦重次。

[6] 即阿部忠秋，日本江户时代大名，下野国壬生藩藩主，阿部重次的堂弟。

[7] 即井伊直孝，日本江户时代武将，谱代大名，上野国白井藩藩主。

[8] 指尾张德川、纪州德川、水户德川三家德川家族分支，在德川幕府中地位仅次于幕府将军。

[9] 指丰臣秀吉，从摄政和关白退位后得到的称号。

[10] 即哈巴狗。

搀扶。原来是这样。林统云恍然大悟，郑成功虽是顶天立地的男儿，但自己也无时无刻想要协助他，替他筹谋分担。恐怕就是林统云的这种心境，将毫不相干的二人联系在了一起。

平川笑道："林公子此刻一定在纳闷，小女玉茂分明生于四季如夏的南国，怎肌肤如此雪白？"

林统云的确好奇，尤其他身为画师，对色彩极为敏感。但想来，这异常的雪白肌肤或许是病理所至，他便不敢妄问了。

"在下失态，让阁下见笑了。令爱确实是冰雪佳人，在下不禁赞叹，别无他念。"

"不瞒林公子，这世间知我膝下有女者寥寥无几，是我有意隐瞒的。"

"这是为何？"林统云好奇地问道。

"岛津氏觊觎的可不只是我们与大陆的商贸关系，对于美人，他们更是会不择手段地占有。"

"噢，竟有此事……"

"这便是琉球人的可悲命运。这份屈辱，大明人将要亲身体会了。"

琉球败给了岛津，正如大明败给了鞑子。明朝人素来称关外的满族为"鞑子"，此称呼源于突厥系的塔塔尔族，用来称呼通古斯系的满族显然是不对的。但在汉人，乃至于日本人眼里，从塞外而来的外族部落都是"鞑子"。而林统云刚到琉球的这年，正巧碰上稳坐北方的清廷将日本难民经由朝鲜送回国。幕府为此写了一封感谢状，借由朝鲜政府呈递给北京。据说，感谢状由林道春[1]执笔，他在信中称清廷为鞑靼国，朝鲜见状，说此称谓有误，将其改成了清国。平川的话中之意很明白，大明人败给清朝，下场不会比琉球人好到哪里去。

平川又笑道："说远了。御三家之中，只有伊纪大纳言[2]反对出兵增援，理由有二：一国出兵，兴师动众，若无功而返，则自取其辱，且与外国结仇，乃永世之害。倘若我军凯旋，得其地却远隔重洋，相当于荒地，于国无益，他日必是隐患。然而众大名多是主战派，陛下更是跃跃欲试。这还只是

---

[1] 即林罗山，字子信，也有道春，梅花村等号，江户时代的朱子派儒学者。

[2] 日本律令制下官职，太政官的一种，相当于四等官的次官。

其一，将军还有其他考量。"

"噢，愿闻其详？"

"将军想凭此次远征解决浪人的问题。"

在大阪夏之阵结束后这三十年里，浪人问题始终困扰着幕府，甚至有说法认为，岛原之乱的根源就是浪人问题。随着幕府根基逐渐稳固，留给浪人的生存空间所剩无几。要解决这一难题，最直接的方法便是发动一场战争，但这显然和德川"太平盛世"的精神背道而驰。既不能在本国大动干戈，那不妨出兵海外，故将军家光才会不顾锁国政策，对郑芝龙的求援跃跃欲试。

林统云恍然大悟道："竟还有这缘由？是在下浅薄了。"

"然而幕府最终还是选择静观其变。"

"噢？只因伊纪大纳言态度强硬？"

"这是其一，传闻井伊大人最后也站在伊纪大纳言这边。但还有一个更关键的缘由。"

"望不吝赐教。"

"江户已得知福州失守，隆武帝身死。"

"到头来，幕府还是畏惧战斗了……"林统云眺望窗外，眉头紧锁。他不是在责难幕府政权的怯懦，只是想起挚友那形单影只的身影，他心疼不已。

平川道："事到如今就不瞒公子了，向幕府汇报福州战报的不是别人，正是琉球。"视与大陆的贸易为命脉的琉球，自然要时刻把握大陆的形势。

林统云叹道："阁下方才说贵朝给北京递了文书，想必已经准备好换个贸易对象了？"

"正是如此。"

"若如此，贵朝只能和郑家断绝关系。无论将来形势如何，贵朝只能二者择其一，左右逢源只会自取灭亡。"

"公子高才，正中其的。"

"在下不解，既如此，阁下又为何优待于我，还托我在郑家之间牵桥搭线？"

平川会心一笑道："林公子，若鄙人说，你同小女玉茂很像，你是否会诧异？"

"在下和玉茂小姐？阁下何出此言？"林统云惊奇道。

"小女茂玉，正如公子方才所见，确有其人，但在世间，尤其在这琉球岛上，却查无此人。林公子又何尝不是如此。鄙人面前的郑家使者林统云，真的存在于世吗？"

"大人之意，在下明白了。"林统云瞬间会意。琉球岛上无法招兵买马，却能提供武器弹药，即便物资无法立刻供给，也能从日本火速调配。

平川叮嘱道："这些小买卖不必汇报给岛津，直接找鄙人商议即可。"

林统云谨慎地问道："那是自然，只是恕在下多问一句，此事是否已得中山王应允？"

中山王，即琉球王尚贤。想要瞒着岛津氏暗中交易，就必须有中山王的庇护。平川点了点头，这回轮到林统云放声畅笑："有趣、有趣！萨摩瞒着幕府在琉球盈利，原来琉球也瞒着萨摩在赚钱。"

"琉球是身不由己，求财赎身罢了。"

林统云似有所悟，回忆起当年在长崎，那些看似忙碌勤奋的人又何尝不是身不由己。在武士阶级窒息的统治之下，庶民只能靠金钱谋取一息尚存。以钱财换取自由，不是赎身又是什么？区别在于，庶民谋取的是自身的自由，平川谋取的是琉球的自由罢了。大明人的命运，不会比琉球人好到哪里去……

正如平川所言，留给郑家的时间不多了，这笔秘密交易迫在眉睫。

"事不宜迟。只不过，在下不能像令千金那般躲在深闺之中，日本的大好江山还等着我去描绘。"

"悉听尊便。不过，切支丹禁令森严，即便像林公子这样的闲云野鹤之人，怕也不能来去自如。不妨使用我琉球的门路？"

"阁下有特别的门路？"

"正是。"平川自信道。

"我可利用此门路，在日本境内畅行无阻？"

"不仅如此，凭此门路，就连郑家梦寐以求的兵马，都唾手可得。"

"这门路真有这般神通广大？"

"有，却非现在。有朝一日，鹿儿岛、京都、江户，琉球之门路将遍布日本。"

"了不得，看来阁下的门路足以撼动琉球、日本两地。"

"我等备受压迫之人，要想存活于世间，只能藏身于阴影之下，苦苦经营。终有一日，我琉球之根干亦可延伸至福建。"

"阁下野望，在下佩服。"

话说得很明白了，所谓门路，指的是某种秘密组织。就此乱世，什么样的阶层有心力、意愿组织这样的团体，不言自明。

"容在下猜测，阁下所言的'浪人'，是世间不得志者？"

平川意味深长地笑道："'浪人'二字，着实难上台面。也罢，这数日有船前往江户，林公子是否同行？"

"那是再好不过了。"

"待鄙人给江户的门路写一封引荐信。"平川言罢，揭开砚盒。

"正巧，在下也要回去给国姓爷寄信禀报。告辞。"林统云起身。

此时，郑成功国姓爷之称已传播开来，威震四海。天子赐国姓"朱"，但郑成功是家中长男，不敢弃祖宗之姓，故而还叫郑成功。郑芝龙降清后，南海霸主郑家的主帅之位空缺，此后仍未有定数。眼下，郑鸿逵占据金门岛，郑联、郑彩两兄弟则屯兵厦门，郑成功虽是郑家长男，却年少言轻，莫说做一家之主了，反而退至最偏远的南澳。郑家如今群龙无首，世人不再统称其郑家。国姓爷这个称谓饱含了天子的夸赞和荣宠，对郑成功大有裨益。故而，郑成功及其麾下都尽量将这称呼挂在嘴边。

林统云起身刚要走，眼角余光不由地瞥向平川的信纸，只见第一行是"由比正雪[1]阁下亲启"。这个名字对他而言眼下自然是陌生的，但五年之后，这个名字就将响彻日本的大街小巷。林统云回到下榻处便给国姓爷写了封信，汇报在琉球的见闻：

琉球闻知隆武帝在福州登基后，立刻遣使庆贺。他们通过出席此类婚葬典仪，和大陆政权建交，从而保持贸易关系。这是琉球迄今为止的生存法则。赴闽的琉球使节皆用汉名，诸如毛泰久、金正春、金应元、王明

---

[1] 江户时代的军事学家，曾发起"庆安之乱"，以求推翻幕府统治，后因计划泄露，被迫自杀。

佐、郑思善、陈初源等。然而这些使节刚到大陆，迎接他们的便是福州沦陷的消息。据传，清军统帅博洛将他们押送到了北京，琉球使节皆被迫削发易服……

来去如风

正午的阳光洒在岩石之上，仿佛为其裹上了一层金黄的松脂。

"这便是大名鼎鼎的日光岩？真是百闻不如一见。"郑成功仰望着丘陵顶端的怪石。在周围无数块浑圆的岩石之间，这块有棱有角的怪石显得异常突兀。

这里是鼓浪屿。这座岩岛仿若厦门的附庸，静悄悄地浮在其西南不远处。当地人将它比作"厦门之泪"。不得不说，这比喻真的很妙。这座风光明媚的岩石小岛，在十九世纪沦为列强的公共租界。这里的的确确就是中国人在帝国主义的压迫下，心中流淌的那滴愤恨之泪。

郑成功在南澳得数千将士，年关后便一心想重返福建。南澳对岸的广东已由清军控制，且超出了郑家的势力范围。要成大事，他只能以福建为根基。可此时，福建已失守大半，郑家的几股势力不得不退守至沿海的岛屿。郑成功虽继承了郑芝龙的家主之位，却尚无威望，无力承家主之重，以至于其叔父郑鸿逵驻守金门，其表兄弟郑彩、郑联屯兵厦门。闽海之内，有一守之力的岛屿只有这两处，郑成功却没法得其一；纵然他麾下有数千兵马，要抢占这两处还是力有不足，而且他不想担同室操戈的罪名。

鼓浪屿是名副其实的弹丸之地，但郑成功眼下没得选择，只能驻守于此。他的帅帐就在日光岩之上，此处不仅能睥睨全岛，还能一览四方海域。不仅如此，日光岩还是郑成功的昔日故地。犹记得年少时，他几度乘船至鼓浪屿游玩，登上日光岩。每每在此眺望海岸线，他总会悲从心来。远方的波涛总会激起他对母亲的思念，他已记不清自己多少次泪洒此地。此刻，他的母亲已经离世，而上天又降予他千斤重担，不允许他再像从前那样多愁善感。

陪伴在侧的甘辉似乎察觉到了郑成功内心深处的动摇，提醒道："如今郑家三足鼎立，我方纵然得了南澳之兵，却仍是三足之末。"

"不必多言，我明白。"郑成功的视线始终没离开那块被染成金黄的怪石。

"您是否想到了《三国志》？"甘辉道。

"正是，我脑海中全是诸葛孔明。"

"是否是赤壁之战？"

"将军高才，不妨再猜。"

"金吴？"甘辉思索半晌后说道。

"妙！"郑成功发出低沉的笑声。阳光有些刺眼，而他仍注视着日光岩。主仆二人一问一答，就像在打哑谜，但又相互理解。当年魏、蜀、吴三国鼎立，势力最薄弱的蜀利用诸葛孔明之策，联合吴国在赤壁击溃了最强的魏国。

甘辉口中的"金吴"说的就是金门岛。厦门的郑彩、郑联兄弟号称拥兵十万，相当于"魏"，而郑成功若要"统一三国"，就必须联合金门岛的郑鸿逵。郑家同门，不能同室操戈，只能夺其兵、占其地。在郑成功看来，郑彩、郑联两位表兄率领的军队，追本溯源都是父亲旗下的郑军，他有权继承、接管。但这两位堂兄弟势必不会乖乖交出兵权，因此郑成功考虑联合金门岛，来消灭厦门的势力。

"欲速则不达，现在还不是'火烧赤壁'的时候。"

"先出兵安平，讨伐泉州。"郑成功言罢，终于将视线从日光岩上挪开了。

"所见略同。"甘辉点了点头。主仆间心有灵犀，无须多言，便达成了共识——联合金门岛。但不能打着"联金抗厦"的名号，金门郑鸿逵必定会有所顾虑，毕竟金、厦之间只有政权之争，并无深仇大恨。郑鸿逵是郑家长者，最见不得骨肉相残。但若以"合力夺回家乡安平"为由，同盟便势在必行了。届时，郑成功可趁出兵对岸之际，夺回同盟军之主导权，伺机奇袭厦门，以成大业！

出使金门的重任则落在甘辉的肩上。他打算先用"安平是祖宗安息之地"来晓之以理，再用"将军年事已高，若不愿则不强求"来激怒他。郑鸿逵并未拒绝。一句"祖宗安息之地"便让他热泪盈眶。

　　"正合老夫之意！老夫早就和郑彩兄弟二人提议反攻，但那两小儿却始终说时机未到，百般推辞。仅凭金门的兵力又难有作为……成功既有联盟之意，老朽自当鼎力相助！"郑鸿逵老泪纵横，满面的斑白胡须都被浸透了。甘辉见此，便知大功告成。

　　甘辉试探后，郑成功又亲自前往金门商议同盟的具体事宜；甘辉千叮咛、万嘱咐，不能让对方知晓自己意图吞并厦门的野心。南澳仅有数千兵马，加上金门的两万兵马，合计不过三万，而厦门郑氏兄弟拥兵十万。敌我兵力相差悬殊，切忌操之过急。此番和金门联盟，厦门方面必然戒备，必须要待厦门放下戒备，时机成熟后才能下手。要让厦门的两兄弟相信，郑成功只是想在大陆建立据点。为此，郑成功必须誓死奋战。

　　金门岛的联盟商议有了结果，双方兵马将在今年八月，于桃花山汇合。桃花山位于泉州城东南方数十里，面向洛阳江河口处，因山体泛红，故得"桃花"雅名。

　　"既如此，成功便回鼓浪屿整兵，待八月仲秋，和叔父于文庄公墓前再会。"郑成功说完便回了鼓浪屿。文庄公即泉州出身的国子监祭酒蔡清，他死后被安葬在桃花山脚下。

　　郑成功整兵待发前夕，林统云从日本归来。援兵无望，幕府方面已有定论。至于其余愿意驰援的志愿兵，最多也就百来人。究其原因，其一，日本锁国，即便佣兵能在海外赚得盆满钵满，也再不能返乡；其二，日本国内的浪人逐渐团结起来，虽一时失势，想必假以时日，就不用为生计发愁了，如此一来，更没有人愿意背井离乡了。

　　听了林统云的汇报，郑成功冷静道："有劳你跑这一趟了。募兵一事，我已有见教。我们现今也有无数兵源，大可以从敌方手中抢过来，无须再寄希望于日本。"

　　林统云此行绝非毫无建树，至少火药原料可以通过琉球的平川稳定获得。与琉球的贸易获利还可以补贴军用。

　　"只可惜都难以速成。"到底是失败而归，林统云很愧疚。

郑成功笑着鼓励道："欲速则不达，此次运来的火药可先囤积在鼓浪屿。"

"不立刻用来攻打泉州吗？"林统云问道。

郑成功环顾四周，见四下无人，悄声道："我们莫非都有性急的毛病？须知大事绝非朝夕可成。"

"你似乎已有长期鏖战的觉悟了？"

"正是。"郑成功用日文回应道，给这次谈论画上了句号。

夜色已深。月光下，海面比前日更为明亮。满月将至，约定的仲秋之日就要到了。郑成功安慰道："此番辗转，你着实辛苦，这段时日且好生歇息。"

"歇息便不必了。"林统云婉拒道。

"噢？你另有计划？"

"计划谈不上，我想随你去桃花山。"

此番倾巢出兵大陆，是为了确保鼓浪屿的安危。不擅水战的清军不可能跨海攻夺鼓浪屿。而虎视眈眈的厦门郑氏兄弟更可能是敌后隐患。出兵前，郑成功数次拜访厦门。郑家虽一分为三，但三股势力并非敌对。厦门的表兄是鲁王一派，郑成功对此心怀不满，却还没到势不两立的地步。双方仍会互相拜访，设宴款待。

郑成功开战前频繁访厦，尽力散播"鼓浪屿不值一提"的论调。他为之后的动兵埋下伏笔："弹丸小岛，不堪一击，有朝一日成功必重返大陆！"

其实，厦门方面曾数次反攻大陆。其目的并非重夺失地，只是单纯地掠夺军粮罢了。郑成功不止一次施以援手。

"表弟若真重返大陆，打算在何处安家？"郑彩问道。郑氏兄弟二人都比郑成功年长，这也是二人不服郑成功当家的一大原因。

"故乡安平，泉州亦可……"郑成功答道。

郑彩忽地捧腹大笑道："你去金陵游学数年，总该有些眼界，怎的比芝龙叔父还要目光短浅！"

"敢问表兄有何高见？"郑成功不悦道。

"要占地盘，首选自然是省城福州！满嘴安平，那乡下地方到底有什么好的？"郑彩曾任明军的统帅，出征过长江，自认多少有些眼界，懂得着眼大局。

"但安平是我郑家根基，更是祖宗安息之处，岂能抛弃？"郑成功争辩道。

"此话不假，但我决不偏安一隅。为达目的，我需要储存更多实力。"郑彩根本没把郑成功当回事，只当他是小儿。但这轻蔑的态度，算是对郑成功联合金门，出征桃花山的默许。即便有万一，厦门趁机夺了鼓浪屿，郑成功也能借宿于金门。

月色如昼的夜晚，金门郑鸿逵和鼓浪屿郑成功如约在桃花山下、蔡家墓前汇合。从此处逆洛阳江而上便是泉州府城。两军会合桃花扇的消息立刻传到了泉州守将、提督赵国祚的耳朵里。

"区区海寇，胆大包天！"赵国祚立马率步兵一千五、骑兵五百进军桃花山。

此时，郑氏叔侄甚至还在蔡文庄公墓前叙旧。

"我军此番目的不仅是讨伐泉州。在旧地招兵买马、扩充兵力更是重中之重。"郑成功将这次出征的方针告知众将。不出其所料，当地的武装势力闻知郑家叔侄集结在此，纷纷投奔，其中不乏沈佺期、林桥升、郭符甲、诸葛斌等地方豪强。其中，诸葛斌出谋划策道："泉州的清军将士中有心怀前朝之人，何不略施计策，劝其投诚？"

"噢，都有哪些人？"郑鸿逵问道。

"鄙人故交、泉州西城门守将杨义，他时常表露反清复明之意。"

"城门守将？这是天助我军……敢问还有哪些英雄？"

"此事机密，将军切不可泄露。"诸葛斌压低声音道，"泉州城内郭显愿做内应，助勤王义军入城。"

"你说郭显？"郑成功一直没说话，忽地开口道。他对这个名字并不陌生。怂恿郑芝龙降清的罪魁祸首叫郭必昌，此人已病故。郭显是郭必昌之子。据传，郭必昌因劝降郑芝龙有功，从清廷那里得了高官厚禄。

郑成功心里暗道不妙："父叛明，子叛清，这等见利忘义之小人岂能相信？"

然而郑鸿逵却喜笑颜开，振奋道："郭家乃泉州名门望族，得其家主里应外合，无异于得雄兵百万。"

"叔父，容愚侄一言。"郑成功凑到郑鸿逵耳边道，"凭我精兵良将，取泉州只在顷刻之间，何须多此一举，仰赖内应？"

"有理，若久攻不下，再考虑用内应也不迟。"郑鸿逵点头赞同。

这时，有斥候骑马上前禀报："报！敌军出城列阵，眼下已至瑞峰山！"

"兵数多少？"郑成功急问道。

"约两千人。"

"知道了，再探再报。"

郑成功早在出兵前，就一一探查过敌军将领的秉性。据查，泉州提督赵国祚是出了名的性急。果不其然，他得知郑家军汇合桃花山，不等探清对方兵力如何，便迫不及待地出城迎战了。驻扎桃花山的郑家联盟军约有一万兵力，岂是两千兵马可以抵挡的。

"叔父，成功愿为先锋！"郑成功请战道。

郑鸿逵应允道："甚好，叔父年迈，已无当年之勇，这冲锋陷阵之事，便交给你了。"

郑成功命麾下洪政、陈新二人为先锋，出营应敌。泉州敌军虽只有两千，却个个都是精兵强将，身经百战的洪、陈二人尽力督战，也无法讨得便宜。据《台湾外纪》记载，这场战争"自辰至午，冲突相拒"，也就是从上午八点鏖战至正午，战况势均力敌。在瑞峰山上观战的郑鸿逵见此情形，命部将林顺出兵驰援。同时，郑成功也命麾下余宽点兵增援。有了两股援军参战，清军逐渐不敌，想退守泉州，郑军紧紧追击。眼看便要全歼敌军，后方忽然传来异样，某部将惨叫道："中计了！敌军从后方来袭！"待众人反应过来，后方已陷入苦战。

"成功，若继续攻入泉州城内，只怕会被瓮中之鳖，你可有良策？"郑鸿逵问道。

眼下不知后方敌军兵力如何，切不可莽撞入城。

"叔父，速速转战后方！"郑成功答道。

得到主帅准许后，他当机立断，命全军停止追击，转而后转。

"溜石寨，一定是溜石寨！"察觉到后方遭敌袭的那刻，郑成功便立刻想到了此处。泉州一带曾是郑家地盘，他对这一带了如指掌。泉州城不远处有一处山寨，名为溜石寨，可容纳一万兵马驻扎。后方的敌军必然潜藏在此寨中，但其声势再大也超不过一万兵马，以郑军的实力足以两头应付。郑成功亲自冲锋陷阵，后方敌军且战且退，想必是有所筹谋。最终，后方敌军退回溜石寨，紧闭寨门不出。溜石寨的参将解应龙虽不敌而退，却阻碍了郑军突入泉州，不可谓战败。郑家在溜石寨前调转马头，重新杀回泉州，将城池围得水泄不通。但此时若他们草率攻城，解应龙必定又会趁机偷袭后方。

郑成功岂能不知解应龙的军队意在牵制。若欲夺泉州，他们必先解决此患。

"如此僵持下去，我军岂不是功亏一篑？成功，这可如何是好？"郑鸿逵又寄希望于郑成功。郑成功心中暗喜，不知不觉之中，郑军的主导权已渐渐转移到了他手中。

"成功有一计，可解困局。"他回答道。

"愿闻其详！"郑鸿逵喜上眉梢，丝毫没察觉自己的权力正在被架空。眼前的侄儿已不是鼓浪屿数千兵马之主，他眼下是可掌控三万兵马的指挥官。

"不破溜石寨，便难以攻夺泉州。"郑成功答道。

"甚是，若直接攻城，必然遭其干扰，可谓心腹大患。"

"故此，我军何不先夺溜石寨？"

"此寨建在险阻山岭之间，易守难攻，岂能轻易夺取？"

"自然不能强攻。这几次敌袭都是解应龙亲自率军出击，若能将其虏杀，溜石寨便不攻自破。"

"此言在理。但传言，解应龙生性谨慎，虏杀谈何容易。"

"狡兔也惧老猎户，只要圈套足够高明，何惧其不上钩？"郑成功胸有成竹道。经数日的观察、斟酌，他已有计谋。郑鸿逵听闻此计大悦，鼓掌道："妙计、妙计！事不宜迟，你且安排下去！解决了溜石寨，我军只要围城，等待内应便可。"殊不知这无异于将主导权双手奉上。

翌日，郑鸿逵依计高举军旗，作势要全军攻城。郑成功则暗中率一镇水师、约两千兵马潜伏在溜石寨附近；又命郭新、余宽二将率军躲藏在溜石寨和泉州之间的必经之路上。不出所料，解应龙得知泉州被围，再次率军出击牵制。解应龙军刚抵泉州，郑成功趁机率水师攻打山寨，山寨守军不得不向出兵泉州的解应龙求援："山寨被围，守军势弱，还望速速回防！"

"中计了！他们意在山寨！"解应龙咬牙切齿道。溜石寨易守难攻不假，但他以为敌方要全军攻城，便倾巢而出，只留数百士卒守寨。"回防山寨！"解应龙只能下令撤军。麾下将士得知后院起火，怒急攻心。全军不顾一切地回奔，一心只想夺回驻扎已久的家园，全歼郑军，一解被戏耍之恨。

然而躲藏在途中的郭、余两军已蓄势待发。他们谨遵伏兵的准则，发出震天动地的喊声，从山林间一跃而出。"这里也有伏兵？"解应龙迅速反应，但为时已晚，佯装攻城的郑鸿逵军不知何时已杀到后方，围城溜石寨的郑成功也杀了个回马枪。结果没有悬念，解军被围，参将解应龙战死。

然而，就算没有溜石寨的牵制，郑军依旧不能轻取泉州。郑军太过仰赖内应，把事情想得太过轻巧。泉州城内确实有内应，但郑军围城多日，始终盼不到内应上门。他们不知内应已自身难保……

先前提过，所谓的内应就是泉州的名门之后郭显。郭父因劝降郑芝龙有功，得清廷重赏，价值连城的珍珠、宝石、黄金首饰塞满了一皮箱，由郭显之母保管。郭显有一侍妾，名为春妹，觊觎宝箱已久，想不择手段地占为己有。郭显将做内应的事告知了家里人，对她也透露了一二。得知内情的春妹连夜赶赴清军大营告密，目的自然是赏赐。

清军提督赵国祚立刻下令围了郭府，郭家人已闻讯逃走，那口宝箱也不见踪影，想来是郭母随身带走了。然而春妹知晓郭家人藏身之处。在战乱年代，像样些的家族都备有避难所。

"奴家知晓郭家藏身何处，愿给大人引路。只不过，郭家老太所持的那口皮箱，能否赏赐给奴家？"春妹恬不知耻道。

"论功行赏，那是自然的。"赵国祚应允道。

春妹大喜，将众人带到庭院的一口老井旁。这是一口枯井，井底有一扇石门。果然，郭家十三口就藏匿于石门后的密室中，郭母正抱着那口皮箱。

"不留活口。"赵国祚冷酷地下令道。春妹迫不及待地跑上前去，将郭母手中的皮箱一把夺走。赵国祚见状，指了指春妹道："先拿她开刀。"春妹一声惨叫，躺在血泊之中，艳丽的粉色衣裙被染成血红色。即便没了气息，她还紧紧攥着那口皮箱……

"家中叛徒已伏诛，尔等死也瞑目了。"赵国祚言罢，给了部将一个眼色。部将手起刀落，郭家十三口无一活口。

内应已死，城外郑军自然再等也是徒劳。赵国祚死守，月余已过，泉州城池牢不可破。赵国祚又将西门守将杨义调往东门，想来是看出了端倪。郑军不明内情，数日来全力攻打西门，死伤无数。彼时，清军对闽的掌控仅局限于占领孤立的据点，泉州周边除了溜石寨，再无成气候的基地。故而，郑家虽久攻不下，泉州清军也等不到援军。

"泉州危矣，我等何不出兵增援？"漳州城守王进向总兵杨佐进言道。杨佐曾听闻，王进是个莽夫，好战之徒，绰号"王老虎"，一日不战便心痒难耐。漳、泉两州虽离得近，却各掌一方，厦门郑彩三番五次进犯漳州，泉州从未前来增援。杨佐只想管好自己的地盘，不愿多管闲事。

"朝廷那头没下令增援，贸然出兵，若败，谁担责？"杨佐质问道。

"俗话说唇亡齿寒，泉州若失守，漳州岂能独善其身？就算朝廷怪罪下来，只要能保漳州无虞，末将愿意担责！"王进愤然道。

"且不说将军能否担待得起，若出兵增援，漳州空虚，厦门郑联趁势来犯，该当如何？"总兵杨佐十分严谨，听令尽责，不肯逾越。

"为何倾巢增援，末将只要一千五百兵马，便可解泉州之围！"

王进绰号"王老虎"，也是因为他凶狠、狡猾，是一员智勇双全的猛将。

"一千五……"杨佐故作考虑起来。漳州屯兵万余，少这一千五无伤大雅。他心里已准允，但为了让对方念自己恩情，还是假装面露难色，百般纠结后才回答："罢了，将军这般坚持，本官便是借兵一千五又如何？"

王进的"一千五"并不是脱口而出的，而是他深思熟虑后，认准总兵会勉强应允的数字。区区一千五不可能破郑军，却足以解泉州之围。只要逼郑军撤退，增援就算成功。

"谢总兵大人成全，眼下形势，这一千五将士更胜数万雄师。"王进感激道。

"噢，那便祝将军凯旋。"杨佐苦笑道。他不是带兵之人，不懂其中利害，看来对方也没打算细细解释。

在守城战中，只要有友军驰援，无论人数多寡，都能让守城方士气大振。相对的，攻城方见敌军有增援，就不得不重拟战术。另外，这对郑军和城内的内应来说，无疑是一次巨大的打击。

王进正是想要给予对方这种心理上的压力。他每抵达一处村落，便命麾下四处宣扬："漳州总兵想要率漳、潮两州之兵增援泉州！"不仅如此，他还另派了一支部队进军安平。"我们这只是先头部队，探探路而已。"援军自称有五万之众，某幕僚察觉到了王进的目的，建议道："自称十万，岂不更让敌军闻风丧胆？"

王进笑道："谣言可畏。我等在此处自称五万，传到郑军耳中自然会增至十万。以郑成功之机警，必会半信半疑，就折半当有五万。若我等妄称十万，以讹传讹到二十万，郑成功必会嗤之以鼻，认为二十万过于荒谬。故而，还是五万正好。"

"王老虎"的心理战细致入微，是清军众南方将领之中的翘楚。他的驰援达成了预想的效果，但他没想到，此战之后，"漳州王老虎"的威名会响彻闽地。茶余饭后，娱乐闭塞的闽人开始拿他和郑成功麾下幕僚甘辉做对比、分高下。五年后，这两名稀世名将在北溪交手，但还未决出雌雄，便因部下赶来增援，不得不中止了。

王进的泉州驰援大获成功，尤其是他捏造的"进军安平"，确实震慑了郑成功。若安平失守，郑军无异于腹背受敌。纠结再三，他还是下令撤兵了。相对的，泉州的赵国祚闻知漳州军驰援，士气大振，竟放弃闭门死守，出城迎战了。郑军撤兵后，郑鸿逵携自家兵马乘船回了金门，郑成功则退守安平。泉州可弃，但郑家的发家之地安平得守住。

泉州转危为安，赵国祚对王进感激涕零："王将军的恩情，泉州上下无以为报，还请务必逗留数日，让我等尽一尽地主之谊。"

"您的一番好意，王某心领了。但杨总兵有言在先，让王某战后速归。"王进告了罪，便马不停蹄地返回漳州了。他心里有计较：谣言只能诓郑成功一时。郑成功若得知敌军只有一千五，必然会卷土重来，到那时就难以脱身了。

另一方面，郑成功撤回了安平，根据斥候带回的线报，知晓了真相。"还是着了道……"他扼腕叹息。姜还是老的辣，"王老虎"给年轻气盛的郑成功上了一课。郑成功派出五支部队追杀王进，但对方早已撤回漳州。郑成功虽在泉州遇挫，但他这次反攻的目的本就是在大陆建立据点，如今夺回安平，也不算是毫无收获。此后数年间，郑成功以安平为根基，展开游击战，如一股旋风，在闽地四处扫荡，不仅搅乱了清军的阵脚，也扩充了郑成功的势力。

泉州一战因"王老虎"的搅局功亏一篑，然而郑成功并没有气馁，他重整旗鼓，于次年再次出兵，围攻泉州。但此次围城只是障眼法。趁清军增援泉州，郑成功突袭同安县城。同安县地处漳、泉两州正中央，与金门、厦门大体呈正三角形。

三月，郑成功攻占同安。清廷派总督陈锦反攻。清军于同年八月夺回同安。清军之后的暴行令人发指，他们高喊"助郑者罪无可恕"，在县城内烧杀掳掠。对当地人来说，郑成功是同省的英雄，与自己有着相同的方言、习性，是彻头彻尾的自家人，自然乐意鼎力相助。而清军则是入侵的外族。然而，这亲郑的民心正是清军最忌讳的。郑军占领期间，同安城上至名门望族，下至贩夫走卒，都曾向郑军施以援手。清军重夺城池后，立刻处死了郑军任免的县令叶翼云和守将邱缙。据野史记载，当时"屠戮无遗者，其数五万余"。同安本就是小小县城，没多少人口，这一记载意味着县民惨死过半。

清军此番暴行，颇有杀一儆百的意思。在郑成功阵营，协助清廷者同样被处以极刑。这一年还爆发了史无前例的饥荒，斗米涨价到千钱，庶民苦不堪言。正因如此，征兵变得易如反掌。俗话说"好铁不打钉，好男不当兵"，但饥荒年景，饿殍满地，入伍吃上口军粮总能保住性命。闽地的清军深谙此理，为了防止农民投向郑军，便将他们强制收容在城中。农民在城内无地可耕，这让饥荒愈演愈烈。

郑军跑遍城外的荒野，虽畅通无阻，但也搜不到半粒粮食。郑成功见此情景，双目布满血丝。为了激励全军士气，他不得不逢场作戏。事实上，此刻的郑成功心如止水，林统云走到他身边，立马察觉到了这点。

"怎么，还没打算动用那些？"林统云问道。他指的是前番从琉球采购的武器弹药，它们还在鼓浪屿的仓库之中。

"时候未到。"郑成功见四下无人，面露微笑。如此剑拔弩张的形势下，万不能让下属看见主帅露出轻松的表情。

"你打算憋到何时动用？"

"还得继续积攒力量。前路漫漫，不能急于一时。"

"看来你计划远征？"

"正是，或许就是眼前，或许是多年之后。尽人事听天命吧。"

林统云没有追问。答案显而易见，郑成功的目标自然是沿长江逆流而上的南京。若能得南京，江南半壁尽可入手。

"你想必还记得紫金山的美景……"林统云忽然提起南京的景致。

郑成功知晓好友看透了自己的心思，笑道："眼下的难题是兵力不足，辎重可慢慢采购、积攒，精兵强将却只能靠操练。"

"我就说你这段时日怎孜孜不倦地率军在闽南一带徘徊，原来是在练兵。"

见林统云一脸恍然大悟，郑成功苦笑地点了点头。

1648 年对各地反清势力而言都是形势大好的一年。清军阵营接二连三地爆发内乱。如先前所言，满族人口稀少，要巩固对中原的统治，必须任用汉将、汉兵。降清的汉人将领可分作两派——明军旧部和闯军旧部。两者本是水火不容的死敌，就算眼下同属清军，旧恨仍丝毫不减。明军旧部一方也是派系林立，各自为政。可以说清军内部分裂成了两大派、无数小派。

不仅如此，因为各部投降后的待遇不同，也产生了不小的纠纷。江西总兵金声桓重投明军，副总兵王得仁紧随其后。金声桓本就是明军总兵，投降后保留了原职，但新上任的江西巡抚章于天却对他颐指气使，让他心存不满。章于天总称呼王得仁"王把总"。"把总"是下级军职，而王得仁是堂堂副总兵。章于天还常常取笑王得仁，是否想谋反，只因其是闯军旧部。金、王二人忍无可忍，终于举起反清旗帜，俘虏章于天，夺下九江，并大号天下：江西省从此再入明朝版图！

在广东，击败唐王的清军提督李成栋倒戈，重投明阵营。此人善用奇兵，前文曾提到，他攻打广州前，曾亲率数名士卒潜入广州，可谓艺高人胆大。李成栋之所以倒戈，据说是遭到了不公正待遇。他本是明朝的徐州总兵，降清后奉大将军博洛之命，先夺福建，后占广东，将闽、粤两地收入清廷囊中。他满心以为自己是一等功勋，谁知清廷仅仅赐予他提督官职，将总督的位子给了佟养申。佟养申就任后便开始擅自任免官职，李成栋敢怒却不敢言。

不同于江西金、王二人活捉上司章于天投明，广州李成栋则是把上司也带下了水。降清者必须剃头编辫以示忠诚；相反，断辫则意味着反清。李成栋故意将上司的辫子剪断，笑着威胁道："哎呀，大人的辫子哪里去了？

看来，您是铁了心要归明。"

这对明阵营而言是天降大喜，已不抱期望的广州就这样光复了。此时，明永历帝本已从桂林逃往南宁，闻此喜讯，便又移驾回最初的肇庆。郑成功还在同安的得失间反复挣扎，江西、广东却已重归明版图。然而这种大好形势并没有维持多久。

翌年（1649），郑成功攻下漳浦，继而剑指广州境内的潮州。肇庆永历帝闻讯，遣使赐郑成功"漳国公"。从此，郑成功的爵位从"伯"晋升为"公"。然而这年，明阵营又将去年轻易得到的江西、广东双手奉还给了清朝。

金声桓围攻南昌，被前来驰援的清军击溃，最终投水自尽。王得仁被俘。广东李成栋想援助金声桓，在赣州和清军遭遇，一败涂地。南昌的清军增援，将李成栋一路追杀到信丰。信丰位于江西省南部，毗邻广东，桃江流经此处。

李成栋的死如其兵法一般出人意料。农历二月，连日的降雨使桃江水位大涨。某日，李成栋在桃江旁设宴，邀部将痛饮，喝得酩酊大醉。"来人啊，牵马过来！"他口齿不清道。侍从不敢忤逆，把马牵了过来，扶他上马。"驾！"李成栋昂首大喝一声，一记马鞭，连人带马冲进桃江，半晌便沉入河底，不见了踪影。待数日后河水退去，下属才捞到他的遗体。如此一来，刚回到肇庆的永历帝，不得已又逃回了南宁。

海岛中秋

"兵力不足……"郑成功自言自语道。

"这话你成天挂在嘴边，半年过去了，你的烦恼却是一点没变。"林统云调侃道。他迄今已三度往返琉球。郑成功一行眼下正在潮阳城。林统云从琉球采购的军资仍囤积在鼓浪屿，去年攻打漳浦、潮州时都未曾动用。此时是明永历四年，清顺治七年（1650）。

"那我还能烦恼什么？"郑成功笑道。林统云不由感慨，眼前的好友已是独当一面的好男儿了。二十有七的郑成功每提及兵力不足，都是一副若有所思的表情，嘴角带着似有似无的浅笑，好似胸有成竹。去年攻下潮州后，郑军得了整整一万石的粮草。阵前督战的郑成功仍是一脸严肃，但林统云从一开始便看透，郑成功在逢场作戏。

"你心里已有计较？"林统云问道。

"精兵强将并不难得。攻南京，主力必为水师。一支水师操练多年后才可上阵。当然，接管现成的不失为良策。"郑成功言罢，谨慎地左右看了看。现成的水师部队，无外乎是厦门、金门两岛。郑鸿逵已投入侄儿帐下，郑彩、郑联兄弟吞并了金门。

"你似乎对这两地觊觎已久。"

"物归原主罢了。"郑成功理所当然道，"收复这两处，我才算继承了父亲的家主之位。"四年前，郑芝龙降清，那时郑成功不过二十三，尚无当家做主的能力。

"如此看来，时机成熟了？"

"确实不远了。"

"终于要动用那些撒手锏了？"林统云很希望自己费心所得的军资能派上用场。然而郑成功仍是摇头否认。

"我说过了，一日不攻南京，便一日不动用。"

"厦门可不弱于南京。"

"我本就无意强攻。"郑成功答道。

如此看来，好友是打算智取厦门了，林统云不由有些期待。

"务必让我见识一番。"

"带你随军便是。"郑成功露齿一笑。

八月初，甘辉、施琅、洪政、杜辉四将各掌一艘战舰从潮阳起航，朝东北方向驶去。每艘战舰搭载精兵百余名。郑成功和甘辉同船。数日后，四艘战舰逼近厦门岛。这片海域曾经倭寇猖獗。明朝中叶，朝廷将泉州府的中、左两卫所移驻厦门岛，以抵御倭患，世人称之为"中左所"。郑成功占据厦门岛后，将其更名为"思明州"。"思明"，即思念明朝。另外，由于厦门岛的轮廓神似一只白鹭，文人骚客为其取了个雅名——鹭岛。

战舰从潮阳出发后，郑成功和各将在船上连日商议。他们的目的是和平接管厦门岛上的精兵强将。林统云曾赴鼓浪屿点货，顺道在厦门、金门两岛逗留了数日。据其观察，郑氏兄弟在厦门岛上不得人心。郑彩还算收敛，郑联可是臭名昭著，近来更是沉溺酒色，惹得怨声载道。郑成功在甲板上眺望海平线，叹道："我这两位兄弟，自小便是这秉性，总是有些嗜好缠身……应该说，我郑氏一族都有这毛病。"

不同于郑芝龙嗜财，郑彩嗜花草，尤爱奇花异草，其弟郑联则爱美酒佳人。厦门城东有一座山，名为"万石岭"，因山上怪石嶙峋，故得此名。郑联命人在山间凿出一个蜿蜒却宽敞的岩洞，洞内冬暖夏凉，堪比仙境；他又命人在洞中筑起一座豪宅，在此酒池肉林、夜夜笙歌。

"比起嗜酒色，还是爱花鸟更风雅些。"郑成功苦笑道。他抬首仰望高空，不由地思考自己所嗜何物。义无反顾，这算不算是一种嗜好？明日便是中秋了，中秋是一年中极其重要的节日。在船舱内辗转反侧了一整夜，翌日一早，郑成功登陆厦门，身边只有林统云随行。此时，郑彩已率军前往大陆打游击、掠资源，郑联则留守岛上，却每日沉溺于饮酒作乐。

"潮州事罢，成功回闽休整数日，顺道拜访。"成功向军营的守门将士禀明了来意。

"将军来得不巧，定远侯尚在歇息……"将士似乎有些难以启齿。

"那我便在此等候。难得上岸，还是得问候兄长的。"郑成功兀自在营帐内就座。

"但定远侯不知何时能醒……"

"日上三竿自然会醒，难不成还能睡上一整日？"

"这、这不好说……"凭将校这含糊的语气，想来他们的主帅是成日都泡在温柔乡里了。

"罢了，我在岛上随处转转，待堂兄醒来便是。"郑成功站起身。

将校如释重负道："定远侯不知何时会醒，将军在此等候着实气闷，出去散散心也好。今日是中秋，想来大帅也不会久卧不起。不妨这样，我派人给将军做向导如何？"

"如此甚好！我儿时常来此处游玩，虽不至于迷路，但事隔多年，有一向导带路也好。"就这样，郑、林二人跟随向导离开军营。若郑成功的计划无误，今日恰逢中秋，郑联必然会设宴挽留堂弟。今日且仔细侦查岛上的驻防情况，明日欢送宴上，再下令突袭也不迟。林统云从出门起便静静地跟在郑成功身后，他忽然低声道："你的步子似乎有些乱？"

"是吗，我昨晚一夜未眠，怕是乏了。"郑成功言罢停下了脚步，平稳气息后再次迈出步子。两人用日语交流，不必担心对话被带路的向导听了去。郑成功之所以彻夜未眠，是因为昨夜众将在船上商议后达成了共识——杀郑联。

郑联虽是郑家旁支，但身子里也流淌着郑家的血脉，若可能，郑成功还是想和平接管厦门的，但其叔父郑芝鹏却坚持要取郑联的性命，理由很简单："若不杀郑联，厦门之兵心仍向旧主，我等何以掌权？"

郑成功自幼便对这位叔父生不起亲近之意。郑芝鹏将郑家人冷血的一面体现得淋漓尽致，甚至可以说，他嗜好这冷血的性子。成大事者，不可拘于温情！这是郑芝鹏的口头禅。实际上，他和郑彩、郑联兄弟俩素有嫌隙，打心底瞧不起他们这种爱花草、好酒色的纨绔子弟。

郑成功虽不喜这位叔父，却还是选择了妥协："叔父这般坚持，我无话可说。"

若郑成功拒绝，最起码还是能保住郑联的性命，但他妥协了。大概他内心深处也是想斩草除根：纵然我取了厦门，但只要郑联一日不死，就有叛变之可能。

郑成功因厌恶自身的冷血，昨夜辗转反侧，一夜未眠。唐太宗李世民被颂为明军，但他手上也沾染着亲兄弟的血。他企图说服自己，但越是如此，心里便越难受。

"你到底还是犹豫了。"林统云打破了沉默。

郑成功尽力驱除杂念，摇了摇头："我意已定，不再彷徨。"

"那便好……"林统云叹道。

带路的士卒根本听不懂这古怪的语言，忍不住回头问道："二位大人说的可是北京官话？"

"不是，是来自更东边的语言。"林统云苦笑道。

厦门位于亚热带，即便正值中秋，也依然酷暑难耐。岛上的士卒不着厚重的甲胄，而是如庄稼汉般身披清凉的竹皮，头戴斗笠。越往南边走，斗笠便越深，几乎要把整个头都盖住。向导头戴的斗笠把脸遮去了大半，他转头时，两人勉强能瞥见其斑白的胡须。此人显然上了年纪。

"数万兵不假，可其中不乏难上战场的老兵，需要整顿一下了。"郑成功皱眉道。

"如此说来，又要有上千人要苦于生计了。"林统云同情道。

"吃不上军粮罢了，这老兵总不至于连锄头都挥不动吧？"郑成功看着老兵微弓的脊背道。

"真到兵戎相见的那刻，不知有多少将士要替郑联将军殉死。"林统云道。

"说不准，但其数必不多。"郑成功胸有成竹道。

郑成功的日语是回安平后请先生教的，所以没有他幼年时的平户口音。

"如此说来，能尽量避免流血？"

"我自有免刀兵之计。"郑成功略加思量，"只不过，现场不能留有活口，免不了会伤几条无辜性命。"

"这计谋就不能避人耳目吗，非要伤及无辜？"

"我正有此意。我们不妨在夜深人静时动手。我计划将答谢宴设在虎溪岩，宾客归途必会路过半山塘，我们可以在此处埋伏，尽量避免不必要的牺牲。"两人一路密谋，登上了城东的山道。

这时，远方传来马蹄声，一人一骑飞奔到两人跟前，原来是方才那守门将校。

"定远侯醒了，正在山上恭候二位。"他汇报道。

定远侯郑联，建国公郑彩，兄弟二人皆奉于鲁王监国政权，这爵位也是鲁王所赐。

"甚好，我等速速回去拜见。"两人急忙赶回万石岭的郑联营帐。

郑联在山洞中起居。说是山洞，却穷奢极欲。洞内有溪流、泉涌，洞穴入口的岩壁上刻有"小桃源"。两人步入洞内，只见睡眼惺忪的郑联衣冠不整，正在洗面梳头，丝毫没有万军之将的威严。他看见二人，笑道："害堂弟久候，愚兄昨晚宴客，睡得迟了。"

郑成功毕恭毕敬地上前行礼。郑联随意地坐下，大大咧咧道："不必拘礼，你我虽不侍一主，却是一族同胞。来人呀，上酒！此时此刻，就饮酒叙旧。"

"堂兄，近来可好？"郑成功问道。

郑联随手将梳子丢在地上，豁达道："愚兄好得很，你郑彩堂兄却他娘的光彩不再……不提他了，马上便是正午，我这就让下人准备宴席。贤弟难得来一趟，可得不醉不归。"

这时，一妇人从里屋探出头来，媚笑道："老爷，有客人吗？"妇人满面脂粉狼藉，显然昨夜未卸妆便睡下了。

"南澳的堂弟来访。"郑联对妇人的语气有些不耐烦。

"莫非是那大名鼎鼎的国姓爷？"

"正是他。"郑联冷声道。

"传说国姓爷是人中龙凤，神仙一般的好男儿，奴家仰慕已久……啊，传闻诚不欺我。"妇人醉醺醺的，步伐不稳地接近郑成功，目不转睛地看着他，又试图去碰郑成功的手臂。郑成功下意识闪躲，妇人扑了个空，扶着一旁的房柱勉强站稳，笑道："国姓爷还惧我这小女子？"

郑联笑骂道："你休要戏耍我堂弟，堂堂国姓爷岂能看得上你这种庸脂俗粉。快让厨房准备宴席，我要和堂弟痛饮八百杯。"

"奴家这便去"妇人笑嘻嘻地离去了。

"她醉得不轻，堂弟莫要和她一般见识。倒是堂弟你，美男子之名天下皆闻啊！"郑联放肆地大笑。

一旁的将校皱了皱眉头，不满于看到自己侍奉的主人如此不成体统。但郑联仿佛没有丝毫的顾忌。这醉酒妇人确实让郑成功心生不快，再看郑联的态度，哪里有待客之道。但他又暗暗窃喜：郑联越是荒唐，便越对大局有利。毕竟他明日便要弑兄了，这兄长越是大奸大恶，就越能令人恨不能除之而后快。

宴席很快便备好了。席上，郑成功只觉浑身不自在，他和这位堂兄根本没有共同话题：二人各侍其主，自然不能谈论天下大势，郑成功又不想谈论酒色之道，就只好谈打仗。谈论胜仗又有吹嘘之嫌，所以郑成功只能反省自己的失败。

"想不到，堂堂国姓爷竟是衰军之将！"郑联嘲笑得丝毫不加掩饰。

"只恨心有余而力不足，望兄长借兵给成功。"郑成功恳求道。

"国姓爷有求，岂能拒绝，但今日是中秋良辰，只饮美酒，不谈战事！"郑联正在酒兴上，故意岔开了话题。

郑联此人只在乎自己畅快，根本不懂察言观色，亏得郑成功为言行不露破绽操碎了心，如今看来，完全是杞人忧天。

"此刻皓月当空，请国姓爷到洞外赏月。"酒过三巡后，郑成功拗不过郑联幕僚的邀请，到户外仰望月空，不由赞叹道："世间竟有如此美景，不愧是'小桃源'！"心中的愁苦纠结也因眼前的美景而被暂且放下，正如漂浮在海面上的月影随波涛而逝。这一晚，郑成功在宴席间隙三度外出赏月，反观郑联却只顾在洞内闷头饮酒，哪里有在吃赏月宴的模样。

"阿森，你实话告诉愚兄……"郑联喝得烂醉，竟唤起了郑成功的本名，"你到底喜好怎样的女子？是环肥，还是燕瘦？别说不好女色之类的屁话，男人谁不喜美女？愚兄我不挑剔，只要是妇人，便来之不拒！红玉，这点你最明白！"言罢，他朝怀中的美妇脸上重重地啄了一口。

"死冤家，什么叫来者不拒？奴家可不是红玉，侯爷连怀中人都认错，真是伤透奴家的心！"妇人装模作样地挣了挣身子。

"无所谓，管你是谁……阿森，你还没回答我，你究竟喜爱怎样的女子？只要你一句话，愚兄立刻替你寻来！"郑联已经醉得昏了头，手舞足蹈，不知所云，嘴角冒出令人作呕的白沫。

终于，只闻"哐啷"一声巨响，郑联连人带椅摔倒在地。幕僚赶忙上前照料，转眼间便将烂醉的主人送回里屋歇息。幕僚处理得如此麻利，可见这一幕每日都在上演。郑成功起身离席，向在座的厦门高官致谢道："多谢诸位设宴招待成功，明日设宴还礼，地点定在虎溪岩，不知诸位是否方便？"

"国姓爷自便就是。"幕僚长答复道。

"成功此番带了潮州名厨随行。潮州菜品天下闻名，还请诸位期待。"郑成功再行谢礼，后告罪离去。

预　言

厦门城地处岛屿西南隅，其人口算上郑家将士及其家眷，也不过十万人上下。

此刻，在城内一处不算宽阔的空地上，百来号人聚集于此，正在举办某种仪式。人群正中央设有一处高台，一名女子站在高台上，高举双手，仰望天空。

女子身穿长袍，白底红边，其长度远超过当地服饰，下摆一直延伸到台下。半晌，女子忽然一声高喊打破沉默："妈祖娘娘，指引您的子民！"她的音量由低到高，语气中包含让人无法亵渎的威严，再加上这怪异的闽南语调，使现场的氛围骤然间也变得怪异了起来。

突如其来的高呼打断了台下群众的喃喃自语，女子未再说话，而是将脑袋猛地后仰，眼看就要失衡倒地，却又奋力将身子向前甩回，披散的长发拍打在肩头，沙沙作响。

"妈祖娘娘有启示……我等是夜空繁星，逆天而行之星，将在今夜于半山塘消逝。"女子说话时仍是那神秘莫测的语气。

这时，一名身裹黑袍的人上台，对群众提议道："我等何不请问妈祖娘娘，逆天而行之星是哪一颗？"

"正是，正是！"台下群众纷纷复议。

老人代表群众道："妈祖娘娘可否告知谁是那颗流星？无论娘娘答复如何，皆是天意，台下诸位可有怨言？"

群众纷纷表示绝无怨言。女子见状，高呼道："即将消逝之星，乃是定远侯！"她的音调低沉且绵长，有些断断续续的。

这答复如一记惊雷，让台下炸开了锅。

"这女人到底在胡说什么？"一名头裹绿布的男子挤出人群，登上高台，单手便把上前阻拦的黑袍老者推倒，怒气冲冲道，"你这妖妇，休用妖言惑众！定远侯逆天而行，即将消逝？混账，看官府怎么处置你！"

摔倒在地的老者抱住男子的腿，讨饶道："好汉饶命！圣女她根本不知道自己说了什么！"

"狡辩！自己说的话岂能不知？"男人咬牙切齿道。再看那女子，仿佛被摄了魂魄一般，两眼空洞地望着天空。

"她真不知，真不知呀！"黑衣老者不敢放手，哀求道，"方才那番话是妈祖娘娘显灵，圣女只是代妈祖娘娘开口……"

"一派胡言！"男人一脚将老者踹开，"妈祖娘娘显灵？光天化日下，岂容你等妖言惑众？还有，什么叫定远侯之星将逝？你等竟敢咒骂定远侯，那就上了公堂再求饶吧！"

男子言罢，恶狠狠地瞪向"妖妇"，只见那妇人由始至终一动未动，空洞的双眸眨都不眨一下。她生得面容姣好，年纪约莫三十，不算年轻。

"妖妇，随我去官府！"

男子伸手按住妇人的肩头，然而他还没来得及动粗，竟突然发出一声痛苦的哀号。只见男子拼命地挣扎，却再不能挪动半分，仿佛中了邪一般脸憋得通红，口冒白沫。他奋力将手挣脱出来，无力地瘫倒在地。

"不听老人言！被妈祖娘娘附身的圣女岂是凡人能触碰的？你们别愣着了，快带这人去找郎中啊！"老者蹲在男子身边，催促道。

"俺带他去！"一名后生自告奋勇道，"喂，你们几个别看着，快来搭把手，平日里称兄道弟的，现在怂了？"

后生一声号令，三四个同伴随其上台，将男子扛起。

"让路、让路！"后生在人潮里破开一条道，就这样在众目睽睽之下扛着绿帽男子离去了。

"竟能让这般魁梧大汉口吐白沫，这圣女果真了得。"

"哪里是那妇人了得，是妈祖娘娘神通广大。"

"那倒霉蛋是当兵的？"

"瞧他一口一个'定远侯'，不是那酒鬼将军的手下，还能是什么？"

"嘘！你就不怕隔墙有耳？"

"怕甚？有妈祖娘娘替俺做主。"

台下群众还在对方才奇妙的一幕议论纷纷，浑然未察觉台上那圣女已悄悄离场。

厦门岛上的地形本就复杂，郑家兄弟上岛后随心所欲地建造军营，更是让岛上的道路如迷宫一般。女子窜进某条巷子后，便失了踪影。

众人口中的"妈祖"是南海居民们普遍信仰的"菩萨娘娘"，尤其是海民及其家属，对这位菩萨更是崇拜至极。海民出海前，都要供奉"妈祖"，船上还要悬挂一面"妈祖旗"。即便是郑家水师也不可免俗。"妈祖"是福建地域的叫法，广东地域更习惯称之为"天后"。

据传，曾有一名福建海商坐船经由珠江河口时遭遇暴风雨。绝望之下，他在心中默念"妈祖"，风暴竟然骤停。逃出生天后，商人为感激"妈祖"的救命之恩，在对岸给其建祠供奉。当地人称祠堂为"妈阁庙"。

在中国南部，尤其是诸如厦门这种岛屿，"妈祖"信仰是不可撼动的，因为人们的生存、生计都与海洋息息相关。

这位圣女前些日子才开始在厦门出没，没人知晓她的底细。这座弹丸小岛上，尽是熟面孔，若是本地人，不可能不认识。

"你们说，定远侯之星真要陨落了？若真陨落了，那酒鬼将军会如何？"

"据说，世人的命运都系在一颗专属于自己的星上……说难听些，星都陨落了，人能好到哪里去？"

"死了！"

"嘘，你要不要命了？"

"那狗屁将军死了才皆大欢喜呢。你瞧瞧我们隔壁的黄大叔，女儿被掠了去，哪日不是以泪洗面？"

"但话说回来了，那圣女到底是真是假？"

"是真是假，今晚就有说法了。"

"哎哟喂，天色不早，回家等好戏去！"

众看戏的闲汉作鸟兽散，转眼的工夫，台下便只剩一人。

林统云陷入深思，他早知郑联臭名昭著，当地人恨不能除之而后快，但奇怪的是，那"圣女"是如何得知郑联将在半山塘殒命的？更奇怪的是，林统云还认得这妇人。若不出意外，妇人也留意到了台下的林统云。

林统云本想追上去，但还是作罢了。虎溪岩的宴席马上要开始了，他得在场。

"潮州菜！久闻其名，今夜有口福了！"郑联早早就到场了。还未开席，他便已醉眼迷蒙。

郑成功此前一直驻扎在潮州地域。潮州地处闽粤交界处，风俗、语言融合了两省的特色，菜色亦然。郑联吃了一辈子闽菜，风味略异的潮州菜对他还是有很大的吸引力的。

昨日郑成功上门赴宴，只带了林统云一人随行，郑联不用防备。而今日是郑成功设宴，大厨及随行侍从必须登岸，大概有百余人。要设宴待客，这人数还算合理，不至于令人警觉。百余人或扛扁担，或拉马车，怎么看都是伙夫杂役，实则却是以一挡百的勇士。

郑联也想出些人手，被郑成功拒绝了。

"愚弟这边能备足人手。唯独美女，还得有劳堂兄准备。"

不出所料，郑联专程带了数名美女前来赴宴。

"瞧瞧，哥哥特意给你挑了上等货色！"

"堂兄的美意，成功心领了。"郑成功苦笑道。

"客气什么！人生苦短，你再清心寡欲几年，再怎样的绝色你也都有心无力了。美酒亦然，美酒亦然！"郑联一入席，立马举起了酒杯。

"大人的酒瘾这般大，不先吃些佳肴？"其中一名美女嘴上这么说，还是给郑联斟满了。

"如何不急，本将军今晚可就要'陨落'了，不趁今宵玩够本，还待何时？"

言者无心，听者有意。郑成功的表情不由地僵了僵，林统云还没来得及将早间的"妈祖"闹剧告知于他。

莫非是走漏了风声？郑成功被逼出了一身冷汗，但他立刻便否定了这个疑虑。郑成功打小便和这位堂兄生活在一起，对其秉性可谓了如指掌，他绝不是那种自知身处险境，还能够泰然自若之人。那么问题便来了，他何出

"陨落"之言？

"没了酒色，将军还叫将军吗？"女子捧着酒壶笑道。

"本将军可没说笑，今儿早间，有神人预言了。"郑联将杯中酒一饮而尽。

"是谁如此大胆，敢诅咒堂兄？"郑成功蹙眉道。

"就是一神棍婆娘妖言惑众罢了。都说'月明出鬼怪'，今儿可是中秋满月，冒出些'妖魔鬼怪'，不足为奇，不足为奇！"

"这可是明目张胆的咒骂了，理应捉来细细审问。"

"招惹这种神棍，反倒晦气。听说，倒是有一明理的汉子上前去理论，但还是让那臭婆娘给逃了！"

郑联根本没把这事当回事。说起来，在族人中，他是最不信神佛的。所谓魂灵鬼怪、预言星象，他一向嗤之以鼻。

林统云没来得及向郑成功汇报此事，同样的，郑联的下属似乎也没将此事的详情，尤其是男子吃瘪的桥段告知他们的主人。若是得知那上台理论的男子当场遭了报应，就算郑联再不信神佛，也难免会留个心眼。

"将军说的这事，奴家也听说了些。"斟酒的女子插嘴道。在那个百无聊赖的时代，茶余饭后的谈资总是让人欲罢不能。

那之后怎样了？这些稀有的谈资，总会被听众刨根问底，榨干最后一丝悬念。但斟酒美女即便知晓详情，也不可能在把这话放在席上炫耀，触金主的霉头。纵观厦门全岛，恐怕只有郑联一人不知早间"妈祖"奇闻的全貌。

"据传，那神婆说世人都有属于自己的天上星，本将军的天上星马上就要陨落了！"郑联捧腹大笑，丝毫不见顾虑的模样。

"无稽之谈！她有说在何处陨落吗？"林统云明知故问道。

"好像是什么仙洞？不对，是城外的'醉仙岩'……也不对，怪了，说是哪来着……理它做甚，胡言乱语罢了。"郑联豁达地一挥手。他应该听说了"半山塘"这个地名，只不过全然忘了。

若郑联记得此处，林统云便不得不劝说郑成功更改动手的地点；万不得已，他甚至会劝郑成功中止这次行动。但显然，郑联根本没留心此事，所以计划还能照常进行。但反过来想，若郑成功得知"妈祖"的预言，他必然会坚定信心，将计划贯彻到底。

转眼间，开宴之时已至，此次宴席免去了冗长的开宴、闭宴辞，程序从简。琳琅满目的潮州佳肴，让耽于酒肉之乐的郑联食指大动。

自郑芝龙投奔明廷起，郑家渐渐地开始讲究礼法。族人纷纷加官晋爵、开衙建府，再不能像海贼那般放荡不羁。但这"开化"却是因人而异，郑彩、郑联这对兄弟便是两个极端，郑彩爱花草，有雅士风骨，郑联则嗜酒色，淫逸奢靡。

郑联无论是设宴做主，还是入席做宾，都保留海贼的"风范"，否则他浑身不舒坦。就算是装模作样地准备了银箸，他仍是大碗喝酒、大块吃肉。据野史记载，只有"杯盘狼藉"，郑联才能安心进食。

郑成功今日备宴，借用的是玉屏寺的后厨。这个后厨建得颇具规模，用以操持每年一次的布施饿鬼，而平日僧侣做斋饭只需要一小块地方。此时，后厨房里人头攒动。但只要仔细观察便会发现，这人群中，真正在忙碌的不到三成。其余的七成则一脸麻木，或装模作样地挥舞锅铲，或将锅碗瓢盆敲得叮当响，显然是在滥竽充数。

待宴会接近尾声，后厨慢慢冷清下来，人也越来越少了。这看似理所应当，但人数减得着实突然了些。除了正儿八经的大厨，刺客们已经离开，准备去做正事了。

"酒足饭饱，不亦乐乎！"郑联畅快无比地伸了伸懒腰。

"粗茶淡饭，怠慢堂兄了。"郑成功谦虚道。

"堂弟这话便折煞哥哥了，对了，哥哥府里就缺一称心的潮州大厨，不知堂弟是否愿意割爱？"

"这有何难？弟弟明日便遣帐下手艺最高超的大厨去哥哥府上侍奉！"郑成功心里苦笑，他的确要遣人去"侍奉"这位堂兄，只不过，这些人手中的刀不是用来切菜的，而是用来取人性命的。

"那哥哥就拭目以待了。天色已晚，我们差不多该返回了。"郑联醉醺醺道，浑然不知自己的"陨落"时刻即将到来。

郑联此行赴宴，随行人员包括美女不过二十余人。在自己的地盘上，他没有丝毫戒备。虎溪岩距万石岩不过一公里，郑联执意要散步醒酒，打发女人们先行乘轿离去，自己只带了十数人，提着灯笼在山道上慢悠悠地步行。

"把灯笼灭了，别损了本将军赏月的雅兴！"郑联仰望金黄的满月，心情大好。

"将军说得是，这白夜如昼，无须灯火。"随从奉承道。

"扔了扔了，难得这般大好的月色，几盏破灯笼当真煞风景！"郑联言罢，作势要扔灯笼，本就昏暗的灯火更是摇曳不可见，他一个趔趄，险些摔倒。

"将军当心脚下，这附近道路崎岖不平……"随从们不禁捏了把冷汗。不提醒还好，这一提醒，郑联更较起劲来，骂道："混账！这万石、虎溪、仙洞是本将军的后花园，别说是摸黑了，就是闭上眼又有何妨？"言罢，他将灯笼奋力一投。但毕竟酒醉无力，黄色灯笼只在夜空中划出一道圆弧，落在了不远处的山道旁。眨眼间，灯笼所落处竟冒出火苗，且越烧越旺。

"烧起来才好，这狗屁世道，都化作灰烬吧！"郑联疯癫大笑，满嘴尽是醉言醉语，不知所云。

"将军当心，前方有陡坡。"随从提醒道。

"本将军在自家后花园里散步，要你提醒？"郑联非但不听，反而小跑起来。

"哎呀，记起了、记起了！半山塘，那神婆说的就是这里！怎样，你等看不看得见本将军？本将军是不是'陨落'了？"郑联忽然兴奋地问身后的随从。

"属下仍看得见将军……"随从只能如实作答。

就在此时，路边的巨石后边传来一声叫喊："侯爷不必着急，马上便要陨落了！"

"何、何人在此？"郑联愕然道。

"即将陨落之人，问有何用？"一名黑衣男子从容地从岩石阴影处现身，他浑身上下融于黑夜，唯独那白头巾甚是耀眼。男子的右膝处隐约可见瘆人的冷光，想必是出鞘的利刃。

"你、你……"郑联使劲地揉了揉通红的双目，他甚至没法辨认眼前的男子是幻觉还是现实。

"有刺客！"随从立刻意识到情形不妙，转眼间就将郑联团团护住。然而这些随从今晚也喝得七荤八素。郑联一看，这群手下两脚发软，站都站不稳，这才暗道不妙，酒也醒了七八分。

刺客可远不止眼前男子一人，不知何时起，郑联一行人已被数十名持刀壮士围得水泄不通。他们皆是黑衣裤、白头巾，显然是为了避免误伤到自己人。

"全部斩杀，一个不留！"某个刺客发号施令道，声音不带一丝起伏，似乎胜券在握，唯独顾虑没能斩草除根，可见刺客势大，绝不止现身的这数十人。郑联好歹是一军之将，哪怕再醉酒，这种细节还是可以察觉到的。

"郑森小儿设计害我！"郑联咬牙切齿道。他立刻便猜出了幕后主使，但为时已晚。

"啊！"只闻一声惨叫，防守方的左阵瞬间崩溃，紧接着是前方、后方，打斗声、惨叫声响彻夜空。密密麻麻的白光逐渐朝郑联逼近，预示了他的"陨落"。

郑联甚至都没有拔刀。拔了又如何？再者，他整日沉溺酒色，不知多久没拔过刀了。忽而眼前刀光一闪，郑联发出一声撕心裂肺的怒吼："乳臭小儿！你竟敢……"

"乳臭小儿"指的自然是郑成功，郑联一直以来总是故意以乳名森叫郑成功，在背地里则暗骂其"乳臭小儿"，可见他根本没把堂弟当回事。

郑成功是郑家长男，名正言顺的家主继承人，不仅如此，他还是隆武帝钦点的"国姓爷"，可谓集万千恩宠于一身，郑联早就对此心存嫉妒，并刻意轻蔑对方，以掩盖其嫉妒之情。"乳臭小儿""死小鬼"，似乎用了蔑称，就能高对方一头。

其实，郑彩在出征前夕曾特意叮嘱过他这个不靠谱的弟弟："这些日子，国姓爷的舰队总在厦门海域游荡，我此次出征在外，你得万分谨慎。"

郑联不屑一顾道："兄长，你太过高看那乳臭小儿了，还是说你被他那'国姓爷'的虚衔给唬住了？"

郑彩见弟弟不听劝，只好无奈启程。他曾任明军总兵，和郑成功一同北上江南抗敌，对这位家族后辈的统兵能力颇为赞许。即便兄长百般叮嘱，郑联见其上船后，还是暗地里嗤笑道："我这兄长真是越活越回去，竟让一个虚名给唬住了。"

头上吃了一刀，郑联瘫软在一旁的巨石上，痛苦地喘息着。鲜血覆面，流进双眼，他只能勉强看见白头巾在眼前晃动。郑联自知要命丧于此，刚想认命地闭上眼睛，肩头又一阵剧痛袭来，下一瞬间，恐惧、痛楚，仿佛一切都消失了……定远侯郑联，就此殒命半山塘。

"一个不留，全部斩杀！"刺客头子不断重复着那道命令。

半山塘上血雨腥风，虎溪岩这头却宴会正酣。郑成功在席上如坐针毡，无数杯酒水下肚，却不觉醉意，反倒太阳穴如打鼓般震动，绷紧的神经似乎随时会爆发。

林统云给好友的空杯斟满酒，提醒道："成大事者不拘小节，从今往后，将会有更多苦楚纠缠在前，切不可纠结于一时。"

郑成功点头，面露微笑，但明眼人都看得出，他是在强颜欢笑。

"统云，陪我喝两杯。"郑成功看似释然地举起酒杯。

明永历四年（1650）八月十七的黎明，中秋刚过的厦门岛仍然酷暑难当。郑成功将岛上所有部将紧急召集到郑氏兄弟的帅帐。部将们被搅扰了清梦，满脸的不明所以。

郑成功站在帅位上，双目通红，眼角隐有泪痕，默不作声。部将们见他如此悲愤，便知事关重大。偌大的帅帐挤满了人，却沉默得令人窒息。终于，郑成功开口了，但并非是一句话，而是一声惨绝的恸哭……他捶胸顿足，竭尽全力向在场的人倾诉自己的悲痛。

"诸位！"郑成功强忍住泪水，以前所未有的激昂语气吼道："成功的堂兄……定远侯，昨夜在半山塘遇刺身故了！"

众人哗然。

半山塘，真是半山塘？

比起首领遇刺，众将似乎更在意别处。他们几乎都听说了昨日的"妈祖"奇闻。难道那神婆的预言是真的？

众人的释然竟大过了悲愤，这正是郑成功想看到的，他继续道："谋害定远侯的元凶眼下还未查清，但十之八九是鞑子所为。定远侯是我郑成功的同族堂兄，弑兄之仇不共戴天！传令下去，提供凶手线索者，赏赐千金！"

沉寂的帐内再度沸腾，众将议论纷纷。郑成功本以为在场者中会有郑联之心腹，将矛头指向自己，不承想根本没有此类声音。看来，没人相信堂堂国姓爷会谋害自己的同族……

"定远侯已故，诸位往后有何打算？"郑成功环顾了一圈众人，"是否愿辅佐成功北伐，痛击鞑子，为定远侯报仇？"

刹那间，骚乱化作整齐划一的高亢回应："属下愿追随国姓爷鞍前马后！"在场众将之中，总该有那么一两个人对国姓爷心存疑窦，但即便真有这样心思缜密之人，必然也会有所顾忌：国姓爷敢下这手"险棋"，八成是做了十足的准备。且不说厦门岛，至少这大本营怕已是对方的囊中之物。若此时不降，恐怕不能站着走出营帐。

鼓浪屿军和厦门军本是同根生，或许在领导阶层看来，侍奉永历帝还是效力鲁王，是重于性命的"皇室正统"之争，但在士卒们眼里，都不过是同胞间的派系之别罢了，追随哪一边并没什么区别。

随着这声高亢整齐的回应，郑成功就此兵不血刃地接管了郑氏兄弟的部队。确定城内形势已经稳定，郑成功下令解除了对厦门城的包围。早在昨夜行动之前，郑成功的精锐部队便暗中上了岸，埋伏在岛屿各处。

解除包围也必须秘密进行，否则会惹来不必要的争议。郑联麾下有陈俸、吴豪、杨朝栋、王胜等多名水师名将，再加上国姓爷的军队，这支郑军逐渐称霸了南方沿海。单论水师，除了主力楼船五镇、水师五镇，另外还有正规军十镇，合计二十镇，也就是雄师二十万。

郑成功遣洪政召回在海上漂泊的郑彩。遭此挫折，年迈的郑彩已无心争权，只希望同花草做伴，了却残生。两军合并之初，难免会生些龃龉。因而，郑成功故意在厦门多逗留了些时日，将郑联风光大葬后，每日设宴待客，意在调解各方矛盾。

"定远侯遇害，诸位将军是否心有不甘？"郑成功颇为在意这点。郑联就算再不得人心，好歹也是一军主帅。主帅遇害，其麾下这些将士未免太过镇静了。

"再不甘又能如何，这是天意所向，是上天要定远侯陨落半山塘，非我等凡人可怨。"陈俸豁达道。

"传闻中的预言，我也有所耳闻。"郑成功道。

"那位自称'妈祖'显灵的圣女如今可春风得意了。"

"此话怎讲？"林统云不禁追问道。

"花重金请她占卜的人从城东都快排到城西了。"陈俸苦笑道。

"那妇人若真有这般神通广大，我倒想请她卜上一卦了。"一旁的吴蒙附和道。

"我倒是想，但她现在已经不在厦门了。"

"走了？去哪里了？"

"据说去了泉州。"毕竟是郑联的旧部，对岛上的情报还是相当了解的。不仅如此，他们对大陆的形势也有所掌控。

"是泉州城吗？"

"据说在城外的'无尘庵'附近，有人在那地界看见了那俩人。"

"怎就成了两个人了？"

"还有她姘头。你猜怎么的，那男的在我军队里奉过职。"

听到"无尘庵"，林统云心头一紧。画家程鸥波，还有其千金淑媛，这件事莫非和他们有关联？还有……姐姐阿兰为何会现身厦门，并化身"圣女"，留下那神奇的预言。

这一切奇妙的巧合令林统云百思不得其解。昨日在众目睽睽之下说出惊天预言的"圣女"不是别人，正是他同父异母的姐姐阿兰。当时高台上的阿兰看似昏昏沉沉的，实则已察觉到台下的弟弟林统云。那细微的表情变化林统云看得真切。

姐姐阿兰分明去了台湾，怎么会突然出现在厦门？距日本一别已过去五载，林统云本想追上前去相认，但大事在前，他不敢耽搁。看当时阿兰的反应，似乎也在有意回避自己。

阿兰在这时预言郑联将亡，想必是有意协助郑成功的刺杀计划。若是如此，林统云没必要去刨根问底。

"据说，这姘头当时也在场，就是台上同她一伙的黑衣人。"

"噢，我听说那是一老头？"

"假扮的。"

"何以见得？"

"听他的声音。衣装、样貌可伪装，声音却作不得假。凑巧那厮开口就是难听的乡音，让人过耳不忘。"

"真就如此笃定？"

"千真万确。若有假，你又该如何解释这兵为何忽然从营里消失了，此时又现身于泉州？”

“是哪支部队的？”

“万石岩那边的。据说上了年纪，不能上前线，平时就给宾客引引路。”

郑联的旧部话音刚落，林统云忍不住插嘴道：“莫非就是那日给国姓爷引路的向导？”

“正是。国姓爷初至那日，定远侯不是宿醉未下榻吗？就是那向导，带国姓爷在周边闲逛了一圈。”

“竟是他……”林统云似乎捉住了一些头绪。

还记得那日他和郑成功一面闲逛，一面用日语商议刺杀事宜，最后决定将刺杀地点设在半山塘。但那引路的老兵应该不懂日语，他还好奇地问两人说的是不是北京官话。正因如此，两人才会肆无忌惮地在这老兵身边商讨机密。

那老兵骗了我们，他懂日语！

林统云恍然大悟，若那老兵懂日语，将刺杀计划听了去，再凭此和阿兰合谋演了一出好戏，这一切便都说得通了。

林统云绞尽脑汁地回忆那老兵的长相，但脑海中始终只有那顶遮住脸的大斗笠。如今想来，那人是在故意掩藏自己的样貌。忽然回头问话也显得十分不自然，他绝对是有意为之，目的是让两人放松警惕。至于这“难听的乡音”，莫非……

阿兰的姘头懂日语……

林统云脑海里冒出一个人……

吉井多闻！

“那士卒姓闻，单名一个吉字，这姓氏倒不多见。据说，他还是个热心肠，时不时给士卒治病开方，好像真懂些医术，比江湖郎中强多了。”

吴豪之言证实了林统云自己的猜测。

失　算

郑成功杀兄夺岛的这一年（1650），天下形势迎来了新一轮的动荡。

清廷方面，政权支柱、摄政王多尔衮身故。其兄弟、在南征中立下汗马功劳的豫亲王多铎也在前一年离世。

多尔衮三十九岁英年早逝，年仅十三岁的顺治帝开始亲政。顺治帝名福临，年幼入主北京，浸淫汉家文化多年，思想上已被彻底汉化。重人伦礼制的他，对满洲族那种所谓夷狄的游牧风俗早就心存厌恶。

清王朝是满族政权，一直以来都有满蒙通婚的习俗，君王的后宫多由蒙古女子组成。蒙古人比满洲旗人更遵从游牧习俗。

年幼的顺治帝陷入一种矛盾，在外朝，他带头学习汉家的礼义廉耻，但入了自家后宫，却不得不做一些"寡廉鲜耻"之事。

按照塞外游牧民族的婚配传统，父亲去世，其妻妾（生母除外）为儿子所有；哥哥去世，弟弟则把嫂子据为己有。先帝皇太极驾崩时，其弟多尔衮便继承了其后宫，其中就有顺治帝的生母。

在塞外民族看来，这是一种风俗，但以顺治帝的汉家伦理观来看，这无疑是奇耻大辱。

天子生母，堂堂一国皇太后，竟要再嫁、委身于他人，纵观华夏千年历史，可有先例？面对汉人帝师的质问，顺治帝只能痛苦地摇头："闻所未闻……"

多尔衮一死，顺治帝如释重负。况且他年已十三，可以正式拉开亲政的序幕了。

李成栋倒戈后，广州重回明朝版图。同年十一月，广州守将杜永和私通清军，卖城求荣，广州再度被清军攻陷。进攻广州的清军主帅是尚可喜，另一方面，清将孔有德攻陷桂林，永历帝再次逃至南宁，南方的抗清局势急转直下。

在此危亡局势下，郑成功不可能在厦门独善其身。南宁的永历帝下旨命他率军收复广州。郑成功将厦门托付予叔父郑芝莞，而后率军出征广东。厦门的郑成功早已是清廷的眼中钉，得知其出征广东，便立刻命福建巡抚张学圣、总兵马得功进攻厦门。

显然，清廷根本不惧怕守卫厦门的郑芝莞。若郑成功能用人得当，清军怎敢贸然突袭？在这点上，郑成功的确失策了。

郑芝莞有所有郑家人的通病，有所嗜好。他年轻时秉性严谨，因此郑成功信任他，对他委以重任。然而人性并非一成不变，郑芝莞的变化来得迟了些罢了。他嗜好的东西和郑联的相似，酒色罢了。只不过他年老体衰，比起女色，更嗜酒。郑芝莞这嗜酒的毛病是中年之后才染上的，郑成功对此一无所知。

左右近侍怕郑芝莞喝酒误事，小心翼翼地提醒道："国姓爷将厦门重地托付予将军，将军需慎之又慎，沿岸的防务，将军是否安排妥当了？"

郑芝莞嗤笑道："厦门自有重兵把守，尔等何惧？"

"清军虎视眈眈，谨慎些总是妥当，万一……"

"什么万一？尔等的意思，清军放着大陆的沃土不取，反倒盯上了我们这个偏僻小岛？清军不擅水战，我厦门岛虽和大陆相近，却仍有一海相隔，我就不信清军能插翅渡海！"郑芝莞哈哈大笑，在他看来，有闲工夫在此杞人忧天，还不如去痛饮几杯。

虽是偏僻小岛，但清军一直视厦门为眼中钉，恨不能去之而后快。但凡有点大局观，都能看透这道理，但要跟郑芝莞这样的酒鬼讲理，属实是强人所难了。

清军对厦门采取了奇袭策略，但从结果来看着实小题大做了。清军总兵马得功仅派了数十骑上岛打探消息，谁知岛上的军民见有敌军上岛，竟然惊慌失措地作鸟兽散。

见此情景，清军斥候倒是惊疑不定了。他们已做好苦战的准备，不承想，数十人的斥候部队就将成百上千的敌军吓得慌不择路。守将郑芝莞是何等无能，清军有了深刻体会。

"什么！清军上岛了？"郑芝莞收到第一通敌袭情报后，还半信半疑，只当是误报。但随着第二通、第三通接踵而至，他终于意识到事态严重，开始慌了。

身为守军主帅，面对敌袭，本应从容指挥应战。但郑芝莞的第一反应却令人汗颜。

"来人，速速将金银等贵重物品搬上船！备船，快去备船！我成日叮嘱尔等做好准备，防的便是这种情况！"就这样，全军在其号令下，只顾搬运财宝，哪里还顾得上备战。

"清军上岛了，快逃到山里去！"

厦门岛的军民瞬间乱成一锅粥。再怎样无敌的精兵，遇上此等庸帅，都会沦为乌合之众。此时的厦门便是最好的范例。

郑成功之家眷全在厦门岛上，其中就有他的发妻董氏。

"夫人快逃，鞑子打上岛来了！"董氏没有丝毫拖沓，将夫君母亲的灵位塞进怀里，抱起年幼的儿子郑经，便朝海边跑去。

厦门港口有几艘大船准备起航，士卒们正忙于将物资搬入船舱，若有避难的庶民靠近，便会遭棍棒驱逐。

"那可是四镇之战船？"董夫人指着大船问道。

"正是。"家丁林礼答道。

"甚好，上船去。"董夫人在家丁的护送下靠近战船，对船上的人喊道，"我是国姓爷夫人董氏，请将军让我们上船。"

"夫人请移驾他船，属下已为家眷准备了其他船。"答复的不是别人，正是四镇主帅郑芝莞。

"为何不能上这艘船？"董夫人狐疑道。

"此为战船，女眷不便上船。"郑芝莞狡辩道。

"我是主帅国姓爷之妻，上战船有何不便？"

"不可，战船危险，还望夫人换一条船。"郑芝莞百般拒绝，只因船舱内尽是岛上财宝，他想据为己有。若国姓爷夫人上了船，察觉自己的企图，恐生变数。

"我身为国姓爷之妻，怎会害怕？"董夫人正气道。她已看透夫君叔父的宵小之心，否则哪里有不允许主帅家眷上自家战船的道理？

清军这场大胜来得突然，巡抚张学圣亲自从大陆赶赴厦门岛。张学圣为人沉着冷静，他上岛后立马登上了全岛最高的山，睥睨整片岛屿，不禁无奈地摇了摇头。

厦门就是一座四面环海的孤岛，要守住此处，必须有相当的水上雄师，而清军缺少的正是水师部队。张学圣作为主帅，是真不愿摊上这烫手山芋。占领厦门确实是大功一件，但若失陷，主帅必定要担责。若可能，还是避而远之为妙。此岛是个易攻难守的无底洞，守之反而会损兵折将，还是先行撤退，另做打算。

张学圣打定了主意，便立刻召集了带上岛的兵马，退回泉州，只留马得功率五百骑继续留在岛上，搜罗举世闻名的郑家财富。即便已知郑芝莞携财宝出逃，他还是不死心，贪婪地搜刮着岛上残余的一切值钱之物。

这贪婪的本性，让他贻误了撤退时机。就在他忙着寻找郑家宝藏的同时，驻守揭阳的郑鸿达率援军赶到了厦门。清军只顾关注国姓爷部队的走向，浑然忘了不远处还有个郑鸿达。于是乎，马得功被围困在厦门城内，和大陆部队断了联系。

郑鸿达包围厦门，远在南澳的郑成功也收到了厦门急报，率施琅、陈勋等一干部将回援厦门。

马得功知晓郑鸿达的软肋，想以此要挟，换取生机。他本是郑鸿达当年在长江沿岸驻防时的麾下将校，对其底细了如指掌。他知道，郑鸿达的家眷全隐居在安平。

马得功给郑鸿达发去密函："鸿达兄长贵安。小弟知兄长之家眷隐姓埋名于安平。若小弟在厦门遭遇不测，小弟在大陆之同僚定会将兄长家眷之情报汇报朝廷。小弟罪该万死，但兄长家眷无辜，不应受牵连。小弟在此起誓，若能逃过此劫，必然保兄长家眷无虞。还望兄长三思而后行！"

一根筋的郑鸿达信以为真，大呼不妙，苦恼得不知如何是好。

马得功这般庸将，放他一条生路又有何妨？那厮的能力平平无奇，我早有领教，不足为虑。

就这样，郑鸿达到头来还是决定助马得功潜逃。与此同时，郑成功麾下的施琅已率先头部队上岛，加入围城。郑鸿达还不至于蠢到公然放跑敌将。他给城内送去了一份义正词严的战书：余在东门列阵，念在昔日情谊，只望和将军堂堂正正交锋！

此言暗藏玄机：眼下，郑成功的部队已登陆，郑鸿达要放跑敌将，绝不能"堂堂正正"。他强调这四个字，恰恰是在暗示马得功暗中投靠自己。

马得功会意，于是趁夜深人静，暗访郑鸿达大营，在其庇护下躲藏了数日。郑鸿达准备了一艘渔船，密送马得功返回大陆。但世间没有不透风的墙，这消息还是走漏了出去。藏匿、备船等工作牵连者众多，不可能做到一一封口。

四月初一，郑成功率主力部队抵达厦门，但这时已马得功已潜逃三日了。极度的愤怒和不甘让郑成功情绪激动，虽没到失去理智的地步，但明眼人都看得出他的情况不太正常。

"懊恼归懊恼，还需保持一分冷静。"林统云苦劝道。

"气杀我也，谈何冷静？"郑成功脸上的肌肉不断地抽搐着。

郑成功咬着牙，满布血丝的双眼涌出豆大的泪珠。

"冷静！愤怒于事无补！"林统云的语气重了几分。

"你叫我如何冷静！我这眼泪，是为了曾樱……"郑成功哽咽道。

此次厦门失陷，曾樱自尽殉城。曾樱并不属郑家势力，此人是万历四十四年的进士，典型的明朝精英官僚。此人先后在南京朝廷任工部侍郎，福州朝廷任礼部尚书兼文渊阁大学士。隆武政权覆灭后，他追随郑成功。由于年迈，难以从军，此次便留在了厦门。

清军上岛时，曾樱急忙赶赴郑家主宅，却没见到郑家主母董氏。先前已提过，董氏强行登上郑芝莞的战船，离开了厦门。

但曾樱并不知情，还道郑成功的妻儿被清军虏了去。

成功此番出征前，请曾老多多关照自己的妻儿。

郑成功对曾樱委以重任，不过是卖年迈的曾樱一个面子。这份"体贴"对暮年英雄而言，可谓是一种悲凉。

曾樱可不当这是场面话，他认为自己辜负了国姓爷的托付，无颜苟活，竟回自家府邸自缢了。郑成功得知曾樱自尽，心中愧疚难忍，当场恸哭。即便时隔多年，他每每想起冤死的曾樱，都会暗自抹泪。

若对曾樱之死是"悲恸"，那郑成功对临阵脱逃的郑芝莞则是"愤恨"。郑芝莞辜负了他的信任不说，还企图侵吞郑家财产。不仅如此，此人还将国姓爷的妻儿拒之船外，所幸董氏坚持上了船，若非如此，后果不堪设想。

郑家珍藏的数十万两黄金以及粮仓内积存的数万石粮草，皆被清军掠夺一空。好在林统云从琉球采购的武器弹药仍储藏在鼓浪屿，逃过了此劫。遭殃的不只是郑家，众将的府邸无不遭到洗劫。危难关头，郑芝莞仅顾自身利益，即便是国姓爷叔父，也不可饶恕。

另一名叔父郑鸿达私放敌将马得功，更是罪无可恕。郑鸿达自知此事隐瞒不了多久，写了一份认罪书，向郑成功自首坦白了：叔父此举罪无可恕，却情非得已，只因那马得功以我一家老小做要挟……

郑成功对此解释可以理解，决定不再追究，却无法原谅，于是命令手下：定国公若造访，便和他说，本帅不想见他！

郑芝莞在海上避难了数日，得知郑成功回防，清军撤退，竟恬不知耻地重回厦门。他自知罪孽深重，却自恃郑家宗亲，笃定郑成功不敢处置自己。

四月初十，郑成功召开军法会议，公开审判罪将。他肆意宣泄自己的怒火，诸将噤若寒蝉。有人求他从宽处置，他怒斥："你给郑芝莞说情，莫不是想给自己今后临阵脱逃铺路？"

此言一出，再没人敢置喙。郑成功下达了最终判决：以尚方宝剑，斩罪将郑芝莞！

尚方宝剑是天子赐予心腹之臣的信物，象征着天子的信任，和"斩奸佞"的责任。

"老夫何罪至死，何罪至死啊！"郑芝莞连连喊冤，但已于事无补。他当场被处斩，船上的财宝全部没收充公。

郑芝莞的首级被曝尸三日，才准许入土。守城失职的阮引、何德各领了五十杖刑。《闽海纪要》有曰：诸将股栗。

同时，据《台湾外纪》记载，郑成功布告全军：

> 本藩铁面无情，尔诸勋臣镇将，各宜努力。苟不能进怯敌，本藩自有国法在；虽期服之亲，亦难宥之。

此布告一出，再加之郑芝莞已服刑，全军上下无不震惊于首领的"铁面无情"。处置完罪将后，郑成功造访曾樱府，郑重悼念这位忠直的老人。

郑鸿达心中有愧，为表自责之意，主动让出金门岛，退到了对岸的白沙。白沙等沿岸部分区域仍是郑家的势力范围。郑鸿达将麾下兵马尽数交给郑成功，再无起兵造反之力。他想以此打消郑成功的疑虑，让其消气。

此番清军偷袭厦门，郑成功因其失策和用人不当，也难辞其咎。但他补救得当，以"铁面无情"的做派让全军重振了士气。据《闽海纪要》记载："兵势复振。"

同年，在北京清廷，有人告发已故的摄政王多尔衮曾密谋造反，其派系下的官吏遭朝廷肃清。

皇太极临死前，将年幼的顺治帝托付予亲弟多尔衮和堂弟济尔哈朗。但事实上，多尔衮一人成功将统治权攥在手中，他在世期间，比他年长的济尔哈朗根本没有话语权。眼下，济尔哈朗终于荣升郑亲王，为报复多尔衮对自己多年的打压，捏造了其谋反的罪证。

就这样，已入土的多尔衮惨遭追夺封典、毁墓掘尸，但世人都知其冤枉。直到乾隆四十三年（1778），他才得以平反。

清廷内虽经历了惨烈的派系更替，但凭借多尔衮生前打牢的根基，还没到政权不稳的地步。再者，顺治帝已到了亲政的年纪，能稳住朝局。

被困南宁的永历帝，以及初占厦门的郑成功最终还是没能把握住这次清廷动荡的良机，只因这动荡根本没有走出紫禁城……

离　反

怒极之人，油盐不进。郑成功此次回厦门后，就没听过林统云的逆耳忠言。即便做出些许让将士寒心之言行，他也浑然不觉。两度遭亲族背叛，郑成功不禁对麾下将士的忠诚生疑。部分心思敏锐的将士察觉到了主帅的疑心，都选择冷眼旁观。郑成功稍有不顺，便对部将非罚即骂。部将们不敢反驳，只能在心里暗暗抱怨。

郑芝龙降清那时，郑成功尚年轻势弱，郑家分裂成几股势力，选择追随郑成功者不过百人，其中就有施琅、施显、施贵三兄弟。尤其是施琅，在摇摆不定者之中奔走劝说，若无他相助，郑成功的追随者恐怕不过二三十人。然而就如施琅这般的元老，他亦如此对待。

"只因将士懈怠，才让马得功之辈攻陷厦门！即日起，三军须振奋精神、如临大敌，再有懈怠者，定斩不饶！"

这日，郑成功如往常一般无端训斥将士；施琅忍无可忍，强压怒火，冷言道："大帅所言极是，部分将领的确因懈怠误事。马得功此次渡海之船是澄济伯所借，借敌战船，当论通敌罪。马得功兵临城下，四镇公临阵脱逃，当论逃兵罪。还有那暗中释放马得功的定国公，同是通敌大罪……"说到这里，施琅顿了顿，而后意味深长道，"除了上述四位，其他将士并无罪过。"

郑成功的脸色越发不善。澄济伯郑芝豹、四镇公郑芝莞、定国公郑鸿达……施琅的言下之意很清楚，此次战败，郑家首领是首罪！

场面噤若寒蝉，充满令人窒息的火药味，若任由其发展，只怕难以收拾。甘辉见状，赶忙出言调停："若无事汇报，今日会议就此为止。"

"末将告退！"施琅愤然起身，带头离去。

郑成功目送施琅的背影，面色难看。此次厦门岛虽免于沦陷，却遭到清军的洗劫，军民谁能不恨。的确，郑家难辞其咎。但正因如此，郑成功才含泪处死叔父郑芝莞以赎罪。

然而施琅方才的发言，无异于对这"赎罪"啐了口唾沫……至少，在郑成功眼里是这样的。其实早在南澳时，郑成功便因施琅和自己策略相左，罢免了其"左先锋"的职位。

"左先锋"仅仅率领多镇中的一镇，然而施琅自恃有参谋之能，每次作战会议上，都会发表己见。不得不承认，施琅的兵法的确高明，主帅郑成功都自愧不如。

施琅表面上虽谦逊，但说话时难免透露出倨傲：你贵为元帅又如何，还不是要采用我的策略。

郑成功心中不悦，却只能强作大度，但施琅再三如此，郑成功终于忍无可忍道："此次演练，以本帅策略为准，若无异议，散会！"

"末将有异议！"施琅高声反对道。

"有何异议？"郑成功忍住怒意道。

"末将之谋略更适合我军！"

"意见相左罢了，以主帅为准！"

"若如此，恕末将请辞此次演练。"施琅自恃才干，故而如此大胆。

"既要请辞，何不请辞左先锋之职？"郑成功怒道。

"那便恭敬不如从命。"施琅皮笑肉不笑道。

就这样，施琅卸任左先锋，其副将苏茂代之。他满心以为这只是针对此次演练的临时调动，演练过后他便会官复原职，毕竟郑家离不开他的辅佐。然而演练过去了这么久，却一直不见官复原职的动静。郑成功的确欣赏施琅的大才，但他想趁此机会磨一磨他的锐气。

对同族之罪避而不提，这般偏袒，岂能为帅？

施琅离开营帐后，腹中怒火越烧越旺。虽丢了左先锋之职，施琅仍有自己的军营及直属部队。而就在他和郑成功于会议上剑拔弩张之时，自家军营里发生一件不得了的事。

施琅的直属部下中，有一名叫曾德的将校。曾德是曾樱家中的晚辈，却没继承忠贞不渝的家风，染指了郑家严禁的走私贸易。郑家严禁走私，只因军费来源便是贸易，若放任私人贸易，则直接影响军资供给。更严重的是，曾德走私的对象竟是对岸的清军，这已涉嫌通敌，其罪当诛。曾德自知事情败露，便趁施琅出走，畏罪潜逃了。

施琅知情后立刻下令追捕："传令下去，搜捕曾德！眼下全岛戒严，他是瓮中之鳖，就算把岛上的草拔干净了，都要将其捉拿归案！"

他此举的目的并非单纯是伸张正义，还暗藏了私心：郑成功不是标榜自己"铁面无情"，满口"全军懈怠"吗？他倒想见识见识郑成功如何看待曾德之事。

郑成功虽出身富贵，却摆脱不了身为海贼之后代的自卑，对所谓的士大夫阶级有种莫名的敬仰。例如曾樱一族，就一直备受郑成功的礼遇。曾樱的冤死令郑成功久久不能平复，他对这位老士大夫的尊敬一发不可收拾，对其遗族更是极尽优待。曾德知道郑成功会念及伯父曾樱之情庇护自己，便逃进了郑成功的帅营。但即便如此，施琅是曾德的直属上司，有权直接将他按照军法处置。

曾德岂能不知这其中症结，对他而言，当务之急是进入中军。为达目的，他利用走私赚得的钱财收买了中军将领，企图更改直属。

施琅得知曾樱的动向和企图后，更加意气用事，决心要和郑成功斗一斗。

"罪犯就算是逃上了金銮殿又如何，我等奉公执法，谁敢阻拦？来人，去中军要人！"

施琅派使者上门要人，中军二话不说便把人交出去了。

当时的郑军因军权分配多受诟病，郑成功为了保持各路军队的自主性，允许各军将领在一定权限内独断专行。郑军以水师为主，坚持此制度理所当然。即便是在现代，船长、舰长的权限也绝对凌驾于陆面部队的长官。曾德是施琅的部下，自然要交由他处置。

这种从属观念深入军心，故而施琅派人上门拿人，中军将士不假思索就照办了。曾德只和郑成功的近卫打了招呼，忽视了下边的将士，是他的失算。即便上头有心袒护，基层将士却不知原委。尤其是这阵子主帅郑成功敏感易怒，若职责上出了差错，不知会遭何等处罚。

施琅将曾德捉拿归案，没有犹豫，立刻就按军法处死了。

"你说什么？曾德被带走了？"郑成功闻知此事，怒从心来。带走曾德者，不必多说，就是那施琅。自南澳降职以来，施琅就怀恨在心。正因如此，他才故意将此次厦门战败的罪责推到郑家身上。

在郑成功看来，施琅坚持处置曾德绝非秉公办事。提起曾德，郑成功便会想到他那冤死的伯父曾樱。厦门一役后，他无时无刻不在想抚慰这位老人家的在天之灵。救曾德一命，就是最好的补偿。

"曾德已入我中军，施琅无权处置！"事出紧急，郑成功连忙派遣使者去施琅军营要人。然而施琅却洋洋得意道："哎呀，主帅怎不早交代……曾德已伏了军法。"

"处、处决了？怎能这般仓促？"使者半信半疑，还以为施琅故意和主帅作对，不愿交人。

"噢？'严禁懈怠'不是主帅的军令吗？军中有这等违纪的败类，我施琅自然不能懈怠，果断处置了。"施琅阴阳怪气道。

"施将军这又是何苦，不要刁难卑职了。"使者苦求道。

"怎就成刁难了？我军首领国姓爷不也大义灭亲，二话不说便斩了自家叔父四镇公吗？本将这般赏罚果断，大帅必然欣慰。"

"施将军莫要再和大帅置气……"使者继续苦劝。曾德昨日刚被带走，若只是吃了军杖倒还正常，这么快就被处决了是万万不可能。

"看来大人还是不愿相信。罢了，来人啊，将曾德之首级呈上来给大人过目！"

"将军真的……"使者惊愕道。

片刻后，士卒将盛放首级的木桶提到了营帐，施琅笑道："请大人亲自检视。

"军法如山，岂能因我施琅的私情而左右？曾德罪已至死，故而将其处决。若徇私情，对曾德网开一面，何以服众，何以治军，何以治国？故而，曾德不得不死……请大人回去将末将之言原封不动地转告国姓爷。"

郑成功听了使者的禀报，怒发冲冠："大胆施琅，区区副将，竟敢训诫本帅！传令下去，将施琅及施府上下全部捉拿下狱！"

帐内众将已无人敢出言反对。没人愿意招惹如此状态下的大帅。后世有人用"心神错乱"四字来形容这一时期的郑成功。

就这样，遭殃的不只施琅、施显兄弟，就连他们年迈的施父施大宣都锒铛入狱。

起初，本是林习山负责收监施琅，但他不想碰这烫手山芋，便把他移交给副将吴芳。吴芳把施琅关押在麾下的战船上。即便如此，郑军上下无一人相信郑成功会舍得处死施琅。

"阴晴不定，喜怒无常"，这是士卒们暗中对郑成功的评价。众所皆知，郑成功生性敏感，或许上一刻还形似癫狂，下一瞬便把酒言欢。

从另一方面考虑，施琅的确是百年难遇的将才。单论军事谋略，施琅的确凌驾于主帅郑成功之上，这是郑军上下默认的"常识"。最笃信这一点的不是别人，正是施琅本人。

取我施琅性命，国姓爷怕没那魄力！施琅确实有自傲的资本，郑军上下坚信，只要国姓爷心中的"风暴"一过，施琅必定安然无恙。退一步讲，施琅不过是秉公办事，并无违纪之举。虽说忤逆了大帅的意思，但这要怪，也只能怪大帅自己没交代妥当，实在是罪不及施琅。

郑成功贵为主帅，手握全军将士的生杀大权。但凡事总得讲理，若这般不明不白地处决了功勋之将，只怕难以服众。

林习山深知这道理，故而将施琅交给副将吴芳"照料"。吴芳晓得上司的意思，表面上是收监，实则每日陪施琅在船上下棋、饮酒，好不快活。

收监第三日，施琅满心以为"风暴"停歇之日将至，在船上坐等好消息。这日，他的好友、在中军任职文书的林鄂忽然造访，趁四下无人，悄声提醒道："情况有异，国姓爷似乎对阁下有杀意，还请尽快准备后路。"

"这、这怎会……"施琅还想追问，但对方已快步离去。

林鄂素来严谨、正直，若非事出紧急，不可能会做出私下探监这等鬼鬼祟祟之举。看来，国姓爷的杀心不假……

国姓爷，何至于此？你真是疯了！施琅又惊又怒。郑成功若真走到这一步，指望晓之以理是不可能了，只能准备"后路"。

这时，吴芳乐呵呵地提酒造访。此人生性和善，又知施琅落狱只是暂时的，便根本没把他当作囚犯。两人举杯杂谈，施琅假意叹道："这回，似乎比料想的要长些……"

"何意？"吴芳不解道。他虽为人仗义，却有些迟钝。

"国姓爷的赦令，还没到。"

"噢，将军这么一说，还真是……管它做甚，吃好喝好，慢慢等便是了。"

"你说，会不会是国姓爷在等我上门请罪？"

"唔，不无可能……"吴芳不擅猜人心思，甚至容易被人牵着鼻子走。

"于情于理，都该我上门向国姓爷负荆请罪。"

"是这道理！"吴芳一拍手。

"择日不如撞日，我立刻就去！不知吴将军是否愿意同行？"

"那是自然。"吴芳根本没有起疑心。

郑成功身在厦门岛上的帅帐里，要想请罪，他们就必须下船上岸。就这样，两人登岸。施琅佯装喝得烂醉，实则清醒得很，反倒是吴芳，已醉得东颠西倒。

"吴将军且慢，不可走大道。既是请罪，还须暗中造访才好。"施琅忽然道。

"有理，国姓爷好面子，若当面请罪，怕是不允。"

"正是，还是从后门造访为好。咱尽量不要声张，走小巷。"

于是乎，两人选了一条人迹罕至的暗巷，朝中军营帐走去。施琅一路伺机而动，他武艺高强，即便此时无兵器傍身，他也有信心制服吴芳。更何况吴芳烂醉，浑身是破绽。

"嘿呀！"施琅瞧准时机，一声低吼，朝施琅股间要害踹去！这是虚招，电光石火之间，他右手一记钢指，打向对方的肚脐处。中招的吴芳立马瘫软在地，昏死过去。

"吴将军，原谅施某。"施琅赔罪道，将昏死的吴芳拖进一旁的草丛。安置妥当后，他立刻去求助于自己曾经的副将，如今的左先锋苏茂。

"苏将军，如今只有你能救施某！国姓爷要取我性命，我岂能就这样坐以待毙？当然，你若将我捆去领赏，我也绝无怨言。"

苏茂愤然道："施将军何出此言，我苏茂岂是卖友求荣之人？"

施琅自然知晓苏茂的为人，所以才会上门求助。

昏死的吴芳苏醒后，立刻前往中军禀报。郑成功下达戒严令，害得全岛军民战战兢兢。这都是施琅意料之中的事。他想活命，就必须借助苏茂之力逃出岛去。结果，他化身渔民，偷渡去了安平。

郑成功搜遍了全岛却一无所获，便下令将软禁中的施琅之父施大宣、其弟施显、施贵提出牢狱。

"福松……"林统云见事态不对，唤郑成功幼名道，"你不会是想处死施琅家人吧？"

"施琅造反，其家族自当同罪。"

"曾德其罪当诛，施琅不过是秉公办事。你此次的应对有些不妥。"

"妥当与否，我自有见教。"

"你心知肚明便好，我只是担忧你会拿施琅家人问罪……"

"无需担心，罪将家人已全部伏诛。"

"难、难道你……"

"我已将他们问斩。"

"何至于此，何至于此啊！"

"我知不妥，但一切当以大局为重。我主帅之权威，绝不能因此事受损！我年纪尚轻，要统率这二十万众，必须要恩威并施！统太郎，这点你应该能理解……"郑成功的解释里，竟夹杂了一丝颤抖。

"福松啊，福松……"林统云再唤对方乳名，"我从未质疑过你的主帅权威，但掌兵最忌讳的是军心向背！你说要恩威并施，我赞同。然'威'并非是威吓！威吓能镇住的只是鼠辈，强者何惧威吓？而你最要警惕的恰恰是强者的'向背'！"

郑成功反驳道："错！掌兵之将最忌讳的是附和！即便是鼠辈，若群起反叛，也有颠覆之力！即便是强者，只要正直谦逊，便不可能有反心！"

统率二十万大军对年轻的郑成功而言是何等负担，林统云怎会不知？暴政在某些场合上的确是一剂猛药，但无辜的施琅家人惨遭株连，的确太过残酷。

"亡羊补牢，为时已晚，但我还是要说。福松，你此次大错特错。"

"说说你的道理。"郑成功不以为然道。

"你害了施琅一家，就彻底断绝了施琅回归的可能。"

"即便他回归请罪，我也必不相饶。"

"施琅乃奇才，我军失施琅，如失去一臂。"

"奇才又如何，为顾全大局，他该死。"

"只怕不仅是失去一臂这样简单。施琅得知家人遇害，必然要报仇雪恨。清军水师羸弱，他若投了清军，无疑会增强他们的实力……"

此言一出，郑成功终于不反驳了。他无奈地合上眼，脑海里已是和施琅在海上对阵时的情景。施琅的海战实力毋庸置疑，和他为敌，自己又能有几分胜算？林统云说得对，他这次实属错了。

施琅罪无可恕，岂能因利益得失赦之！郑成功只能这样为自己的失策辩解，他逞强道："要战便战，我何惧之有？"

林统云心生不妙：肃清施家，或许会给国姓爷成就大业埋下致命的隐患……

潜出厦门的施琅在安平上了岸，郑芝豹和反省中的郑鸿达就在此地。清军和郑家两股势力同时存在于此。施琅斟酌一番，先去造访了郑芝豹。

"末将并无谋反之心，只是国姓爷震怒未消，我若留在岛上，怕是不能活命。所以，只能出岛到贵处来避避风头。"

施琅解释了一通，郑芝豹表示理解："成功有帅才，但年纪尚轻，脾气急躁。施将军选择避其锋芒是对的，尽管在安平歇息数日吧。"

"谢澄济伯收留，等到国姓爷息怒那日，还望澄济伯能替施琅美言几句……"

"那是自然，施将军且歇息，想必成功过几日便后悔了。"郑芝豹安慰道。

然而三日后，施琅一家遇害的噩耗传到了郑芝豹宅邸。施琅闻之心碎欲裂，暗发毒誓：郑成功，此仇不报，我誓不为人！

事到如今，施琅已无回头路；即便有，施琅眼下也只想走复仇之路。

"事已至此，施琅再多逗留，只怕会牵连阁下。恕施琅就此告辞！"

施琅向郑芝豹辞行后便离去了。他本就是泉州晋江人，在当地有颇多故交，不必犯险仰仗郑家人收留。既已决定和郑家不共戴天，投奔清军又如何？孑然一身的他已经没必要再隐姓埋名。

很快，施家灭门、施琅潜逃的消息传遍了福建。清军闻之大悦，坐等施琅前来投诚。这日，泉州巡抚张学圣得知施琅造访，亲自出门相迎："施将军，张某终于把你盼到了！"这应对可谓礼贤下士。

张学圣趁热打铁，带施琅一起去福州拜见清军统率博洛。博洛见到施琅，同样笑面相迎："施将军呀施将军，我何惧郑成功小儿，我等惧怕的是替郑军运筹帷幄的阁下！"

"大帅言重了。"施琅谦逊道。

"不必拘礼，你我虽各侍其主，却是在同一战场上浴血奋战过的'战友'。既是战友，不妨趁此机会'以战会友'！"博洛言罢，掀开了桌上的军事地图。

施琅起初还心存几分警惕，但他是"战神"，本就对行军布阵毫无抵抗力，见对方要聊战争，戒备便放下了七八分。

志趣相投的两人就此共同话题不知聊了多久，博洛对施琅的军事才能有了大概的认识，暗中咋舌：施琅果然是军事奇才，比传闻更胜几分。

比起施琅的才华，博洛更看重其对郑军的知根知底。毕竟，如今郑家水师的排兵布阵，人到船队整编，小到令旗信号，都是施琅亲手编制的。

"本帅这便递折子去朝廷，为施将军请官！本帅得施将军相助，如得雄师百万！"

博洛封施琅为"同安副将"。这已是博洛权限内能给施琅的最高待遇了。

"本帅人微言轻，只能给施将军安排'副将'官职，但朝廷必然另有封赏，还请阁下委屈些时日。"博洛抱歉道。

施琅跪谢道："大帅知遇之恩，施琅无以为报！只能粉身碎骨，誓灭郑军！"他并非效忠清廷，而是为报灭族之仇。

博洛大悦，向施琅保证朝廷至少会任命他为总兵。清军的军职按顺序分作提督、总兵、副将、参将、游击，总兵在现代已是师长级。

顺道一提，施琅此时刚至而立之年，比郑成功不过年长了三岁。

三十六洞

初秋已至，无尘庵周边的气候仍停留在仲夏，不绝于耳的蝉鸣反而更添了几分静谧。

隐居于无尘庵的程青湖老先生已过世，其子、画家程鸥波剃度出家。泉州沦陷，无尘庵所在的城北自然也不例外。清军逼迫泉州居民削发易服，反抗者死。在留发还是留头的抉择下，多数人自然选择削发留头，但还存在第三种选择——削发为僧。

自古以来，和尚就没有头发，自然没有削发编辫的可能。与其削发易服，程鸥波宁愿削发出家，燃灯古佛。

这日，重回泉州的林统云造访无尘庵。他已削发，只不过脑后发少，便只留了个半长不长的短辫。如今这种短辫随处可见，只因多数人刚归降清廷不久，脑后发量还不足以编长辫。

然而，林统云却是刻意留的短辫。他频繁在中日之间走动，在日本时，他必须以原国籍示人。届时，只要剪掉稍许短辫，置于头顶，稍做加工，便可化作日本武士的发型"月代头"，很是方便。

"厦门那边近来可有状况？"程鸥波低声问道。在清军的地盘上谈论郑成功占领的厦门岛，可得慎之又慎。

"唉，状况频发。"林统云叹道。

四月，施琅潜逃。五月，郑成功率兵攻打漳州南溪。

迄今为止，但凡是厦门岛主动出击对岸的，十之八九是为了掠取军资。此次也不例外。郑军大破漳州总兵的三千人部队，大肆劫掠了一番，六月便打道回府了。

"吃饱喝足，满意而归！"程鸥波肆无忌惮地大笑起来，根本不顾自己身处清军地盘。笑尽兴了，他环顾四周，叹道："不知多久没这般畅快大笑了。"

"在学生看来，此战最大的收获并非粮草，而是'二黄'。"林统云答道。所谓"二黄"，乃是黄兴、黄梧二将。此二人本是郑芝龙麾下的部将，清军入闽后，两人降清。此次郑军攻打漳州，二人再度归降，算是意外的收获。

清军和郑军之间互有倒戈归降的，既有施琅这样弃郑投清的，也有"二黄"这般在两股势力间摇摆的——"二黄"之一的黄梧在之后又投降了清朝。

"得'二黄'是否可以弥补'失施'之痛？"程鸥波问道。

"不可相提并论，施琅乃是郑军水师之支柱，绝非他人可替代。"

"唉，只怪国姓爷一时冲动，如今已无法挽回。"

"冲动归冲动，追根究底，还是国姓爷的自尊作祟。全军上下都说施琅用兵如神，那主帅的颜面置于何地？国姓爷难免要争强。就算是离了施琅，照样能打胜仗。"

"若国姓爷真是此想法，可见还有几分青涩啊……"

"他就是这性子。"

这话题告一段落，程鸥波的千金淑媛上前奉茶。程鸥波浅啜了一口茶水，问道："对了，施主此番造访，所为何事？"

"无事，只是近几日便要赴日，特来向先生告辞。"林统云答道。

"赴日筹备武器吗？"

"这次是筹备铅和铜。"

"但愿施主一路顺风，满载而归。"

"借先生吉言！其实我此行除了道别，还想见一奇人。"

"奇人？"

"便是那自诩妈祖显灵、预言了郑联死期的圣女，据说，她就在附近……"

静坐在一旁的淑媛听到后眉毛微微一动。

程鸥波释然道："噢，那女子眼下住在清源山的洞窟之中，还有一男子同住。"

清源山有"三十六洞"，洞里冬暖夏凉，不失为一个好住处。

"三十六洞……敢问她住在哪一洞？"

"这倒不知，清源山方圆百里，寻之谈何容易。不过，她时不时会进城占卜，你不妨去城里碰碰运气？"

"她的名头这般大，怕是赚得盆满钵满了。"

"这倒没耳闻。这女子预言说这世间即将迎来覆灭，既如此，收钱财又有何用？"

"世间覆灭？这不是妖言惑众吗？"乱世之中不乏宣扬末世的思想家，但据林统云在厦门所见，姐姐阿兰的做法并非在宣扬思想，而是在装神弄鬼。

阿姐怎会如此？林统云百思不得其解。三十已过的姐姐阿兰怎么会突然玩起神鬼这一套？他心里明白，所谓的预言并非是阿兰的神通，那不过是吉井多闻假扮士卒，偷听了他和国姓爷的密谋而已。

"老僧起初也不理解，还道那女施主是在散播不安，令人心绝望，再借机传教？但仔细一想……"程鸥波卖了个关子。

"并非如此？"

"不必过度解读，或许女施主想劝导人们去别处避难。此地即将遭遇灭顶之灾，速速避难，例如……渡海。"

"渡海？"

"台湾。据说，荷兰人愿意安置难民，这个观点倒说得通。"

"迁移到那边吗？"

"台湾岛人丁稀薄，大多数是生存于山间的狩猎部族。荷兰人急需的是农耕人口。"

就在去年，东印度公司总督刚经历过一轮新老交替。十年前，福建遭遇饥荒，数万人渡台谋生，荷兰人正为大片未开垦的荒地发愁，对这些灾民甚是欢迎，不仅配予耕地，更提供衣服、住所。当然了，这超乎寻常的优待不过是荷兰抛出的"诱饵"。台湾之耕地全部归东印度公司所有，换言之便是"王田制"，耕农不仅要承担"稻作税"，还要担负"人头税"。也就是说移居者越多，荷兰当局获利便越多。

然而即便待遇如此诱人，台湾在闽人眼里仍是可怕的"瘴疠之地"。彼时的台湾，诸如疟疾之类的本土病肆虐，还遍地毒虫、毒草。若非逼不得已，没人愿意移居。加之汉人的伦理观重视"落叶归根"，埋骨他乡被视为罪恶。在他们看来，"过盐水"（"盐水"即海）之人，皆是作奸犯科之辈。

台湾的土地确实肥沃，能耕种各类作物。部分渡台者的确赚了一桶金，衣锦还乡。但荷兰当局的苛捐杂税极重，且施行严格。东印度公司是以贸易为根基的营利组织，若居民胆敢染指走私，无论金额大小，一律处死。还有更关键的一点，汉人皆有民族情结，屈服于番邦"红毛"的统治下，总归有些屈辱。

福建刚从饥荒的阴影里走出来，结果又沦为明清之争的前线，已非宜居之地。但即便如此，渡台者还是寥寥无几。

"如此说来，那女子是受了荷兰人的指使，来对岸'挖人'的？"林统云问道。

"只是猜测，或许正如她所言，世间即将覆灭。"程鸥波狡黠一笑。

"先生说笑了……"

"说笑吗？施主可别忘了，这女子在厦门的预言，可是货真价实的。"

"道听途说而已，不能尽信。"林统云只能含糊其词道。

林统云进府城稍稍一打听，便查到了"圣女"的行踪。

进德济门，然后朝东走，在天妃宫和关帝庙的中间地段，有一座名为"演武厅"的练武场。建筑背后有一处隐蔽的木材厂。木材厂有粗糙的茅草顶棚，以防木材被雨水打湿，内部相当宽敞。据当地人的说法，到此处便能拜会"圣女"。

茅草顶棚下聚集了五六十人，其中还混有数名女子。入口无人把守，林统云很轻易便混入人群中，无人阻拦。他在人群里来回走了几圈，听周遭的谈话，得知了这些人的身份——他们都是相信末世预言、有意渡台者。

"邻居那帮蠢货还敢取笑俺，老天爷这便收了他们！"

"谁知晓船啥时候启程？"

"'圣女'说凑齐一百人就启程，真难熬啊！"

这木材厂想来便是有意渡台者的收容所，角落甚至摆放着做饭用的锅碗瓢盆。林统云还欲窃听更多情报，周遭的嘈杂声却戛然而止……

某人在众人的注目下缓缓步入木材厂。林统云一眼便认出了此人——吉井多闻！只见吉井留了和林统云同样的发式，左右各跟了两名侍从。

林统云急忙蹲下身子，以免被对方认出来。吉井多闻没说话，先是装模作样地环视众人。林统云立刻蹙眉张嘴，试图扭曲自己的样貌。

吉井多闻清了清嗓子，喊道："诸位！出航之日就定在后天，其余伙伴已聚集在桃花山！还请诸位早做出航准备！"

阔别五年，他的汉语还是这般……别扭。

行事谨慎之人习惯于警惕身后是否有人跟踪，却容易忽视前方。林统云就这样大摇大摆地走在吉井多闻跟前。阿兰藏身在清源山的某口洞窟之中，所以进入清源山之前，他不必刻意跟踪。

进山后，他开始小心翼翼地跟踪。然而走在前边的吉井多闻似乎没有任何防备，可见他和阿兰住在山中并非为了躲藏，纯粹是想寻个清净的住处罢了。

清源山"三十六洞"有大有小，皆无所属，按理说可随意居住。但此处非常隐蔽，军队担心有叛党潜藏其中，一般不准许闲杂人等靠近。

"圣女"一伙恐怕有军队撑腰。林统云不由地回想起程鸥波的猜测。若"圣女"有军方背景，完全可以堂堂正正地居住在此。这样想来，林统云这般鬼鬼祟祟地跟踪在后面，反倒像宵小之辈。他正想开口打招呼，却被一声熟悉的女声抢了先。

"回来啦？辛苦了。"一名白衣女子站在不远处的洞口前用日语招呼道。

果然是阿兰。

"累死我了。"吉井用日语回应道。

林统云和郑成功常常光明正大地用日语商讨机密，因为相信周边没人能听懂。同理，阿兰和吉井在深山之中，更是肆无忌惮地用日语交流。

"热死了，瞧我这身汗。"吉井言罢，一屁股坐在洞口前的一块凸岩上。阿兰也在他身边坐下。

福建南部的山大多怪石林立，林统云轻而易举便躲藏了起来。

"我们俩后天也随船一起走吗？"阿兰问道。

"走，为什么不走，我们在这儿待好些年了，又找到了'接班人'，是时候说再见了。"

"少了我二人带头，只怕底下的人就心不齐了。"

"多虑了，哪有你这般自作多情的。"吉井抹了把汗。

犹记得五年前离别时，吉井还对阿兰尊称"老板娘"，如今竟直呼起"你"了。五年光阴已彻底磨去了这对男女之间的客套和生分。

"这世间总有人不识好人心。你听说了没，泉州的大人们说咱俩是受了'红毛'的指使，来此诱骗人去台湾的。"吉井不悦道。

"就没人能想到，我们的意图正好相反吗？"阿兰无可奈何地耸了耸肩，这俏皮的小动作让她看似年轻了些许。言罢，她亲昵地依偎在吉井身旁。

"我看玄，就连台湾的'红毛'都沾沾自喜，以为我们在替他们办事。"

"我和荷兰人缘分已尽，梅姐不在人世了，卡朗又娶了'红毛'夫人续弦，回国去了。"

"别说缘分了，'红毛怪'何尝把我们当过人？在他们眼里，有红毛的是人，没红毛的，猪狗不如！"吉井愤恨道。

"'红毛'的郎中要是友善些，你哪里还会有这么多怨言？"阿兰调侃道。

"你这就把我看扁了！"吉井越说越较真，"我对荷兰的医学的确有那么点兴趣。但我吉井多闻的鸿鹄之志，远非治病救人这般肤浅。我要拯救的是百万人、千万人！"

"好志向！我就是中意你这点。"

阿兰言罢，将头靠在男人的肩头上，吉井自然而然地将女人揽进怀里。躲在暗处的林统云不由地挪开了视线。

"悬壶济世、治病救人虽同样是善举，但于我性格不合。我厌恶所谓的水滴石穿、积少成多。拯救千万人于水火绝非一人之力可为，却可凭滔天的财力实现！所谓'雄财大略'，欲成大事，必先积财。海上遍地是黄金，海贼搏命换钱财。不说笑，我是真打算入伙海贼，去海上闯它一闯。"

说到这里，吉井或许觉得自己多言了，闭上了嘴。

"没必要以身犯险去做海贼。从海贼嘴里套出财宝的下落不就成了？"

"你倒是一语道破天机！所谓的'财宝'，莫非是你那老爷子的遗产？"

"如今的海贼根本不知'颜大将'还有一个女儿，在他们看来，'颜大将'的后人只有画师统太郎。"

"据传，颜思齐生前将财产托付给了一名和尚，在日本土生土长的统太郎不可能知晓遗产的下落。那帮歹人坚信受托的和尚会主动联系统太郎，都在虎视眈眈。"

"是呀，说来不凑巧，正好撞上中原的逸然大师东渡日本，去长崎的兴福寺修行，统太郎还兴冲冲地登门拜会，让那些歹人误以为他便是那受托的和尚。"

回忆起六年前的往事，阿兰不由感慨地仰望天空。

躲在阴影处的林统云一动不动，内心却激荡万分。纠缠了他六年的疑惑终于解开了。林统云早就怀疑那日遭遇的无妄之灾，八成要归咎于他的生父，威震南海的大海贼颜思齐。其后，他得知了神秘宝藏的传闻，心中的疑惑解开了七分，但还有三分细节未知。

阿兰和吉井的这一番日文交流彻底给了他答案。

"歹人心想统太郎不会老实交代，还特意施了一些手段。"吉井继续道。

"这何止是'一些'！统太郎就是一文弱书生，身子骨弱，哪里禁得住这样的虐待？"阿兰恼怒道。

"那可是一辈子都享不尽的财宝，一般人不吃些苦头，哪里肯吐出来。"

"别说吐出来了，统太郎可是喝了一肚子的泥水！"

"他们可舍不得要了统太郎的性命，顶多就是送他去鬼门关走一遭，再把拉他回来。这一来一回，或许统太郎就感念这些歹人的不杀之恩了……"

"然后关统太郎一阵子，软硬兼施，等他开口？"

"多半是如此。我和统太郎朝夕相处了一阵子，对他还是有三分了解的。我可以断言，他绝对不知道财宝的下落。就说那逸然大师，但凡做点调查，就能知他和海贼毫无瓜葛。那帮歹人这回可真是吃瘪了。"

"哪有我弟弟惨，他可是无端挨了一顿毒打。爹的部下真是半分情分都不讲，竟忍心对过世首领的后人下如此毒手。"

"恶人自有天收，他们整日做一夜暴富的美梦，改日梦醒，已是废人。"

"这是他们罪有应得！话说回来，郑芝龙的报应似乎还没到，不知他在北京如何了？"

"怎么就扯上报应了，你就这么确定郑芝龙就是你的杀父仇人，不是还没确凿证据？"

"不必有证据，他使诈霸占了我爹的基业，这就是十足的罪过了！老天爷多少得让他吃些苦头！"

"其实报应已到。他表面上在北京加官晋爵，实则是处处受限的人质。他儿子国姓爷还在厦门招兵买马，反抗清朝，浑然不顾老爷子的死活。"

"说起国姓爷，统太郎在他身边效力，不知是否顺遂。"

"顺遂得很。据说统太郎至今已多次去日本采买武器，你不必替他操心。"

"但愿如此……"阿兰还是很担心她同父异母的弟弟。

"'大耳'这么说，断然不会错。"吉井安慰道。

"大耳"是郑家首席间谍林一祥的绰号，此人南来北往，替郑家搜罗情报。他用手头上的郑军情报，换取了等价的台湾情报。等价交换，这便是谍报的本质，但林统云对此不敢苟同。

"这'大耳'值得信任？"阿兰狐疑道。

"信或不信，取决于我们如何看待'大耳'。眼下，此人对我们而言还有利用价值的，毕竟他是国姓爷之'耳'。"

"何意？"

"现阶段，我们可不能让国姓爷关注到台湾。当务之急是尽量吸引更多的人渡台，但又不能太过火，否则会招来荷兰当局的警觉。待时机成熟，人数够了，我们就一举推翻荷兰人的统治！台湾岛不亚于九州，我早就想做一做那儿的岛主！若让国姓爷盯上，可就是煮熟的鸭子飞了。"

"煮熟的鸭子？"阿兰被这比喻逗笑了。

"别笑，大意不得！"

"你杞人忧天了，国姓爷眼里只有大陆，哪里看得上台湾。"

"你错了，台民常年受'红毛'压榨，恨不得国姓爷立刻来救他们逃出苦海。对他们而言，岛主只要不是'红毛'，谁来当都好。这可不成，这岛主之位，非我吉井多闻莫属！"吉井言罢，再次用随身的汗巾抹了把脸。

"野心勃勃的吉井多闻，不愧是我看中的男人。"阿兰将头埋进男人的怀里。

"这些年，先是只顾着寻你爹的宝藏，又是企图做台湾岛主，我的确是野心勃勃！"吉井大笑道。

"可不是吗？"

"岛主夫人，我们回后宫去！"吉井抄起阿兰的腿，将她打横抱起。

"哎呀……"阿兰一声娇呼，抱住男人的脖颈。

"还有谁，愿随我们渡台呢。"

即便有佳人在怀，吉井仍在思量自己的"霸业"。

备　战

　　1658 年，五月，郑成功终于迈出了北伐的第一步。这一年是清顺治十五年，明永历十二年。在日本则是四代将军德川家纲掌权的万治元年。

　　七年前（1651）的四月，厦门遇袭，施琅降清。同年同月，三代将军家光过世，由比正雪、丸桥忠弥等人主导的"庆安事件"爆发。

　　而这七年对国姓爷来说，是韬光养晦的七年。他志在收复中原，故而得先攻略南京，再以南京做基点，北伐夺回京师。

　　厦门之役的翌年（1652）三月，甘辉和清将"王老虎"王进交锋，未分胜负。同年，国姓爷攻占位于厦门对岸的海澄，清守将投降。

　　清朝总督陈锦率军反攻，郑成功在江东桥与其交战，获得大胜。陈锦撤回泉州，郑成功趁势攻取长泰，围漳州。漳州攻防战可谓惨绝人寰，自四月始，直至十月才解围返回海澄。双方僵持了半年，城中存粮用尽，饿殍满地，死难者多达七十余万人。

　　郑成功连连征战并非为了攻城略地，而是征饷。毋庸置疑，这是在为之后的北伐做准备。郑军每攻略一处，便命令当地豪强乡绅"乐输"，即主动上供物资。

　　若一味强取豪夺，必然会留下恶名，所以郑成功便想出了"乐输"之法。"乐输"看似是自愿行为，但若拒绝，后果可想而知。

　　除了这些"乐输"之财，郑成功还有另一财源，那便是海外贸易。那时，长崎港口常有"国姓爷船"出没，这些船便是郑军用于赚取军资的商船。不仅是日本，还有琉球、台湾、南安、澳尔滨岛、吕宋（现菲律宾），整块东亚都是"国姓爷船"的战场，也是林统云活跃的舞台。

长达半年的漳州攻城战看似了无尽头、苦不堪言，其间却也发生过泉州士卒将清军总督陈锦的首级呈给郑军的大喜讯。

先前提过，陈锦在江东桥大败，撤回泉州。那之后，陈锦驻兵凤尾山，全力练兵。这一场战败伤及了陈锦自恃名将的自尊，他发誓要厉兵秣马，一雪前耻。但要练就精兵强将，必须要有严酷的军纪。陈锦每日亲持长鞭督练，若有士卒出错，便是一顿猛鞭伺候。

陈锦麾下有个勤务兵叫库成栋，十分笨拙，频频出错，背上已被陈锦鞭笞地溃烂化脓。即便如此，陈锦仍没有半分留情。这将军大概是施虐成性了。

你把我当牲口，就休怪我不忠不义！

库成栋决心报复。他是负责照顾总督起居的人，要报复轻而易举。某晚，库成栋趁陈锦喝得烂醉，将其刺杀并斩首，然后带着首级连夜奔赴围城漳州的郑军。

敌军总督首级突至，郑军上下无不震惊，但郑成功却立刻下令捆了库成栋，训斥道："区区勤务兵，竟敢因私仇杀害总督，此乃大逆不道！来人，将这大逆之徒斩首示众！"

库成栋满心以为有重赏，谁知会惹来杀身之祸，哭喊讨饶道："国姓爷饶命！"

"还不给我拖下去！"郑成功厌恶道。

"饶命呀！"库成栋号啕大哭，拼命哀求道，"陈锦视我等性命如草芥，泉州士卒都想弃暗投明，只不过顾虑国姓爷的想法！若国姓爷能饶小的性命，泉州的士卒必会争相来投奔！到那时，国姓爷不废一兵一卒，便可得福建半壁！请三思，请三思！"

库成栋所言非虚，眼下漳州难攻不破，若清军争相投降，大势所趋之下，别说是漳州了，全福建都归顺也不足为奇。

郑成功心动了。他脑海里浮现出挚友林统云一脸担忧的神情。对方眼下身在琉球，若在身边，他必然会劝说自己：莫要意气用事，凡事须知权宜。

确实，饶眼前这家伙一命，于当下形势百利无害。然而郑成功最不喜"权宜"二字。比起"一时利益"，他更看重"万世公义"。他在南海偏僻小岛隐忍多年，到如今出征北伐，为的也是伸张大义，而非追名逐利。饶了这个杀主求荣的兵，无异于撕毁自己高举的公义大旗。

"饶不得！杀！"

言罢，郑成功不欲再纠结，起身甩头便走，根本不理会库成栋的惨叫。

翌年（1653）五月，流亡朝廷的国君永历帝派兵部主事万年英出使郑军，册封郑成功为"延平王"。明王朝几乎没有册封外臣为王的先例，但乱世不拘法则，若真有扶大厦之将倾的功臣，封之为王又有何妨？此时郑军之高层大多有爵位，例如，甘辉就是朝廷钦封的"崇明伯"。

除了郑成功的"延平王"，永历帝在去年还册封李定国为"西宁王"。

李定国虽是农民军出身，却为流亡朝廷的存续立下了汗马功劳，曾一度从清军手中夺回桂林。没有他李定国，便没有流亡朝廷，更没有永历帝。他比郑成功早一年封王是理所应当的。

厦门之战同年，随着舟山失陷，在此地建立流亡政权的鲁王只能逃亡厦门，求郑成功庇护。然而，郑成功一直以来只视桂王永历帝为隆武帝的正统继位人。寄人篱下的鲁王朱以海只能主动舍去"监国"之位。如此窝囊的覆灭形式，在明末数个亡命政权中算是独树一帜。

郑成功受封延平王的那一年，郑军多次进攻漳、泉二州，夺军粮数十万石，囤积于厦门岛。彼时，世间有"东南郑成功、西南李定国"的说法。纵然清王朝称霸了北方半壁，却仍然焦头烂额于这两股顽强的反抗势力。

"西南李定国"在清廷眼里只是癣疥之疾，迟早可将其铲除，但"东南郑成功"却是棘手的心腹之患。清军不擅水战，自然惧"海上雄师"郑军如洪水猛兽。

清廷对誓死抵抗的郑成功可谓是软硬并施，其父郑芝龙便是一切对策的关键所在。清廷将郑芝龙带到北京"款待"，并册封其"閤安侯"，妄图以此厚待拉拢其子郑成功。

郑芝龙也三番五次送家书给儿子，内容无外乎是劝降：而今天下大势已定，休要顽抗……

意思是说，先前天下动荡，局势不明，父子分道扬镳，各侍一主，无论鹿死谁手，都可确保郑家不倒。而如今大势已定，天下归清，自当审时度势，尽早归顺，方可争得清朝优待。

郑芝龙在家书中孜孜不倦地动之以父子之情、晓之以局势之理。不仅如此，清廷遣使入闽，向郑成功奉上招安之诚意——"靖海将军海澄公"的大印。清廷承诺，若郑成功愿归降，就册封其"海澄公"，并赠予泉、漳、惠、潮四州之统治权。

面对如此优厚的条件，郑成功先是命心腹李德随使者返京，而后轻描淡写地瞥了一眼公印，道："他人作何选择，成功不管，但此等厚礼，成功谢绝。"

议和条件不仅仅针对郑成功，清廷还册封郑鸿达"奉化伯"、郑芝豹"左都督"等恩赏。郑成功嘴上说"不管"，但主帅都拒绝了，麾下将士还有谁敢领赏？须知郑军的团结一心，声名在外。

对此答复，李德当场跪地哭诉道："国姓爷若一味拒绝，只怕会祸及身处京师的令尊！"

"清廷之厚恩，成功岂会不知？只不过我郑家深受明王室皇恩远胜于此。父亲会理解的。若换作他，必然也是一样的态度。"

就这样，清廷劝降郑成功以失败告终。

此次议和发生在二月，然而就在同年三月，郑成功便果断率兵突袭了福州、兴化、泉州等地，不仅是口头上，更在行动上表明了自己的态度。

入秋，郑军再次出兵"征饷"，单单是在铜山一地，郑军便"征"得了供给全军十月的粮食。同年十一月，郑军夜袭漳州，兵不血刃地夺下城池，清军守将、知县悉数投降。郑军在漳州府城征得白银一百零八万两，继而又在泉州各地征得七十余万两……郑成功的北伐准备便是这般大刀阔斧地向前迈进。

同年，林统云奔走于日本、琉球两地，为郑家操持海外贸易。途经长崎时，他不得不万分谨慎，因为这里熟人众多，稍有不慎，恐怕会暴露身份。停留长崎其间，他偶遇了朱舜水。

朱舜水是侍奉监国鲁王政权的文人，他身负密令，来往于中国与日本、安南之间。所谓"密令"，想必就是和林统云那般，操持贸易、筹措军资。

两人在长崎的驿馆谈话，朱舜水对林统云大倒苦水："唉，郑家眼下如日中天，阁下的生意必然顺风顺水，不像敝人这般难办……"

鲁王政权立足在贫瘠的舟山群岛，既无沃土，又无战力，根本无法入手和日本交易的本钱。彼时的对日贸易以生丝为主，郑家虽不产生丝，却以"征饷"之名在各地掠取了无数生丝。林统云的职责便是将这些物资售予日本。

相较之下，舟山群岛是彻底的海上孤岛，鲁王政权在大陆早已没有属地，说得不留情面一些，便是居无定所的"漂流政权"。

走投无路之下，朱舜水想出了"三角贸易"的法子，即从安南收购生丝，再卖给日本赚差价。但如此一来筹码全掌握在他人手中，自然有难办的时候。

林统云对这位五十五岁的病弱文人心生同情，安慰道："若有难处，阁下尽管提便是，晚辈自当鼎力相助。"

"生丝！事到如今，只有生丝能救我明廷！"朱舜水那垂老的眸子里透着决心。

数年后，朱舜水这个名字将响彻日本。此人先是为复兴明室，以带病之躯奔走于日本和安南；而后又随郑军北伐，最终定居长崎。晚年的他做了德川光圀[1]的门下幕僚，开创"水户学"，并在凑川神社的楠公碑上撰文。种种经历为他在日本赢得了很高的名望。

第七次东渡日本后，他便再没有返回中国，而此时和林统云相遇，是他第五次东渡日本。林统云将荷兰人的生丝供货渠道分享给了朱舜水。

与此同时，郑成功正如火如荼地准备北伐，无暇顾及台湾。朱舜水随林统云一道返回厦门，而后独自返回安南。他打算听从林统云的建议，去台湾闯一闯。

翌年（1655），郑成功正式将厦门的中左所改名为"思明"。

"统云，能否劳你去泉州'无尘庵'探望程先生。"

林统云刚回到厦门，便受郑成功之托赶往泉州。程鸥波自去年秋天起身体每况愈下，而今已距大去之期不远。"无尘庵"地处沦陷区，国姓爷亲自潜入太过危险，故而只能托林统云代行探望。即便没有委托，林统云也必会走这一趟，程先生教导过他绘画，同样是他的恩师。

林统云谨慎地将头发重新剃成"半蓄辫"，来到泉州城北的无尘庵。程鸥波的病情比预想的还要重，已躺在病床上奄奄一息。面对探访的弟子林统云，他一言不发，只是紧紧攥住对方的手，老泪纵横。半晌，他才耗尽浑身气力道："托付予你，托付予你了……"

---

[1] 德川光圀（1628—1700），日本水户藩主。

不必特意说清，林统云已能领会恩师之意，承诺道："先生放心，林统云对天发誓，不会让令爱受半分委屈。"

得了爱徒的承诺，程鸥波那骨瘦嶙峋的手似乎又有了一分力道。守候在侧的淑媛听闻父亲的遗言，不由地哽咽了。

林统云抵达无尘庵的第十日，程鸥波离世。林统云将恩师的后事料理妥当，携淑媛一道返回厦门。服丧期满后，两人成婚。

同年年末，郑成功从清军手中夺回了鲁王的老地盘舟山群岛。这亦是北伐前必备的一环。郑军越是得势，来自台湾的"呼唤"便越发高涨。这些"呼唤"不仅来自台湾汉人的求援，荷兰东印度公司也对贸易越发壮大的郑成功抛出了橄榄枝。

然而此刻的郑成功眼里只有北伐，台湾作为军资来源之一，并没有得到他的重视。

荷兰东印度公司眼下正处于两难之中，他们既盼望有更多的移居者渡台，来开垦荒地，又忌惮大陆的残兵趁机来此避难。巴达维亚方面不惜对台湾加以重兵把守。荷兰东印度公司想要的，只是任劳任怨的庶民。

就在郑成功苦攻漳州不下的那半年（1652），台湾爆发"郭怀一起义"，荷兰的文献称之为"怀一之乱"。

郭怀一曾是颜思齐麾下的干部，颜首领死后，他不愿屈居郑芝龙之下，便留在了台湾，团结当地民众，组建属于自己的势力。他不愿给郑芝龙效力，更无法忍受"红毛"的统治。

作为台湾当地的汉人豪强，郭坏一与荷兰东印度公司来往频繁，互有招待。某日，他在自家招待的宴席上忽然发难，当场刺杀了数名荷兰人，计划趁势夺取荷兰人的据点热兰遮城。然而他的弟弟贪生怕死，苦劝兄长停手不成，竟向荷兰东印度公司告了密。

得知此突发状况，郭怀一不得不提前计划，率众攻入赤嵌城。由于己方仓促进攻，敌方早有戒备，这次起义以惨败告终，相关人等全部被杀。

郭怀一本就和郑家有嫌隙，此次起义又正巧撞上郑军围攻漳州，双方没能做到里应外合，不可谓不遗憾。荷兰的台湾总督费尔堡至此有了警觉，他提醒巴达维亚总部：国姓爷若在大陆受挫，必会觊觎台湾！

在郑家还没有对台湾表现出兴趣的时候，就能预测到这点，可见这费尔堡着实有远见。然而费尔堡很快便被调回了总部任职，卡萨接任总督。后本部又有调令，派揆一接任第十二任台湾总督。此人的登场，左右了郑成功乃至郑家集团的命运。

自厦门战败，至出征北伐，这七年里，郑家厉兵秣马、韬光养晦，就算有针对大陆的军事行动，也不过是点到即止的利益之争。

郑成功心怀北伐大志，他这七年里无时不刻不在鞭策自己，片刻不敢懈怠。

首先，郑军的军纪十分严酷。所谓军纪之下无亲疏，这一点从郑成功在厦门战败后处决郑芝莞这件事上便可看出。

其次是巩固统帅权威，若有人胆敢冒犯权威，哪怕此人功勋卓著，同样无法轻饶。郑家水师的"缔造者"施琅险些被杀，后开始逃亡，但家里人惨遭株，这个下场比一万条明文军纪更具震慑力。

再次是宣扬北伐之大义。北伐求大义而不求利益，故而郑成功狠心处决了带着清军将领前来投诚的勤务兵。这份对大义的坚定也深深烙印在了士卒们的心中。

郑军在这七年里的军事行动有胜有败，若败因是战略失误，主将则被问责处斩。1656年正月，郑军苏茂、黄梧于揭阳对战清朝的平南王尚可喜，大败而归。郑成功便狠心以用兵不慎的罪名处决了苏茂。

其实，苏茂还有一项罪名众人皆知，但无人敢点破，那便是他藏匿施琅，并助其逃亡。郑成功早就得知此事，只是苦于没有机会算账。

然而此举却将黄梧吓得投降了清军。黄梧本是郑芝龙旧部，先前已投降过一次清军，后回归郑成功麾下，而今又再次投清。

先前提过，清廷为劝降郑成功，打造了一枚"海澄公"的大印。郑成功拒降后，这印便没了用武之地，清廷索性将其赠给了投降的黄梧。

黄梧对郑军的了解不亚于施琅。为了报答清军的厚待，他献上了针对郑家水师的"平海策"。

郑成功自知资历尚浅，不足以统率二十万将士，故不得不强化主帅权威，施行严刑峻法。但此举却将施琅、黄梧这两名关键人物逼去了清军阵营，给后来郑家的没落埋下了致命的隐患。

出　征

　　"大木少爷……"一声温柔的呼唤将郑成功拉出梦乡，眼前是一如往常的厦门帅帐。

　　在厦门岛上，身边的将士们尊称他为"国姓爷"或"延平王"，一族的叔父们则爱称他为"贤侄"，唯独没人唤他的字"大木"。方才在梦中呼唤他的少女显然不是岛上之人。

　　是少珠……

　　那张少女的娇颜在郑成功眼前忽闪而过。这名曾和自己亲密无间的南京旧院艺伎，如今不知是生是死。郑成功临别南京前，将她托付给了同窗陈方策，俩人自那时起便断了联系。他多次叮嘱"大耳"林一祥沿途打探少珠的消息，但自从南京福王政权覆灭，少珠便如人间蒸发了一般没了踪迹。

　　郑成功早已放弃，只当这红颜知己早已香消玉殒。今日又为何忽然想起她。或许是北伐在即，不日便要攻打南京，让他不由得联想到南京的人与事了吧？若如此，梦中人为何是少珠，而非朝夕相处的同窗陈方策……郑成功不禁苦笑，笑自己见色忘友。

　　但不得不承认，想起少珠，那段流连于灯红酒绿、纸醉金迷的年少往事也一一浮上脑海。曾几何时，明王朝虽已迟暮，但北边京师天子仍在，南边又有家族雄霸一方，青年郑成功无忧无虑，可尽情在古都享受青春岁月。

　　仿佛还在昨日，却一去不复返……

　　而今郑成功已三十过半。伤感来得突然，难以抑制。这强忍了十数年的伤感一朝得以释放，就是这样势不可挡。

郑成功从床榻上一跃而起，打开门窗，让正午的阳光一股脑涌入营帐。午休是南方生活习俗中不可或缺的一环。郑军军纪规定，正午后有一个时辰的午休时间，士卒们通常会在午膳后稍做休憩。

"国姓爷醒了？"窗外有人问道。

郑成功探出脑袋，笑道："永华，你一直守在外面吗？"

说话的是新任免的参军陈永华，他此刻正岿然不动地在帅帐外站岗。

"是！"年轻人声音激昂地答道。

"去歇会儿罢，不必硬撑。"

"劳国姓爷关心，属下无恙。午后的'铁人'演练已准备妥当，国姓爷是否现在去检阅？"陈永华问道。

"也好，让他们列阵罢。"郑成功点头。

所谓"铁人"，就是身披钢铁甲胄的重甲部队——头带铁面，身穿铁臂、铁裙，只露眼耳口鼻，以铁索固定，无法褪下。

起初，"铁人"的双耳也是被完全封死的，但如此一来，他们很难听清号令，因此覆耳的铁板上后来都被钻了一个小孔。然而"铁人"的听力仍会受阻，所以"铁人"只能耳听战鼓，眼见令旗，以此为准采取行动。

当时是冷兵器的时代，"铁人"可谓刀枪不入，即便是火铳，也无法伤它分毫。

林统云从日本采买的钢铁甲胄，就是"铁人"部队的创建基石。

据载，参与北伐的"铁人"部队约有八千到一万人。仅凭购买日本产的甲胄，难以供给这么多人，所以其余的铁甲乃是工官冯澄世仿照日本甲胄加工而成的。

"铁人"的选拔极其严苛——必须身扛军营里的某只千斤石狮，绕营一周。铁甲刀枪不入，大大降低了战死的概率。故而，郑家士卒无不期盼入选"铁人"，但合格者百人中不过三、四，竞争格外激烈。

1658年三月，即永历十二年，顺治十五年，被郑家奉为正统的永历帝跋山涉水逃去了云南。正是这一年，郑成功终于熬到了时机成熟之日！

"铁人"部队迄今有过几次小规模的作战经验，虽说只是练兵，但尚无败绩。正因如此，郑成功才会狠下血本，将部队扩建到万人。

同年三月，厦门岛有了独自的演武厅，"铁人"部队的操练更是一日不落。

"遵命，属下这便去通知左虎卫！"陈永华言罢，按操练时的要求右转，正要离去。

"左虎卫"的猛将陈魁是"铁人"部队的总指挥。

郑成功苦笑，朝着那精壮的年轻背影严厉道："永华，从今起你每日要准时午休，这是军令！"

陈永华的步子顿了顿，大声回复道："属下遵命！"

"军令不可违，明日看你表现！"

陈永华回头，露齿笑道："属下谢国姓爷关心。"

"你是哪年生人？"

"回国姓爷，属下是崇祯六年生的。"

"崇祯六年吗……"郑成功陷入回忆。崇祯六年，那是他从日本回到家乡安平镇的第三个年头。眼前的青年比他小了十岁。

"青春年少呀……"郑成功感慨道。过去的十几年，年轻一直是郑成功深恶痛绝的"软肋"，仿佛无论身在何处，自己永远是人群中的小辈。没办法，谁让他在弱冠之年，便坐上了郑家统领之位。

每每事与愿违，郑成功总会习惯性地归咎于自己的年轻，归咎于自己资历浅、难服众。

然而此时此刻，他竟破天荒地对年轻心生艳羡。

陈永华皱眉，不服气道："属下今年已二十有五。"

"是否满意参军一职？"

"恪尽职守，唯恐失职，岂敢不满！"

"尽力干吧，你前途不可限量。"郑成功激励道。

"遵命！"陈永华言罢离去。其步伐仍走得一板一眼，但郑成功能从中感受到对方有几分欢欣。

陈永华是举人陈鼎之子。永历二年（1648），郑成功夺回同安，任命当地举人陈鼎为县教谕。然而好景不长，清军再次攻陷同安后，陈鼎拒降，在城内的明伦堂自尽。文官不同于武将，通常会择木而栖，宁死不降者寥寥，陈鼎就是其中之一。

父亲殉国，十五岁的陈永华携母投奔郑成功，开始在储贤馆学习。储贤馆是郑军创建的特别学府。有资格入馆者皆是忠节烈士的遗族。

储贤馆的学生享有各种特权，例如，无论参加什么考试，都可跳过初试，直接入围。但即便没有这种特权，陈永华仍能凭其杰出的才能出人头地——二十五岁的参将，这在郑军中是绝无仅有的。

郑成功目送陈永华离去，眼中是止不住的欣赏。

这日午后，郑成功来到演武厅，检阅"铁人"部队的操练。刀枪不入的"铁人"如同坚不可摧的"活战车"。正如战车前行需要助力，"铁人"部队的身后，普通士卒方阵紧紧跟随。战车上配备军械，铁人亦如此，其中最常见的便是云南斩马刀。此兵器外形似日本倭刀，刀刃极长，攻击方式并非挥砍，而是横扫，专攻骑兵马脚，故名"斩马刀"。"铁人"部队冲锋在阵前，必须和敌方骑兵正面交锋，没有比斩马刀更适合的兵器了。还有一些"铁人"持巨斧，只为一击使敌人毙命。

今日的演戏，主要是操练红白战旗的号令。先前提过，铁人以铁块覆耳，虽留有细孔，却仍难以辨音，只能凭红白令旗行动。

演练结束后，紧接着便是一场重要的军事会议，北伐之事就此论定。郑成功先将后方留守工作安排妥当："金门、厦门守军由前都督黄廷调遣，兵官洪旭、户官郑泰辅佐！"

此次会议并非商讨，而是郑成功单方面的军令传达。黄廷、洪旭是郑芝龙提拔的元老，可以放心地委以后方重任。郑泰则是郑军的"大管家"，从军资调配到赋税征收，甚至海外贸易，都有他活跃的身影。有他在后方支持，前方战事方可无资源之忧。

郑成功环顾众将，叹息道："若定国公健在，留守后方的重任非其莫属。"

先前提过，郑成功的叔父、定国公郑鸿达因厦门失守而心怀愧疚，自愿交出麾下兵马，引退至对岸的白沙。自那之后，他回到金门开衙建府，安享了数年的晚年生活，于去年三月身故。就在前不久，郑成功刚给他操办了周年忌日。

"定国公早年曾兵临长江，何等英姿飒爽。若他九泉下得知我郑军将再度北伐，必然雀跃欢呼……"

众将沉浸于国姓爷慷慨激昂的演讲，没人敢插嘴。大战前夕，此类激励必不可少，士气是否高昂，有时能够左右战局。

随着郑成功的话语，众人不由地思念起那位大胡子老将。郑军中无人不敬重郑鸿达。这老将性子急躁，稍不顺心便喘着粗气，破口大骂，胡虬微微颤抖。

万众一心，这是统率千军万马的绝对前提。郑成功很清楚这道理，见自己的引导有了成效，他从怀里取出提前备好的方案。

北伐大军的整编计划如下：

第一军由中提督甘辉担任主帅，其麾下左虎卫陈魁率五千"铁人"以及一万护卫兵，一名"铁人"之左右各分配一名护卫兵。另率普通士卒一万、兵船四十艘、快船十艘。

第二军由右提督马信统领，麾下有兵马两万、兵船五十艘、快船十艘。

第三军由后提督万礼统领，战力和第二军相同。

第四军是大本营部队，国姓爷郑成功亲自坐镇，麾下有兵马四万、兵船一百二十艘。

郑成功高声宣读军队部署，台下鸦雀无声，演武厅的气氛仿佛凝固了一般。有人似在颤抖，十之八九是因为感到振奋。

"第四军之规模仅为暂定，具体视实际情况再做调配。"

郑成功将部署计划收起，继续道："全员整备，五月中旬发兵！"

仅余两个月……

众将心里犯难，却无人敢提出异议。郑成功缓缓坐下，沉声问道："各位将军若有异议，但说无妨。"

半晌，台下仍是沉默，郑成功加重了语气："若有异议，但说无妨！"

这回，有个年轻的声音答复道："属下拙见，两个月是否太长？"

发言者不是别人，正是参将陈永华。郑成功闻言，饶有兴致道："噢，愿闻其详。"

"大帅宣布北伐，全军振奋，正是出征良机。若耽搁两个月，全军将士恐不能维持这样的劲头，届时贸然出兵，恐有不妥。"陈永华回复道。

"依你之见，何时出征为妥？"

"至少，再提前一个月……"

"如此大规模的远征，筹备过程必须确保万无一失。本帅事先请教过郑泰等户官，依其计算，此次北伐的筹备再迅速，也要两个月。须知欲速则不达。"

"此言在理，难就难在，怎样维持我军士气两个月不减……"陈永华双目发光，似乎想发表己见，又顾忌身份。他刚上任参军，第一次列席如此重要的会议，难免紧张。

郑成功朗声大笑，想缓解对方的顾虑："你说该如何维持，莫非要以战备战吗？"

"不失为可行之法……"陈永华窘迫地低下头，他还没想出具体的策略。

郑成功笑罢，忽地神色一顿。以战备战，还真可行！正如陈永华所言，要维持军队士气在两月内不减谈何容易，但其间若有战事，难题便迎刃而解了。

郑成功心里有了计较，立刻道："甚好，那便以战备战，传令下去，克日攻打南洋！"

"南洋？"诸将无不诧异，台下一片哗然。

在郑军眼里，以根据地厦门、金门为界，以北是"北洋"，以南便是"南洋"。计划于两个月后进行的北伐，伐的便是北洋。北伐在即，竟要反向入侵南洋，这让众将如何不迟疑？

福建海域确实是郑家地盘，没有可以与之抗衡的其他势力。然而还是有一股反抗势力，总是趁郑家防守空虚时进犯，而后迅速消失得无影无踪，其头目名叫许龙。

郑军为何会容忍许龙的势力至今呢？一来，许龙势力只是趁乱摸些便宜，无甚大害。二来，许龙的老巢在地势复杂的厦门南面海域，不易强攻；倒不是说它固若金汤，只不过必须施以重兵。贼寇罢了，犯不上兴师动众。故而，郑军一直没把许龙之患放在眼里，任其危害一方。

从前有二十万雄师坐镇金厦，许龙自然不敢来自寻死路。但若大军出征北伐，后方空虚，许龙岂不是要兴风作浪？既如此，何不趁此机会，将其斩草除根？一来能确保后方安全，二来能维持士气，可谓一举两得。

"进军南洋，歼灭许龙一伙。"郑芝龙说道。

"噢，这倒可行。"

"好计策，一石二鸟！"

众将释然。若换在平时，出兵讨伐许龙或许劳民伤财，但此时，这的确是一道妙计。

"不仅如此，本帅要亲自上阵指挥！"郑成功再次语出惊人。

众将面面相觑。出兵征讨倒罢了，主帅亲征就有些小题大做了。

郑成功的语气不容置疑，众将不敢反对。反正是一场必胜之战，既如此便让做他吧。

在郑家的文献中，这名游荡于南面的贼首被写成"许隆"，只因要避讳郑芝龙的"龙"。郑成功亲征许龙，世人对此难以理解。有一句谚语恰如其分："杀鸡焉用牛刀。"

但在郑成功看来，此次剿匪就是北伐前的"血祭"，如此重大的仪式，主帅必须亲临。

郑军中，就属左武卫对许龙老巢的地形最了解，在其指引下，郑成功率领麾下左虎卫陈魁、右护卫陈鹏部队南下剿匪，甚至还带上了部分"铁人"。

许龙的营寨地处某海湾深处，外深里浅，易守难攻，且水下礁石密集，若非对地形十分熟悉，没有船舶敢闯入。然而林胜偏偏对此处的地形和气象了如指掌，他慎重地建议道："我军不可冒进，待到涨潮，再一举突破即可。"

反观许龙一伙，仗着有利地势，根本没作防备："国姓爷又不糊涂，怎会劳民伤财来讨伐我们这几个'虾兵蟹将'？"

没过几日，郑军便趁涨潮，在林胜的指引下，围了许龙的营寨。

"怎、怎会这样！"得知郑军兵临城下，许龙吓得魂不附体，哪里还有心思应战，仓皇逃命去了。

郑成功将寨中的金银辎重全部"笑纳"，还不忘下令一把火将营寨化作灰烬。凭此一役，郑军至少可以确保许龙势力在北伐期间不会作乱。

趁这场小凯旋，郑军还顺道跑了一趟清军占领的沿岸，四处"征饷"，收获颇丰。在突袭汕头东北方的澄海县时，清军守将刘进忠和副将高进威自知无胜算，没做抵抗便开城投降了。

就这样，这场北伐前的"血祭"，在没有流多少鲜血的情况下落幕了。提振士气这一初衷可谓圆满达成，郑成功心满意足地凯旋厦门。全军摩拳擦掌、跃跃欲试，似乎天下半壁势在必得。

"南京乃是我大明副都，皇宫、府衙一应俱全。我军此次北伐，志在先夺南京，后取北京，驱除鞑子，恢复大明江山！今日在思明一别，我等就要久居南京，准备继续北上。思明的家乡父老，成功就此告别，望各自珍重！"

郑成功在出征前夕，召集了厦门当地的乡绅权贵，说了这段道别之语。这可不是寻常的道别，郑家一族此番全员出动，已是决心和厦门永别了。

北伐军十七万五千人的粮食供给可是个大工程，伙夫中不乏女性。这些随军妇女同样需要人管束，郑成功便带上了正妻董氏，以及六名侧室。林统云携妻淑媛登上了第四军的战船。

临近出发，后冲卫主将华栋病故，在澄海降伏的刘进忠顶替了其位置。

郑成功和厦门的父老乡情告别后，宣布禁例若干：

> 奸淫妇女者枭首，大小将领连罪。
>
> 破坏民宅者枭首，大小将领连罪。
>
> 强抓壮丁服役者枭首，大小将领连罪。
>
> 杀耕牛者枭首，大小将领连罪。

一言以蔽之，不拿平民一针一线，不碰平民一草一木。真可谓军纪严明。

各船奉命将"禁条"高高悬挂，每日自省。针对不识字的士卒，各船的文书要为他们详细解释清楚。

"此次出征，国姓爷志在必得，这叫全军怎能不气势如虹！"登船前，淑媛看着意气风发的军队，由衷感叹道。

从厦门港列阵至围头湾，放眼望去全是郑家的船队。第一阵甘辉麾下的兵船已扬帆启航。出征当天是五月十三，万里晴空，海面波光熠熠，可谓是天助郑军。

"国姓爷有自信是好的，但若自信过剩，恐生隐患……"林统云担忧道。

"这是何意？"

"希望是我杞人忧天了……如此志在必得，若遭遇变数，只怕会一蹶不振。"

郑成功为了此次北伐已倾尽所有。长达七年的隐忍蛰伏，就是在等待这一日的到来。出征就在眼前，这叫性子本就敏感的国姓爷怎能自持？然而无论是方才的道别之语，还是之后颁布"四大戒"，郑成功都显得格外镇静，不缓不急。

年轻的陈永华见状，在一旁干着急：如此清汤寡水的演说，怎能提振士气？

而熟知好友性情的林统云却看得明明白白：郑成功只是表面上冷静，心里则焦灼万分。这团火焰热烈到他自己都无法控制，只能强装镇静，避免失态。

这份镇静，让郑成功自己都觉得不正常。一切话语仿佛不受控制地脱口而出，和心中的烈焰背道而驰。此刻，郑成功孤身躲在船舱之中，双手抱头，哪里还有方才豪言壮语的模样。

林统云悄悄推开了舱门，说道："去躺一会儿罢，或许会好些。"

郑成功闻声一震，立马变回寻常模样，见来者是林统云后，如释重负道："统云，好在是你，若让他人得知主帅如此软弱……"

"这是人之常情，被看见又何妨？是你太过在意了。"

"换作他人，自然无妨，但我是一军主帅，若示人以软弱，会影响全军士气。"

"既迈出这一步，就已无回头之路。你感觉到了吗，船已离港了。与其在此抱头苦恼，不如舒坦地睡上一觉。"

"那便依你之言……"郑成功言罢，朝一旁的床榻走去，途中却又犹豫了。

"试想，主帅满脸紧迫，这让全军如何能安心迎战？"林统云继续劝道。

郑成功坐在床沿上，却没有躺下，叹道："你说得对，但我心中有烦恼，如何能入眠……"

"我陪你小酌几杯？"林统云邀道。

"借酒消愁吗？好主意！"说到酒，郑成功恢复了几分神气。

日落羊山

出海第八日，北伐军抵达沙关。

沙关即如今的沙埕，是地处闽浙边境的小城。船队在此处遭遇暴风雨，不得不上岸整顿十来日。彼时已步入六月，船队必须提前准备淡水食物。

船队离开闽海，先后攻夺浙江南部的平阳、瑞安，两城守将不战而降，远征军轻而易举地入手了可供七个月的口粮。

船队从瑞安一路北上，进入温州湾，攻打位于瓯江河口的温州城。

温州是青田石、黄杨木等雕刻材料的产地，故温州是中国首屈一指的工匠圣地。产于瓯江上游地域的木材全部集散于温州。

温州是典型的江南富庶之地，若能攻陷此处，收获的粮草必然超乎想象。如此要地，清军自然派精兵猛将镇守。远征军想尽了办法，还是久攻不下。

正如先前在沙关遭暴风雨阻拦，此次北伐，郑军似乎并没有受到气候的眷顾。这日，郑军正猛攻城池，天突降暴雨，一记落雷打在攻城阵中，劈死了两人。

"苍天！"郑成功的面色骤然铁青。

在古代的中国，"天打雷劈"可是天谴的象征。郑成功率复辟之师北上，志在挽救日暮的大明，照理说应该感化苍天才对，但此刻郑家军竟遭遇了"天谴"？

"不应如此，不应如此啊！"郑成功哀号道。

"什么不应如此？"林统云皱眉道。

早在出征之时，国姓爷的神经便一刻也没放松过，林统云尽其所能地安抚劝导，却都是徒劳无功。

郑成功痛苦道："我本以为从此北伐是顺上天之意，谁承想，竟遭到了'天谴'！"

"这并非天谴，而是警示。"林统云佯装轻松地笑道。

"警示？什么警示？"

"苍天在警示我军，不要在此处耗损兵力了。"

苍天的警示，这么说来，上天反倒在恩宠我军……国姓爷释然，略加思量，决定道："停止攻打温州，进军舟山！"

七月初二，船队抵达舟山。钱塘江注入的杭州湾之外，便是星星点点的舟山群岛，有大小岛屿四百余座，其中大多是无人荒岛。最大的舟山岛，面积约有五百二十三平方公里，可匹敌日本的淡路岛。

此处曾是监国鲁王朱以海的根据地。清军灭鲁王政权后占据此处，其后又被郑成功攻夺，如今此处仍然战乱不休。舟山和郑家大本营厦门相距甚远，防备薄弱，但清军不擅海战，又不敢贸然对此处出手。

舟山岛南岸有定海县，远征军的干部暂且在此处登陆歇息，重整旗鼓，再拟北伐方针。

"我提议，趁此机会再做一次演练。"郑成功在作战会议上提议道。

最近的几场苦役，让他对郑军的实战能力心生不安。郑家水师的战术储备确实是多变难防，但眼下却不能妄用，因为这些战术皆是施琅所创。如今施琅投敌，再高超的战术，也是自寻死路。

当务之急是创造全新的战术，但这谈何容易。事到如今，无论郑军在排军布阵上如何创新，顶多就是对施琅战术的革新改造。以此对阵施琅，简直是班门弄斧。

在北上前往舟山的途中，郑成功无时不刻不在构思该如何创新战法，所幸略有所悟，但就这样上阵使用未免太过草率，还是得"临阵磨枪"，先演练一番。

舟山群岛一旁的海面极为辽阔，时至今日仍是中国最大的渔区之一，群岛更是遍地渔港。浩浩荡荡的郑家船队在此稍做停泊丝毫不成问题。再者，舟山虽是岛屿，却盛产稻米。由于稻米产量过剩，此处自古便盛行酿造。<u>鱼和酒</u>是舟山群岛的立根之本，此地乃名副其实的"鱼米之乡"。故而十七万五千人在此逗留，不必担心粮草供给。

就这样，郑军在舟山停留了约一个月。在这期间，他们争分夺秒地操练。国姓爷继承了郑家血统里的执拗，容不得新战术的操练有丝毫瑕疵，需反复练习上百次，直到满意为止。但这一月的停留，还有气候的原因。

郑家军七月初二抵达舟山，八月初九清晨启航离去。这一个月里，海面上风浪不息，直至八月初九才消停下来，开云见日。引港都督立刻提议道："鸡鸣之时出发，午后可抵羊山！"

从舟山群岛进入长江，船队需横贯杭州湾。别看杭州湾只是一个海湾，贯穿它的距离相当于从大阪到冈山。在抵达长江之前，必须有停泊岸休整，羊山便是最近的停泊处。

"话说这羊山，是否因产羊而得名？"郑成功好奇道。

李顺细心解释道："此'羊'是海洋的'洋'去三点而得，当地人把那片海域称作'王盘洋'。"

"噢，这解释有些牵强……"

"还有另一说法。据说，羊山岛附近有一猴山岛，前者的山顶有羊群栖息，后者的山顶则有猿猴群居。但属下曾登过这所谓的羊山，并未看见传说中的羊群。"

"你竟专程上岸考证了一番？"

"并非是专程，羊山岛上有优质水源，过往的船舶都会上岸采水。"

"原来如此。我等此番去羊山，是否也是为了补给饮用水？"

"正是，长江流域已沦陷，清军戒备森严，难以上岸补给淡水。羊山的入海处堪比巨湖，又能容纳数百艘船通过，十分便捷。"

船舶逐渐远离舟山定海，郑成功仰望初升的半轮明日，感叹道："所幸天助我军，气候好转。"

"若船队顺利抵达羊山，无论军务如何紧急，还望大帅务必先行一事。"

"何事如此要紧？"郑成功奇道。

"山中源泉旁有一座娘娘庙，大帅务必祭祀娘娘，以求风调雨顺。"

江浙一带的"娘娘"不仅保佑孩童、驱除瘟疫，还和福建的"妈祖"一样，护佑出海者一帆风顺。郑成功不屑道："我还道是何事如此紧急，原来是迷信。"

"途经羊山的船舶皆要如此，这是当地的惯例。"李顺解释道。

"也好，整治淫祠邪教本就是我郑军之责！"郑成功的表情隐隐有些不善。李顺是直来直去的海上男儿，根本没察觉到这点。在他看来，身为远征元帅的国姓爷向娘娘祈求风调雨顺，本就是理所应当之事，怎可能拒绝？

即便郑成功已口出"淫祠邪教"之词，迟钝的李顺还是没明白其用意，继续说明道："祭祀娘娘切不可敲锣鸣炮，只要击鼓，将纸钱撒入大海即可。"

郑成功的嘴角不易察觉地一撇，问道："为何不可鸣炮鸣锣？"

"这是有说法的……"李顺兴致勃勃地解释道，"传说，羊山附近的海域有一只独眼蛟龙，沉睡于海底，若不慎将其惊醒，定会引起滔天巨浪。那一带的暴风雨，全由蛟龙掌控。"

郑成功语带嘲讽道："蛟龙潜海，引来波澜倒能理解。暴风雨从何而来？"

"风雨雷电自古以来都是蛟龙操控。"李顺严肃道，似乎深信此说法。

"我活了半辈子，还未见过目睹蛟龙之人。李顺，莫非你遇见过？"

"没见过……"

"既没见过，何以笃定世间有蛟龙？"

这质问非常尖刻，李顺立马拉下脸来，坚定道："属下坚信！"

"我在问你凭何坚信？"

"据属下所知，有许多人死于蛟龙之手，属下的堂兄便是其一。他在浮头湾遭遇蛟龙袭击，丢了性命。"

"如此说来，你该庆幸蛟龙没找上你。"

郑成功这话已极尽揶揄之能，李顺仍没有察觉，认真道："只因我处事谨慎，没有冒犯蛟龙之举。"

"既如此，我也不得不谨慎点了。传令下去，士卒登岸后不得鸣锣鸣炮！"

"大帅英明！"

郑成功又问道："话说回来，锣炮不能鸣，鼓怎么就能敲？"

"蛟龙喜爱鼓声，不会介意。"

"还有这说法，那我就命全军击鼓进羊山，但仅限于此了。"

"大帅此言何意？"

"击鼓禁锣已是极限，投撒纸钱绝不可能，军中也没有这类物件。"

纸钱、金箔等物是烧予黄泉死者的，远征的队伍怎么可能随身携带这种不祥之物。再者，郑成功对迷信深恶痛绝，就算换成往常，他也不会容许士卒有烧纸等迷信之举。

"冥币而已，羊山的城镇可以购得。"李顺不放弃道。

郑成功摇头，不容置疑道："禁烧纸钱，乃是军律！"

李顺还想争取，但国姓爷毫不客气地打断了他："祭祀娘娘庙也没得商量，船队已高举妈祖旗，不必再劳烦其他娘娘！"

闽船都会在船尾处悬挂一张细长的旗帜，以此祭祀"妈祖"。眼下，这却成了郑成功拒绝祭祀娘娘的理由。

"但这样……"李顺仍在纠结。有道是"行船走水三分险"，凭海而生者通常都会信神佛，李顺是有过之而无不及。

"若是得罪了'妈祖'娘娘，其后果可比独眼蛟龙兴风作浪更恐怖。"

李顺不仅迷信，还是容易被牵着鼻子走。听郑成功这么一说，他还真就这么想了。

"你看看眼前这片'王盘洋'，不是风平浪静吗？有何顾虑？"

船队拂晓出发，到了晌午，已能看见若隐若现于海平面处的羊山。郑成功派小船给各兵船递去帅令：各船从此刻起严禁鸣炮敲锣，并一起击鼓！

"这样便妥当了？独眼蛟龙可在海底安眠了吧。"郑成功问李顺道。

"妥当。"李顺心满意足道。

郑成功轻笑，对副官道："开始击鼓！"

郑家舰队在喧天的鼓声中抵达羊山，郑成功吩咐传令官道："命各船主将上岸，在娘娘庙会合，召开军事会议！"

又开军事会议，有完没完了……传令官心里有些埋怨。全军在舟山海域操演了一个月，每日有数次会议。而今好不容易启航，才走了一日，又开会……他不知，在这短短一日的航行中，郑成功又心生新的战术灵感，但有些掌舵上的技术细节无法确认，故而急匆匆地开会，想要请教部将们。

且不说这些灵光一闪的战术能否实现，郑成功想要的是麾下诸将也能将这些战术融会贯通。迄今为止，郑家水师的战术方针都是郑成功的"一言堂"。郑成功自然能运用自如，但诸将就未必了。而郑成功希望的是，即便没有主帅发号施令，诸将也可以随机应变。

郑成功能认识到这一点，可谓成长。北伐不同于在闽海沿岸的小打小闹。争夺天下之战，稍有不慎，便不得翻身。

"国姓爷，你脸色似乎不太好。"董氏担忧地问道。

"昨夜没睡安稳。"郑成功自知脸色异常。他昨晚彻夜思考战术，几乎没有歇息。

"看你眼眶黢黑，别是着了寒，今日是否歇息一日？"董氏比丈夫年长几岁，对郑成功可以说是亦妻亦姐。眼下仿佛是母亲在埋怨孩子不爱惜身体。

听似母亲之言，却无母亲之情……郑成功不喜欢这种感觉，冷漠道："我是全军主帅，岂可因身体抱恙，贻误军事会议？再者，今日的会议事关重大，关乎我的新战术是否能成，区区风寒，何足挂齿？"言罢，郑成功将文献资料整理好，放入盒中，着手做登陆准备。

"既如此，我便不阻拦，但请带我一同上岸，好有照应。"董氏坚决道。她素日寡言，但若开口便是板上钉钉，一步都不肯退让。

郑成功无奈，只能应允。他能号令千军万马，却唯独对发妻董氏无可奈何。郑成功未到弱冠之年便娶妻生子，当年尤为中意温良恭顺的江南女子。成亲之后，董氏不介意夫君纳妾。在那时，男人一般都会有一两个妾。再者，纳妾给家族开枝散叶是一种"孝行"。

成亲后的郑成功先后纳了十多名妾室，他选择妾室的标准毫无例外——言听计从，唯唯诺诺。此次北伐，他带了六名妾室，此举等同于在向麾下将士表决心：此次势必占领南京，在此地安家！

"我带你去便是了。"郑成功拗不过妻子。

"是！"董氏的语气仿佛一切理所应当。

"唉，我连日在外奔波，还想你能在后方住持大局……"

"一切要以国姓爷的身子为重，我必须陪同。至于留守后方的重任，交予统云先生便是。"

"交予统云自然妥当，但他毕竟是男子，怕有不便之处。"

"统云先生的夫人淑媛也在船上，有她协助，没有不便。"

"也是……"郑成功苦笑。

换作平日的军事会议，郑成功都会请林统云出席，给自己担任文书。若涉及武器、粮草，更少不了请教林统云的意见。今日郑成功纯粹想探讨战术上有关航行的问题，所以并未强求林统云列席。

"统云，你听见了吗？只能拜托你了。"郑成功对身旁的林统云道。

"半日而已，我当尽力而为。"林统云笑道。

郑成功准备妥当，下船登岸，回望身后的海面，嘀咕道："如此平静的海面，难得一见。"

江浙沿岸素有"浙江潮"的说法。二十世纪初，清朝末年，留日的中国学生在日本创建革命刊物，刊名便是《浙江潮》。"浙江潮"涨潮之时，海水会逆流进钱塘江，和顺流的江水碰撞，激起的飞浪高至数米，乃世界闻名的海上奇观。

八月十六是大潮之日，来自远方舟山的海潮以撼天动地之势向河口袭来，景象格外壮观，至今仍吸引无数游客慕名前来。

从杭州湾到外海这一片海域绝对和"平静"二字无缘，甚至连纵横于闽海的郑家水师都无法迅速适应。眼下天气晴朗，郑成功刚如释重负，谁知一众干部刚上岸，海面上便有了异常，天色也蒙上了一层阴霾。

军事会议上，李顺无心议事，不时瞅向窗外灰蒙蒙的天空。

"李顺，你做什么？有没有仔细听我说话？"郑成功不悦道。

"大帅，外头的天色，似乎有些古怪……"李顺担忧道。

"混账，天有阴晴，有什么古怪的？"郑成功怒斥道。

就在这时，只闻窗外"当"的一声巨响……竟是铜锣之音！李顺当即一跃而起，敲锣鸣炮会惹怒海底蛟龙，大难将至，叫他如何不慌张？

郑成功也随声跳起，却并非因为恐惧，而是出于震怒。

是谁如此大胆，竟敢公然违抗军令！

郑成功先前已明令禁止各船敲锣鸣炮，以郑家水师成熟的传令系统，不可能出现遗漏。如此想来，方才敲锣的人不就是在明知故犯！

郑成功朝门外的卫兵吼道："来人，去查清敲锣之人，将他绑过来！"

然而门外卫兵还未回应，一声惊雷突然炸响！这可不寻常，方才还是晴空万里，怎的一转眼便雷霆大作。此时为八月中上旬相交之时，虽已是秋历，气候却仍是盛夏。

从方才起，阵阵妖风把窗外的枝叶吹得沙沙躁动，怪不得李顺会坐立不安。

天色骤然阴沉下来，但夏日的天气本就阴晴不定，众人大多对此习以为常。然而眼下的状况却有些不同寻常。铜锣声一响，紧接着雷霆大作，阴云密布，似乎昼夜颠倒了一般，这让人不得不多想。

雷鸣暂缓，却仍可听见远处的铜锣声，可见铜锣声从方才便没停过。郑成功愤怒道："混账，究竟是谁……"

这时，窗外又降下一道指粗的闪电，撼天动地的响雷紧随其后，两者几乎发生在同一瞬间。在场者无不惊骇——迅雷电闪！

从天而降的霹雳仿佛要将天地撕成两半，雷鸣间是狂风的嘶吼。如此情形下，哪里还听得见铜锣声……除了雷鸣、风吼，天地间又多了一种慑人的咆哮。

"是海啸！"甘辉的声音在黑暗中响起，室内而今已伸手不见五指，据《从征实录》记载，当时"昏黑，对面亦不相见"。

"愣着做甚！还不快来人点烛火！"这暴躁的嗓音，一听便知是"铁人"将军，左虎卫陈魁。

"是、是！"在场的勤务兵已吓得六神无主。

半晌仍不见光亮，陈魁怒吼："磨蹭什么，快点蜡烛呀！"

"马上便好，还请稍候。"勤务兵惶恐地答复道。想来也是，这大白天的，没人会特意准备烛灯。

"报应来了，报应来了……"

李顺神神道道地低语，被郑成功听见了，郑成功质问道："你说什么报应？"

"我们没拜娘娘庙，所以……"李顺颤抖道。

"混账话！"郑成功怒斥道。在他看来，所谓的神佛，根本就是奸恶之徒蛊惑愚民的生财之道。在厦、泉两地，制纸币者大多家财万贯。

随着又一声暴雷，甘辉冷静道："诸位莫慌，浙江沿海的气候一贯多变。"仿佛是在抗议，接踵而至的响雷似乎比先前更加震耳欲聋。一瞬间，闪电仿佛要将娘娘庙吞噬，将庙内照得雪亮，很是诡异。

"还没找到烛火吗？"陈魁的怒吼就没断绝过。

"找到了！咦，还有纸钱……"勤务兵在娘娘庙的祭坛周边摸黑寻找。既是庙宇，自然会备有祭祀用的烛火，只不过仅凭闪电的光亮，难免费些时间。再加之陈魁动不动就怒斥，勤务兵们都被吓得乱了手脚，花了更多工夫才找到。

室内有了光亮，国姓爷恢复了一分镇定，警觉道："不妙，船那边……"

娘娘庙在陆地上，即便外头搅得天翻地覆又有何惧？但海上的船舶又能经受多少风浪。再说，船上还有女眷。

又是一道闪电，郑成功趁机环顾在场众人，瞬间心里凉了半截……大事不妙！他为了商议新战术的可行性，将各船的掌舵好手都召集到了此处。此刻，船上没剩多少老练的掌舵者，如何应付得了风浪？

羊山岸边停泊着大小战船三百余艘，每艘船上都有数百将士留守，若出意外，必然损失惨重。郑成功哪里还顾得上危险，喊道："全员归船！"

当务之急是船舶的安全，让各船掌舵好手归位。但如此风浪下，要乘摆渡小舟回兵船，谈何容易。

羊山的沿岸并没有像样的码头，船队只能漂浮在离海岸较远在海面上，靠小舟摆渡上岸。摆渡小舟可经受不住太大的风浪。

正如郑成功所担忧的，战船上的混乱远超娘娘庙众人的想象。船只像怒涛中的浮叶般漂浮着都算好的了。此刻的兵船已濒临沉没，加之船长及掌舵好手都缺席，更加剧了船上人的惶恐之情。

林统云及国姓爷家眷乘坐的自然是旗舰。这艘旗舰专门为北伐建造，乃是适用于长江作战的"沙船"型，船底平坦，在内河移动如履平地。即便是现代的海战，若战场在内河，船底薄且平坦的炮舰仍被视为主力。

然而旗舰眼下并非位于长江之上，而是在羊山的杭州湾外，和身处外海无异。寻常的郑家战船底部尖且深，以此能在外海的波涛中保持稳定。专门用于内河的旗舰便不一样了，在外洋上的稳定性差了很多。

林统云频繁往返于日、琉两地，也多次遭遇恶劣气候，但此刻这异于寻常的摇晃，还是让他倒吸一口凉气。

大事不妙！

缓慢且大幅的摇晃比频繁的震动要危险百倍。摇晃的幅度过大，很有可能会翻船。船舱里的孩童本能地感知到危机，开始号啕大哭。郑成功的姜室们再无法保持镇静，接二连三地惨叫起来。

"请各位夫人镇静、镇静！"林统云把嗓子都吼哑了，但雷声隆隆，他的嘶吼显得无济于事。据《从征实录》记载："只闻呼死呼救、拆裂冲击、悲惨之声。"

哀号声响彻船里船外，一片混乱。妇人死死抱住船柱不肯撒手，上了年纪的阿婆则瘫软在楼梯上，这些阿婆大多是照顾郑家家眷的仆役。但无论是站是坐，只要船一摇晃，都会狼狈地滚成一团。

郑成功的长子，十六岁的郑经继承了些父亲的统帅威严，他用绳索将自己捆在船柱上，免于翻滚在地。不仅如此，他手握短匕，若船真的翻了，他便割断绳索逃脱。

"大家看我！像我这般捆住自己！"郑经竭力提醒众人，但外有风浪、雷鸣，身边还有绝望的哭喊，任一样都能掩盖他的吼声。即便没有这些阻碍，失去理智的众人也听不进他的话。

此刻，船舱内已近乎伸手不见五指。众人关上舱门，又将所有窗户钉死，如此可以防止海水渗入，却也阻绝了所有光源。窒息的黑暗进一步侵蚀了舱内妇孺的理智。

事已至此，只能听天由命了……

林统云心如死灰地闭上眼睛，他虽身负照顾郑家女眷的重任，但如此情形，已非他一人之力能挽救。只能各自考虑各自的生路了。

他刚闭上眼，忽觉有亮光涌进。他睁开眼，原来是有人打开了船舱。尽管外面黑云压境，宛如黑夜，但还是比封闭的船舱多了丝微光。这一缕微光，将林统云的求生欲再度点燃。

然而从开启的舱门涌入的不仅是光明，还有汹涌的海水。甲板上有水手朝舱内吼道："出舱！出舱！想活命的话快出舱！"

林统云瞬间意识到最糟的事态即将来临。他正欲开口提醒众人，妻子的喊声却提前响起："各位夫人，快随我逃到舱外去，这艘船马上就要翻了，我们只能自救！眼下不是谦让的时候，跟上我才有活路！"

淑媛言罢，率先爬上阶梯，浑然不顾涌入的海水如瀑布般砸在身体上。林统云见状，立刻紧随其后。若登上甲板，十有八九会被甩入海中，但这样总比随船下沉多了几分生还的可能。

两人正奋力爬阶梯，外面雷光一闪，林统云趁机回头望向舱内，正巧看见郑经在用短匕首切割绳索，但下一瞬黑暗再度袭来。

"相公，用这个！"淑媛的喊声从甲板上传来。

林统云早已成淋成落汤鸡。船正摇晃着朝另一个方向摆过去。淑媛话音刚落，林统云感觉有什么东西落在肩上，他伸手一摸——是一根粗绳！

"另一头已经系在桅杆上了，很牢靠！"淑媛喊道。

"甚好！"林统云立刻领会了妻子的用意。他将绳索抛入船舱中，有此物相助，即便是弱女子也能爬上甲板。言语间，郑经已率先抓住了绳索。

林统云见船舱内的人会意后，奋力爬上甲板，只见妻子淑媛正无助地抱紧一根桅杆。

"此处距陆地不远，我等必然能获救！"他高声吼道，不知是在激励妻子，还是在安慰自己。

甲板上狂风怒号，若不赶紧抱住某物，怕是顷刻间便会被吹入海中。林统云艰难地匍匐到妻子所处的桅杆旁。所幸桅杆上捆满了大小绳索，不用愁没有着手之处。林统云想站起来，却发现双脚似乎被某物缠住了，动弹不得。

"莫慌，是我！"原来是紧随着二人爬出船舱的郑经，他同样匍匐在地，只不过紧紧地抓住了林统云的脚。

郑经回头喊道："切不可站立，学我这样匍匐！"

空中电光闪过，照亮了甲板，已有数人随郑经爬上甲板，其中甚至还有死死抱着婴孩的女眷。郑经抓着林统云的脚，一点点挪到了桅杆处。就在这时，林统云忽觉全身浮空，让人眩晕的失重感随之袭来。

生死就在此刻了！

林统云身体紧绷。船体被卷上了浪尖，若就此落下，必然逃不过翻船的厄运。闪电照亮了周边海域，已有船舶颠覆，仅余船底死气沉沉地裸露在海面上。

忽然，船体直线下落！

"相公！"

林统云循声抱住妻子，随着一声巨响，夫妻俩双双被抛入大海。肆虐的狂澜将两人强行分开。

淑媛会水！

这是林统云脑海里的第一个念头，他不由对已故的程鸥波先生心生感激。

在那个年代，哪里有良家女子会水，深居简出的女眷更没有下水的机会，除非是海边捕鱼之家的女子。在这种环境下，鸥波先生冒着禁忌，教授了女儿游泳。"无尘庵"附近的"福春池"就非常适合用来学习游泳。

女子学水有何不妥，关键时刻还能派上用场。多亏了鸥波先生有远见，给了女儿生还之机。

"切勿逆着浪游，尽力漂浮于水面！"林统云竭力吼道。他不知淑媛是否能听见，若对方听不到，就当是提醒自己吧。

"知道了！"远远传来淑媛的回应，"相公勿忧，我捉住了一块浮木，暂时性命无虞！相公如何了？"

"我也捉住浮木了，莫担心！"统云撒了个小谎，好让妻子安心。

林统云生长于沿海的平户，在水中能如履平地。他深知一点——区区凡人，绝不能抗衡海洋之力。

还好现在是七月……

林统云尽量往好处想。若此时是冬季，即便是水中达人，亦难抵刺骨的海水。

"天空逐渐放晴了！"淑媛的声音比想象中要近许多，她和林统云一样，尽量鼓励自己。

"是啊，我们一定能获救！"或许是心理作用，眼前的事物似乎渐渐清晰，不似方才那般摇晃不清。

"相公，淑媛今生今世不悔嫁于你！"淑媛忽然不顾场合地高声示爱，似乎不想留下遗憾。

"我林统云，今生今世非淑媛不娶！"林统云动情地高声回应。

两人之间的爱意不含一丝杂质，突破了生死之极限。这一吼，似乎吼出了千思万绪，二人心里说不出的轻松畅快。

娘娘庙内，国姓爷郑成功正不怒自威地站立在台上。随从们终于寻到了像样的烛火，室内重获光明。

盈港都督李顺和管船都督陈德跪拜在郑成功跟前，嘴里不停地祈求：

"请大帅下令设坛祭拜当地娘娘，以平息羊山之风浪！"

郑成功面色铁青，一声不吭。违抗军令敲锣的人也还未逮到。方才众人赶到岸边，却被风浪阻绝，只能眼睁睁地看着远处的兵船一艘艘地侧翻。停留在岸边于事无补，众人便不甘地返回了娘娘庙。

这必然是蛟龙震怒所至！迷信的李顺、陈德已惊惶得浑身颤抖。不仅是他们，在场的大部分将领都开始对这个说法半信半疑，唯独郑成功对鬼神之事恨之入骨，坚决不肯认同。

恢复中原不为牟取私利，仅为伸张大义！怎可能遭苍天责罚？

他坚信甘辉的说法，夏秋交替之时，浙江海域上的气候变化莫测，巨浪突袭不足为奇。

纵然心中信念坚不可摧，但郑成功毕竟是一军之帅，事到如今，是贯彻信念，还是收揽人心？他陷入了两难。就在这时，从方才起便一言未发的董氏开口了："两位将军，快去准备纸钱和香烛，立刻开坛祭祀娘娘！"

李顺和陈德如蒙大赦，连滚带爬地奔向祭坛。郑成功见状，便顺竿下台，听之任之了。其实他心里已偏向收揽人心，只不过被董氏抢先一步开了口。

郑成功长叹一口气，朝祭坛走去。李顺和陈德二人已在七手八脚地准备祭祀了。郑成功在祭坛前闭上眼，竟觉得屋外的风雨声减弱了几分。他心里又惊又疑，但仍要逞强：这必是偶然！

"不必供香火，本藩之诚意已传递至上苍。"郑成功自此时起开始在公开场合自称"本藩"，延平郡王本就是藩王。

"上天已感应本藩之意。"他在祭坛前继续道，"风浪即将停息，本藩在此设坛，感谢上苍。"

郑成功按例焚香、烧纸，低头祈求，心里却不住地告诫自己：风浪无常，岂有天意操控？风再疾终会停歇，浪再高终会平息，仅此而已……

郑成功两侧的李顺、陈德怎知主帅的心思，只顾虔诚地磕头。董氏则站在三人身后，效仿丈夫低头祈求。然而郑成功根本无暇顾及什么神佛，一心只在乎敲锣者到底是谁。此人或许相信海底蛟龙之邪说，故意敲锣引来风浪袭击郑家舰队？

郑成功早有觉悟，此次出征难以做到万众一心。军中不乏投降派，其中甚至有一军之将领。

只要凯旋连连，一切质疑便可不攻自破！若能力压清军，即便军中有叛徒，也无谋反之机。唯独鏖战时要小心谨慎。

李顺不知从何处取来了祭祀用的酒水，看来是早有此打算。郑成功亲自在祭坛上斟了酒。就在这时，身后忽然一阵强风袭来，有人撞门而入，狼狈道："报！中军第三船在海上破损……沉没了！"此人是刚从海难中逃出生天的将校。

雷鸣声渐渐远去。海面上风平浪静，天空拨云见日。

"娘娘平息了蛟龙之怒！"李顺雀跃不已，当即朝祭坛磕了数个响头。

郑成功面色严峻地听着损坏情况，纵然心碎欲裂，却只能强忍。浑身湿透的林统云瘫倒在地，号啕恸哭。郑成功用日语问道："统云怎如此失态，丝毫不像寻常的你。"

"我的泪水，代国姓爷而流……"林统云哽咽道。

的确，身处国姓爷的位置，越是这种悲伤的场合，就越不能任由情感宣泄。

海难翌日，成百上千的遇难者尸首被冲上羊山的海岸。不得不说，比起葬身大海、尸骨无寻，这些死难者算是得到了上天眷顾。

据各部统计，此次海难的遇难者已达八千人，其中就包含郑成功的六名姜室，亦可以说是延平郡王的妃和嫔。郑成功的亲生骨肉也未能幸免于难。据《台湾外纪》所载："功失四子睿，七子浴，八子温。"

这"浴"字显然是"裕"的误传。但据其他文献记载，郑裕之后跟随郑成功入主台湾，羊山海难后四十年才过世。郑氏台湾政权覆灭后，此人投降清朝，得四品顶戴，膝下还有克崇、克俊二子。据史载，八男郑温和其兄长一样，投降清朝，授封四品顶戴。

《从征实录》的记载又不同，说是二舍、三舍、五舍三子死于海难。"舍"指的是长子以下的少爷。然而有正史记载，次子郑聪在羊山海难后娶了鲁王以海之女为妻，其后降清，官居三品。三子郑明、五子郑智则在台湾分别担任左、右武骧将军，降清后官居四品。

国姓爷纳妾众多，在后代的排序上似乎没有固定的说法。用排除法来看，郑家十子之中，在羊山遇难的应该是名不见经传的四子郑睿、六子郑宽，以及末子郑发。

三百艘战舰破损、沉没超过百艘。羊山海难让远征军损失三分之一艘战船，损失士卒近万人，可谓元气大伤。

卷土重来

兵船和士卒的损失暂且不论，这场海难少说带走了五年的粮草、武器。如此一来，北伐已是无稽之谈。距《从征实录》记载，郑成功面对此绝境，竟然"发一笑，令各收尸埋葬"。

郑成功不能落泪，只要能抑制住如潮水般涌来的悲痛，无论什么神情都可以。郑成功选择了最简单直接的方式，他笑了。

善后工作告一段落，郑成功若无其事地命令全军返回舟山。羊山近乎是荒岛，士卒们在此处无法休养，更别说修缮破损的战船。军事会议上有人提出异议："我军要东山再起，首选返回厦门。厦门有我们的同胞，返回此地，方可图再起之机。"

羊山不能久留，北伐军面前只有两条路，暂驻舟山，或返回厦门。郑成功决定暂驻舟山，因为离开厦门时他曾放出豪言，"金陵再会"，即便是被气候所阻，他也不愿这般落魄而归。

确实，厦门有同心同德的父老乡亲，可以安心重整旗鼓。但若就这般铩羽而归，此次羊山之难就会成为士卒们心中永远的疮疤。在郑成功看来，眼下的当务之急是将此次天灾大事化小，小事化了。

远征军的损失惨重，甚至可以说伤了元气，但身为一军之帅，必须带头蔑视一切挫折，这是凌驾于沙场之上的心理战。

胜败乃兵家常事！

我等乃大义之军，岂能顾忌民众不归心？

这是郑成功对将士的激励和叮嘱。郑军志在收复天下，而不是偏安厦门一隅。若每占领一处都要提防民众离心；遇上挫折便想念厦门之安逸，岂能成就大事？

"区区天灾而已，万万没到回乡休整的地步！"郑成功豪言道。

这一年，东亚的海面上可谓多灾多难。同年是日本的万治元年，据记录各地天灾的《长崎略史》记载：大风，港内溺死者三十四人。

郑军在羊山遭遇的便是同年频发的海啸之一。所谓"暴风雨前的宁静"，海难前的天气越是晴朗，随之而来的风暴就越是猛烈。

接下来的数日，部分失踪者陆续从别处的岸边返回。"铁人"部队大将左虎卫陈魁的副将黄安便漂流到了普陀港。郑成功闻之大喜："黄安将军尚在人世！此乃我军大幸，天不绝我义军，天不绝义军啊！"

言罢，他将长鞭抛向空中。士卒们还是头一回见到国姓爷如此高兴。

郑成功向来欣赏黄安之才，但将其生还比作郑家之幸，就有些名过其实了。显然，此举是为了挽救全军消沉的士气。得知黄安生还，郑成功确实喜悦，他想把这份喜悦扩散至全军，所以才故意做出抛鞭之举。

"国姓爷所言甚是！黄安乃我军的栋梁之材！"甘辉立刻响应，兴奋地一跃而起，环视周边的同僚。他察觉到了主帅的用意，便佯装喜出望外。

如今形势下，必须要时刻提防军心动摇。郑成功不得不强打精神，每日以蹩脚的演技待人接物。每晚回到船舱都精疲力竭，比征战沙场还劳神。

船舱里通常只有郑成功一人，林统云偶尔会上门拜访，倾听好友心中苦楚。郑成功没少在林统云面前哽咽。

"放声痛哭一场，或许会好受些。"林统云建议道。

"统云已代我痛哭，我好受许多了。"郑成功无力地笑道。

"有用便好……"

"不能松懈，须知兵船损坏容易修缮，人心动摇可不易平息。负面情绪会蔓延，只要滋生便无法抑制。"

"我军遭此劫难，军心岂能没有丝毫动摇？有些事，你须看开些……"

"我怎会不明白……"郑成功无奈道。

郑成功尽量以最简明易懂的道理安抚将士："我军马上就要远离海洋之危，进入河川地带。长江流域虽宽阔，其危险却不及海洋的万分之一。"但这并不能减轻羊山带给士卒们的恐怖回忆。将士们私下议论纷纷：长江可不是寻常的河川，和汪洋大海没什么区别。你看，我们乘的不就是海船吗？寻常的河流哪里用得着海船？

此言有故意煽动之嫌，郑成功已暗中派人调查。

此次飓风将部分生还者诸如黄安，冲去了舟山；还有部分人漂流到了北方的金山卫，抑或南方的镇海周边。然而并非所有幸存者都回来和大部队会合，其中不乏趁此机会脱离郑家的逃兵。

经调查，这些逃兵大部分都是在沿岸归降的清军，几乎没有郑家的老兵。其中又以北方籍占多数，福建籍占少数。郑军将这类北方籍的士卒称作"北将"或"北兵"。

金山卫和镇海已是大陆，附近就有清军大营，这些逃兵前去投奔，还捏造了说辞：我等在福建遭郑军俘虏，趁乱得以脱身。

这样一来，他们便能重返心心念念的北方家乡。如今的郑军之中，只怕不乏这般伺机出逃的北兵、北将。对此，林统云建议道："眼下还是不要去追捕这些逃兵为妙。"

"有何说法？"郑成功问道。

"我军遭此大劫，北伐南京之大计起码要延期半年以上，当务之急是休养生息。这些北兵既有退意，怎堪再战沙场？既然如此，不如做个顺水人情，放他们自由。"

依林统云之见，裁军节流是当务之急。有这般主动离队的逃兵，自然是求之不得的。

然而郑成功却不敢苟同，他摇头反驳道："此举置军纪于何处？军纪不存，则军心不稳，迟早酿成巨患。在我看来，绝不能坐以待毙，必须将这些心怀退意的北兵军法处置！"

郑成功心中只有大义，明知不可为，为贯彻心中大义，必要强行为之。正如他常挂在嘴边的一句话：这是伸大义之战！

北伐军撤守舟山后，以林一祥为首的郑家间谍开始在郑军内部奔走调查。郑军遭此大难，元气大伤，军心难免有几分懈怠。但在郑成功眼里，这却是千载难逢的良机。

眼下军心涣散，暗藏军中的反叛分子必然会蠢蠢欲动。若能趁此机会将其一网打尽，何尝不是因祸得福？在大义至上的郑成功看来，恢复军队的纯洁，显然比林统云力谏的裁军节流更有利。

林一祥汇总了手下收集而来的情报，再加之自己的见解，然后向郑成功汇报道："军中确实混入了敌方细作，且妄图作乱。据传言，此次的船舶修缮，有细作暗中将部分船舶的桅杆涂成红色。他日两军对垒，这些朱红桅杆的船舶会立刻叛变投敌。"

"你如何看这传言？"

"简直儿戏，桅杆涂成红色，这还能称之为暗号？显然是有人居心叵测，散播谣言，动摇我军士气。"

"能否查清始作俑者？"

"还请少安毋躁，我等正在逐一排查，搜寻证据。"

"北将之中是否有可疑者？"

"没有确凿证据，不好断言。眼下只能说，绝对清白的只有贾世明一人。至于水武镇林世用、火武营魏标、护权镇李必、骑兵镇张魁等人，多多少少都有些嫌疑。"

"我明白了。"郑成功点头，心生一计，他誓要将这搅乱军心的毒瘤铲除，"传甘辉、林统云。"

郑成功传唤两名心腹，并非是想与其商议对策。他心里已有决断，只不过想让二人知晓罢了。

两名心腹得知国姓爷的计策，心中虽有疑虑，但没提出异议。此计策虽毒，却不失为一个奇招：对最清白之北将，处以最重的处分……

此计一出，幕后真凶自知自身难保，必然会惶恐不已，从而露出马脚，做出孤注一掷之举。

郑成功刚和两名心腹会面，便开门见山道："本藩要严惩贾世明，解除其职务！"见二人诧异不已，郑成功又耐心地说明了自己的真意。

"此计虽妙，却要委屈贾世明蒙冤了。"甘辉叹息道。他对此计谋心存顾虑，但深知郑成功一言既出，绝无回旋余地，便不劝阻，只是难免同情贾世明。

郑成功决绝道："大义当前，牺牲一人何足惜？再说，本藩将来必然会给贾世明一个交代，厚待于他就是了。"

同日，郑成功便以"心迹可疑"为由，罢免了援剿右镇贾世明的军职。

以如此重罪公开处分将领，想必是有确凿证据。全军虽倍感震惊，却没人敢怀疑领袖的判断。如此氛围下，真正的幕后主使必然不会坐以待毙。郑成功趁热打铁，紧接着将林世用、魏标、李必、张魁等嫌疑不大的北将依次罢职削兵。

若不出所料，幕后黑手此刻已是心藏暗鬼、彻夜难眠了。

追踪内鬼的同时，远征军的部分主力进攻象山县，以征集粮草。此战大捷，象山知县投降，以膳食壶浆款待郑军，粮草更是不在话下。

全军雀跃于大捷之时，林一祥却从舟山带来了噩耗：被罢职查看的贾世明在家中自刎了。

"此话当真？"郑成功惊疑道。

"属下亲眼所见。他向胸膛刺入一剑，稳且狠，不愧是猛将。"林一祥答道。

"怎会这样？他怎就没领会本藩的用心……"郑成功懊悔不已。

"他定是不知您的用意，否则何至于是如此结果。"

"是本藩一意孤行，误害忠良……"忠臣良将因自己的策略含冤而死，这叫郑成功如何不痛心疾首？

"贾将军留有遗书。"林一祥说道。

"他说了什么？"郑成功连忙问道。

"国姓爷请看。"林一祥从怀里取出一信封，郑成功一把夺过，取出书信：

末将本无才无德，幸得郡王赏识，平生只愿粉身碎骨，效忠郡王。奈何而今深陷不白之冤，末将一介武夫，不知如何自证清白，思来想去，只有一死以鸣冤。请恕末将不辞而别，中途退出大义之战。此乃天意，非末将可选。

末将甘愿一死，向天祈求郡王能收复江山，大志得偿！

末将贾世明 再拜

郑成功的泪水夺眶而出，打在了信纸上。

"罢手，罢手！"他痛苦地喊道。

"国姓爷要罢手什么？"林一祥皱眉道。

"不要再追踪什么奸细了！"

"不可！国姓爷可想清楚了，这可关乎郑军的生死存亡。"

"话虽如此，但我怎能忍心眼睁睁坐视忠臣良将这样含冤而亡？传我的命令，林世用、李必等人官复原职，理由……就说洗清嫌疑了！"

"不可。"林一祥摇头拒绝道。

"为何不可？"

"国姓爷若半途而废，那才叫白白辜负了贾世明的牺牲，他在九泉之下何以瞑目？属下敢断言，不出数日，幕后黑手必会自投罗网！"

"唉……"郑成功无力地点了点头，方才他悲愤难平，说的全是冲动之言。冷静一想，如今已有人牺牲，此策略更是不能半途而废。

林一祥退下，林统云进入帅帐，呼唤好友的乳名："福松……"

"统云，你来了。坐吧。"郑成功仍然一脸悲痛。

林统云邀请道："据说对岸的山水风光是天下一绝，都说美景抚人心，是否去观光一番？"

眼下的郑成功情绪绷得很紧，再多受一分刺激，人就要垮了。如此状态，怎能统率全军？

"我现在无心风雅。"郑成功苦笑道。

"即使无心，眼前的大义之战也强迫你如此……"

郑成功岂能不知好友的用心良苦？岂能不知眼下自己无力掌兵？但他有自己的排解之法——男欢女爱。

对郑成功来说，"男欢女爱"并非单纯是肉体上的泄欲，而是转移注意、宣泄压力的出口。他对心仪女子的"爱"宛如熊熊烈焰，轰轰烈烈。在此状态下，许多军事上的困局似乎也会豁然开朗。

正因每一场"爱"都轰轰烈烈，郑成功无法无情地舍去任何一名心仪女子。郑家宅邸的后院通常"人满为患"。发妻董氏揶揄道："后院花草要泛滥成灾了……"

此次羊山之难，郑成功痛失六名爱妾，董氏又出言挖苦道："后院总算能规整些了。"

董氏不知，郑成功对每一位爱妾都有铭记一生的回忆，发妻把她们当作占位子的物件，他是万万不能接受的。但他没有还嘴斥责，这位年长的糟糠之妻对他而言还是有几分威严的。

"游山玩水倒也未尝不可。"郑成功略有意动。六名爱妾尸骨未寒，他无心招惹其他女子，游山玩水倒不失为一个替代之法。

"甚好，我携笔墨与你同去。"林统云欣慰道。

"我是不是也该带着笔墨纸砚去挥毫一番。"郑成功突然有了些雅兴。

"务必如此！或许这一挥，便挥出破敌之策了！"

"这般一想，我已不知多少年没挥毫作诗了。想当年在南京，我的诗作没少受先生嘉许。"郑成功的眼神有些迷茫，想来是陷入了回忆。

"难得途经舟山，不去纵情明媚山水，成日眺望单调的汪洋，岂不无趣？"郑成功趁热打铁道。

在舟山主岛的东边有一座名为"普陀山"的小岛，又名"补陀落伽山"。顾祖禹在《读史方舆纪要》中有云："往时日本、高丽、新罗诸国，皆由此取道以候风信。"

就是这样一座海上的弹丸小岛，却和山西五台山、四川峨眉山、安徽九华山并称中国的四大佛教圣地，其在中国的地位比肩于日本的高野山、比叡山。全岛到处都是寺院、僧房，天下闻名的普济寺、法雨寺、长生禅院就在其中。这些名刹皆供奉观音，故而又可统称成为观音寺。五台山文殊寺、峨眉山普贤寺、九华山地藏寺亦是如此。

圣地大多有绝境相衬，普陀山亦不例外。岛上随处可见奇峰、洞窟、名石，其中的锦屏峰、雪浪峰、天竺峰等普陀十三峰更是举世闻名。

如此绝景近在咫尺，却无心拜访，此举已非心境正常者所为。

"别劝了，依你之言便是。"郑成功苦笑道。

于是乎，两人在舟山东侧的沈家门雇了艘小舟，前往对岸的普陀山。

郑成功站在沈家门的渡口环顾四方，忽自言自语道："就是这里……"

"此处怎么了？"林统云好奇道。

"我七岁那年从平户乘船回乡时曾路过这里。不会错，就是这里！"

"你这都能记得清……"林统云惊叹道，那都是二十八年前的事了。

"岂能忘怀？想当年我才七岁，和生母分别，心中十分惧怕，却不敢在人前落泪。船舶在沈家门停靠休整，众人上岸留宿了一晚。旁人说再往前去便是唐山（中国）。一想到不知何时才能与母亲重逢，我只能在夜里躲被褥里悄悄抹泪，怕被旁人听见了去。"听见郑成功伤诉说起那段不堪回首的往事，林统云心生感慨：二十八年前的稚儿福松，如今的英雄国姓爷，本质上一点都没变。

好友二人结伴在普陀山休息了数日。其间，林统云纵情作画，画了很多幅，且他都很满意。他自己都惊奇不已，莫非这里真有灵气相助？

自羊山劫难后，他脑海里常常浮现出当时和妻子淑媛在海上相互激励、共度生死的那一幕幕，创作灵感也蜂拥而至。看来，这一生难得一遇的经历打通了他对艺术的"任督二脉"。

然而郑成功却久久不能落笔，仿佛抬起笔有千思万绪，落笔便都烟消云散。

郑成功焦躁地把笔一扔，说道："不行！此处遍地是名刹，香客络绎不绝，叫人如何沉得下心作诗！"这一刻，他仿佛又变回了那个不愿在人前服软的稚儿。

此海域虽已被远征军占领，但普陀山是佛教圣地，许多信男善女前来参拜。郑成功严禁郑军干扰此处的进香拜佛活动，以拉拢民心。再说善男信女中也不乏郑军将士，毕竟观音菩萨也保佑航海之人。

国姓爷此番是微服私访，他自信不会被认出来，但在他眼里，却到处是熟面孔，故而无法专心创作。他不耐烦道："这岛上就没有清净处？"

林统云苦笑道："要讨清净，便不能来此，舟山岛上遍地是清净之所，回去罢。"话音刚落，舟山的士卒找上门来，带来了林一祥的密信。

林统云仔细观察好友读信时的神情，但对方的表情不露一丝端倪。片刻，郑成功收起信件，冷漠道："幕后黑手，查清了。"

"是谁？"林统云赶忙问道。

"刘进忠，他妄想南逃。竟然是他……"

刘进忠是最近投诚的降将，他原是澄海县守将。先前提过，郑军在出征前剿灭了匪患许龙的老巢，其后顺道攻占了澄海县，刘进忠那时不战而降，加入了远征军。

当时远征军的队伍编制近乎成熟，已无武将空缺。然而很凑巧，第一舰队的后冲卫将领华栋突然病故，情急之下，刘进忠便接替了他的位子。

郑成功得了密报，立刻赶回舟山，他命令前往追杀的将领："罪犯若潜逃至沿海地域，则务必将其捉拿！若逃到了内陆，万不可深追！"

刘进忠一路向南逃至象山、三门湾一带仍不敢停歇，此处仍属于郑家的势力范围。他继续南逃至台州湾，躲进了位于灵江河口的海门城。

郑军的追杀部队乘快船轻装南下，兵临海门城，刘进忠及其党羽仓皇出逃，朝黄岩方向逃了。追杀部队谨遵国姓爷军令，不敢深追，原路折返。经此一事，郑成功一举铲除了军中最大的隐患。

刘进忠可谓是叛将史上的纪录保持者。此人出生于辽东辽阳，原是明军将校，后随上属马得功降清，镇守澄海县。郑军攻澄海，他开城投降，随郑军北伐。羊山海难后，他在郑军中煽动军心，随后再次叛逃降清，从属三藩之一的耿精忠。清初年，"三藩之乱"爆发，他再度高举反清旗帜。清军压境，镇守潮州的他毫无抵抗地开城投降，三度降清。这还没完，清朝任命他为潮州总兵，怎料他又生反意。但这次他就没这么走运了。经人告发，他最终被处以磔刑。

这告发究竟是真是假，如今已无法考证。或许，清廷只是不想留这祸患在世上，找说辞把他处理了。

挤出了刘进忠这股"恶脓"，郑军的士气焕然一新，但新的难题接踵而至：远征军这样的大部队屈居在舟山，显然不是长久之计。

郑成功想出了解决之策，他命全军分散各地，但要保证能一声号令下迅速集结。还有一点，各部队无论身在何处，须谨记郑军必要东山再起。全军当全力履行八字职责：养兵、派饷、造船、制器。执行这八字事宜大可不必集合一处，分头行动更加妥当。

郑成功选择磐石卫作为自己的驻扎地，甚至决定之时，此处还是清军领地。要将此地据为己有，必须动干戈。郑成功要求各部在休养期间尽量避战，但这一战是例外。

所谓的"卫"，指的是军事驻地。明朝在浙江设有十六卫，清初，清朝原班不动地照搬了明朝的军制。磐石卫地处温州东面，扼瓯江江口，其职责是镇守以温州为首的木材产地。

郑军要东山再起，第一要务便是造船。要造船，木材不可或缺，所以他们必须要攻下磐石卫。

磐石卫顽强抵抗，但不敌郑军，于十一月初七陷落。这一战，给郑军的造船工作提供了巨大保障。经过短暂的休养生息，远征军的军备甚至比出征时还要充实。但林统云嘴上仍挂着那句担忧："比起战船、武器，统帅之心境才是制胜关键。"

正如他所言，郑成功的心境出了点问题，或者说，他心里的那根弦绷得太紧了，长久以往如何了得。

所幸，磐石卫周边的景致不亚于普陀山，且不似后者那般遍地寺院僧房、人满为患，郑成功的创作灵感终于在此开花结果，这也说明他那紧绷的心弦多少舒缓了些。

> 黄叶古祠里，秋风寒殿开；
> 沉沉松柏老，暝暝鸟飞回。
> 碑帖空埋地，社阶尽杂苔；
> 此地人到少，尘世尚堪哀。

"终于能下笔了？"林统云看着郑成功写下一笔一画。对方已不知多久没动笔的雅致了。

"忽然有了些诗兴罢了。"郑成功满意地笑道。

"就是这兴致价值千金。比起苦吟伏案，这种灵光乍现更是难能可贵。"林统云笑道。

此时此刻，两人正置身于瓯江边的群山之中，磐石卫有传令官来报："磐石卫有客造访，找统云先生。"

"何人？"林统云问道。

"一位壮年男子，自称朱大咸。"

"朱大咸？"林统云皱眉，他对此姓名并无印象。

两人回到磐石卫，访客朱大咸已在会客厅里久候。此人约莫三十过半，瘦若干柴，却目光精悍。这种瘦弱和凶悍结合的气质，让林统云不由得心生古怪。

"阁下光临，有何贵干？"林统云问道。

"鄙人带家父书信一封，呈于林统云阁下。"男子言罢，从怀里取出一信封，递给林统云。

林统云没有草率接过，而是问道："敢问令尊是？"

"家父在日本长崎和阁下有过一面之缘。曾侍奉于监国鲁王朝廷的朱舜水，不知阁下是否记得？"

"原来是舜水先生之子，失敬失敬。"林统云不由重新审视此人的容貌，还真和朱舜水有几分神似。

朱舜水本名之瑜，"舜水"二字只是号。先前提到过，他奉监国鲁王之命四处筹备粮草，频繁奔走于日本、安南之间，并在长崎和林统云相识。

"不敢，鄙人也曾跟随父亲赴长崎，只可惜统云阁下那时身在琉球。久闻阁下大名，却无缘拜见。"朱大咸谦逊道。

朱舜水是浙江人，其家里人在温州附近出现并不奇怪。

"舜水先生可安好？传闻他去了安南……"

"家父在安南遭遇大难，九死一生，继而又去了长崎，如今已回到厦门。"

"舜水先生以抱病之躯为国奔走，可敬、可敬！"林统云犹记得朱舜水在长崎咳血卧床，险些埋骨他乡。

"家父虽病弱，却有为国捐躯之决心，故而能从安南的大劫中全身而退。"

"敢问安南大劫是？"林统云问道。

彼时的安南仍属于黎氏王朝的统治，但权臣莫氏篡夺了国家大权。国王黎氏决心讨伐莫氏。这是一次伸张"大义"的战争，要让世人承认此战上顺天意，需献上一人祭"大义"之旗。朱舜水凑巧逗留安南，便成了"祭旗"之人，但因他不愿对黎氏行君臣之礼，锒铛入狱。

朱舜水是明臣，若对安南王朝行君臣之礼，岂不是成了"二国之臣"？在中国，此等行径被称作"二臣"，是人人得而诛之的。故而朱舜水坚决拒绝对黎氏国王行礼，做了五十日阶下囚。

出人意料的是，安南的民众竟为朱舜水的忠节气概折服。朝廷迫于舆论压力，只能将其特赦，免去其君臣之礼，以国客待之，另外还邀请其撰写讨贼檄文，朱舜水自然是欣然答应。

正因这段插曲，朱舜水在安南多逗留了些时日，入夏后才返回长崎。

其后，他听闻国姓爷出兵北伐，便快马加鞭地返回了厦门，只为追随北伐大部队。

从朱大咸那儿了解了大致情况后，林统云才打开信封。正如其子所言，这是一封从军的请愿书。一言一语、一字一句，无不蕴藏着老文人的救国热血。林统云心生敬佩，热忱道："舜水先生国士无双！林某这便将此信呈予招讨大将军！"

"鄙人代父拜谢先生引荐之恩！"

热情平息后，林统云问道："说起来，舜水先生今年贵庚？"

"差两年花甲。"朱大咸如实答道。

"如此高龄，还是带病之躯，是否……"林统云有些犹豫。

朱大咸恳求道："不必忧心，家父的身子还算硬朗，否则何以在安南熬过牢狱之苦。再者，若家父得以从军，鄙人必会侍奉其左右，不会给大军添麻烦。"

林统云见对方如此决绝，便从郑成功那儿争取到了应允。朱大咸喜出望外，恨不得立刻回厦门接父亲，郑成功对其苦笑道："转告老先生，不必急于一时，眼下不过是漂在海上。若真有心从军，明年三月……明年三月，我军将在磐石卫集合。"

分散驻扎在各地的部队会向总部实时汇报造船、制器的进度。结合粮草筹备的情况，郑成功决定明年三月再度北伐。

同年年末，郑成功从磐石卫南下，在闽浙边境的沙关过了除夕。无论是作诗，还是作战，一切似乎都在往好的方向发展。

开年之后是明永历十三年，清顺治十六年（1659）。这年二月，郑成功再次返回磐石卫。

斩　龙

三月二十五，磐石卫集合！

郑成功给各部队下了严格的限令，全军不得有一船一卒迟到。各部队分散已久，出征前必须进行共同演练。郑成功还心存一大患，便是那投敌的施琅。

郑家水师的通信机制皆由施琅亲手创建，郑成功不得不将其革新，否则就是自寻死路。然而无论机制如何变化，只要原有的根基不变，必然骗不过慧眼如炬的施琅。推翻重建，谈何容易。

郑成功绞尽脑汁，想让体系脱胎换骨，仍难免有不适合实战的地方。所以出征前，必须组织无数次的实战演练。四月十九，远征军盼来了北上的顺风，从磐石卫再度启程北伐。

这次北伐的第一个目标是定关炮城，即镇海，以及甬江上游的宁波港。耐人寻味的是，北伐军上回北上途经这两处时，都选择了视而不见。这次之所以一反常态，理由有二，其一是攻略这两处不必担心腹背受敌，其二，郑成功须通过几场小战役，检验军队实力，也可以说是练兵。

"这回是否要祈求神明？"林统云问道。

郑成功坚决地摇头道："不求，去年的羊山海难绝非神明所致。海上风雨无常，岂是我等凡人能左右的？"

一旁的中提督甘辉奉劝道："祭天不为其他，权当鼓舞全军士气，还望大帅三思。"

"视情况再做定夺吧。"郑成功犹豫片刻，还是妥协了。如今的他不再像去年那般偏执，诗兴亦来得越发频繁，其中不乏传世佳作。

派出的斥候很快便带回了情报，宁波港驻有清军兵船约百艘。

"小试牛刀正合适，本藩要亲自统军上阵！"郑成功跃跃欲试，率亲卫军在梅山港登陆。

针对定海炮城这类傍海的据点，若正面从海上进攻，绝非用兵之道。此类城池仰仗有海洋天堑，对来自陆地的进攻会疏于防备。太平洋战争时期，日本进攻新加坡时就采取了陆军背后偷袭，而非在海上正面对抗。

梅山港在定关炮城的东南边，相距仅有两日路程。郑成功命全军背负干草、木柴，打算用火攻。三国时代，在奠定三分走势的官渡之战前，曹操阵营已开发了攻城重器"投石车"，又名"霹雳车"。凭此先进军械，曹军不费吹灰之力便摧毁了袁绍军建在高处的楼橹[1]。

郑军的核心是水师。水上作战看中远程攻击，故郑成功开发了许多发射火矢、投掷重物的军械装置。郑成功率军绕道至定关炮城背后，用此类装置，将点燃的枯草、柴火投掷进城内。

城内瞬间火光冲天，清军守将无处可逃，只能乘船出海，这无异于自投罗网。定关炮城不攻自破。郑军乘势继续逆甬江而上，剑指宁波港。

"长江不同于寻常河流，但防御之法大体相同，众将士应仔细研究当地的防御设施，万万不可轻视长江。看，那是'混江龙'！"郑成功拿鞭头朝江面上指去，这做派不像在攻城略地，倒像在向将士传授战术知识。

所谓"混江龙"，也名"滚江龙"，是明末宋应星发明的一种"水雷"，《天工开物》这样描述此物："漆固皮囊炮沉于水底，岸上带索引机。囊中悬吊火石、火镰，索机一动，其中自发。敌舟行过，遇之则败。"

"混江龙"是藏于水中的"暗器"，但是在混战中，无法提前预知敌我船舶的航线，所以己方必须对"混江龙"的位置了如指掌。为此，"混江龙"所在之处通常会留有记号。

"此战关键是找寻水雷所在，若不出所料，引线必然是利用木管之类的法门通向岸边，尔等可彻查岸边，发现记号后切断引线。引线一断，'混江龙'再无用处！"

---

[1] 守城、攻城用的高台。

郑成功从各部严选骁勇的下级将校，组成"斩龙队"。他们不做其他训练，只专心用独特的巨钳剪断粗绳。年轻的将校无不兴致勃勃："没想到我们这辈子竟能斩一次龙！"

然而就算再细心搜索记号，难免会有漏网之鱼。

为应对此问题，郑成功命各兵船在船头固定一根长木，使其尖端直伸水底，以此探查船头数米前的水域。若遇上漏网的"混江龙"，水底的木棒会提前引爆水雷，船体就可幸免于难。彼时的炸药技术尚不成熟，两米开外便可确保无虞。远征军便这般一面操演战术，一面向宁波港进发。正如斥候带来的情报，宁波港有数百清军的兵船驻守，但终究还是没能躲过郑军的攻势，尽皆葬身火海。

然而尽管远征军气势如虹，此次进攻宁波港，还是有五十余名士卒趁乱脱逃。远征军中有很多投降的北兵、北将，一旦放他们上岸，便相当于放鸟归林，根本堵不住逃兵的口子。

远征军本想虏获敌方兵船为己用，但清军在弃港前将兵船的桅杆、船舵全都拆除带走了。如此一来，北伐军休想挪动兵船半分，之后清军再装上桅杆、船舵，兵船便又可以使用了。郑成功不愿遂了清军的诡计，狠心将百艘兵船付之一炬。此举虽可惜，却能断绝清军偷袭的后顾之忧。

初衷已达成，便不用再畏首畏尾。若继续在陆地上耽搁，逃兵现象恐会愈演愈烈。同年五月初一，即攻占宁波港后的第三日，远征军火速从定关起航，驶向舟山的烈港。

烈港是位于舟山本岛以西的一座小岛，现名沥港。上岛后，郑成功立刻召集众将，严厉训诫，简而言之可归纳成两点：一是，不碰岛民一草一木；二是，严禁各部间起争端。

远征军在岛上稍做休整，继续北伐。起航前夕，郑成功在舰队前慷慨陈词："各提督统镇十余年栉沐辛勤，功名事业亦在此一举……"

去年的滔天巨浪仿佛是一场噩梦，眼下的海面风平浪静。舰队途经羊山，甲板上的将士纷纷沉默了，无一人敢重提去年在此处的遭遇。凝重的氛围中，舰队驶过羊山，纵贯杭州湾，终于挺进了"朝思暮想"的目的地——长江。

长江无愧为中国第一大江，河口之宽阔与大海无异。入海口处有一座名为"崇明"的岛屿，位于如今上海市的对面。崇明岛呈狭长状，位于入海口，占地却不亚于舟山。这座岛如念禅老僧一般坐定于长江口，北岸水浅，不宜航行，郑军只能从南岸通行。

郑军北伐途经此处时，岛上一大半区域都泥泞不堪，南边的崇明县不过是一座逼仄的小城。即便如此，崇明县仍是名震江南的坚城。除了坚固的城防以及地形优势，还因为在此处镇守的总兵是智勇双全的名将——梁化凤。

五月十八，远征军抵达崇明岛新兴沙的芦竹洲。

"江南竟有如此辽阔的巨岛，厦门、金门可比不上！好地方啊！"中提督甘辉兴致高昂地说道。毕竟他是云南永历帝钦封的"崇明伯"。正如郑成功是"延平郡王"，却非被清军占领的延平郡之主，崇明岛亦不是甘辉的实际领土。但毕竟共用名讳，他对这里有特别的亲近感。

舰队在芦竹洲停靠休整，郑军高层则围绕是否进攻崇明县展开争论。

"崇明县是小城，却有名将驻守，夺之绝非易事。不如弃之，全力攻打南京。"郑成功主张道。

对此，张煌言坚称崇明城不得不攻。此人曾效力监国鲁王，有多次进兵长江的经验，对长江流域可谓了如指掌。

"正因梁化凤是当世勇将，必不会拱手坐视我军进攻南京。即便崇明城难攻不破，只要伤其元气，令其无力动弹，便能确保后方万无一失。"

然而郑成功仍坚持自己的主张。难得远征军至此一番连胜，气势如虹，若在这小小崇明受挫，折了士气，岂不是自讨苦吃？

"我意已定，放弃崇明，急袭南京！"郑成功拍板道。

张煌言原属鲁王的人，所以他的话语权势必受限。在他看来，崇明是长江之门户，弃此处不顾，不仅有腹背受敌之患，万一远征军在南京不幸败北，也会落入无处可退的境地。有一个退守之处，是攻城战不可欠缺的一环。

而郑成功则认为，带兵为将者，岂能因'万一'举足不前？南京已是砧板上的鱼肉，势在必得。他承认是崇明是江海门户，但若将南京比作心脏，崇明不过是手足。只要能一击刺中要害，手足自废。

"乘势取江南，则崇明不攻自破。"据《台湾外纪》记载，郑成功当时如此说道。

舰队离开崇明岛，正式踏进长江干流，郑成功再次召集干部，激励道："崇明距南京虽远，各军不得懈怠！"

此言一来是告诫全军不能放松警惕，二来也是在宽将士之心。过崇明而不攻，士卒们难免会有腹背受敌的担忧。郑成功想让他们放心，言外之意就是：我军将以破竹之势直取南京，崇明小城之兵岂敢追击。即便真有胆量，也不过是自取灭亡。

郑成功一旦公开做出决定，便会义无反顾地贯彻到底，即便是林统云也无法劝阻。

"南京之战，已刻不容缓。"林统云叹道。

"正合我意，我就是要将全军逼入绝境，如此才能有破釜沉舟之效！"

"就不能给自己留一丝喘息之机吗？"

"不能，至少这一战刻不容缓。"

远征军于五月十九离开崇明岛，逆长江而上，六月初一抵达江阴城。狼山、刘家沙水域地形复杂，再加之天公不作美，行军耽搁了好些时日。熟悉长江水域的张煌言和引港都督李顺乘小船驶在舰队最前，一路丈量江水深浅。

江阴正好位于长江入海口和南京城的正中央，郑成功本想速攻下此地，奈何清军死守不出，竟迟迟无法攻陷。

"区区指尖之疾，怎能阻我大军！传令下去，停止攻城，继续北上！"

在郑成功眼里，若崇明是手足，那江阴就是区区五指。"五指"如此负隅抵抗，搅得郑成功不胜其烦。

离开江阴后，郑成功忽然记起一事，问林统云道："朱舜水从军了吗？"

"朱舜水父子眼下在建威伯军中效力。"林统云答道。

"建威伯"是统率第二舰队的右提督马信。从厦门赶来的朱舜水、朱大咸父子在其麾下做事。

"怎不见他来拜见？"郑成功皱眉道。

但凡是加入远征军的干部，都必须拜访招讨大将军郑成功，获得其准允。他只记得林统云引荐了一位知名文人入伍，此人叫朱舜水，原效力于鲁王。但现在他连此人的面都未曾见过，这不合规矩。

被郑成功一问，林统云慌忙解释道："朱先生在军中担任文书职务，还不曾列席军事会议。"

文书职务的确没资格参与军事会议，但拜访招讨大将军却是礼节问题。其实，是朱舜水故意拒绝造访的。

"这般有人望的文人，在攻夺南京后会有大用场。"说到这里，郑成功临时起意，"我打算在焦山设坛祭天，不妨就让朱舜水写一篇祭文吧。"

郑成功打心底不愿祭神拜佛。与其哭天喊地、祈求神助，不如磨炼自己的力量。在羊山他就拒绝祭祀所谓的独眼蛟龙。但身处十万大军统帅的位置，坚持己见、贯彻信念就未必可取了。就拿羊山一劫来说，最终稳定军心的不是其他，仅仅是一场祭祀。

子不语怪力乱神，但奈何那些在阵前厮杀的将士们深信不疑。郑成功不屑于仰赖上天之眷顾，可他麾下的部将却不然。正因如此，郑成功暗自和自己的信念做了妥协，在攻打南京之前，操办一次祭天，以振奋军心。

南京城跟前有一处瓜州镇，此处是南京守军的驻地。瓜州在长江北岸，一江之隔的南岸便是镇江城，清军在此处也有重兵把守。

远征军要经过瓜州、镇江这道防线，少不了一场苦战。即便侥幸不战而过，这两处的清军守军也必定会从后方袭击。大战在即，郑成功查阅地图，决定道："就在焦山设坛，祭天地山川，祭皇祖皇宗！"

焦山距瓜州、镇江防线只有咫尺，长江南岸有一处丹徒县城，县城以东有一座小岛。后汉年间，有一名叫焦光的名士隐居于此，故此岛得名"焦山"，又名"浮玉山"。

此外，长江上还有金山和北固山，它们和焦山并称"京口（南京的入口）三岛"。

郑成功曾求学南京，素有文采，撰写祭文对他而言是小事一桩。但他本就不情愿操办这场祭祀，自然无心下笔。正因如此，他才会突然想起朱舜水。

"我这就吩咐下去……"事已至此，林统云只能遵命。

其实，朱舜水刚入伍时，林统云便立马赶赴磐石卫拜访了他。但这位老文人一见面便向他大倒苦水："统云阁下，老朽对郑军在厦门的作为深感不耻！"

林统云大惊，忙问其缘由，老文人痛心疾首地答道："厦门的文官武将，皆是寡廉鲜耻之辈！国姓爷想要伸大义，麾下如此，何以成事？"

林统云曾和朱舜水在长崎朝夕相对过一段时日，对其气性略知一二。

"顽固坚毅"四字是对这位老文人最好的写照。正如他常说的一句话：生而为人，处事需尊礼守节！

当年在安南，朱舜水宁愿身陷囹圄，也不肯对他国之君行臣礼。而今他恶疾在身，自知命不久矣，也变得更为顽固了。如此性情的老文人，是怀揣着复辟明王朝的志向，投身厦门的。可厦门虽是复辟大明天下的最后基地，但海贼盘踞此处多年，自然缺乏老儒生期待的"礼节"。在朱舜水眼里，如今的厦门是乌合之众妄图称臣称将，举止法度毫无章法可言，岛上的民众更是草莽。最令朱舜水无法忍受的，是岛上军民对礼法的无视。

比如，岛上的士卒偶遇上级，只会略微抬手示意，然后便擦身而过。海贼之中本就没有严苛的高低之分，但在朱舜水眼里，这就是礼法崩坏。更有甚者，部分军民甚至会公开诋毁礼法，称之为"腐朽古物"。

如此乌合之众，谈什么复辟大明河山？

即便如此腹诽，朱舜水还是毅然入伍了。在他看来，留守厦门的郑军和流寇土匪无异，而统率全军的国姓爷郑成功就是"土匪头子"。可眼下为了复兴大明，他只能入伍。至于主动去拜访"土匪头子"，那就大可不必了。

林统云清楚朱舜水的想法，但若如实告知郑成功，只怕郑军就容不下这位老文人了。十年的沙场生涯教会了林统云一个道理：礼教不可弃，但在战场上，礼教既非军粮，亦非武器。

在性格上，郑成功和朱舜水简直一样的固执，但这并不能让两人意气相投，反倒会滋生许多冲突。林统云心里立马有了决断：断不可让两人相见。

林统云奉命赴第二舰队，邀请朱舜水起草祭文。朱舜水答应得十分爽快，但这答复倘若传到郑成功耳中，后果不堪设想。

"国姓爷之帅令，老朽焉敢不从，放眼郑军上下，除了老朽，怕是无一人有撰文之能。"

朱舜水嘲讽一番后，当即挥毫，落笔成章。出炉的祭文偏重向明朝列祖列宗之灵祷告，而非祭祀天地山川。大意如下：列祖列宗代代相传之王朝，遭满洲夷狄涂炭，痛失半壁，仅存东南、西南两隅余喘。而今，满人侵袭西南主上（永历帝），东南藩台（郑成功）趁机北伐长江流域，收复江南之地，同时解西南之围。祈求列祖列宗之英灵怜悯吾等本朝遗臣之微忠，不吝赐福……

林统云看完赞叹道："先生果然妙笔，此文一出，何愁不能感化天地神灵？"

"文章是死物，还须朗读者之诚意，方能赋予灵魂。"朱舜水别有用意地答道。此言就有不满郑成功之意了。国姓爷高举复兴明王朝的大旗，却不能克己复礼，老儒生对此早颇有微词。对他而言，复兴明王朝就是重振礼制。

"先生何不趁此机会，持此祭文随我一同去拜访招讨大将军？"林统云趁机邀请道。

"这便不必了。"朱舜水毫不犹豫地拒绝了。

此后，朱舜水亡命日本，投身于水户光圀门下。在给安东守约[1]的信中，他这样评价郑成功："不以推贤进士为务，则是兴复之志不坚，而立业之基不广，志切兴复而弃贤才，是涉大川去舟楫也，何以济哉？"

字里行间充斥着对郑成功用人昏聩的不满之情。所谓的"贤才"，或许也包括朱舜水自己。在他看来，郑成功的复兴大业必须仰仗贤良，身为领袖，他理应放下身段。

凭什么要老朽主动登门拜访？

朱舜水心里没法迈过这道槛。他郁郁不得志了一辈子，难求伯乐。他自知自己曾效力于鲁王，在郑军中难以出头，但他仍不肯舍弃这份傲骨。

"既如此，那便由我代前辈呈给大将军。"林统云苦笑道。他独自离开马信的船，乘小舟返回主帅旗舰。

郑成功虽总揽军权，但凭他一己之力，是不可能随心所欲地指挥十万大军的。因此，他须选贤任能，分摊权限。朱舜水虽顽固守旧，但在这点上，他的看法还是十分有道理的。但这封寄给安东守约的信写于郑成功北伐失败之后，纵然观点正确，也难逃事后诸葛之嫌。

"不佞（朱舜水自称）知其事（北伐）必无成！"——这句话出自朱舜水赴日后，写给明石源助的书信。依其所言，他在出征前便知北伐必败。

在给安东守约的信里，他还说道："一入营中，遂住其舟樯，去驻数月

---

[1] 即安东省庵，日本德川幕府初期的朱子派儒学者。朱舜水赴长崎后，唯安东前往求教，与朱舜水交往甚笃，有师徒之交。

间，虽日与藩台舻舳相衔，谊不以一字通名刺，或有美言劝行，瑜（朱舜水自称）必婉辞谢却……”大意是：我来到北伐军后住在船上。这数月间，虽然郑成功的船与我的船相接，但我没有想过拿名帖去找他。有人跟我说好话，劝我去拜见，我也都婉言拒绝了。

从郑成功的角度看，他身为十万大军之统帅，每日忙于操演和军事会议，自然没有工夫专程前去拜会。而老文人不来表达敬意，他也不会介意。

郑成功仔细读了一遍林统云呈上的祭文，感叹道：“此番若能顺利攻占南京，必要请舜水先生担任太学之长。此祭文尽善尽美，不容一字添减。”他很久没有因为读到一篇文章而如此感动了，这也从侧面说明郑军中没有文章的好手。

对于这次祭祀，郑成功本想将应付了事，但读了朱舜水的祭文，他竟心生了几分热忱。

这场祭祀前后持续了整整三日。郑成功的初衷本就不在祭奉神灵祖宗上，而是想鼓舞军队士气。为达此目的，他还须在现场的布置上下一番功夫。

祭祀之前，郑成功的发妻董氏监督从军妇女制作了各式各样的装饰。林统云之妻淑媛也在全程帮忙。

祭祀首日是“祭天”。郑家舰队在焦山周边水域集合，各兵船皆在船头、船尾、桅杆悬挂朱红旗帜。这些旗帜并非临时制作的，郑家水师的号令一向用红白旗帜。

此外，每艘兵船的甲板上还覆盖着红布。不仅如此，列席祭祀的干部皆身着红衣，这便不是随军之物了。郑军临时从长江沿岸征集红布，制成长袍。虽然只是在布上留一领口的粗糙之物，但毕竟数以万计，随军妇女通宵赶制了数晚才完成。

如此阵势下，郑成功登上了祭天台。从远处眺望，焦山水域仿佛化成了一片壮观的火海。

第二日是“祭山河江海”。和前一日的“祭天”不同，郑家水师由红转黑，各船升黑旗、铺黑布，干部换上黑衣，“望之如墨”。

第三日则是“祭祖”。众人先着吉服，祭太祖洪武帝，继而换上缟素，升白旗，祭列宗。“望之如墨”就成了“望之如雪”。

这场祭祀虽劳民伤财，逢场作戏，但决战在即，确实有意想不到的实效。祭祀始于六月十三，终于六月十五的上午。当天午后，全军向清军重兵把守的瓜州进发。

祭祀的最后一刻，身着白衣的郑成功在祭坛前仰天长啸三声："列祖列宗在天有灵，佑吾等凯旋！"

全体将兵无不动容，一时间哭声震天。

祭祀结束后，郑军即刻朝瓜州、镇江防线前进。郑成功趁机做了些许人员调动。第一舰队的中提督甘辉部队转至第三舰队，第二舰队的右提督马信就任先锋，主帅郑成功部队改编至第二舰队。这轮变动是马信推荐的。

"末将身无寸功，却承蒙招讨大将军眷顾而身居高位。此次攻打瓜州，末将愿冲锋陷阵，破敌建功！"马信以一封自荐信博得了郑成功的信赖，夺了先锋一职，但谁能想到，这封自荐信竟然出自朱舜水之手。

"众将士执大义之剑，斩龙！"郑成功在阵前发号施令道。

北岸瓜州、南岸镇江，这两处组成的防线可谓是南京防御的命脉。这一带水域自然潜藏了不少"混江龙"。郑成功亲自乘小舟上阵侦查，尽可能将水雷位置一一指出："这里，还有那里。仔细排查，不准放过一个！"

郑军先前攻打宁波时，已在甬江实地演练了该对如何应对"混江龙"。长江较之甬江不过宽广了些，没有其他区别。

"得令！""斩龙队"的年轻将士们纷纷登上轻舟，熟练地斩断一根又一根的"龙脊"。

"混江龙"在郑家将士眼里已是"混江虫"，但在瓜州阵前，众人还是遭遇了一头未曾见过的水上"巨兽"——"木浮营"。

"木浮营"是一种巨大的木筏，只不过木筏四周用高数尺的杉木板围了起来，宛若城墙。筏上可载大炮五十门，士卒五百人，称之为水上堡垒也丝毫不为过。

清军可以在这座堡垒的掩护下投掷火药桶、放箭、开炮。如此巨物，郑军自然不可能在甬江上见识过。

迄今数次征战长江的部将张煌言深知"巨兽"的底细，并提前告诫了郑成功。清军本就不擅水战，何况是在这汹涌、宽阔的长江之上？"浮木营"算是清军无计可施下的挣扎之举，强行把陆地上的堡垒搬到水面上罢了。

破长江

郑成功在巡视船上眺望远处的"浮木营",嗤笑道:"那便是传闻中的'浮木营'吗?笑话!鞑子真把长江和他们的辽东草原混为一谈了!"

论辽阔,辽东平原或许和长江有几分共通之处,但水陆毕竟有天壤之别,清军能做出在水上建堡垒的荒唐事,可见是真把两者混淆了。

郑成功巡视了整片水域,命马信的第一舰队继续前进。马信采纳了张煌言的建议,一面扫清"混江龙",一面向"木浮营"派出了先遣部队。

先遣部队是三艘小型战船。只见三艘船缓缓逆流而上,甲板上盖着一层白布,仍是三日前祭祀时的模样。长江波涛汹涌,船只若想逆流而上,必须用棹。寻常的战船会在船腹上开数个口子,以便船棹伸出。而这三艘战船只伸出了左右各一个船棹,故而行动缓慢。显然,它们是诱饵。

根据张煌言提供的情报,"木浮营"装备的火炮、箭矢命中率极低,根本不足为虑。巨筏被高达数尺的木板所围,火炮只能通过"城墙"上的洞口射出,再加之火炮怕水,只能置于高处,更增加了瞄准的难度。弓弩手亦然,按理说他们应该登上"城墙"射箭,但木板上并无立足之处,他们只能像炮手那样通过小小的洞口射箭。至于火药桶就更难操作了,必须抛出"城墙",结果就是乱抛一气。

马信派出三艘诱饵,一来是想试探"木浮营"是否真如张煌言所说的那般命中率极低,二来是想趁机消耗敌方的弹药。为达目的,三艘小船故意徐徐前行,若事态不对,各船的士卒可以立刻弃船逃生。他们都是经过精挑细选的水中好手。

"木浮营"发起攻击，果不其然，其弹药、箭矢仿佛长了眼一般，精准地避开了三艘敌船，好像一开始就是想往别处去的。

"这些大块头比想象的还愚笨三分！传令马信，无视'木浮营'，仔细'混江龙'前进！"

如此看来，"木浮营"就是典型的中看不中用。其别名"满洲木城"，可见这就是满洲军的"独家发明"。《明季南略》描述道："大清兵注射，炮声昼夜不断，有如轰雷，可闻三百里。"结果却"未伤一艘"。

这让本打算试探一番就收手的三艘小型战船肆无忌惮地驶到了其跟前。"木浮营"上的清军恼羞成怒，进攻越发猛烈，誓要雪耻。然而他们发出的炮弹只是在海面上激起水柱。

"木浮营"虽然巨大，但容积终究有限。起初炮弹还十分密集，眼下攻势却越发犹豫起来。

"看来'木浮营'已弹尽粮绝。"郑成功笑道。他一直在用望远镜观察战局。

先锋部队的马信也察觉到了这点，不断发信号催促郑成功下令出击。

旗舰终于发出了进攻的信号，马信兴奋地高呼道："传我将令，全军出击！"

此令一出，第一舰队如脱缰野马，一齐朝瓜州奔涌而去。"木浮营"果然打光了弹药，正要回城补给，却被势如猛虎的郑军半路截杀。

此刻已入夜，但刚经历完足足三日祭祀的郑家将士们，无论是精神还是斗志，都格外高昂，急需一场战斗来宣泄。兵船仿佛响应了将士们的斗志，在黑夜中乘风破浪。

朱舜水父子就在第一舰队，两人都恨不能立刻上阵杀敌。尤其是朱舜水，那篇祭文带给他的激情仍未冷却。

其实，朱舜水故意在祭文里用了数个分日常读法和书面读法的多音字，企图害郑成功当场念错，留下笑柄，谁知对方竟然没有念错一个字，这让老文人对此次北伐又多了几分期待。

再过数个时辰便是六月十六，瓜州守将朱衣佐和副将左云龙率数千清军出城，在江边严阵以待。

距瓜州不远处，有一名叫谭家洲的军事据点，此处设有炮台，专门用来守卫瓜州。依照郑军的战略，第一舰队作为先锋部队，职责就是攻取谭家洲，而马信圆满地完成了这个任务。

少了谭家洲炮台，瓜州的战力锐减，郑成功趁势率领亲兵，配合中提督甘辉、后提督万礼、左提督翁天祐等北伐军的精锐部队登陆，全力奔袭瓜州。

郑军于辰时兵临瓜州城下，巳时破城，整场攻城战前后不过两小时。正午时分，瓜州的城墙上已扬起郑家军旗。

另一方面，马信所率的第一舰队不仅达成了限制谭家洲炮台的任务，他们还派出陆战队，将基地彻底占领。对长江十分熟悉的张煌言趁势袭击"木浮营"，虏获其三。

清军虽在瓜州布以重兵把守，但在郑军看来，却是如此的不堪一击。瓜州守将朱衣佐遭生擒，被绑到了郑成功面前。

"你有何心愿，尽管说来。"郑成功笑道。

"罪将家有年迈双亲，事已至此，只愿解甲归田，赡养父母。"朱衣佐绝望地答复道。

"好，郑家之刀不斩孝子！"郑成功转而吩咐左右道，"给此人衣物盘缠，放他归乡。"

事后，左右不解主帅为何如此开恩，郑成功笑答："朱衣佐这般百无一用的腐儒，有何可惧？任他自生自灭便是，何须脏了我郑军之利刃？"

郑成功明知郑芝龙深陷敌方之囹圄，还义无反顾地开展攻势，分明是舍弃了儒家之孝道。这般"离经叛道"的人物才是郑成功眼里的威胁。至于临死遗愿竟是赡养父母的腐儒，难称威胁。

相反，瓜洲城的副将左云龙被俘前企图逃往扬州，郑成功毫不留情地将其性命留在了大来桥。像这般妄图卷土重来的敌将，是绝对不能留活口的。

彼时，清军大举西征，讨伐云南永历帝，郑成功趁机北伐江南，有"围魏救赵"之意。如此一来，清朝即便不从云南撤兵，也不敢继续出兵驰援了。

云南战局虽迟迟没有成果，但清朝方面并不会对此太过忧虑；但南京的战事就不同了，若南京失守，无异于天下半壁重归明朝。再者，如日中天的郑军不可能安于江南。他们既然高举复兴明王朝之大旗，必然会继续北上，觊觎京师。故而，南京一战关乎清朝的生死存亡。

因此，京师必会派兵南下增援，大军势必会集中在运河末端的扬州，这亦解释了左云龙为何会企图逃往扬州。

援军抵达前必须攻下南京。两京虽有运河相连，但毕竟相距甚远。而且眼下有一处更应该关注，那就是芜湖。

芜湖地处南京之南，有清军水师驻扎，在地理上和南京互为犄角。

"末将愿领兵牵制芜湖之敌军！"对长江流域了如指掌的张煌言自告奋勇道。他和朱舜水一样，都曾效力于鲁王政权，且官居兵部侍郎。即便如此，郑成功还是对他委以重任，因其对长江的了解，郑军中无人能及。

张煌言之建议必然不会有差错。郑成功对张煌言全盘信任，授其一军，攻打芜湖。张煌言领命，出发前再三说道："国姓爷必须尽快攻下镇江，再转攻南京。芜湖之敌军由末将前往周旋，国姓爷须在扬州增援抵达之前平定江南！"

说完这些，他仍有顾虑，又补充道："万万不能轻敌，切记！"正如张煌言所虑，轻取瓜州后，郑军上下渐渐滋生了一股傲慢轻敌的情绪。

瓜州破城翌日，即同年六月十七，朱舜水察觉其子朱大咸神情异常，双目浮肿，喘息急促，似乎十分煎熬。

"大咸，是否身体抱恙？"他担心地问道。

"孩儿无碍，父亲不必担忧。"

"你是否患了热病？"朱舜水摸了下儿子的额头，果然如火炭一般灼热，慌张道，"这般烫手，岂能无碍？你且躺下歇息，老父这便去寻郎中！"事关爱子安危，父亲岂能不慌。年过耳顺的老文人一跃而起，忙跑去唤军医。

马信麾下的首席军医正忙于指挥下属治疗伤员，但他知道这老文人地位不凡，便立刻放下手中急务，上门去给其子诊断。一向清高的朱舜水屈身来请求，情况必然非同小可。

然而详细诊断后，首席军医对病情也没有十足把握，只勉强开了些祛热的方子。

招讨大将军帐内必有名医相随！无奈之下，朱舜水只能把最后的希望寄托在郑成功身上。但他该如何开口呢。自从军以来，他还一次都没登门拜访过郑成功。

只能求统云阁下相助了……朱舜水当即写了书信，遣人交给身在旗舰的林统云。

此时此刻，旗舰上正在召开高层军事会议，讨论攻略镇江之策。

速战速决！

众将的观点出奇一致。十万大军远征，耗费粮草无数，每拖延一日，便少一成胜算，这道理显而易见。但如何速战速决？镇江之守军已在银山做出死守之态势。

"要速战，只能夜袭。"甘辉的想法和郑成功不谋而合。

"何时行动？"郑成功问道。

"再快，也要两、三日准备。"

"兵贵神速，能否提前？"

"可，但若匆忙准备，则无法确保胜算。"

"欲速则不达。罢了，安排下去，这两、三日周密准备，尽快发兵！"郑成功眉头紧锁，神情不善。这并非因不满下属延迟进攻，而是他此刻头痛欲裂。

郑成功心里涌起一阵不祥，早在远征军攻占宁波，从杭州湾北上之时，他就遭遇过同样的病状——浑身高热，近乎昏迷。

"又复发了？大战在即，这可不是祥兆。"甘辉不安道。他是郑成功心腹，自然知晓其上回发过病。

因主帅抱恙，会议草草结束，左右急忙唤来军医。旗舰上的军医无不妙手回春，所用药材更是珍贵。

病榻之上的郑成功遍体发烫，脸色却煞白，呻吟道："南京就在眼前，偏偏在这档口……可恶、可恶！"

甘辉在病榻前安慰道："大帅不必过虑，上回发病，三日后便好转了，此次必能赶在攻打镇江之前痊愈。"

军医从紫布包裹的药箱中取出一个纸包，递予董氏，叮嘱道："有此药在，国姓爷必然无恙。如上次发病那般让国姓爷服用，数日便可见效。"

董氏举起双手，毕恭毕敬地接过纸包。这举动看似煞有介事，其实是有缘由的。这种祛热的药草并非出自中原，而是一种来自异国的树皮。如此珍贵的灵药，乃是云南永历帝赐予延平郡王郑成功的，只不过由军医来保管。接受天子的恩宠，董氏自然不敢举止随意。

先前提过，永历帝的流亡朝廷中有不少天主教徒，他们和亚历山大七世教皇统领的罗马宫廷素有交流，双方交流的信件留存至今。双方政权还经常互赠礼品。永历帝时不时会将这些来自西方的奇珍异品赐予宠臣或肱骨，这形似树皮的祛热药便是其中之一。

收到朱舜水的求援信，林统云一时不知如何是好，朱大咸的病症显然和国姓爷的一样，特效药也能救其性命。他拦住从郑成功营帐里出来的医师，请求道："先生能否将灵药分一些给在下，马信提督的船上也有一人染病，命在旦夕了。"

医师目露同情，摇头道："这药只是寄存在老朽这里，并非老朽所有。虽有剩余，但不知国姓爷往后是否会再次复发。眼下只能保大舍小，还望阁下理解。"

"既如此，先生至少去看一看……"

"藩台眼下仍高热不褪，老朽岂能擅自离开旗舰一步？"

"明白了，是在下出言刁难了，还望见谅。"林统云自然知晓孰轻孰重，只能辜负好友之托。医师见他面露苦涩，还以为其不死心，补充道："即便是老朽得了此病，也断不敢打这草药的主意。"

"先生不必解释，在下明白……"林统云歉疚道。

郑成功患的是疟疾，此病症的特效药是某种被称为"奎宁"的生物碱，需从金鸡纳树的树皮中提炼而出。金鸡纳树原产于南美，印加人自古以来便用其制作祛热、提劲的药物。十七世纪四十年代，这种药材被引进罗马。此后，凡是前往热带地域赴任的教士必然会随身携带此药。

当时这一药材传入欧洲还不到三十年，且金鸡纳树尚无法在本地栽培，其树皮制成的药材属于极其稀有的舶来品。眼下已知郑成功的疟疾有复发的可能，此等珍贵药材就更不可能用在区区士卒身上了。

灵药果然有奇效。六月十九深夜，郑成功发病的第三日，高烧便退了。

"夜袭准备得如何了？"这是郑成功睁眼后的第一句话。

"万事俱备，只等一声号令。"甘辉答道。

"我军船舰现在何处？"

"已入七里港水域。"

"是否靠岸？"

"正在做登陆准备。"

"赶上了！"郑成功展颜一笑，从病榻上起身。

"藩台刚身愈，还需安歇。"甘辉苦笑道。

"我已无妨。敌情如何？还在银山？"

"和三日前一样，倒是张煌言已将芜湖的清军水师围困。"

"夜袭定在何时？"

"暂定二十二日。"

"眼下是几日？"

"十九日深夜。"甘辉笑道，"再过数个时辰，便是二十日黎明。"

"取地图来！"郑成功命左右道。

近侍将取来的地图在病榻前展开，郑成功的手指在地图上滑动着。

清军布阵的银山位于丹徒县城以西一公里处，原名"土山"，元朝时在此处建造"银山寺"后，便更名为"银山"。唐代刘禹锡有诗曰"土山京口峻"，"京口"指的是镇江，"土山"就是守卫镇江的要地。

"倾尽全力，攻下银山！"郑成功宣布道。只要占了银山，镇江唾手可得。衔接黄河、江南地带的大运河，沿扬州而下，经瓜州以东汇入长江，可谓中原交通之大动脉。清军的援军、粮饷必须仰仗这条动脉。夺瓜州乍看是断了清军的兵道、粮道，实则不然。只要南岸的镇江仍在敌手，便无法彻底断绝这条动脉。若能破银山，夺镇江，南京北边的驰援便可切断，而来自南方芜湖的驰援又有张煌言牵制，到了那时，南京便会沦为一座孤城。如此看来，银山一战将是左右北伐成败的关键，确实值得郑军倾力一战。

郑军在夜色的掩护下分批登陆。银山的清军肯定察觉到郑军登陆了，但他们没想到数量会如此之多，可见郑军擅长隐蔽行军。

二十二日，夜幕降临，郑军悄无声息地在银山脚下集结，山上的清军自以为在阵营周边设立栅栏就万事大吉了，因而放松了警惕。说到底，还是郑军的行动太过隐秘。

军事文献对此类夜袭有一个生动的描述——衔枚疾走。"枚"指的是形似筷子的木片。士卒们将木片衔在口中，两端系上绳索，绑在脑后。这样一来就可以不发出声响。

二更时分（约夜里十一点），这个怪异的"衔枚"集团窸窸窣窣地朝银山下移动。在伸手不见五指的黑暗中，无数光点微微闪烁，这是"铁人部队"装甲的反光，而山上的清军还以为是水面上的波光。只不过此波不是水波，而是不可阻挡的"铁波"。

铁人部队的士卒本就有天生神力，加之身着数百斤的铁甲，区区栅栏，在他们眼里简直如孩童玩物一般。不管是推，是踹，还是直接用身体撞击，高耸的栅栏瞬间就被破坏了。

郑军的战术可谓滴水不漏，即便备战期间主帅病重昏迷，众将的讨论也从未停歇。大到部队的排兵布阵，小到每名将士的前进后退，战场上的每个人都清楚自己的职责所在。

铁人部队在阵前冲锋，步兵部队紧随其后。摧毁栅栏之后，右武卫的猛将周全斌拉起一根长绳，高呼道："越此界者，立斩不饶！"

来势汹汹的"铁波"震慑力极强，加之又是偷袭，尽管清将提督管效忠勉强能保持镇静，却阻止不了麾下将士陷入恐慌。心生畏惧的军队能脆弱到何等地步，不可以常理度之。清军战意尽失，一心只想趁乱逃亡，结果反而自投罗网。

银山道路狭窄，遍地沟壑。清军慌不择路，纷纷跌入沟壑，后面的人又被前面的人绊倒，比起死于郑军刀剑枪炮者，溺死、摔死者竟占了大头。

提督管效忠趁乱朝南京逃去，途中数次遭遇郑军埋伏。跟随提督的四千骑亲兵抵达南京时仅剩一百四十骑，镇江副将高谦和知府戴可进投降。

清军的累累尸首在银山边上堆成了另一个山头，郑军却近乎零伤亡。据统计，郑军只有数人阵亡。夜晚二更启程，翌日黎明突破栅栏，银山攻防战仅持续了一个时辰，其后便是郑军单方面的扫荡。翌日未时（午后两点），郑军入镇江，战争结束。

镇江之凯旋，比上回轻取瓜州还要酣畅淋漓。与其说是战胜，不如说是单方面横扫、碾压。但林统云心里惴惴不安，这般一帆风顺未必就是好事……

六月二十五，郑成功正式入主郑家，神采飞扬，没有一点大病初愈的疲态。

"多亏了先生妙手回春,那树皮真是灵丹妙药。"郑成功夸赞道。但他不知,替他撰写千古祭文的朱舜水的儿子朱大咸因患有相同的病症,于三日前刚去世。

为庆祝凯旋,郑军在镇江城内开展了一场威势震天的阅兵式。镇江不比小县城,是正儿八经的府城,即便如此,十万大军一举涌入,还是将城内街巷填得水泄不通。

在面向长江的水门附近有一处可容纳万人的广场,各部皆聚集于此,面朝南京甘露寺的方向,排兵布阵,大展军威。和瓜州之战前的祭祀相同,此次阅兵也是为了激励全军士气。

方阵中的士卒们意气风发地舞枪弄剑,面上是掩不住的自我陶醉之色。

"常胜之师,正义之师!"郑成功在阵前振臂高呼。

林统云见状,心里暗道不妙:接连几次大捷,让全军有了"骄兵"之势。他倒宁愿将士们经历一些鏖战、苦战。

清军不过如此!这种观念已深入军心。这种情况下,郑成功不该一口一个"常胜之师",助长骄兵气焰,而应该严厉告诫将士:胜不骄,骄兵必败!南京乃天下副都,守军必然不容小觑,苦战在即,戒骄戒躁!

林统云以此道理相劝,对方却不予苟同:战,势也!必须先声夺人,方可克敌!林统云可以理解这个道理,但郑军迄今为止的凯旋有些过于仰赖士气了。

"儿郎们!我等下次聚首,便是在南京城头!届时,我等将在孝陵之前,紫金之下,举杯同庆!"郑成功哑着嗓子喊道。

孝陵是明太祖洪武帝的陵寝。永乐帝及之后历代皇帝都被安葬在北京郊外,世称"明十三陵"。太祖的孝陵是唯一坐落在南京的明皇陵。

全军激昂亢奋,但主帅要保持理智。可如今看来,就连郑成功自己都亢奋得无法自拔了。

林统云默默地离开了欢声雷动的镇江城,登上小舟,前往马信舰队的旗舰。眼下,此处有一位刚遭遇了白发送黑发的老文人,急需旁人的慰藉。

血战南京

在镇江开展的军事会议上，在对南京的攻略上，还是有一小部分将领持保守论的，其代表就是甘辉。他本来主张的是速战速决，但近来观军心走向，他毅然转向了保守论。

军事会议前，甘辉和林统云促膝长谈，两人的观点不谋而合：军心如此，必有隐患；眼下不可贸然用兵。

既然眼下用兵为时尚早，那么何时是良机？两人再次所见略同：待国姓爷冷静，方可用兵。

持此观点，甘辉在军议上发言道："南京乃六朝国都，和瓜州、镇江等一般城池不同。千百年来，君临天下者数次在此处建都，可见南京是难攻不破的天堑之地。依末将之见，与其损兵折将，仍强行和天堑抗衡，不如先攻略周边城池，断其羽翼。如今，瓜州、芜湖尽在我军掌控，南、北增援之道已断，若能再一一攻陷周边城池，南京便彻底沦为一座孤城，只有开城投降这一条出路。还望国姓爷长策，莫要逞一时之勇。"

这里的"长策"不仅含良策之意，更暗含目光长远、从长计议之意。然而比起"从长计议"，郑成功更固执地认为此时是"千载良机"。心心念念的南京就在眼前，岂能举足不前？纵然南京坚不可摧，但不入虎穴，焉得虎子。

"本藩在南京游学多年，虽称不上了如指掌，却也有三分了解，尤其是当地人之民心！我大明以德治民近三百年。可眼下，民众不得不屈身于清军之残暴。若闻知我大义之军前来，民众必然会万众一心，助我等抗敌！届时，清军腹背受敌，自然瓦解。此等千载良机，岂能错过？"

郑成功心意已决，甘辉不再劝说："大帅若已有决断，末将只能听命。但要攻，须速攻，容不得一刻耽搁！"

"那是自然！"

"既如此，应立刻下令全军登陆，走陆路进攻南京城。"

"我本意如此！"郑成功应允道。

镇江和南京相隔约百里，若走水路，行军速度将受风向左右；而且是逆水行舟，速度更无法保障。相比之下，还不如走陆路来得更稳妥。

攻打银山那晚，忽然天降滂沱大雨。在实力差距悬殊的扫荡战中，气候的异变通常可以直接奠定胜负。

郑成功在镇江城内开展阅兵演习时，天气晴空万里；阅兵闭幕之时，天气又仿佛得了号令一般，再度转雨。

军事会议确定了从陆路速攻的策略，然而探路的斥候频繁从前方带来坏消息：由于连日大雨，很多段道路都不通。

走水路需要考虑风向，走陆路却要遭地形、气候的桎梏。中国自古以来就有"南船北马"的说法，南方水源充沛，不仅是江水、河水，陆面上也有无数湖泊溪流。镇江、南京之间的官道根本容纳不下大部队行军。

远征军无可奈何，慢则慢矣，只能走水路了。就这样，七月初七，郑军舰队终于抵达南京城。

最先抵达的是马信率领的先锋舰队。但走水路果然还是慢了些，马信所在的旗舰已抵达南京的观音门，落在最后的兵船还离得很远。直至七月初九，全军才在仪凤门前汇合列阵。

郑成功眺望麾下十万大军，浑身止不住地颤抖，心中竟有一丝怯场。成功之天性本不适合带兵挂帅，只因生作郑家长子，明知不可为而为之！

但事到如今，再怯场，也容不得他退缩半分了。

现今的南京市内，有一条横跨长江的南京大桥。这座巨型铁桥的入口处附近有一个地方叫狮子山。狮子山又名卢龙山，山上有一座"阅江楼"。顾名思义，这是一座能够一览长江风光的楼阁。

七月初十，郑成功在阅江楼召集麾下将领。暴风骤雨来临之际，一切都显得异常宁静。远征军十万雄师将南京城团团围住，此情此景怎能不叫人热血沸腾。然而这支精锐部队与刚从厦门启程时相比，有很大不同。

寻常人或许看不出太多端倪，只有悲痛欲绝者，能察觉一二。"狃于小胜，不用上命。"朱舜水如此形容郑军的现状。意思是，将士们在数次胜仗中建立了大大小小的功勋，因此只要稍不顺心意，便对上级的命令不屑一顾。

对此现状，国姓爷非但不加以训诫、管束，反倒称呼他们"常胜英雄"，更助长了这种不良风气。说到底，还是郑成功太过仰仗所谓的气势了。

林统云苦苦劝道："我军要对抗的是人，而非无知猛兽，岂能事事顺应我方之料想？还须谨慎，戒骄戒躁。"

"本藩自知此理，敌方不可能坐以待毙，必会有行动。"

"正是此意，你知晓便好。"

"兵来将挡，水来土掩就是了。"

"林一祥是否归营了？"林统元见劝说不通，便换了个话题。

"大耳"林一祥是郑家的首席谍报人员，但近来，他将谍报工作分配给了下属，自己热衷于策反工作。策反敌将可比搜集情报有趣多了，不到最后一刻，谁都不能确效果如何。一旦涉足策反，便会食髓知味，再无心做其他。此时的林一祥似乎就上了策反的"瘾"。

昨日，林一祥重返旗舰，林统云观其神情便心生不妙。林一祥抿着嘴角，似在刻意掩饰心里的雀跃。这份雀跃之情必然会传递给郑成功，彻底打破当下局势的平衡，这也是林统云最担忧的一点。

"此事机密，我只同你讲。"郑成功努力抑制嘴角的上扬，"松江的马进宝愿率麾下数万人马归降！"

"你说的可是那松江的提督……"

松江位于现今上海市的西南方，此地设有清军司令部。提督马进宝统率陆军。他原本是水陆两军的统帅，后因江南总督朗廷佐奏报朝廷：崇明提督梁化凤及松江提督马进宝二人之职务多有重复之处，应当分工明确，不如命崇明方面掌管水师，松江方面掌管陆军。清廷采纳了谏言，马进宝便被降职为陆军提督。他心生不忿，便成了林一祥的首要策反对象。

"马进宝人品有失，不可听信他的一面之词！"林统云连忙劝道。

马进宝原是明军的安庆副将，闻知清军南下，便迫不及待地投降了。

"世间舆论不可尽信，再者林一祥亲自鉴别过其人品，不会出差错。"郑成功不以为意。他深信"大耳"慧眼识人。

林统云继续苦劝道："果真如此吗？我只怕他人如其名，也是个摇摆不定的人。"

天子在圣旨上盖的印，自古以来便称为"玺"。清朝入主中原后，将其改名为"宝"。故而马进宝的"宝"字多少有点犯忌讳。他去年虽更名为逢知，却未彻底定下来，而是时而进宝，时而逢知。姓名且如此左右不定，更何况人品？

"马进宝是随'势'小人，哪头势高，他便追随哪头。如今，天下大势尽归我郑军掌控，容不得他左右不定！"郑成功断言道。

马进宝曾因"势"降清，在忠孝上的确堪忧，但郑成功笃信的正是其随"势"的性格。

"真如你所言便好……"林统云无权干涉主帅的决断，他的职责仅限于提出疑义。

"统云啊，你何时变得如此患得患失？"郑成功得意地笑道。而今周边的四府、三州、二十四县相继投降，郑军可谓如日中天，这叫郑成功怎能不意气风发？

"看我题诗一首！"郑成功执笔挥毫，一首七言绝句片刻间跃然纸上，题目是《出师讨满夷自瓜州至金陵》：

> 缟素临江誓灭胡，雄师十万气吞吴。
>
> 试看天堑投鞭渡，不信中原不姓朱。

郑成功此刻仿佛已身在南京城墙之上。

先锋舰队于七月初七抵达南京外围的观音门，七月十二全军才列阵完毕。这次行动可以说是迟缓的。即便如此，郑成功并未立即下令攻城。他在等清提督马进宝领兵归降。

镇江大阅兵已是十七日前的事，不足百公里的路程，郑军走了半个月之久。清军在此期间已做足了迎战准备。更别说总管华中行政和兵马大权的江南总督朗廷佐还是稀世之才。

朗廷佐虽是汉人，却非明军的降将。其家族久居辽东，父辈便在清军中建功无数。朗廷佐曾讨伐张献忠有功，从江西巡抚一路晋升到江南总督。

朗廷佐料到郑军会在南京城外安营扎寨，便提前安排外城居民悉数搬入城内，并将外城建筑烧毁殆尽。如此一来，郑军便无法就地征调物资。南京城内由满将哈哈穆管理。他严禁南京居民外出，断绝了内通郑军的渠道。

另一方面，朗廷佐向崇明、松江的两名提督求援。二人皆是朗佐廷的下属。崇明的梁化凤得令后立刻做增援准备，松江的马进宝却迟迟未响应，既不驰援，也不倒戈，大有坐山观虎斗之意。而郑成功却一直在企盼着他的加盟。

瓜州、镇江的大胜，让郑军上下视清军如草芥。不仅如此，在南京城外扎营过久，将士们早就生了厌烦之心，又不能每日在敌人的眼皮子底下操练。于是军营里滋生了赌博。古往今来似乎皆是如此。下注时的侥幸、钱财上的输赢，逐渐消磨了将士们的战意。

据说当时郑军上下"好渔猎"。弯弓搭箭射杀野兔总比沉迷赌博好些，故而郑成功等高层选择睁一只眼闭一只眼，并未加以管束。将士外出垂钓、狩猎与放养无异，长久以往，只会军不成军。

"万万不可如此，还请严加管束！"林统云百般劝说。

"大战在即，趁此机会休息休息无可厚非。"郑成功的态度仍不紧不慢的。

郑成功虽在南京游学多年，却并非对这座城池的各个角落都了如指掌，例如神策门，他便不知晓。

神策门后来被称作"和平门"，此门直通南边的鼓楼大街，现今为中央路，故又被称作"中央门"。城门边就是玄武湖。

朗廷佐命人重新打开了这道古城门。他先是将堵门的砖块拆除，而后重新用砖块填满，但不用灰泥固定，如此便可出其不意地开门。城外的郑军根本没察觉这道门的存在。

郑军大营中，甘辉每日劝郑成功速攻，却得不到应允。郑成功确实有自己的打算，此时的他已陷入自我陶醉，不能自拔。

这日，林一祥喜气洋洋地造访帅帐。"等到了，等到了！"

"马进宝归降了？"郑成功一跃而起。

"大帅莫急，马进宝归降是迟早的事。这回是我军潜伏在南京城内的细作发来的情报。"林一祥的"大耳"抽动着，足见其兴奋之情。

"城内有何线报？"

"城内已粮草不济，难以持久了。"

"如此说来，南京城将逐日势衰，再无逆转之可能！"

若线报真实，郑军只要围城不攻，便可不费一兵一卒，等着清军开城投降了。想到此处，郑成功眉眼间的喜色再也掩盖不住了。

林一祥告退，旁听的林统云皱眉道："太可疑了。"

"什么可疑？"郑成功问道。

"这条线报的真伪。江南首府，天下副都，怎么可能存粮不济？我军去年在从浙江沿海一路北伐，明摆就是要攻打南京，清军怎可能不提前备足粮草应敌？"林统云提出疑点，他怀疑这是敌军故意泄露的虚假情报。

"统云，你真是杞人忧天。"郑成功大笑道，"林一祥钻研间谍之道三十余年，从未失手过。他拍板的情报，岂能质疑？"

三十余年，这数字蒙蔽了郑成功的判断。林一祥确实早在郑芝龙时代就是郑家的首席眼线，三十年间少有失手。郑成功七岁那年回来时，"大耳"林一祥已奔波列国，替安平城收集情报了。

然而今时不同往日，当年的郑家仅是海上霸主，还未觊觎天下。林一祥只需要确保情报能帮助郑家时刻把握天下大势即可，说白了，就是情报的"搬运工"。而两军交锋的情报战却事关存亡，明争暗斗、尔虞我诈，这是林一祥以往不曾接触的。林一祥自恃三十年谍报经验，太过自负了。

这时，甘辉带来了急报："崇明提督梁化凤率兵前来驰援南京！"

"多少人？"

"约五千。"

"区区五千人，何足道哉，交给马进宝应付足以。"郑成功自信道。

"大帅便这般有把握？"甘辉质疑道。他根本不信任马进宝。

"我有十成把握。"郑成功眉心微微一抽，有些不耐烦。

"大帅真的打算围城，等清军投降？"甘辉再度质疑道。他一直奉行速战速决。

"再等等，若城内清军不识好歹，时机一到，我军自然会发动总攻。"

"何时？"甘辉追问。

"戒骄戒躁，不是诸位告诫本藩的吗？"郑成功笑道。

"末将拙见，还是尽量速战为妙。近来，我军之纪律越发不受管束了。"

"莫急，当务之急是死死封锁城池。"

封锁南京，断绝其粮道，南京必不攻自破。眼下，郑成功只想兵不血刃，夺下南京。

甘辉失望告退。林统云问道："所谓'时机'，莫非是二十三日？"

"知我者，统云也！"郑成功先是一惊，而后畅笑。

三十五年前的七月二十三，是郑成功在日本平户呱呱坠地的日子。

不妙！

林统云心里一凉。两军交战时，将纪念日作为时间节点是兵家大忌！南京城内不可能没人知晓郑成功的生辰，清军必然会在那日严加防备。郑军攻城若能出其不意，则事半功倍；若撞上对方严阵以待，损失必然惨重。

但这不只是作战上的失误，林统云还有更为担忧的事。

故意将决战之日选在自己生辰这天，郑成功的心态无疑是极其危险的！统帅都如此狂妄，麾下的士卒可想而知。这样的骄兵如何上阵克敌？

"统云，真不枉你我深交这么多年。"郑成功不由地赞扬好友的机智。但对林统云而言，这印证了他近来的不祥预感。

"就一定要选在这天吗？"林统云挣扎道。

"我知你心中忧虑。本藩之生辰，城内守军必有防备。即便如此，本藩也要强攻。这日乃大吉之日，我军必能凯旋！"郑成功眼中充满了自信和坚定，不容任何人质疑。

七月二十二，郑成功于自己的生辰前一日，将北伐军各部将领召集到岳庙山上的大营里，正式下令道：今日日落前，各营各就各位！明日天明，总攻南京！然而攻城之令刚下达，瓜州就传来了急报："梁化凤已突破我军后防线！"

在场众将无不色变，有人怒吼道："鼠辈马进宝！"

马进宝若有心投诚，岂能坐视崇明的梁化凤出兵增援南京？

在场的林一祥心虚地低下了头。

郑成功逞强道："区区五千兵马，能奈我何？我军在南京门前列阵，等他来自寻死路！"

冷静想来，上回经崇明而不攻，实属失策。若郑成功能采纳甘辉之言，痛击梁化凤，一扫后方隐患，何至于此？但凡对崇明动了手，即便不胜，梁化凤也不至于率五千兵马前来驰援。

然而，郑成功心里没有一丝悔意，或者说，他已不懂何谓懊悔。在现在的郑成功眼里，自己的战略方针是完美无缺的。不过五千援军，怎奈我十万雄师？

只有一点需要担心，若城内守军响应援军，蜂拥而出，届时郑军将有腹背受敌之危。

"传我帅令，城门若有一丝动静，立刻万箭齐发！"郑成功的这道军令掷地有声。

将领们匆忙赶回各自营地，将外出狩猎的士卒召回。无论如何先在城门外列下几道阵，将城门堵死了再说。部将们紧密关注着城门动向，不敢疏忽大意。仪凤门、正阳门、定淮门、汉西门（后更名为"旱西门"），郑军分批在各道城门前列阵，大气都不敢喘。十万人的视线全部集中在城门上。

二十二日正午，门前列阵的郑军仍迟迟没有等来攻城的号令，士卒们渐渐有些按捺不住了。就在这时，响彻天地的吼声从城外传来！将士们只道是别处城门已开，两军开始交锋了。部将高声喊道："注视城门，不要分心！城门马上会有动静！"

守军要出城应敌，必然是各门同时出击，不可能分批行动。若有守军单独出击，十之八九是将领因慌乱提前行动了，既如此，其他城门的守军恐怕也会立马行动。各部将领的判断是合情合理的。

然而远处传来的喊声不减反增，其中还混杂着"敌袭""败阵"的哀号。将领们一惊，但又觉得自己多虑了。郑军在各道城门前重重列阵，即便敌军能抵挡住第一层箭阵，其后还有步兵阵、骑兵阵，怎么可能这么迅速地破了阵？

"敌军破阵了！敌军破阵了！"哀号声再次传来。

"快看，是八旗铁骑的旗帜！"

数以万计的八旗骑兵高举旗帜，突然现身城外。将士们都不敢相信自己的眼睛。前锋镇将领余新对下属怒吼道："是哪道门的废物放清军出来了？"

"属、属下不知啊！"下属回应道。他们一心关注眼前城门的动静，根本无暇顾及其他，自然不知清军全部来自神策门。

正如前文所说，神策门是一道暗门，郑军只在现存的城门前布了阵，对神策门根本没有丝毫的防范。附近的士卒只听见一阵墙壁坍塌的声响，无数清军铁骑便出现在眼前，没有受到一根箭矢的干扰。

"竟、竟有此事？"前锋镇余新方寸大乱，在他眼里，这些敌军就是从地底冒出来的。回过神来，自己已深陷敌军的包围圈。

"骑马那人是贼兵前锋大将，生擒者重赏！"身披黑色甲胄的清军将领用手中马鞭指向余新。

"你说谁是贼兵？"面对敌将的叫阵，余新只能这样无力地还击，甚至已无力做出防守的架势。

"这究竟是什么妖术？"已是瓮中之鳖的余新不甘地大喊道，但身边已无人回应。就这样，离神策门最近的前锋镇余新部队几乎全盘崩溃。

片刻之后，清军阵中响起震耳的欢呼声："崇明援军已至！"

这对郑军而言无异于当头棒喝。梁化凤的援军恰好在此时抵达，虽只有五千兵马，却能发挥出数万大军的奇效。

郑军完全乱了阵脚。前锋余新遭生擒，中冲镇将领萧拱宸带残兵败将逃往长江。所幸郑成功所在的汉西门距神策门甚远，逃过一劫。

懊悔、不甘、愤恨，烧灼着郑成功的内心，他紧咬双唇，直至嘴角渗出殷红。更令他不可接受的是，他败得不明不白，只知敌军凭空出现在城外，搅乱了郑军阵脚，导致梁化凤能及时驰援。

毋庸置疑的惨败，郑成功现下能做的，唯有尽快收拾败局，将损失降到最低。

"各部整兵，撤至观音山！"郑成功下达了撤退令。

长江在南京以北绕了一个弯，此处有七里洲、八卦洲两处沙洲。观音山地处七里洲正对面，是长江上的要冲之一。

郑成功在游学南京期间经常攀登此山。此山地势深险，大军可藏身其中休养生息。当然，既是休养，便不是立竿见影之事。

败军撤退绝非易事。左提督翁天祐断后，郑军仓皇逃往观音山。郑成功将帅帐设在了山间的观音门。杨祖部队驻扎山顶，甘辉部队驻扎山间，林胜、陈魁部队驻扎山脚，右虎卫陈鹏则留在观音门，守护帅帐。

"明日将是背水一战！"郑成功吼道。他嗓音沙哑，正如他眼下的意志一般。

"这种时刻建立的战功是无价的！儿郎们，明日才是真正建功立业之日！"

郑成功不知疲惫地骑着马，在各营巡视、激励，甚至不惜哄骗士卒们，明日才是招讨大将军的生辰吉日。

一日喘息之机就好，就一日！

郑成功在心中祈盼着。重整旗鼓至少需要一日时间，只盼清军保守，愿意给一日喘息之机。他从戎数十年，还是头一回祈求敌军给机会。

凄凉的生辰之夜就这样迎来了黎明，清军终究还是没有遂了郑成功的心愿。准确来说，清军表面上似是给了郑军时间，但背地里却派大部队迂回到了观音山后方。

不仅如此，率领五万追兵的不是别人，而是引兵驰援、大破郑军的名将梁化凤。在其精妙的指挥下，清军只用了一晚，便在观音山脚下集结列阵。而且他列出的可不是寻常的包围阵型。

清军参谋以为梁化凤会将山脚团团围住，逐渐向山顶平推，但梁化凤否决道："不可，如此只会徒增我军牺牲。"

"将军另有高见？"参谋问道。

"我军气势正盛，应趁势直接攻占山顶。须知军法有云，'十丈十倍'。"

所谓"十丈十倍"，说的是，地处高十丈（约三十多米）的位置，便可匹敌十倍于己的敌军。假设交战双方各领兵一万，占据高处的一方要比低处的一方强出十倍。居高临下的优势，就是门外汉都知晓一二。

"将军高谋，属下佩服！"参谋赞道。

从山脚向上平推的战术固然万无一失，但一直将自己置身于较低的不利地形，损失必然惨重。但是若能将敌军逼至山顶，其结果只会是全军覆没。

"一切以保全将士性命为重。"梁化凤嘴上这般说，心里其实另有盘算。他想尽量放国姓爷逃出生天。

己方直攻山顶，自上而下，便给敌方留下了撤退的后路。届时败兵可乘长江上的兵船逃走。郑家的数百艘兵船仍完好地停泊在长江岸边，郑成功及麾下众将的家眷全都留在船上。

这日，林统云之妻淑媛登上甲板，眺望远方的陆地：陆面上黄沙四起，炮声、喊声不绝于耳，显然正在激战，只是不知谁胜谁负。

战　败

　　梁化凤率五万清军一股脑冲向山顶，五万大军全力以赴，登顶不是难事。反观郑军，驻守在山顶的只有左先锋杨祖、前冲卫蓝衍部队，士卒们皆战意消沉。

　　清军来袭之前，郑成功给全队立下了"无军令，不许擅自出战"的大原则。以水师为核心的郑军有自成体系的号令系统，不容丝毫变通。若非严格秉持原则，郑军怕早已从内部瓦解。迄今为止，不知有多少部将因自作主张而人头落地。

　　负责驻守山顶的杨祖、杨正、姚国泰、蓝衍等将领在敌军来袭的紧急情势下，最先想到的不是御敌之策，而是如何向主帅通报。若是在海上，一面令旗便可传递军令，但在蜿蜒起伏的山间，郑家的号令系统便派不上用场了。

　　清军如山中猛兽一般嘶吼着，片刻便兵临郑军的山顶阵地。杨祖心急如焚，催问幕僚道："本阵可有令旗？"

　　"从我军阵地无法看见'观音门'！"幕僚答道。

　　"那还不速派传令兵去本阵请令？"敌军已在阵前磨刀霍霍，杨祖还在纠结于郑成功的号令。

　　山顶上的将领或许是消沉、或许是疏忽，他们无不坚信清军会采取保守的平推战术，还想着等山下有了异动，再着手准备迎战。没想到清军根本不在山脚、山间停留，而是如暴风骤雨般直扑山顶。

　　清军的咆哮和郑军的哀号声宛如来自阿鼻地狱的叫唤，随风传至郑成功所在的观音门本阵。

"报！敌军突袭山顶！"这是斥候传来的第一报。

郑成功乍听此报，还以为是误报，但随风传来的"阿鼻叫唤"表明，事态并不简单。保险起见，他还是率右虎卫陈鹏和右冲镇万禄带兵前去驰援。

此刻的郑成功心身倦怠，恨不能嘶声怒吼一番：怎会如此啊！

若战败于此，数十年的努力功亏一篑不说，复兴大明王朝的愿望更是化作泡影。云南永历帝连郑成功的面都未曾见过，又是任命他为招讨大将军，又是赐封他为延平郡王，恩宠无限，这是为何？永历帝之所以还能称"帝"，一来是因天下之大，容其抗争；二来，不正是因为大明还有郑成功吗？

郑成功必能匡扶我汉家王朝！不仅是永历帝，世人都对他抱有如此期待。

可天下无敌的国姓爷郑成功，今日要惨败于此。

郑成功身披甲胄，失魂落魄地伫立在观音门前，耳边是一通又一通的噩耗："山顶军情告急，蓝衍将军战死！"

"杨祖、杨正、姚国泰三位将领难抵敌军，正在后撤。"

"清军占领山顶，正在进攻甘辉、张英二军！"

"张英将军战死！"

面对接踵而至的噩耗，在场幕僚如念经一般窃窃私语，郑成功却一言不发，仿佛全然未听见。

传令兵汇报了张英的死讯后，跪地不起，显然在等待主帅回应。郑成功能猜出他在等什么回应。

负责山间驻防的将领有两名，其一是战死的张英，另一个就是郑成功的头号心腹甘辉。传令兵是在等郑成功询问甘辉的情况。不问便不答，足见情况不容乐观，但郑成功依旧沉默。

"中提督甘辉遇袭……"传令兵小心翼翼道。

郑成功仍然没给出任何反应，甚至神情都没有丝毫波动。传令兵只能如履薄冰地汇报了甘辉被俘的情形："甘将军本可趁乱脱身，但他突然振臂高呼'甘国公在此'，吸引了大批敌军，使得其他将士们得以逃脱……"

郑成功的神情终于有了变化，他咬着牙，仍一声不吭。

传令兵继续道："甘将军已决心赴死，但清军不肯成全他战死沙场的心愿……"

"闭嘴！你给我滚！"郑成功发出怒吼。得知甘辉慷慨赴死，让他万分煎熬。他不愿接受其被生擒受辱的事实。

甘辉之勇，名震天下。他若在战场上自报家门，敌军岂会放过？甘辉牺牲自我，为的是让更多将士逃出去。不必传令兵细说，郑成功都能猜到。

甘辉，永别了……

甘辉被俘，郑成功不得不承认郑军这次彻底败了，没有任何起死回生的余地。终于，他下达了撤兵令："全军撤退！本藩不管尔等用什么方法，撤回长江！在镇江集合！"

水路也好，陆路也罢，最终能抵达镇江便好……郑成功打算在镇江收拾残兵。镇江还有冯澄世、周全斌、黄昭等负责镇守后方的将领，有完整的部队，纵然清军乘胜追击，也无法轻易突破这条防线。

此次撤退，黄安、吴豪二将之活跃起到了关键作用，他们抵挡了追击敌舰的炮火，护郑成功顺利返回旗舰。

"今日是国姓爷生辰吉日……"董氏在郑成功身边安静道。她遇事总是格外冷静，这一点郑成功向来不喜。例如先前郑母逝世时，妻子的冷静就让郑成功无名火起。但面对此次惨败，这份冷静就显得弥足珍贵。

"是啊。拿酒来，本藩想喝两杯。"郑成功叹道。

"自酌吗？"董氏问道。郑成功没回答。

"我作陪。"一旁的林统云插嘴道。

"有统云作陪便好，眼下本藩不想和其他将军说话。来，坐。"郑成功言罢，无力地瘫坐在椅子上，"累了，太累了。"

郑成功寻常可不会以软弱示人。林统云为其斟酒，安慰道："人生在世，总会有累的时候。偶尔随性而为，在人前示弱，何尝不是解脱……"

"依你之言，本藩不够随性？"郑成功将杯中酒一饮而尽。

"并非你不愿随性，而是生来就不能随性。"林统云答道。郑成功从不允许自己随心而动。他明明是中日混血，却不得不将"复兴明室"喊得比任何一个汉人都要响亮。

"本藩若随性而为，岂能率领这十万大军，怕是早就跟随我父，向满人皇帝下跪了。"

"何必固执于一条道路。"

"本藩眼前只有这条路，再无其他了。别只顾说，喝些。"郑成功亲手为好友斟满酒。

林统云轻轻抿了一口，皱眉道："此酒下肚，好似灼烧五脏六腑，像是我家乡长崎所产。"

"本藩七岁离日，不知日本酒是什么滋味。"

"你想过回日本看看吗？"

"我倒一直想故地重游，再看一眼平户……"

"这有何难？我陪你一起便是。"

"真就这般随性吗？"郑成功落寞地笑了。

"世间之道千千万，你如能悟到这点就好。"

"你想劝我去各地看看，放宽视野。放心，我眼下虽身心俱疲，但眼光所至，却比以往都要广阔许多。"

两人秉烛夜谈，无主从之别，地位高低，仿佛回到了在平户的沙滩上你追我赶的童年，壶中美酒不知添了多少轮。两人的妻子静静地在一旁伺候。她们知道，这场酒宴只属于这对交心的挚友，再容不下其他人。

深夜，远方传来连天炮声，郑成功不禁放下酒杯，茫然道："是啊，战争还未结束。"

或许是断后的黄安、吴豪正在炮击追杀而来的敌船。

"暂时将战事抛诸脑后如何？"林统云道。

"做不到啊，甘辉眼下还生死不明。"郑成功仰望漫天的繁星。原本阴霾的天空在郑军败局已定的那一刻，竟奇迹般地转晴了。

如心有灵犀一般，此刻身陷清营的甘辉也仰望着繁星，心系国姓爷的安危。身旁的清军正偷偷饮酒，欢声笑语。其中一个士卒看不过眼，呵斥道："军营里严禁饮酒，你们别太出格了！"

"喝杯庆功酒而已。"

"违反军纪，小心你的皮！"

"怎么会，咱可打了胜仗，大将军不会怪罪的。"

"可国姓爷跑了！大将军心里可不怎么高兴？"

"别急火，俺不喝了便是。"

士卒们的争吵一五一十地落在了甘辉的耳朵里，他如释重负。国姓爷逃出去了。若眼前有一信使能替自己给国姓爷传个话，他会这般劝说：事到如今，北伐已无从谈起，大帅可退而争两广、云南，占据西南，再和满洲皇帝争夺天下。

还有一言，他不忍心说，却不得不说：此次战败，国姓爷您该负主要责任！

郑成功不顾形势，强行北伐，有意气用事之嫌。

最后，甘辉担忧起郑成功尚未痊愈的病，在心中向繁星祈盼：上天有眼，只求国姓爷能福享百年。

清军诚心祈盼勇将甘辉能归降。他们甚至卸去对其的禁锢，以贵客之礼待之。

"甘将军之智勇，痛哉，惜哉！"清军总督郎廷佐在其面前做痛心疾首状。

"何惜之有？"甘辉早就看穿了对方的企图，似笑非笑道。

"如此智勇，用于祸乱天下，而非安定天下，于世间而言岂非痛惜？"

"此言大谬！甘某为天下之大义已用尽智勇，如今只剩这具垂老残躯。甘某只求总督枭去甘辉之首，成全甘某之大义！"甘辉慷慨陈词道。

清军不死心，派降将余新来劝降。甘辉怒斥余新道："余新小儿，此次战败皆拜你所赐，你竟然还有颜面劝我投敌，无耻至极！"

自那之后，甘辉便滴水不进。清军百般劝降无果，最终还是成全了甘辉的义节。

观音山惨败的翌日，即七月二十四，国姓爷集结残兵于镇江，确认了伤亡情况。没能现身镇江，或战死或失踪的主将如下：

中提督　甘辉

左武卫　林胜

左虎卫　陆魁

后提督　万礼

五军都督　张英

智武镇　蓝衍

护权镇　李泌

吏官　潘庚钟

除了上述几名大将，郑军还痛失杨标、魏其志、林世忠、洪复、张廷臣等军中栋梁。仓皇撤退途中，溺死于长江的将士便多达五千之众。据清军给朝廷的汇报，他们在江水里捞起了四千五百具尸首。遭遇如此惨痛的伤亡，远征军不得不原路沿长江南撤。

长江两岸的景致丝毫未变，但江上人的心境却翻天覆地。数日前，逆水北上的意气风发似是黄粱一梦，而今他们只得狼狈撤退，顺流而下。

无人知晓要退至何处，就连郑成功眼前也是一片茫然。就这样厚颜无耻地躲回厦门？届时又有何颜面见甘辉的家眷老小？若不回厦门，又能何去何从？

攻夺南京已成奢望，不妨占据长江一角，等待东山再起之机。若回了厦门，再想攻南京，又得经历一遍北伐的艰难险阻，更是无望。

"攻崇明！"郑成功强装振作。

地处现今上海对岸的崇明岛虽小了些，但勉强能容大军栖身。回想起来，前番途经崇明而不攻，属实为此次惨败埋下祸根。若当初采纳甘辉之言痛击崇明，哪里还有梁化凤那左右胜负的五千援军？亡羊补牢，为时未晚。眼下若能夺下崇明，便等同于扼住长江之口，刃抵清军之咽喉。

八月初八，郑军舰队抵达崇明岛的湾口。八月十一，全军登陆，进攻崇明城。崇明守将梁化凤果然不负勇将之名，率兵顽强抵抗。郑军久攻难下，负责进攻城东北的正兵镇将领韩英战死。

面对固若金汤的崇明城，郑成功已束手无策。这时，幕僚上前告知有客来访："军营外有一名自称陈方策的男子求见国姓爷，说是国姓爷的旧识，卫兵赶都赶不走。国姓爷是否认得他？"

"陈方策！他怎么来了！"郑成功眼里闪过一丝久违的喜悦。

这位昔日同窗好友是苏州人士，此时登门造访倒不稀奇。但听到这名字，郑成功脑海里浮现出了另一张温柔若水的娇颜——张少珠，南京旧院的艺伎，郑成功昔日的红颜知己。他返乡前，曾将佳人托付给好友。

"速速请来相见！"郑成功催促道。此时的郑成功无暇享受"他乡遇故知"的喜悦，但他还是本能地召见了这位故知。

陈方策乍看上去是一位满腔热血的青年，实则心思之缜密非常人可比。早在崇祯帝自缢、福王登基南京之时，他便看透了南京朝廷的明争暗斗，不对其抱有期望。反观郑成功，他当时返乡前对南京政权还是有那么一丝不舍的。同是一腔热血无处宣泄的青年，在对人对事的慧眼上还是有差距的。

"南京已无望，你心中有大志，不如趁早返乡。"陈方策身为郑成功的挚友亲朋，理应挽留好友。可他非但没有挽留，还极力赞成。郑成功如今久攻崇明不下，心中迷茫，急需一位能看清天下形势的人为他指点迷津，陈方策来得正是时候。

"阿森，多年未见啊！"陈方策迈入帅帐，直呼好友的旧名。

"方策，你还是老模样！"昔日同窗久别重逢，两人热忱地紧握住对方的手。

"唉，恨苍天不助正义之师……"陈方策扼腕叹息道。

"要恨便恨你陈方策，为何不早来辅助我？"郑成功苦笑道。

"你亲率十万大军逆流而上，那阵势，我一肉体凡胎怎敢阻拦你？"

"阻拦吗……"郑成功眼下虽心乱如麻，但对方说得如此明白，他瞬间便会意：陈方策有意阻止北伐。

郑成功松开手，往后退了一步，重新审视眼前的好友。为何要阻拦？他用凌厉的眼神质问道。

"须知时移世易……"陈方策叹道。时隔十四年再会，年过而立的二人却还是当年的模样，岁月在他们身上没有留下太多痕迹。

"但世人依旧……"郑成功低声反驳道。

"错了，人是会变的！"

"有何凭据？"

"凭据？还记得旧院的少珠吗？她如今是我的妻子。"陈方策紧盯好友，仿佛要看穿对方的内心。

"甚好、甚好……"郑成功发自内心地笑道。

"时移世易，何况人乎？"

"依你所见，此次北伐兵败南京，我身为主帅难辞其咎。你骂我固执也好、逞强也罢，但在我看来，北伐尚未结束，郑军未必就败了！"

"胜败无常，或许国姓爷从此便可入主南京，但又能如何？不过是占了一座孤城。国姓爷扪心自问，你擅自兴兵北伐，是否是民心所向。当地民众如何看待你所谓的大义？"

"何来擅自？复兴我大明江山，不是我中原之民的夙愿吗？我一路北伐，沿路城池纷纷投降归顺，民众纷纷膳食壶浆，岂能有假？"

"国姓爷之雄师在前，谁人敢不屈服？"

"荒谬！天下归顺我国姓爷旗下，乃是复兴大明江山的大义所趋！"郑成功义正词严道。他愿意反省自身失策，但唯独"大义"这点，他丝毫不肯妥协相让。

"何谓大义，一呼百应便是大义？"陈方策不屑道。

"方策你……"郑成功一时哑口无言。

莫非？

郑成功脊背一凉，他从好友迈入营帐的那刻起便心存疑窦：陈方策以头巾裹发，这可不是正常的装扮。

陈方策似乎读懂了郑成功眼里的疑虑。他轻轻摘掉头巾，一根细长的辫子垂在脑后。

陈方策削发编辫了，这是降清的象征。仔细想来，陈方策和张少珠夫妇居住在清军领地，削发易服便不足为奇了。

"如你所见，要打要骂，悉听尊便。"陈方策浑不畏惧地将细长的辫子取到胸前。

郑成功无力道："我无意责难于你，此乃时势所逼，若不如此，只有归隐、出家二途。"

"国姓爷方才那嫌恶的眼神，虽只有一瞬，我可看得一清二楚！恐怕你打心底把我当成投降清军的奴隶吧。"陈方策追问道。

"你这厮，别激动。"郑成功苦笑道。

"此话原番不动奉还于你！"

"坐聊、坐聊。"两人从方才起便一直没落座。

"坐聊可以，但在坐下前，我有一事相问：如今我该如何称呼你？招讨大将军？国姓爷？还是郑成功？"

"无须拘礼，如从前一般唤我阿森便可，只当我等还是太学同窗！"

"这样便好，有些话，我只愿说予同窗郑森。"陈方策言罢坐了下来。

"何话？"

"方才话说到一半……大明王朝已然没有丝毫大义可言，是否是这个道理？"

"且不论是正理还是歪理，你往下说。"

"如此浅显易懂，岂能是歪理？明廷苦民久已，何存大义？福王政权是何等荒淫无道，阿森，你亲眼所见，何以辩驳？"陈方策胜券在握道。

郑成功点头，两人从前没少为那荒唐的政权扼腕流泪。

"我当年在苏州有一私订终身的红颜知己。"陈方策突然换了话题，"但我归乡后才得知，她被选进宫，当了秀女……"

福王为充实后宫，在所辖领地内开展大规模选秀，甚至不惜暂时禁止民间婚配，用意再明显不过——天下女子，需先供皇帝挑选。宦官李国辅赴苏州强征当地美女，送入福王后宫，陈方策的红颜知己便在其中。

"竟有此事……"郑成功不敢正视好友，对方却对他躲闪的视线紧追不舍。

"这便是明王朝的所作所为，长江沿岸之民谁人不知，却敢怒不敢言！阿森，你率十万雄师逆流而上，号称要复兴明室。民众在干戈面前只能曲意逢迎，你可知他们内心是如何看你的？"陈方策言罢看向好友。

"将实情告诉我！"郑成功激动道，"难道清廷就能以德治民？"

"德治倒谈不上……"陈方策卖了个关子，"但优于福王政权千倍、万倍，最起码，清廷做不出强选秀女这样的荒唐事！单此一点，就已是民众夙夜期盼而不得之事！然国姓爷势同猛兽，高呼复兴大明，叫民众如何不惧？"

"不！我不信！"郑成功怒吼道。

"信或不信在你，我只是将当地民众的想法从实说来。"

"是我远征军忽视了民众吗……"

"忽视？不、不，你麾下的勇猛将士沿途强抢豪夺，奸淫掠掳，何来忽视之说？"

"一派胡言！强征便罢了，奸淫妇女者按例是要处死的！"

"在你国姓爷面前自然是死罪，倘若在你看不见的暗处呢？"

"无稽之谈，我军乃正义之师，岂能……"

"坊间早有谣传，说国姓爷身患热病，形似癫狂，故而其下属故意将恶报藏而不宣。这的确是空穴来风的谣言。但是国姓爷麾下的士卒如此无恶不作，逼得世人不得不信谣言。"

"竟有此事……"郑成功颤抖道。

他身染热病不假，据妻子董氏说，他发病时偶尔会亢奋、发癫，但万幸有永历帝赐予的奇药，身体早无大碍。至于下属对他避恶报而不提，他早有所察觉，只是没想到竟会这般严峻……

"热病也罢，伤寒也罢，即便是疯癫了，有些事，你作为一军之帅岂能不知？国姓爷身边无人愿将实情相告，那便由我这位昔日同窗来做。说实话，我本无颜和你相见。"

"此话怎讲？"

"我不应夺挚友所爱……"

"此言差矣，少珠一事，我非但不介意，还由衷替她欣慰。我因战事所迫，早就和她断了联系，她能嫁予你做妻，是不幸中的万幸。"

郑成功返乡后的前几年，一直对这位红颜知己难以忘怀，少珠母亲得病时，他还委托林一祥定期给她送了不少次医药费。但第三年，郑成功和入闽的清军几番交战，便和南京断了联系。据林一祥的说法，张少珠亡母后隐姓埋名，身边亲朋都不知其所踪。

那之后不知过了多久，林一祥的情报网忽然又带来了消息，说有人在苏州看到了张少珠。

郑成功立刻猜到了七八分——好友陈方策是苏州人士，自己返乡前特意嘱托挚友照看少珠，且二人没少因佳人起过争执。郑成功至今还记得自己托付佳人时的情景——

"你就不怕我乘虚而入，横刀夺爱？"

"世间之事本就没有定数，谁又能说得准明日会如何……"

其实，郑成功心里早有觉悟。乱世之中，像陈方策这样有担当的男子，才是女子最好的归宿。他没把话说破，是顾虑好友在家乡另有所爱，谁知竟这女子竟遭了"选秀"的毒手。

"是我叫少珠隐姓埋名，切断你与她的联系。"陈方策坦言道。

"果然如此吗……"郑成功苦笑道，对此他同样早有预感。依陈方策的性格，他决不容许自己的妻子接受旧情郎的关照。"不提这些，能和昔日好友重逢，实属快事！"

"有些逆耳良言，须由好友说出，这亦是我此行的目的"

"还有哪些忠言，尽管说来，我洗耳恭听！我方才得知你造访，便知今日要醍醐灌顶。"

"小小草民，怎敢指教招讨大将军？"

"帐内只有昔日同窗好友，哪里有什么大将军！还请方策教我眼下该何去何从。"

"你不是正在攻打崇明吗？哪里要我教。"

"攻打崇明一事，我帐下幕僚有人赞成，有人反对……至于我，自然是坚定地主战。"

"为何如此执着于崇明？"

"远征军要再图南京，便不能这般重返福建。虽说眼下是在撤退，但距离上还是有本质不同的。"

"攻下崇明后，你自信能守得住吗？"陈方策苦笑道。

"依你之见，我夺下崇明，并不能扭转大势？"

"且不说大势，我不信你能攻下这城池。"

"崇明是座坚城，但也不至于坚不可摧吧。"

"清军岂能坐视你破城？我离开苏州前，听闻江苏巡抚蒋国柱已整兵待发。眼下郑军攻城陷入僵局，若援军赶到，你又该如何应对？"

"援军……"郑成功一时无话。如今这形势，若清军真来驰援，郑军别说破城了，自保都是难题。

"依我进军营后的所见所闻，郑军中多是福建兵，他们饱受思乡之煎熬，已无战意！"

"此话当真？"郑成功不信，但回应他的是好友不容置疑的眼神。

军心早已不在眼前的崇明城上，而是飞回了厦门、金门。陈方策这双不掺杂任何情感的慧眼，绝没有看错的可能。

"显而易见。当局者迷，旁观者清，或许看不明白这点的，只有你国姓爷一人。"

难道我应该放弃攻打崇明……郑成功心里萌生了退意。攻打崇明的决策从一开始便饱受争议。如今，江苏巡抚蒋国柱的援军将至，也许是时候撤退了。

"来人！"郑成功命令道。

"是！"一个卫兵连忙进帐听令。

"本藩写一道军令，替我送达各部！"郑成功言罢，奋笔疾书：弃攻崇明，全军整顿，克日撤回厦门！

卫兵接了军令后离去，郑成功对好友笑道："今夜别走了，陪我一醉方休。"

"恭敬不如从命！"

"相隔十四年的重逢之酒，如此醉人！"郑成功豁然开朗道。

蹈　海

　　永历十三年（1659）九月初七，郑成功的北伐军含恨抵返厦门。长达一年半的北伐远征，到头来落了个"无尺寸之功"的结果。

　　郑成功重返思明州（即厦门）后着手的第一件大事，便是引咎自责。他在六年前受封延平郡王，后又被晋封为"潮王"。此次战败，他引咎辞去"潮王"爵位，派使者李明世前往云南的行在所[1]，上呈辞爵奏表。

　　郑成功自行褫夺爵位后，便只持招讨大将军之印。并非是贪恋权势，若想东山再起，他必须掌握军权。

　　紧接着是第二件大事，就是为了那些在北伐中战死的将士建立一座"忠臣庙"，组织牺牲者的遗族祭祀。然而遗族中有一人拒绝参与祭祀，正是那老文人朱舜水。

　　"吾子大咸病死于船上，而非战死沙场，不配享用'忠臣庙'之香火。"

　　郑成功派林统云为代表，几度造访，劝慰这位花甲之年的老文人，奈何其已心如死灰。

　　"白发送青丝的悲伤，岂是外人可理解的……"

　　"那朱老先生还有何心愿，尽管说来。"林统云无奈道。

　　依朱舜水刚烈的性格，要劝他参与公祭是有些强人所难。郑成功不想强求，但心里总归有所亏欠。朱大咸虽非战死，但他的确死在自己军中。而且他从军医那里得知，朱大咸所患病症和自己一样，心中便更加过意不去了。

---

[1] 指天子所在的地方。

眼下朱舜水只要有求，他必应。

"心愿？老朽如今膝下无子，囊中无财，纵是心中有百般心愿，亦不能得偿，不说也罢。"朱舜水摇头道。

"既有百般心愿，何不说出一二。"林统云劝道。

"既如此，只求国姓爷赐一艘便船，送老朽去日本。"朱舜水苦笑道。这心愿并无古怪，他迄今六次东渡日本，在日本有很多亲朋好友。

"朱先生不愿辅佐招讨大将军了？"林统云犹豫道。

"国姓爷已不同往日，统云阁下是国姓爷心腹，岂能没有察觉？"朱舜水与林统云对视道。林统云目露莞尔，显然是默认了这说法。

自郑军突然从崇明撤退那日起，郑成功便仿佛脱胎换骨了一般。撤兵前日，郑成功和昔日故交陈方策重逢。或许这次重逢使得郑成功茅塞顿开了？

陈方策现身前，林统云用尽了手段，仍无法抹去惨败在郑成功脸上留下的阴霾。而陈方策仅与其交谈了短短数个时辰，便让他豁然开朗了？陈方策究竟说了什么妙语仙言，林统云不得而知，郑成功对此也避而不谈。

"是否是某种……豁达？"朱舜水问道。

"还真是，仿佛拨云见日了一般。"

"若如此，可见国姓爷放弃了……"

"放弃什么？"

"放弃复兴我大明王朝。"朱舜水叹息道。这位老文人将自己的半生都献予了复兴大业，为此不惜拖着带病之躯奔波于日本、安南。他本就和郑成功不对付，之所以携子从军，不过是寄希望于郑家兵力罢了。若郑成功放弃复辟大明之志，朱舜水再无理由屈居于此。

"未必，国姓爷近来四处征兵，想来是有意再度北伐。"

此次远征，郑军伤亡惨重。据北方情报，清廷企图趁势消灭郑家势力，并派大将达素率大军奔赴福建，厦门必须尽快征兵应对。

"国姓爷征兵，未必是用于复兴大明……"朱舜水将后半句咽进腹中：或许，是用于创建郑家王朝。

林统云十分了解眼前的老文人，对他讳而不言的后半句，能猜出一二。对此，他也只能含糊其词道："果真如此吗？"

"建立忠臣庙，自辞爵位，这都表明国姓爷已舍弃我大明。现在，他另有大志。"朱舜水慧眼如炬。他心里至今仍燃烧着一团炽热的复明之火，并能感应到因同样的目的而燃起的火焰。

自全军撤离崇明以来，国姓爷心里的这团火便日渐冷却；即便旁人无法察觉，朱舜水却看得一清二楚。若两团火焰交汇，必激起热浪，但朱舜水如今已无法在国姓爷身上感觉到一丝一毫的共鸣。

林统云见对方已想通，浅笑道："那在下便替朱先生准备赴日的便船？"

"有劳统云阁下，老朽拜谢！"

"岂敢，举手之劳。"

两人拜别，林统云造访郑成功，如实汇报了和朱舜水的谈话。

"朱老先生当真如此说？真是有些出人意料。"郑成功笑道。

"朱老先生之言曲解了你的意思？"

"无丝毫曲解……"郑成功苦笑道，"本藩是真没想到，老儒生朱舜水竟能这般知我懂我。"

这是国姓爷首次在人前表明舍弃大明的态度，但也仅限于这种私人场合。在公开场合，郑成功至死都没当众表明过这一态度。

"朱先生想去日本，你是否准许？"林统云谨慎地问道。

"他若去意已决，不必强留……"郑成功顿了顿，继续道，"统云，能否劳你也去趟日本。此次北伐几乎耗尽了我军的弹药和粮草。"

郑成功的意思很明白，他需要通过对日贸易解决财政困境，而这件事只能让林统云去做。

"但你已无意北伐……"林统云试探道。

"未必。"

"还未放弃？"

"我另有打算。"

"看来，这个打算相当费钱。"

两人看似自说自话，答非所问，若被听去了，想必也会是一头雾水。一言以蔽之，郑成功已放弃复兴大明，但他另有盘算，而这盘算也急需军资，可见事关战争。不是北伐，那就只剩一种可能——南征。

林统云心情复杂，国姓爷终于将矛头指向台湾了。

北伐失败那年冬天，朱舜水来到长崎，这是他的第七次访日，也是最后一次，因为他再也没有返回故土。

朱舜水归化日本后，受德川光圀之邀赴水户，在当地传播儒学，在日本的史书上留下了浓墨重彩的一笔。

归化相当于现今的移民。很难想象，像朱舜水这般的忠君爱国的儒生，会有弃离祖国之举。但仔细想来，他爱的是大明国，忠的是朱姓之君；而今明王朝已覆灭，不归化他国，就只能做亡国奴了。

彼时，日本的锁国政策愈演愈烈，按常理来说吗，是容不得他这样的唐人长期留日的。朱舜水在传记里这样写道："日本国之禁三十余年，不留唐人。留弟（朱舜水自称）乃异数也。"

他还给自己归化日本的理由做了解释：熟知声势（清之势力）不可敌，坏地（沦陷的领土）不可复，败将不可振……

"败将"显然指的是郑成功，这名"败将"已无心再"复明"。若再留在故土，便不得不削发易服，向鞑子皇帝下跪。与其如此，倒不如弃国移民，永住日本。在朱舜水看来，这起码不是"失节"。他写道："乃决蹈海全节之志"。

此时，郑成功也在策划自己的"蹈海"大计，只不过目标是台湾。彼时，台湾完全处于荷兰东印度公司的掌控之下。荷兰人通过台湾，将大陆产的生丝卖往日本，从中牟取巨利。他们最忌讳的就是郑成功直接和日本进行贸易。

台湾岛上有大量未开垦的土地，需要大量劳动力，故而当局对福建的移居者来者不拒。但移居的人一多，便难免有聚众叛乱的隐患。数年前，岛上便爆发了"郭怀一之乱"，荷兰当局很快便将其镇压了。

若只是农民叛乱，倒不足为惧。真正让荷兰当局胆寒的是对岸的郑家势力。为避免这种状况，荷兰当局从不敢断绝与郑家的友好通商。

东印度公司的通译何斌就带着与郑家交好的使命，数次往返于台湾、厦门之间。然而他此次来访厦门，并非代表东印度公司。他和东印度公司已再无瓜葛。

厦门方面早已知晓此事。国姓爷北伐期间，郑泰负责镇守厦门，相当于郑家的大总管。何斌在郑军北伐前曾代表荷兰来过厦门一次，私下和郑泰进行了一次秘密会谈。

迄今，台湾向厦门等郑家领地出口货品，都要缴纳关税。数额虽不算大，但这是郑家自诩一国的体面所在。然而郑家政权毕竟不是正规的国家，关税制度远谈不上森严。郑泰也不得不承认，漏税逃税的现象屡禁不绝。

台湾的货船只要在郑家的势力范围外卸货，再通过渔船将货物运往金门、厦门，则分文的税款都不必缴纳。

但商业帝国荷兰在对外贸易上就显得格外老道，无论是集货还是散货，整套流程都无懈可击，几乎不给人走私的余地。台湾严禁走私，却可以随意将货品走私到郑家的势力范围，两地之间毫无贸易公平可言。为解决这一现状，郑泰想出一道妙计：直接在台湾征收关税便可！

此计策可杜绝台湾漏税的问题。郑泰敲定了手续费，将对台贸易的征税事务全权交予何斌打理。当然，这一切都是瞒着荷兰东印度公司进行的。依照郑泰的预估，对台贸易每年至少有十八万两关税进账。若限定在金、厦两地征税，税额能拿到五万两就不错了。这么一看，花点手续费也很合算。

然而好景不长，荷兰人很快便察觉到了端倪。要瞒过无利不起早的荷兰商人谈何容易。荷兰方面给出如下说辞：两国贸易，绝没有出口方向进口方征税的道理。何斌在台湾征收的乃是"出口税"，换言之，何斌趁收税之机中饱私囊。

结果是，何斌被东印度公司解雇，并处罚金。

此事发生在国姓爷北伐船队逆流而上的期间。

经此一事，何斌无法在台湾岛立足，只能投奔厦门。他将事情原委告知郑泰后，补充了一句："郑军何不从红毛手中夺回台湾？"

"战争之事，与我多说无益，你去向国姓爷进言。"就这样，郑泰将何斌引荐给了郑成功。

台湾沃野千里，乃霸王之地！

何斌在国姓爷面前将台湾夸得天花乱坠，后世通常认为，郑成功是因此出兵台湾的。其实不然。郑军刚因北伐遭受了惨痛代价，郑成功怎可能因为区区一名东印度公司通译的三寸不烂之舌，就再度兴兵？

归根究底，还是陈方策的那些拨云见日之言，使得郑成功渐渐将焦点转向了南边。召见何斌，只不过是想从对方口中打探一些台湾的现状罢了。其实，郑成功此时已事无巨细地掌握了台湾的相关情报，何斌的口头之言并没有太多价值。

然而何斌此行带来了一份精心准备的见面礼——荷兰基地周边海域的水深图。何斌是聪明人，他自然知晓郑成功早在台湾广布情报网，寻常情报根本入不得其法眼。若能奉上真正的关键情报，何愁不受重用？他在投奔厦门之前，专程派部下郭平假扮渔民，骗过荷兰人，将岛周边大型船难以航行的浅水域的水深全部测量了一通，制成了这张水深图。

获此一图，可抵百万雄师！

郑成功心中狂喜，却不显于色。在他眼里，台湾已是囊中之物。有北伐的前车之鉴，他处事谨慎了许多。

迄今为止，郑军一直都是以"复兴大明"为旗号，为此名号前来投奔者在如今的郑军中不下少数。如此形势下，突然转变旗号显然不是良策。

郑成功是一个彻头彻尾的独裁者，他不否认这一点。他想攻打台湾，只需一道军令，全军必不敢违抗。但对抗"红毛"不同于驱除鞑子，士气非常关键。北伐是复兴大明，那南征势必会有将士认为这是退缩的表现。

若军队中有人对战争的动机存疑，那还谈何战斗力？在确保各位将领和自己同心同德之前，郑成功不敢贸然将攻打台湾的打算搬上台面。

"何先生费心了，此地图非同小可，迟早会派上大用，我且叫下属妥善保管。"

郑成功将地图收下，仅仅是口头上慰劳了何斌两三句。

志向何方

背后被粗暴地推搡了一把，吉井多闻在石阶的最顶层一个趔趄，下一瞬间，刺眼的光线仿佛要灼化他的眼珠。

吉井已算不清自己身陷囹圄多久了。热兰遮城的地牢位于冰冷的地下，没有一扇窗门，伸手不见五指。只有在遭受严刑拷问时，他才能"享受"到油灯发出的一缕微光。

吉井多闻早在十多年前便改名闻吉，即姓闻，名吉。他还给自己伪造了和国姓爷一模一样的身世——父亲是福建南安的海商，母亲是日本妇人。吉井已赴台十七、八年，其间从对岸带来了数以万计的开垦者，即便是荷兰人都要对他礼让三分，视他为岛上汉民的头目之一。吉井在日期间便潜心钻研荷兰学，懂几句荷兰语，因此很受荷兰当局的信任，其妻巫女阿兰拥有无数信徒，夫妻二人膝下虽无儿无女，却还是羡煞旁人。

犹记得那日，荷兰当局的官差突然登门，不问是非，就将吉井多闻押去了热兰遮城。吉井心里暗道不妙，以为野心败露。

从"红毛"手中夺回台湾，自己做"岛王"！吉井坚信这绝非痴人说梦。台湾岛上的"红毛"——所有公司职员、士卒以及其家眷——加起来不过千人。所谓的热兰遮城（现今的台南市），明面上是军事壁垒，本质上就是一座贸易基地罢了。

荷兰人之所以能巩固岛上的统治，其一是仰仗对台湾高山族的笼络。这自然不是一句笼络就能概括的，其中包含了无数的恩威并施。基督教就是他们的最强法宝。其二就是千方百计地阻挠岛上的汉人团结，迫使他们长期处于内讧中。荷兰当局占领台湾之初，就任命了八名汉人头目，至今仍不断增加，以至于汉人中无法诞生自己的杰出领袖。

然而魔高一尺，道高一丈。随着岛上汉人激增，荷兰人的"分裂活动"难免出现漏洞，吉井就捕捉到了纰漏，携妻子阿兰一起到对岸召集自己麾下的迁移者。

在此情况下，突然被"请"去了热兰遮城，吉井自然会怀疑，是不是"红毛"察觉到了自己的野心？但下一瞬，他立马否定了这个念头。

因为吉井从未对外人表露过自己的野心，当然，妻子阿兰是例外。但阿兰是自己的妻子，两人同舟共济，且丈夫的野望乃是她父亲颜思齐的遗愿。她不仅会守口如瓶，还会亲自当巫女，为丈夫护航。

吉井就这样不明不白地锒铛入狱，但紧随而来的严刑拷问，让他对自己的"冤情"有了大致了解。

"你还有哪些同伙，如实招来！"

"什么同伙？草民着实冤枉啊！"

"嘴硬！我看你是不见棺材不落泪！"

嗖！狱卒手中的皮鞭划破混浊的空气，陷入吉井肩背的皮肉。狱卒显然精于此道，只见他手腕翻转，皮鞭又顺势落在了吉井的胸前、脸上。面对酷刑，他辩无可辩，只能咬牙强忍。

身处四面都是石造的狭小牢房，耳边隐约传来因犯的惨叫声，吉井最挂念的是妻子阿兰的安危。被官差带走时，妻子本想追赶，却被官差撞倒在地，只能大声哭着喊冤。这一幕仿佛被烙印在吉井的眼球上，至今都无比清晰。阿兰并未被逮捕，但她之后如何，自身难保的吉井便无从知晓了。

狱卒和通译不知道吉井懂一点荷兰语，于是毫不避讳地在其跟前用荷兰语交谈。吉井凭借这些只言片语，总算知道自己为何被怀疑了——勾结国姓爷，觊觎台湾！倒是说中了一半……

吉井强忍背上如雨点般的鞭笞，心中愤愤不平。"红毛"说他觊觎台湾，他认；但说他依附郑成功，这如何能忍？

接下来的日子里，他得知，自己之所以被怀疑，原来是因为荷兰海关在临检途径澎湖列岛的郑家船舶时，搜出了数十封密信，其中有一封信的收信人是闻吉。信中都是暗语，无法解读，但足以证明此人和郑军暗地里有勾结。

这从何说起？

吉井自知认罪必死，所以无论官差如何严刑拷打，他只坚称："我不知，我冤枉！"到后来，每次受刑前，他都会先声明："纵然你们将我折磨至死，无根之事，如何坦白！"

漆黑之中昼夜不分，饮食亦无规律可循，吉井根本不知自己被关押了多久。

这日，漆黑中烛光隐现，吉井以为又要受皮肉之苦了，却听到黑暗中有人开了锁，并说道："出来！"

此时此刻，吉井根本不敢奢望能重获自由。"红毛"没能从自己嘴中撬出些什么，怎肯善罢甘休，想必是官老爷要亲自审问自己了。

吉井如提线木偶一般跟在狱卒身后。连日的折磨耗已耗尽了他的气力。他眼冒金星，四肢如灌铅般沉重，眼看便要昏倒在地，怎料身后的"红毛"狱卒粗暴地推了他一把，骂道："磨蹭什么？你出狱了！"

烈日灼眼，对数日未见阳光的吉井而言更是如此。所幸吉井懂些医术，得知自己要重见天日，立马紧闭双眼，避开了这突如其来的光亮。

数日以来的肉体和精神上的煎熬仿佛在这一刻爆发，他没挪动两步，便结结实实地摔在地上。"当家的！"吉井耳边隐隐响起阿兰那熟悉的嗓音，等他再睁开眼时，他已躺在自家的床榻上。

"当家的，你受苦了……"

床边的阿兰眼眶通红，她正轻柔地给丈夫擦拭伤口。

"我真的回家了，不会是做梦吧……"吉井想转头看看四周，却牵动了背后的伤口，疼得他倒抽一口凉气。

"不是梦，这就是我们家……别乱动，我正给你敷药。"阿兰颤声道。

"究竟发生了什么事？"吉井虚弱地问道，似乎多用一分力道，浑身的疼痛便剧烈一分。

"是我不好，是我害了你，是我……"阿兰话未说完，便又泣不成声，根本没有平日里"巾帼不让须眉"的劲头。

"你害了我？这话从何说起？"吉井眉头一皱，想坐起身来。

"你别乱动，我细细说给你听。"

人们称呼阿兰为颜大娘，她是人们眼里神通广大的白衣女道，不食人间烟火的神女。眼下，她正在丈夫遍体鳞伤的身躯之前如小女人一般抹泪。她带着哭腔，将此事娓娓道来。

荷兰人生怕国姓爷哪天突然"看上"台湾。此前，国姓爷眼里只有南京，但如今北伐已破产，谁知道他会不会把目光转向台湾。

荷兰当局早做过分析，若国姓爷攻打台湾，即便怀柔多年的高山族不叛变，可谁能保证和国姓爷同根同源的汉族移居者不会投敌？再者，近些年岛上的移居者数量激增，这的确解决了岛上劳动力稀缺的燃眉之急，但这群人若一朝叛变，谁能抵挡？

或许，岛上已有人和国姓爷里应外合了。

荷兰当局有些杯弓蛇影，开始在暗地里着手调查。就在此时，一艘途经澎湖列岛的郑家船舶进入了他们的视线。阿兰在热兰遮城里当差的信徒告诉她，有人暗中告密，说这艘船隶属于国姓爷直属的部队。故而荷兰人盯上这艘船并非偶然，而是事先计划好的缉拿。最终，荷兰人在船上搜出了十八封可疑的信件，其中有一封全是难解的暗号，收信人是闻吉。

得亏吉井懂几句荷兰语，让他掌握了这些情报。正因如此，他坚信自己遭的是无妄之灾，故而能熬过牢里的酷刑。荷兰当局眼见吉井宁死不招，便盯上了他的软肋阿兰。

"你丈夫罪证确凿，却不肯招供。若你肯提供线索，我们便不会伤他性命，你是否愿意合作？"

荷兰官差将那封密信给阿兰看，他们不敢直接拷问吉井信上的内容，怕弄巧成拙。然而阿兰只扫了一眼，便坦白道："啊！这封信并非是寄给夫君的，而是寄给民女的！"

阿兰演巫女后，所道之预言竟十个里能中八九个，这让她自己都觉得匪夷所思。也正因如此，上门求占卜者蜂拥而至，以至于她不得不聘用助手。助手的职责很简单：打听前来占卜之人的生辰八字，并将其以暗语的形式记录下来，交予阿兰。乍看毫无逻辑的文章，实则和后世的密码类似，自有其解读之法。夫妻二人偶尔会亲自到对岸召集移居者，阿兰的信徒遍布对岸各地，她不得不在当地委任一助手，负责联络。助手时不时会寄来占卜用的暗语信，阿兰解答后，再以暗语寄回。

阿兰一看密信上的暗语，便知是寄给自己的占卜文。这些信件通常是经由陌生人之手，随便船送到台湾的。

"启禀长官，这是寄给民女的占卜文……"阿兰百般解释，总算解开了荷兰当局的疑虑。当然，这也少不了信徒们在其中积极地走动斡旋。

"原来是这么回事。我这回可是渡了一番大劫。"吉井心头疑惑顿解，身子恢复了几分气力。紧张和焦虑有时比肉体上的疲惫更让人心力交瘁。

"真是遭了大罪了。这些日子吃的鞭子，我迟早要加倍奉还！"吉井刚恢复了些体力，便开始咬牙切齿道，"此仇不报，我吉井多闻誓不为人！"

"别动怒，先保重身体。"阿兰轻抚丈夫的面颊，安慰道。

"不妨事，我已痊愈七八分。"

"谨慎些才好，你已不是少年郎了。"

"唔……"吉井一时语塞。妻子说得不错，一转眼他已将近天命之年，不再年轻了。谁人能知晓还剩多少时日。

壮志未酬，岂能服老！夙愿不偿，何以入土？

难言的焦虑顿时涌上心头，吉井一声苦叹。凭一己之力驱逐红毛，占岛为王，他在有生之年真的能实现吗？

若放任现状如此，谈何得偿夙愿？

或许只有卧倒病榻之时，才能看清现实。若同往常一般要风得风，事事顺遂，免不了自视甚高。

这十年来，约有两万汉民经他之手来到台湾，不算老弱妇孺，能上阵杀敌的青壮年大概有七千上下。然而这七千名青壮年并非他一声令下就可以上阵杀敌的，部分人在岛上过惯了安定的日子，早就失了血性。这七千人起码要再折半，能有三四千人愿跟随自己起事，吉井就非常满足了。

人数上或许和荷兰当局在台湾岛上的兵力相当。但对方是荷枪实弹的士卒，而我方是刚丢下锄头的庄稼汉。以乌合之众战精兵强将，要想取胜，非数倍于对方的人数不可。

最起码，还要再经营十年。这样一想，吉井只觉得有些透不过气来。再过十年，他岂不是成了即将步入耳顺之年的垂垂老者？届时老态龙钟、身心俱疲，他还能率军攻打热兰遮城吗？

即便侥幸得偿所愿，夺了台湾，此后又当如何？他膝下又无儿无女……

"我这叫好高骛远吗……"吉井不禁低声自言自语道。

"你说什么？"阿兰皱眉问道。

"我的大志……"吉井若有所思地盯着房梁，"我在想，若称霸台湾的野望注定不能达成，我起码要在有生之年看到'红毛'滚出台湾！"

吉井不必说得太明白，夫妻之间自然心灵相通。

"我明白了……"阿兰叹道，看来她早就想到了这点。

"若能引国姓爷上岛，我等再里应外合，何愁台湾不破？"

"到头来，还是得仰仗国姓爷……"阿兰的语气里带有一丝不甘。

"唉，我知你对福松有怨恨。"吉井从来都是直呼国姓爷的乳名。

"我怨恨的从始至终只有他的父亲。"

郑芝龙夺走了颜思齐的一切，这在阿兰看来是不容置疑的。更别说父亲在诸罗暴亡，郑芝龙难洗嫌疑。无论如何，阿兰与郑芝龙都是不共戴天的。

"冤有头、债有主。再说了，福松素来和他父亲不对付，早就分道扬镳了。你恨郑芝龙，大可不必因此迁怒福松。"

"这道理我岂能不懂，但……"阿兰仍无法释怀。

"别忘了，你唯一的亲人，可就在福松身边。"吉井提醒道。

林田统太郎，如今的林统云，阿兰这位同父异母的弟弟不仅是画匠，更是郑成功的左膀右臂。虽说其只活跃于郑军的幕后，但瞒不过对郑家台前幕后了如指掌的吉井夫妇。

"你的夫君再英雄盖世，也敌不过岁月……"吉井苦笑道。

"辛苦你了，我懂的。"阿兰转过头去，不忍看丈夫脸上的皱纹。

"事到如今，我已没得选。'红毛'这帮混球险些要了我的命，我竟还要对他们卑躬屈膝？如此懦夫，还口口声声要做台湾岛主，岂不叫世人笑掉大牙！"

"那你意下如何？"

"你在对岸信徒众多，可助我和郑军搭上线。"

"你若决意如此，我作为妻子自当鼎力相助。"

"既如此，事不宜迟，你这就去联系统太郎！"

"此事如何能急于一时，你且躺好。"阿兰用毛巾沾了水，轻揉地擦拭丈夫干裂的嘴唇。

"话说回来，我俩能尽早对'寻宝'死心，真是明智之举。"吉井言罢，舔了舔双唇。他闭上眼，过去十数年间发生的一幕幕在脑海里一一掠过……

想当年，他只是初涉荷兰医学，一心要做悬壶济世的新手郎中。渐渐地，他不再满足于治病救人，转而志在趁乱世割据，夺得一隅，掌管膝下万民。为达此目的，人力、财力缺一不可。他听闻了颜家宝藏的传闻后，刻意接近了颜家私生子统太郎。

"是啊，所幸我们能及早醒悟……"阿兰赞同道。

夫妻二人早年便对颜家宝藏不抱期望了。这般真假难辨的传闻，越是努力寻找，便越觉遥不可及。若非及时止损，两人的下场恐怕会极为凄惨。

"若还分心去寻找那虚无缥缈的宝藏，恐怕连驱逐红毛的那一天都盼不到了。"

"不必气馁，既已妥协，大事尚可为。"阿兰安慰道。

"厦门方面是否有新情报？"吉井一不小心牵动了伤口，疼得他眉头一皱。

"别乱动！不想痊愈了？"阿兰嗔道，"据线报，统太郎已返回厦门，朱舜水还留在长崎。"

"这是个好时机，我们得尽早让国姓爷注意到台湾！阿兰，立刻给统太郎写信……"吉井话未说完，脑袋一偏，竟立马打起鼾来。

阿兰见状，静悄悄地离开了床榻。她嘴上叱责丈夫操之过急，自己心中又何尝能保持平静？尤其想到马上就要和唯一的血亲久别重逢，激动之情更是溢于言表。

此时此刻，厦门已进入备战状态。即便备战工作再机密，大战前夕终归会暴露出一些端倪。郑家突然命令活动于日本、安南海域的商船立刻返航，任谁都能察觉到事态并不简单。

东征！国姓爷这回要对东面动手了！

世间议论纷纷，郑军东征台湾已成了公开的"机密"。

在招讨大将军的宅邸中，郑成功正和林统云商榷此次对日贸易带来的利润。两人语气雀跃，可见东征的军资已有着落。这时，林一祥求见，打断了两人的议论。

郑家之"耳目"林一祥如今已年过天命，虽说一对招风耳依然如旧，但整体上已呈苍老之相。这并非单纯因为年纪。郑军北伐的败因固然有千百条，但林一祥策反失败可谓是主因之一。他策反的松江提督马进宝临时变卦，害得翘首以盼的郑军吃了大亏。

林一祥发誓要在此次东征将功补过，一雪前耻。郑成功愿意给其雪耻的机会，将拉拢台湾汉民之重任托付给了林一祥。

郑军兵临台湾之时，岛上汉民能否响应，是此次东征成败的关键。汉民心中自然是愿意协助同胞国姓爷入台的，但荷兰当局虎视眈眈，此事必须要从长计议。

"此事有望。"林一祥谨慎地汇报道。自从策反马进宝失败，林一祥汇报时再也不像从前那般自信笃定。若换作从前，他必定把胸脯拍地砰砰作响。

"情报可谨慎，但拉拢工作还须尽力而为。"郑成功叮嘱道。

"这是自然。"林一祥自己都忍不住苦笑。

"你有何计策？"郑成功问道。

"岛上同胞都恨不得迎国姓爷入台，只不过顾虑多方事由，不敢践行。若此时有一带头之人振臂高呼，必然有一呼百应之效。故而只要能找到一名领袖，一切便都迎刃而解。"

"带头之人？"

"正是！选定汉民中有威望者，煽动其对'红毛'的仇恨。简单说来就是设计、引诱'红毛'将其下狱。此举虽不齿，却有事半功倍之效。"

"是否有结果了？"

"是的，此人已在暗中和我军中的某人联络。"

"是谁？"

"远在天边，近在眼前……统云先生，就是你。"

"在下？"林统云猝不及防道。

"此人携妻子联名找上了我在岛上的下属，指名要见统云先生。"

"这人究竟是……"

"此人姓闻，名吉，乃是台湾汉民中的'垦王'。其妻凭一手占卜之术，在岛上颇具名望，人称'白衣女巫'。这对夫妇，绝对有一呼百应之力。"

"闻吉，白衣……"林统云对这对夫妻的身份已猜出了八九分。

"'大耳'果然宝刀未老。"郑成功称赞道，他也无须再追问这二人的身份了。

"但有一事恐怕不妙……"林一祥的招风耳微微一颤。

"什么？"

"荷兰方面对我军的动向已心生警觉。"

"这是意料之中的事，毕竟出征时间迫近，不可能做到毫无声息。"

"东印度公司的台湾总督揆一已向巴达维亚请求援军。"

"如何？"

"据说，巴达维亚方面已派遣提督樊德朗，率战舰十二艘、士卒六百人增援，克日便会抵达台湾海域。"

"这的确不是好消息……你可有对策？"

"相传这提督好大喜功、性情乖僻，应该不难对付。"

鹿耳门

正如"大耳"所言，樊德朗的确是突破口，而且他的舰队赴台，从始至终就不单是为了增援。

荷兰是雁过拔毛的商人民族，对商业外的战局却未必会有准确的判断。巴达维亚方面一时无法确定台湾的形势是否真的岌岌可危，加之管理层中有人质疑揆一胆小如鼠，大惊小怪。

揆一在台湾担任总督前，还担任了六年的商务官，可谓是在台超过十年的"老油条"。他的上一任是卡萨，任期很短。再上一任是费尔堡，足足在任了五年。揆一就任商务官的时候经常与他发生矛盾，两人互不相让。

如今，费尔堡在巴达维亚总部担任议员。评议会就是否增援台湾展开讨论，费尔堡不屑道："揆一之胆小众人皆知，想必此次也是捕风捉影。"

然而台湾方面既已求援，总部不可能置若罔闻，最终还是派遣了樊德朗出兵增援。

费尔堡所言在理，若的确是台湾方面捕风捉影，那此次增援所耗费的财力岂不是打了水漂？

在外界的质疑声中，樊德朗率十二艘战舰，六百名士卒启航，驰援台湾。高层给他想了一个好点子：如果台湾方面一切正常，那就顺势西进攻打葡萄牙所占领的澳门，劫掠以充军资。

樊德朗的舰队于1660年7月17日从巴达维亚出发，9月19至20日间，驰援舰队陆续抵达台湾。樊德朗见台湾一派祥和，不屑道："果然让费尔堡说中了，台湾哪里有危机？"言罢，便作状明日便要转航澳门。

提督樊德朗性情乖僻，和费尔堡素来交好，对其言论无条件信任。他从出征起，便没打算驰援台湾，只想着如何攻略澳门。

"这是暴风雨前的宁静，国姓爷正暗地里秣马厉兵！"揆一赶忙将已知的情报如数汇报。

"谣传而已，不可尽信。"樊德朗对这些情报将信将疑，他已认准揆一是胆小怕事之辈，揆一越是谨慎，他便越是看不惯。

若此次出征能从葡萄牙手中夺过澳门，他的功勋将名垂千史，怎能容这等胆小之辈从中阻挠。最终，还是乖僻固执的性格占了上风，樊德朗对揆一的劝说不屑一顾。

台湾方面还在苦恼于如何说服这位提督，国姓爷则在对岸紧锣密鼓地备战，伺机待发。樊德朗提督的舰队眼下还驻扎在台湾，国姓爷有所顾忌，不敢妄动。樊德朗提督离台之日，便是郑军东征的号角吹响之时。

揆一拼命想把援军舰队留在台湾，但樊德朗那颗急功近利之心已如脱缰野马，飞驰去了澳门。两者意见相左，已到了水火不容的地步。

"国姓爷真要攻台？我怎么一点也没看出来？"樊德朗不客气地质问道。

"千真万确！我所有情报都指向这一结论！"

"国姓爷对台湾到底是什么看法？"

揆一愣住了，说道："我怎知他的想法？根据现有情报，他……"

"我对你的推断没兴趣。如此说来，你根本没当面问过国姓爷？"

"这是自然……"

"相隔那么近，为何不直接送一封信去问一问？"樊德朗嗤笑道。

"这样也好。"揆一应承道，眼下只能活马当死马医。

"进来坊间传言，国姓爷觊觎台湾。鄙人万万不能相信尊驾对台有歹意，还望尊驾能开诚布公，如实相告……"郑成功对荷兰政府发来的这封书信苦笑连连。这叫他如何答复？难道要他推心置腹地回应："谣言千真万确，本藩觊觎台湾已久，克日便要起兵讨伐……"

郑成功亲笔写了一封回信，交给荷兰当局的使者，内容大致如下："北伐之鉴在前，本藩心中所愿只有和平。揆一阁下岂可以空穴来风之事质疑本藩？"

"此言信不得！"揆一根本不相信。

"既不相信，你又何苦送信相问？"樊德朗嘲讽道。

就这样，两人间的怨恨持续升温。但有道是"将在外，君命有所不受"，此处是台湾，若形势紧急，地方总督不必受荷兰总部的约束，有独断专行之权。

"船舰悉听尊便，但六百名士卒必须留守台湾！"揆一再不顾及颜面。

被没收了兵权，凭樊德朗一人不可能出征澳门。樊德朗怒不可遏道："谁敢强留我？"

"没人留你，随你回巴达维亚或自己去打澳门。有你这样不明事理的庸将在台湾，我们反倒施展不开手脚。"

"你给我记好了！"樊德朗暴怒道，但只能拂席而去，留下了六百名士卒，狼狈地回了巴达维亚。

樊德朗返回总部后没消停，向荷印长官和总评议会进言道："所谓的国姓爷攻台，根本就是无稽之谈，是因为揆一惧怕国姓爷，臆想出来的！此人是我荷兰同胞之耻，就连国姓爷也耻笑我荷兰人胆小如鼠！"

樊德朗这话说得义正词严、愤慨激昂，根本不给荷印长官怀疑的余地。于是荷印长官也认为台湾无恙，认定揆一有误判形势之责，并安排新任长官，取而代之。

就这样，赫曼·克伦克于同年6月22日从巴达维亚出发，赶赴台湾。谁能料到，国姓爷的水师舰队早在四月末，便兵临台湾海峡。

国姓爷突袭台湾！这条战报抵达巴达维亚之时，已是新任长官克伦克起航赴任的两日后。

"国姓爷欲攻打台湾的情报，现已查明是台湾当局因过于惧怕，轻信谣言而导致的误传。由于台湾总督揆一对形势做出了错误的判断，以致征讨澳门之计划落空，评议会对此甚是不满……"克伦克眼下已携带这封问责信，前往安危不明的台湾。巴达维亚急忙下令召回船队，但为时已晚。

综上所述，国姓爷征讨台湾前夕，荷兰高层还在窝里斗。

同年三月二十三（4月21日），郑家东征军全员登船，总计有两万五千名士卒，兵船数百艘。舰队于4月22日抵达澎湖列岛。4月28日，舰队从澎湖列岛起航，台湾岛的轮廓已肉眼可见，郑成功却突然下令折返："我军夜袭，方可有奇效，暂且撤回。"话虽如此，但他心里清楚，症结不在昼夜，而在潮汐。

荷兰于 1624 年在台湾岛上建立据点热兰遮城。同年，郑成功出生了。

此城位于鲲身岛上，即现在的安平。国姓爷攻台的传闻四起后，荷兰当局在鹿耳门海湾内又建起一座普罗文查城，当地汉人称之赤嵌城。

两座城池互承攻守，是荷兰政府仰仗的军事屏障。鹿耳门的南面入口位于鲲身岛和北线尾之间，敌军若经由此地，便进入了热兰遮城的射程之内。北面入口地处北线尾和加老湾海域之间，此处水浅，不容大型船舰通行。但他们没有想到，若引航员足够老练，就可以引导大船在每日有限的时间内从此处通行。

郑军的核心便是水师，怎会缺少航海精英？只要有精密的海图支持，他们能从任何狭窄的航路见缝插针地通行。

此次出击之所以中途折返，是因为错过了涨潮时机。4 月 30 日，舰队再度从澎湖列岛出发，于正午前抵达台湾周边海域。

进入鹿耳门海域之前，郑成功进行了简短的祭天仪式。此次出击比计划中快了些许，舰队在涨潮前便抵达了鹿耳门，必须就地等待半个时辰。

船上的将士们已急不可耐，若再此处坐等，恐怕士气会受挫。对郑成功而言，当务之急是如何维持士气。不，应该是如何趁此机会让士气更加高涨。

如今，郑成功不再是从前那个初出茅庐的年轻将领了，他已有了应对之法。郑成功一向只信事在人为，不信天地山川。若放在从前，他是不屑于祭天这等迷信之举的。在羊山时，他就力排众议，坚决不愿祭天。而如今，别说祭天了，只要对振奋士气有益，就是祭拜邪教，他都愿意试上一试。

这半个时辰刚好可以用来开坛祭天，振奋士气。

热兰遮城第一时间便察觉到了国姓爷舰队的行踪。揆一闻讯，立刻和凑巧拜访热兰遮城的赤嵌城指挥官描难实叮登上眺望台。

"传令下去，准备炮击！"揆一放下望远镜，命令副官道。

国姓爷必须从热兰遮城的南面进攻，通过安平水路进入海湾，除了这条路线，周边海域无处可容大型船舶通行。揆一等荷兰高层对此坚信不疑。描难实叮用望远镜观察，疑惑道："不对劲，他们为何在鹿耳门按兵不动？"

"十有八九是在观察我军的行动。若知我军已列火炮阵伺候，怕是要落荒而逃了。"揆一嗤笑道。

"不对，他们似乎在设坛祭拜。"描难实叮皱眉道。

"这是束手无策，求起神助了吗？就是不知这异教之神，能否抵御得我军之炮！"揆一胸有成竹道。

国姓爷在第八艘船上，这艘船的甲板上铺满了彩色遮阳布，船头是一个栩栩如生的鹢首。这种鸟不惧风浪，有趋避海难的寓意。

郑成功召集众干部于旗舰之上。此次出征可谓精锐尽出，厦门由刚满弱冠之年的长子郑经坐镇，心腹陈永华辅佐。

众人焚香过后，郑成功毕恭毕敬地诵读祭文："成功受先帝眷顾重恩，委以征伐。奈寸土未得，孤岛危居。今而移师东征，假此块地，暂借安身，俾得重整甲兵，恢复中兴。"言至此，郑成功故意做了停顿，继而更响亮地诵读道："若果天命有在，而成功妄想，即时发起狂风怒涛，全军覆没；苟将来尚有一线之脉，望皇天垂怜，列祖默祐，助我潮水，俾鹢首所向，可直入无碍，庶三军从容登岸。"

祭天仪式前，郑成功故意在全军将士面前测量水位，当时仍然是水浅难行，将士们无不忧心忡忡。仪式结束后，他再命船员测量，水位竟有如神迹一般地涨到了一丈有余，足以容纳大型船只通行。

"这是皇天垂怜啊！"郑成功夸张地朝苍天拜谢。

潮涨潮落本是自然规律，郑成功却将此规律修饰成天祐神助，其计划可谓圆满成功。

有上天保佑，战无不胜！

古人信鬼神之说，若能善用此道，将有奇效。目睹这场"神迹"后，郑家将士无不慷慨激昂。自北伐失利以来，郑军之士气就有一蹶不振的趋势。倒不是出于对清军的恐惧。在此期间，郑家还击退了清军对厦门的征讨，逼得清将素达羞愧自尽。

郑军之所以意志消沉，是因为清政府的一道法令——迁界令。清政府巩固了南方统治后，将山东、江苏、浙江、福建、广东五省的沿岸设为禁区，强迫沿岸居民朝内陆移居三十里（约十七公里）。

国姓爷大军迄今为止的军资大部分源于沿海居民的赋税。换言之，清军占据南方后，沿海居民便要承担清政府和郑家两套赋税。若拒绝缴纳，就会遭到强取豪夺。清廷这一道迁界令，从某种程度上减轻了沿海居民的负担，勉强算是"造福"。

然而，这道法令的弊远大于利。此令一出，沿海地区顷刻间荒废，赋税锐减。清政府的具体做法是"坚壁清野"，即在距离沿岸三十里处建壁垒，肃清城墙外的不安区域。

这招算是断了郑军的活路，以水师见长的郑军根本无法将势力向内陆延伸三十里。其结果就是，厦门陷入粮食危机。

迁界令出来后，郑家将士的士气肉眼可见地受挫。即便东征台湾在即，士气有所恢复，但比起当年北伐前夕，差得不止一星半点。故而，郑成功才专门设计了这道妙计。

"苍天之恩不可辜负，将士们应奋战到底！"郑成功高吼道。

"奋战到底！"将士们整齐划一地回应道。并非是士卒主动回应，而是已知内情的将领们带头喊出来。待震天的喊声渐缓，郑成功继续道："天祐神助，无海陆之分！将士们，扬帆起航，出征！"

震耳欲聋的战吼声再次响起，马信麾下的第一艘船率先出动。

城墙上的描难实叮惊愕道："敌船朝这边前进了！怎、怎么可能，国姓爷失心疯了！他们要直接走鹿耳门，如此浅海怎能通行？"

"想来是惧怕热兰遮城的大炮，明知浅海不可行却行之。正合我意，我们就坐看他们自寻死路吧！"揆一嘴上虽硬气，但心里却在打鼓：鹿耳门水道虽然有许多危险的浅滩，但若赶上涨潮，又有引航高手，要通过也并非绝无可能。他在台湾待了十年，比谁都清楚这点。

"莫、莫非！"揆一背脊一紧。

郑军不可能缺乏引航熟手，却都是海上莽夫。但如若有熟悉台湾海域之人相助……想到这里，揆一脑海里浮现出一个人，此人不久前因关税问题，离开了台湾。

难道何斌……

"不好！敌船靠近了！"

描难实叮的惊叫将揆一拉回现实，眼前发生的一幕让人怀疑自己产生了幻觉。

迄今为止，驶向台湾的大型船舶根本不会走鹿耳门水道；宽敞的安平水道就在附近，大船根本没必要冒着搁浅的风险走鹿耳门。两人对此都坚信不疑。要强行通过鹿耳门水道，需满足两个条件：首先，船上要有经验丰富的引航员和舵手；其次，每日可通行的时段只限半个时辰。

上述情况甚至没有先例，故而眼前的情景让描难实叮始料未及，直呼不可能。

马信所率的第一舰穿过鹿耳门，悠悠然驶进湾内，第二舰紧随其后。

"不妙，他们的目标是赤嵌城！"揆一恍然大悟道，"描难实叮，速速回防！"

"我这便回去！"描难实叮慌忙赶回自己的要塞。

转眼间，国姓爷的舰队穿越鹿耳门，仅留数艘原地待命。鹿耳门水道地处热兰遮城的炮击范围之外，舰队就这般大摇大摆地驶入湾内，仿佛在嘲弄城墙上严阵以待的炮阵。

郑成功随旗舰入湾，对身边的林统云说道："海上算是一帆风顺，不知上了陆面，还有没有天祐神助……"

赤嵌城外围是浅滩，不容大船停靠。纵然赤嵌城就在眼前，登陆也绝非易事。

按照计划，闻吉，即吉井多闻，会纠集岛上的汉民助郑军入城，负责谍报的林一祥此次也胜券在握。但郑成功吃了先前的教训，此刻有些坐立不安。

"大势已定，不必担忧。"林统云坚定道。吉井多闻是他姐夫，又曾救过他性命，着实没有理由去怀疑。

"是啊，事到如今，也由不得我信或不信了。"郑成功自言自语道。

"比起登陆，我倒更顾忌荷兰人的坚船利炮。"

"是啊。"郑成功从怀里取出一本题为《台湾荷兰基地现状》的册子，这是林一祥在台湾汉民的协助下完成的，"眼下驻守台湾的有'斯·格拉弗兰'号、'赫克托'号和'马利亚'号。论体积，最大的当数'赫克托'号……"

郑成功已数不清看过这份情报多少次了。上述船舶，全部是荷兰人引以为傲的商船。彼时的商船为了抵御海寇，全都全副武装，与战舰无异。

其中，"赫克托"号、"马利亚"号是樊德朗从巴达维亚带来的商船，它原计划满载砂糖前往长崎兜售，但眼下国姓爷兵临城下，只得卸下货物，临阵御敌。

揆一先是命令所有商船进入备战状态，再命赤嵌城守军出城，阻击登陆的敌军。然而先行一步回到赤嵌城的司令官描难实叮却抗命不遵。

赤嵌城前是一片沙滩，荷兰人称其为"斯梅尔多尔普"。若守军倾巢而出，城池防备必然空虚。

"城池交予城内庶民协防便是！"长官的想法未免太过天真了。兵临城下的可是汉人敬仰的国姓爷，城内汉民不倒戈就是万幸了。即便他们明面上愿意协助，谁能担保不会中途投敌？眼下只有岛上的高山族能解燃眉之急，然而高山族的栖息地距此甚远，远水解不了近渴。

"若提督（热兰遮城）能派来数百名士卒增援，或许能阻止敌军登陆……"描难实叮这般回应道。热兰遮和赤嵌两城之间只有一湾相隔，信息传递仰仗行动轻便的通信船。此刻，国姓爷的舰队已驶入了这道海湾。负责镇守海湾的"赫克托"号和"马利亚"号仍未准备就绪。郑家舰队身处热兰遮城的射程之外，能阻止其行军脚步的只有全副武装且可自由移动的"赫克托"号和"马利亚"号。若郑军能赶在这两艘巨舰准备就绪前登岸，便可畅通无阻。

国姓爷占尽了场上的先机，奇袭鹿耳门的策略可谓大获成功。

"来了！是闻吉！他们信守承诺，真的来了！"林一祥兴高采烈地前来汇报，甚至忘记放下手中的望远镜。这次策反成功，对他而言可谓是一雪前耻。

就在昨日，林一祥已和来自澎湖列岛的小船秘密碰头，有意反抗荷兰政府的汉民将会在斯梅尔多尔普沙滩现身，接应郑军。

此时此刻，一望无际的马车已在沙滩边排起长龙，无数赤裸上身的壮汉随时准备乘木筏出海，他们的任务是将战舰上的武器、粮草等用木筏运上岸。沙滩无处停靠，将士、辎重难以上岸，吉井的协助可谓是格外周到。林一祥兴奋地在人群中又跑又跳，如稚童一般的雀跃模样，在素来严肃的"大耳"身上可不常见。

沙滩这头，吉井见国姓爷舰队如入无人之境一般进入湾内，同样是一反常态，激动地鼓掌欢呼道："胜负已定！胜负已定！"

一边是北伐的失算之恨，另一边是"红毛"的拷问之辱，这一刻对二人而言，都意味着扬眉吐气，一雪前耻。

　　"红毛"的末日将至！赤嵌城空有炮阵却无处施展，国姓爷的舰队登陆是迟早的事，城内部队至今未见出城迎击，八成是要死守不出。既然城防构不成威胁，那么郑军只需警惕"移动炮台"，以及两艘武装商船。

　　若能消灭其中一艘，便了无后患。就拿个头更大的"赫克托"号开刀！吉井立刻付诸行动，他的妻子"白衣女巫"颜金兰就是左右胜负的关键。她的信徒广布台湾，甚至混迹在"赫克托"号的船夫之中。

　　吉井乘摆渡船抵达对岸，混上了"赫克托"号。此刻的"赫克托"号正因突如其来的备战指令而忙得不可开交。吉井趁乱，在妻子信徒的协助下上了船。百忙之中，没人怀疑他的身份。

　　"赤嵌城把船上的武器搬走了大半，关键时刻竟不敢出城迎战？"

　　"混蛋，要是城里的炮台够得着，哪里用得着我们上阵。"

　　"少说两句，与其在这里抱怨，还不如快去备战！"

　　船上的荷兰士官争吵着。吉井听懂了七八分。

　　"休想得逞！看我吉井大爷怎样送你们葬身鱼腹！"吉井假装帮忙搬运炮弹，同时不动声色地观察火药库的情形，心生一计：送整艘船葬身大海又有何难，在火药库里点一把火即可；难的是，自己该如何逃出去？

　　同归于尽？绝无可能！没亲眼看见"红毛"滚出台湾，我死不瞑目！吉井正内心挣扎，耳边传来了一阵"噼里啪啦"鞭笞肉体的声响；他身边数名手无寸铁的汉人闻声两腿一软，瘫倒在地。

　　"我叫你们偷懒！猪狗不如的东西，当我们好糊弄吗？"

　　只见一名四十岁上下的荷兰下级军官正对一汉人拳打脚踢。他操着一口熟练的福建话，显然是在巴达维亚、台湾、长崎混迹多年的老船员了。这暴躁的性子也足以说明一切。

　　"军爷饶命，小的不敢了！"被鞭笞的男子跪地讨饶。

　　"给老子运炮弹去，麻利点！"军官停了手，却又朝男子的后腰踹了一脚。

　　挨打的男子艰难地爬起身来。他很年轻，看起来不过二十上下。男子愤恨地望向军官的背影，满脸屈辱溢于言表。

"小伙子，你恨'红毛'吗？"吉井搭话道。

"这帮畜生！走着瞧！终有一日，我要连本带利加倍奉还，把你们一个个丢海里喂鱼！"年轻小伙不懂隐忍，想什么就说什么，一点没有顾忌。

"都说'红毛'的祖宗是水猴子，你要报仇，把他们丢海里可不成，得另想他法。"吉井在男子耳边低声怂恿道。

"还有什么法子？"

"问得好，我有一妙计，可让这些'红毛'灰飞烟灭。"

"此话当真！"年轻小伙半信半疑道。

"骗你作甚？只不过，这法子处理不好，要搭上性命……"

"我贱命一条，能换'红毛'灰飞烟灭，死又何妨！"

"小哥有志气！敢问大名？"

"小的姓黄名直，外号'猫儿'！"

"怎样，咱们俩拼一把？"

"哥哥尽管招呼便是！"猫儿拍着胸膛道。

远处的荷兰军官注意到了这头，怒吼道："还不去干活，鞭子没吃饱？"

"猫儿，你快回去干活，待时机成熟，我会再来找你。记好了，我叫'火吉'。"吉井留下这句话，匆忙和对方拉开了距离。

吉井真得感激自己早年学了些荷兰语，否则不知会漏掉多少宝贵的情报。据身边荷兰军官的交谈可知，热兰遮城早已陷入弹尽的窘境。并非因为弹药数量不足，而是疏于保管，报废了大批。

赤嵌城本就守备薄弱，更不可能分出兵来迎击上岸的国姓爷。坐镇热兰遮城的揆一只能派阿尔多普上尉率两百名士卒，乘相对快速的摆渡船前往对岸增援。然而援军还是迟了一步，国姓爷的主力军已悉数上岸，兵临赤嵌城下了。攻城方在城池下且进且退，消耗城内弹药。

荷兰军的阻击失败，吉井多闻的协助功不可没。就这样，郑荷战争的揭幕之日，以郑军大获成功而告终。

荷兰军在此次揭幕战中可谓完败，郑军以神速登陆，阿尔多普上尉增援失败，甚至来不及摧毁东印度公司在城外的粮仓，二十万袋粮食以及上千头猪尽归郑军囊中。

荷兰人在岛上的两大核心要塞，热兰遮城和赤嵌城就此中断通讯。热兰遮城建在小岛之上，和位于现今台南地区的赤嵌城隔海相望，要恢复通信，只能仰仗巨舰出马。

"斯·格拉弗兰"号、"赫克托"号、"马利亚"号在揭幕战的第二日才终于完成备战工作。

5月1日，国姓爷郑成功正式向两座要塞送去劝降信，信中这样写道：

台湾本是中国的固有领土，不过是家父郑芝龙将此地租借给贵司使用。而今本藩要求归还，还望贵司能物归原主。本藩无意和贵司兵戎相见，更无强取豪夺之意，岛上之私有财产，贵司可悉数转移。一言以蔽之，还请贵司尽快交还台湾，若执迷不悟，本藩亦有办法——即便将贵国子民屠杀殆尽，也在所不惜！

火　海

荷兰方面自然不可能因为这样一封信就开城投降。眼下岌岌可危的只有赤嵌城，司令官描难实叮不断向热兰遮城求援。

"不要自乱阵脚，'赫克托'号已准备就绪，克日就会搭载数百名士卒前往救援！"揆一对前来求援的使者说。

"赫克托"号的规模不亚于战舰且全副武装，可谓是荷兰当局最后的仰仗。"斯·格拉弗兰"号的战力远不及"赫克托"号，"马利亚"号只在速度上占优，船的体积偏小，不适合作战。

揆一派遣汤马斯·贝德尔上尉率二百四十名援军乘摆渡船奔赴北线尾。这点兵力自然不可能和国姓爷军抗衡，揆一仍把全部希望寄托在"赫克托"号上。

然而"赫克托"号和"斯·格拉弗兰"号连夜备战，终究比预想的晚了一些。

揆一在眺望台上观察了局势后，惊惶地喊道："不妙，撤退，快给贝德尔发撤退信号！"

贝德尔上尉率二百四十士卒在北线尾登陆，朝国姓爷军步步逼近。按照原计划，他们将在"赫克托"号的火力掩护下攻击敌军，但"赫克托"号的出击却迟了一步。北线尾的海面上不见一艘荷兰船舰，而国姓爷的三艘兵船从鹿耳门出发，眼看就要抵达。

"速速传令撤退，否则要全军覆没！"揆一的号令已于事无补，只能眼睁睁看着国姓爷的"移动炮台"进入战场。操纵"移动炮台"的是郑家猛将，宣毅前镇陈泽。他舰上火炮的威力虽比不上"赫克托"号，却满载以机动性见长的巴生炮。

在巴生炮的火力掩护下，国姓爷的军队陆续成功登上北线尾。

"为何还不撤退！贝德尔在做什么，还没收到号令吗？"眺望台上的揆一急得直跺脚。

贝德尔上尉确实收到了撤退的号令，但事到如今，他已退无可退。北线尾上，郑、荷两军首次交火，有火力掩护的郑军源源不断地上岸，加入战局。贝德尔则孤立无援，无处可退。

"来人！传令给'赫克托'号！"揆一的手心里全是汗，"中止备战，立刻出击北线尾！"

"报告长官，眼下是逆风……"幕僚一脸苦相道。彼时还是帆船的时代，风向是船舶航行的关键。

"那就划船过去！"揆一怒吼道。

"遵命！下属这就召集棹手！"幕僚赶忙派人朝"赫克托"号发去军令。

此时，潜入"赫克托"号的吉井多闻正装模作样地搬运弹药。"中止备战"的号令从天而降，暴躁的荷兰军官开始点名船上人员，非正式船员收了工钱，都得下船。

"你，下船！"军官将吉井推出队列，他身旁的猫儿也不例外。

可恶，只能下船了。就算是游，我也要再杀上来！吉井心想。眼见要功败垂成，他还不想死心。一旦船离了岸，再想上船就是天方夜谭，但他已做好赌上性命的觉悟。就在这时，上头又传来了命令："准备棹手，临时船员留船待命！"

荷兰军官满脸的不耐烦，他费了大工夫清点船员，上边却要所有人留下来。他不满道："这帮废物用不上。要不等待片刻，我回城去召集一些练家子？"

"没空耽搁了！"船长训斥道，"总部有令，要我们立刻赶赴战场！这帮人再废物，只要能赶上，也无妨！少废话，准备出发！"

"只怕他们上了战场是累赘……"军官嘀咕道。

"准备起航！前线的贝德尔上尉在苦等我们的增援！"船长无视下级军官的异议，吩咐下属收锚。

再看北线尾这头，贝德尔上尉正率军和陈泽军苦战。他挥舞佩剑，鼓励士卒："勇敢的士卒们，'赫克托'号的增援即将到来，撑住！帝国之荣光与你我同在！"

"荷兰万岁！"

士卒们高声回应，但贝德尔上尉却应声跪地，士卒赶忙上前搀扶。

"小伤而已，不足多虑。我要继续上阵指挥！"贝德尔上尉摁住左肩，艰难起身，瘆人的殷红从他的指缝间不断涌出。这时，军中传来欢呼声："我看见'赫克托'号了！"

"'斯·格拉弗兰'号也有动静了！"

"'马利亚'号来了！好快！"

贝德尔露出胜券在握的笑容，将佩剑指向大海，高声道："胜局已定！我荷兰海军是海上雄师，所过之处，无可匹敌！国姓爷的破船在我军面前如瑟瑟发抖的雌兔！勇敢的士卒们，坚守到最后，迎接凯旋！"

聚集在北线尾的国姓爷的战船约有三十艘，但论规模，比荷兰的船小了许多，其武装也不过是巴生炮。换言之，"赫克托"号单枪匹马，便可匹敌郑军的三十艘兵船。

郑成功用望远镜观察北线尾的状况，皱眉道："不妙，荷兰的船出击了。"

"是否命陈泽军撤退，若硬拼，恐怕要全军覆没。"礼武镇林福将军提议道。

"不忙，待战局变化。传令前方准备小舟，随时准备撤退。让前方战船且和敌舰试探周旋一番！"

"那大块头似乎难以进攻啊。"海战经验丰富的林福皱眉道。

"攻其不备！传我号令，避开'赫克托'号，集中火力攻击'斯·格拉弗兰'号！'马利亚'号胜在机动，却无杀伤，无视便好！"

郑成功一声令下，三十艘兵船迅速变阵，渐渐将"斯·格拉弗兰"号包围。此刻海面上风平浪静，荷兰船的移动只能凭人力，根本跟不上郑家舰队的步伐。无风的环境下，小型船的机动性远胜大船。三十艘兵船很快便将"斯·格拉弗兰"号团团围住，朝目标射去铺天盖地的火箭。

其中一艘郑家兵船神不知鬼不觉地潜行至"斯·格拉弗兰"号的后面，三名士卒爬上桅杆，跳上敌舰的甲板。他们是郑军的火箭部队，任务是近距离用火箭点燃敌船的船帆或其他易燃物。

荷兰船夫狼狈地四处灭火。郑家士卒闻声杀来。其中一名中弹倒地，血染敌舰甲板，另外两人跳船逃生。如此反复骚扰了两三波后，荷兰军有了戒备，在船舰两侧加强防备，'赫克托'号也前来掩护，郑家的兵船不能靠近，这才作罢。

"'赫克托'号该怎样应对啊……"郑成功叹道，将望远镜递给身旁的林统云。

"果然比传闻中还要难对付。"林统云观察战局后，也很是担忧。只要'赫克托'号在战场上，国姓爷军便无法施展手脚。可以说，一艘'赫克托'号牵制了我方全军。

热兰遮城上的揆一见战局逆转，兴奋地一拳砸在城墙上："干得好！就是这样，尽快把这些碍事的破船清理干净，送援兵上岸！胜利在望了，贝德尔你可千万顶住啊！"

岸上的交战进入白热化。敌船已现身，国姓爷深知敌方援军即将登陆，必须立刻消灭陆上的敌军，故而攻势越发猛烈。但贝德尔一方看到自家船舰近在眼前，士气大振，奋死抵抗。

"斯·格拉弗兰"号有"赫克托"号掩护，"马利亚"号独自靠近岸边，用炮击支援贝德尔的部队。

"赫克托"号的火力不容小觑，国姓爷的兵船接二连三遭到重创，船员跳水逃生，却逃不过荷兰军的子弹。"赫克托"号的甲板下也十分忙乱，船员们左右奔走，搬运炮弹，士卒们则分布在两舷，炮击成群结队的敌舰，不敢有一点懈怠。

距"赫克托"号正午拔锚，以过去将近一个时辰。郑成功起初还派兵船增援，但随着兵船一艘艘被击沉，他不敢再派兵船给"赫克托"号当靶子了。

"传令陈泽军，且战且退。"郑成功无可奈何，只能放弃。

热兰遮城的眺望台上，揆一敏锐地察觉到了郑军撤退的意图，传令道："敌舰已退败，命士卒做好登陆准备！"

几乎同时，赤嵌城前的国姓爷下令道："陈泽军收兵，兵船后退！"

得到登陆的指令，"赫克托"号内更是乱作一锅粥。混乱之中，吉井多闻和猫儿各自捧着一团数寸直径的茅草团。

"当心别熄灭了。"吉井悄声提醒道。

"放心，我小心护着。"

天助我也……吉井心里感慨道。他是真没想到这绰号猫儿的年轻小伙竟是香烛匠人。这对他的计划而言不是天助是什么？

茅草团包裹的正是提前点燃的线香。若是包裹得太紧，火会熄灭。若太松，火势又会迅速蔓延开，届时就无法逃生了。能在混乱之中制作出如此精妙的机关，猫儿这小伙的确有能耐。但反过来想，正是因为周围一片混乱，他才能神不知鬼不觉地做出机关。

船上的工作繁多，每个人都在专注自己的活，即便瞧见身旁有人在制作些奇奇怪怪的玩意，也不会过问，更无暇过问。

"不知怎的，火吉大哥给小弟一种相识了数十年的感觉。"猫儿笑道。

"同感。"吉井重新审视眼前的小哥，只觉得这张脸越看越亲切。

毕竟现在是一根绳上的蚂蚱……吉井只觉得茅草团在手中迸发出温热，似乎隐藏了熊熊烈焰，正如他此刻的内心。

"动手罢。"吉井将茅草团塞入怀里。

此时正值五月，还未入夏，但台湾地处热带，已有些酷暑难耐。甲板下的人员皆赤裸上身，甲板上的人员却不敢如此，否则会被烈日灼伤。吉井和猫儿穿了上衣，以覆盖住系在腰间的茅草团。

"嗯。"猫儿点头，效仿吉井将茅草团系在腰上。

两人已暗中查明弹药库的位置，这样的地方必有专人把手，正是那名暴躁的荷兰下级军官。

军官见两人鬼鬼祟祟地靠近，用熟练的福建话怒吼道："这儿不是你俩该来的地方，还不快滚回自己的岗位！我就知道，带上你们这些废物只会碍手碍脚。"说着，又挥起了那条皮鞭。

吉井谄媚地用荷兰语笑道："军爷不知，战斗结束了，敌舰已落荒而逃。"

"你说什么？"军官惊愕道，比起凯旋捷报，眼前这个汉人杂役会说荷兰语更让他猝不及防。

"仗都打完了，军爷别在这儿傻站着了，快上甲板复命如何？"吉井仍皮笑肉不笑道。

"你敢这样和我说话！"军官气得面红耳赤。

"快上甲板去，麻利地！"吉井语气不变。

"混账，你在给我下命令？"军官勃然大怒，握着皮鞭的手微微颤抖，浑然没察觉到猫儿正手持菜刀绕到了他身后。猫儿甚至不必刻意隐藏脚步声，除非是闹出很大动静，否则急火攻心的军官根本不会察觉。

猫儿步步逼近目标，吉井则继续吸引目标的注意力："我怎敢给军爷下令，这是忠告。"

"你找死！"这嘲讽的语气彻底让"红毛"军官失去了理智，他一声怒吼，把鞭子挥向了吉井。

吉井看准时机，一个横跳避开了。军官一记落空，重心不稳，朝前一个踉跄，单膝跪地。

这是天赐良机！猫儿用尽浑身气力，将菜刀朝军官背后捅去。军官发出一声惨叫，若放在平时，必定会有人循声而至。但眼下两军交战正酣，这声惨叫瞬间就被埋没在隆隆的炮声之中。

荷兰军官瘫软倒地，猫儿将菜刀用力拔出，将军官的头拧向自己，恶狠狠道："红毛狗，至少让你死得明白！瞧瞧本大爷是谁！"

军官表情痛苦得扭曲着，嘴角渗出血沫，似乎还剩一口气。

"死到临头，还想朝我吐唾沫？休想！这回轮到我了！"猫儿说完，咳了咳嗓子，就要给仇人一记浓痰。

"差不多得了！"吉井阻止道。

"大哥，你别拦我！"

猫儿沉浸在复仇的快感中无法自拔。吉井指了指对方的腰，训斥道："是你泄愤重要，还是性命重要，你想清楚！"

"呀！"猫儿发出惊叫，他的腰部正冒出一股股白烟。不知是线香太易燃，还是茅草团没裹紧，芯子竟被引燃了。

这茅草团本是用来引燃火药库的，但若燃得太快，两人来不及逃生，就毫无意义了。两人各准备一个茅草团，就是为了若其中一个出现意外，没着起来，还有另一个兜底。

"没法子，只能仰仗我这个了。你的放边上去。"吉井无奈道。

"要是大哥的不起作用怎么办？"

"把你的放到旁边那根柱子下面，若我的没见效，你这个还能慢慢地烧过去……"吉井不耐烦地解释道。

那根柱子支撑着火药库的大门，若能烧塌，自然会倒向火药库。

"晓、晓得了！"猫儿连忙将烟雾喷涌的茅草团放到柱子旁。

两人踏入火药库。照理说，这等军事重地必然是房门紧锁，但眼下正是大战，随时可能用上里头的弹药，便没有上锁。吉井先是摸了摸茅草团的温度，确定里头的火苗没熄灭，才小心翼翼地将其藏在火药库的最深处。

"完事，该撤了！"吉井催促道。

"好！"猫儿扭头便走，但太过匆忙，被红毛军官的尸体绊了一下，"这狗东西的尸体该咋处理？若是有士卒来取弹药，就暴露了。"

"不理！"吉井懒得解释，甩头就朝甲板上奔去，猫儿只能跟上。

这尸体的确是隐患，但当务之急是尽快逃生。

甲板上烈日当空，无论是红发的荷兰人、黑发的汉人，还是从巴达维亚过来的爪哇国苦工，都难抵酷暑，浑身上下无不被汗水浸透。

"离凯旋只差一口气了！"

"乘胜追击！"

"敌军已是丧家之犬！"

耳边传来此起彼伏的欢呼声，让吉井心里猛地一动：这些人也要跟着船陪葬了。

吉井忽然于心不忍，不禁嘲笑自己：自身都难保了，还理他人死活。这或许就是医者之心吧。莫名的冲动驱使他在甲板上奔走，高喊："大家快逃命啊！这艘船马上就要沉了！"

"大哥，别喊了！"猫儿跟在他身后，想要阻拦。他没法理解大哥突然发的什么疯。

"瞧瞧，这仗打得久了，已有人得了失心疯。"一名汉人船夫见状苦笑道。

"乡巴佬哪里见过这等阵势，疯了正常。"

"别理这疯子，干正事！"

不顾身边荷兰人的嘲笑，吉井发出最后一声呼喊："想活命的，跳船！"言罢，他朝大海纵身一跃，但跟在他后头的只有猫儿一人。

吉井不顾一切地奋力向前游。整船火药爆炸的威力绝不可小觑，多游出一尺，就多一分生还的可能。

"大哥，等我！"猫儿的呼喊在耳边响起，那张猫脸似乎近在咫尺。

周围的战舰在燃烧、倾斜、沉没，汪洋仿佛要被烈焰吞没。这莫非就是地狱的光景？

"大哥，是不是比我们料想的要迟了些？看来派上用场的是我那个茅草团了！"

浪花之间隐约可看见猫儿洋洋得意的笑，这也给吉井的记忆画上了休止符。

眼前的洁白娇颜，好模糊，又好熟悉……

"阿兰，是你吗？"吉井张口呼唤道。他事后得知，那不过是一声呻吟。

"听得见我说话吗？"

熟悉的女声，熟悉的家乡话……是阿兰，这儿不是地狱！

随着一阵狂喜，心中大石落地，吉井又一次陷入昏迷。再度清醒时，他才把那张脸看得真切。是阿兰，果然是他的妻子颜金兰。

"当家的，你终于醒了！"阿兰欣喜地凑上前来。

除了妻子，床边还有一人，是画师林田统太郎，或许现在该叫他林统云。他和阿兰是同父异母的姐弟，在场并不稀奇。

失去意识前的种种片段一股脑地涌进吉井的大脑，尤其是那片火海，似乎就发生在刚才。

"这里是……"吉井艰难地挤出了一丝声音。

"赤嵌城。"阿兰轻声回答道。

"国姓爷破城了？"对吉井而言，国姓爷包围赤嵌城就发生在刚才。

"是的，距你落海，已经过去七天了。"

"七天……"听妻子这么一说，吉井才记起自己在海上昏死过去。

"一直到两天前，你才有了苏醒的迹象。我真的担心死了……"说到这里，阿兰有些哽咽。

"阿姐这七天寸步不离地守在吉井大哥的床边。哦，还有这位。"林统云看向身后，吉井随其视线看去，只见猫儿正笑嘻嘻地看着自己。

"猫儿，你还活着！"多闻欣喜道。

"这叫哪门子话，俺一块皮都没少！"

"这便好，这便好……"

"多亏了这位小兄弟，是他把昏迷的吉井哥背上船的。"

"我的伤势怎样？"吉井只觉得右边身子有些发麻，其他倒没什么不适。但他昏迷了整整七日之久，不可能只受了些皮外伤。

"大多是烧伤，所幸没伤到要害。"阿兰回答道。

吉井还要再问，室内某人用荷兰语说道："有话之后再说，伤者刚苏醒，不能受太多刺激。"紧接着通译将这句话翻译成了日文。

三人不敢再和吉井多言，但互相开始交谈，吉井只是旁听，不插话。林统云和阿兰用家乡话交谈，吉井自然能听懂。两人故意聊起了这七日里发生的事，好让吉井了解大致形势。

"国姓爷不知施了什么神通，只闻一声轰天巨响，荷兰人引以为傲的'赫克托'号直接化作一道火柱，灰飞烟灭了。"

"可不是吗，福松本来已经打算撤退了，瞧见这神迹，立刻撤销了命令，转而向北线尾增派兵船，决心和荷兰人一决胜负。"

"没了'赫克托'号，荷兰舰队根本不足为惧。'斯·格拉弗兰'号和'马利亚'号立刻掉头就逃。"

"最惨的莫过于北线尾上的荷兰军。据说，连指挥官都战死了。"

"你说的是贝德尔上尉。荷兰兵死了一百多个。"

"赤嵌城失去了'赫克托'号的掩护，败局已定。荷兰人便主动找国姓爷投降议和。就在昨日，所有荷兰军已撤出赤嵌城。"

"一言以蔽之，这次凯旋，全归功于'赫克托'号的沉没。听猫儿小哥说，这事是咱们的人做的。福松闻之大喜，要给吉井大哥记头功。"

"正是，国姓爷明日就会亲自来拜访吉井哥。"

吉井听着这些话，心里不禁有些飘飘然。他强忍住困意，尝试着挪了挪身子。麻归麻，但好歹还能动弹。

眼下不能躺着，得赶紧动起来！没了"红毛"，台湾可是一派新天地，在这片天地里开辟出属于自己的一亩三分地，不枉好男儿来世间走一遭！

想着想着，吉井感觉眼皮越发沉重，转眼便打起鼾来……

赤嵌城后话

东印度公司驻巴达维亚总部在 6 月 24 日的经营日志中这样论述此次台湾失守：

> 假使"赫克托"号能够避免不幸的话，他们（国姓爷的军队）大概会放弃锚地而逃去的。

6 月 24 日，参与台湾防守战的"马利亚"号撤回基地，向巴达维亚总部汇报战败结果。

这段日志，字里行间充斥着不甘和愤恨。"赫克托"号是荷兰海军的主心骨，若主心骨折了，整个海军还如何站得起来？"赫克托"号沉没后，"斯·格拉弗兰"号的船长安德利斯和"马利亚"号的船长朋尼斯立刻就起了纠纷，朋尼斯船长甚至违背运送砂糖赴长崎的使命，迫不及待地回到了巴达维亚。

赤嵌城的指挥官描难实叮投降，奉上城池，但荷兰在台湾的大本营热兰遮城却仍然坚守不降。

热兰遮城的城墙上插满了血色战旗。揆一坚信，巴达维亚方面会驰援，他激励士卒们顽强抵抗。荷兰人在台湾苦心经营三十余年，怎能说弃便弃？揆一在台湾奉职十余年，深知此地的重要性。

其实，早在"马利亚"号抵达台湾的两日前，新任提督克伦克已从巴达维亚出发，总部将揆一撤职的理由是"轻信谣言，强求援军，动摇军心"。

新任提督克伦克抵达台湾海域后，迎接他的就是热兰遮城上飘扬的战旗，以及国姓爷围城的战报。他此行携带罢免状，然而罢免状上的"谣言"却成了眼前不争的事实，"援军"也的确刻不容缓。

热兰遮城已自身难保，克伦克无法入城，只能离开台湾，转赴长崎。

同年 8 月 12 日，由大元帅雅克布·考乌率领的援军终于抵达台湾海域，此时热兰遮城已被围困三个月。樊德朗辱骂揆一是懦夫，实则这位前来驰援的考乌才是不折不扣的胆小之辈。

此次的援军队伍由十艘战舰和七百名士卒组成，不仅如此，还携带了足量的弹药。虽说过程曲折艰苦，但士卒和辎重总算是成功登上了岸。

热兰遮城被封锁了整整三个月，城内已是传染病肆虐。彼时的战争，城池一旦被围，便意味着垃圾污物都无法外泄，城内的卫生状况可想而知。此时的热兰遮城内除了虚弱的病患，还有老弱妇孺二百余人。考乌提议，人命关天，我们必须确保病员和平民的安全，不如我护送他们返回祖国。

他身为援军指挥官，竟妄想以护送平民为由临阵脱逃。揆一自然不会让他得逞。就在这时，清朝驻福建省的部队得知国姓爷在热兰遮城苦攻不下，便向台湾方面派出密使，称国姓爷郑成功是鄙国和贵公司共同之敌，吾等应齐心协力，共克大敌！

国姓爷的后方大本营只有厦门一处，他将后方托付予年仅弱冠的长子郑经镇守，率大军倾巢而出，攻打台湾。若此时派兵攻打厦门，国姓爷必然首尾难顾，只能弃台湾而回防。这道理人尽皆知，但八旗铁骑天下无敌，却对海战束手无策。大部分清将甚至都不知道大海长什么模样，逼他们跨海攻打厦门，真是强人所难了。

荷兰坐拥世界上最强的海军力量，清朝有意借用其战舰攻打厦门。揆一只能应允，考乌自告奋勇，请求执行这个任务。然而，考乌率三艘军舰刚抵达澎湖列岛，竟忽然调转船头，驶向巴达维亚。换言之，他这是临阵脱逃了。

热兰遮城最后的期望就此化作泡影。被围城九个月后，翌年 2 月 1 日，热兰遮城的城头上终于竖起了白旗。此次台湾远征，荷兰方面战死、病死者共计一千六百余人。郑成功曾称赞荷兰士卒之英勇善战。除了揆一，所有将领、士卒得以赦免，被允许携带武装离开台湾，即所谓的光荣投降。

郑成功入主热兰遮城时，吉井多闻已痊愈下床。郑成功携妻妾，以及心腹林统云夫妻二人一同移住台湾。

荷兰人对台湾长达三十八年的侵占就此告终。

解说

　　要说郑成功被"神化"，其事迹在日本民间流传开，还得追溯到近松门左卫门所著《国姓爷合战》于正德五年（1715）以及之后的两年间登上戏剧舞台。

　　这时距郑成功逝世已过去五十三年，实则在数年前的元禄默念、锦文流便在著作《国仙野手柄日记》中提及这段历史，只不过没产生多少轰动，倒是近松参考了其中不少桥段。

　　彼时，日本正值闭关锁国，只留长崎作为中日之间的贸易口岸，但民间对邻国大清的关注却不减。然而正德四年，日本严禁民间贸易，次年又以防止白银外流的名目，限制对外贸易。近松专注着笔于前朝的人文历史，算是用笔杆子批判柳泽吉保下台后的幕政改革。

　　《国姓爷合战》以中日混血郑成功致力复兴大明、求援日本的历史事实为根基，虚构了五个章节。文中，明右将军李踏天勾结鞑子，卖国求荣；大司马将军吴三桂救下落难皇子，潜藏在九仙山；长公主（皇帝之妹）栴檀乘小舟漂泊至日本平户，被当地人和腾内所救。而这和腾内是明廷旧臣之子，其父触犯明帝天威，隐居于日本平户，和当地女子生下了和腾内。和腾内得知大明战乱，携双亲赶赴明土。和腾内之父求助于女儿锦祥女（和腾内同父异母之妹）之夫甘辉，希望其能出兵救援。甘辉先是犹豫，但随着锦祥女身死，他终于下定决心，结盟和藤内。联盟军迎回幼帝，和吴三桂协力复兴大明。这期间，和藤内被朝廷赐封"延平王"。

　　据传，近松在写作之前专门走访了大阪。在此期间，他从南方经营走私的船家处收集了各种关于国姓爷的事迹，以此虚构了这个故事。此作品在竹本座上演了十七个月，其中包含了"九仙山建立军法""长公主栴檀逃亡""千里竹林打虎"等脍炙人口的桥段，使得日本民间对中国的好奇愈演愈烈。首作大获成功后，近松继续创作了《国姓爷后日合战》《唐船嘶今国姓爷》等作品。

近代以来，小山内薰于昭和三年在筑地小剧场重演《国姓爷合战》。昭和五年，久保荣创作《国姓爷新说》，将其搬上了新筑地剧团的舞台。小山内薰侧重于《国姓爷合战》的服饰演绎，极力还原两百年前的"本味"。三宅周太郎评价近松作品的本质是"世界同一观感"，久保荣则将小山内的演绎方式上升到了"趋势"的高度。王朝间的利益得损、领土掠夺、民族压迫等矛盾混杂于战争之中。这暗讽了1930年前后日本身处"二战"前夕的高压政治。

另外在文学小说层面，社会评论家白柳秀湖著有《常夏之国》（1926），长谷川伸著有《国姓爷——飞黄大船主》（1942）。

后者主要讲述了郑成功之父郑芝龙的生平，在郑成功起势前便戛然而止。作者长谷川伸打算写续集讲述郑成功收复台湾的事迹。昭和十六年7月，长谷川伸赴台一月余。在此期间他走访台湾各地，收集文献，还专程实地考察了热兰遮城。

"二战"后，矢代静一的《国姓爷》（1958）在"文学座"上演，还诞生了别具特色的人偶剧。

如此看来，日本民间对国姓爷郑成功从古至今都持有某种英雄情结；通过这位中日混血英雄的生平，能了解明末清初的中国历史，并以日本人的视角获得共鸣。即便是在锁国政权之下，即便已有了上千年的文化交流，对神秘大陆的憧憬都是不会发生改变的。但与此同时，两国人民在各个领域的往来又从未中断过。政治上的波动通常会第一时间呈现在两国关系上。这足以佐证两国之间千丝万缕的关系。

明治以后，日本对中国的态度突变，转而对其侵略。纵观日本历史，涌现三次"国姓爷热潮"，分别在近松《国姓爷合战》上演期间、甲午战争前后以及"二战"开始以后。上述三个时期皆是日本民间关注中国的时期。"国姓爷热潮"的产生不足为奇，但问题是这位英雄的存在，对日本人而言究竟有何意义？以日本人的情感去理解，他们或许会将郑成功和日本战国时代英雄人物进行对比。

陈舜臣的《台海风暴：郑成功与大明王朝》舍弃了上述固有的"郑成

功观"。这恰恰是本作的闪光之处。本作最初连载于学艺通讯社旗下的报刊，始于昭和四十九年 11 月 26 日，完结于昭和五十年 1 月 30 日，共计三百六十个章节。在本作连载之前的昭和四十六年，描写郑芝龙的《大唐探案录之长安风云》已在刊物上连载。两部作品算是陈舜臣描绘明末清初历史的"两部曲"。

陈舜臣可谓是中日两国文学之间的"桥梁大师"，迄今创作了众多围绕中国史以及中日交流史的文学作品。其中，《中国的历史》《陈舜臣说十八史略》《三国史秘本》《中国任侠传》《小说马可波罗》《新西游记》等作品展现了他对中国古典名著深厚的造诣，以及独一无二的想象力。《太平天国兴亡录》《甲午战争》《鸦片战争：陈舜臣说晚清历史》等作品通过严密的历史考证，基于国际视角阐述了中国近代史的各种疑问难点。

《大唐探案录之长安风云》和《台海风暴：郑成功与大明王朝》虽是以明末清初为背景的历史小说，却涉及了中日交流史。作者意在通过郑氏父子的生平，展现日本在中国史中所处的位置。陈舜臣在遵循史实的基础上，绘声绘色地谱写了明末清初波澜壮阔的历史。

郑成功是大明海商郑芝龙在平户和日本妇人田川氏所生，乳名福松。郑芝龙先是继承了海商团伙首领颜思齐的衣钵，其后接受明廷册封。宽永七年（1630），年仅七岁的郑成功应其父的要求，渡海归乡。他天资聪颖，通过乡试，进入南京国子监深造，可谓是前途无量。

彼时大明已名存实亡，先是"闯王"李自成攻陷京师，崇祯帝自缢，后有清军趁乱入关。在内忧外患之下，明廷内部却发生继位之争。郑芝龙在表面上拥护隆武政权，一面向清廷示好，一面安排郑成功坚持侍奉明廷，给郑家留了后路。

郑成功不屑于父亲的"两面派"之举，坚持自己的忠君爱国之道。他和父亲分道扬镳，辅佐永历帝复兴明室。然而首次北伐在羊山遭遇风暴，无功而返；第二次北伐兵临南京城下，却遭清军痛击。

在郑家军撤回厦门的第二年，郑成功将矛头指向了荷兰占领下的台湾。经过一番苦战，郑家军夺取了荷兰人在岛上的据点——热兰遮城和赤嵌城。本作就此落下帷幕。

收复台湾后，郑成功一直到三十九岁英年早逝（1662），都未放弃重返大陆的志向。据传，郑成功在临终前忽然回光返照，捶胸顿足，高声道："苍天，何以要郑成功孤忠一生，落得忠孝两不全之境地？"

作者笔下的郑成功心知自己身体流淌着日本血脉，因而更加执着于中国人之身份。文中不避讳其心浮气躁、为贯彻军规而导致部下离心等缺点。对其至死坚持孤忠之道却凤愿不偿的结果，作者不仅表达同情，更将其塑造成一种历史宿命的悲剧。

至于颜思齐之后代阿兰和统太郎这对同父异母的姐弟、阿兰之夫吉井多闻等角色塑造，以及郑芝龙继承颜思齐衣钵的正当性之谜，乃是作者意图从多角度探求郑成功和日本的渊源，并在其中添加历史悬疑性。在一干明清皇帝、文臣武将之中，作者特别着墨于朱舜水，值得读者寻味。

本作在描绘郑成功波澜一生的同时，讲述了中国史复杂的结构变迁，顺带探究了人与史之关系。对郑成功其人的文学塑造，可谓是本书的一大亮点。在中日恢复邦交的时间点创作这部作品，必然有其独到的深层含义。

尾崎秀树
日本文艺评论家、作家